dtv

James Gerald (70), Agent des britischen Secret Intelligence Service (SIS) im Ruhestand, hat nach seinem ersten kräftezehrenden Abenteuer wieder zu seiner gewohnt guten Konstitution zurückgefunden. Die braucht er auch, denn zusammen mit seiner früheren Kollegin und Hausnachbarin Sheila Humphrey (67) geht es auf Kreuzfahrt durchs Mittelmeer, zu der Sheilas exzentrische Mutter Phyllis anlässlich ihres 90. Geburtstags geladen hat. Die Passagiere vergnügen sich prächtig auf dem Luxusliner, bis plötzlich der erst jüngst angetraute, etwas zwielichtige Ehemann von Phyllis spurlos verschwindet. Eine delikate Angelegenheit. James' ganzer Agentenspürsinn und Körpereinsatz sind mal wieder gefragt, denn es bleibt nicht bei einem Vermissten …
»Die perfekte Mischung aus Spannung und Gefühl, Witz und Originalität. Ein Riesenspaß!« (www.literaturmarkt.info über ›Null-Null-Siebzig, Operation Eaglehurst‹)

Marlies Ferber, Jahrgang 1966, studierte Sinologie und Germanistik, arbeitete als Buchredakteurin und ist bekennender Englandfan. Die Autorin und Übersetzerin lebt mit ihrer Familie im Ruhrgebiet. Mit dem ersten Band um James und Sheila, ›Null-Null-Siebzig, Operation Eaglehurst‹ (dtv 21345), legte sie ein locker-leichtes Krimi-Debüt hin, das unzählige Leser begeisterte.

Marlies Ferber

Null-Null-Siebzig

Agent an Bord

Kriminalroman

Deutscher Taschenbuch Verlag

Von Marlies Ferber
ist im Deutschen Taschenbuch Verlag erschienen:
Null-Null-Siebzig, Operation Eaglehurst (21345)

**Ausführliche Informationen über
unsere Autoren und Bücher
finden Sie auf unserer Website
www.dtv.de**

FSC
www.fsc.org
MIX
Papier aus verantwortungsvollen Quellen
FSC® C019821

Originalausgabe 2013

Umschlagkonzept: Balk & Brumshagen
Umschlagbild: Markus Roost
Satz: Greiner & Reichel, Köln
Gesetzt aus der Fairfield Light 9,75/13·
Druck und Bindung: Druckerei C. H. Beck, Nördlingen
Gedruckt auf säurefreiem, chlorfrei gebleichtem Papier
Printed in Germany · ISBN 978-3-423-21418-6

Für meine Eltern

The most chivalrous fish in the ocean,
To the ladies forbearing and mild,
Though his record be dark,
The man-eating shark
Will eat neither woman nor child.

A doctor, a lawyer, a preacher,
He'll gobble one any fine day.
But the ladies, God bless'em,
He'll only address'em
Politely and go on his way.
(aus: *The Chivalrous Shark,* trad. Folksong)

Kapitel 1

James atmete tief ein. Warme, salzige Luft strömte in seine Lungen. Aus den Schiffslautsprechern dröhnte »Rule Britannia«. Er blickte zu Sheila, die neben ihm an der Reling stand und beobachtete, wie die Victory langsam ablegte. Sie lächelte. »Einen Sixpence für Ihre Gedanken, James.«

Er zeigte auf die großen Trichterboxen. »Ich bitte Sie, Sheila, wer kommt denn nur auf die Idee, ›Rule Britannia‹ beim Ablegen zu spielen!«

Sie strich sich die rotbraunen Locken aus dem Gesicht. »Wieso, das ist wie in der guten alten Zeit. Das Schiff legt ab, die Passagiere stehen an Deck, sie sehen einer aufregenden, ungewissen Zukunft entgegen, an Land flattert ein Meer von weißen Taschentüchern im Wind, und die Blaskapelle übertönt die Abschiedsrufe und das Schluchzen.«

»Nur dass in unserem Fall die Musik nicht von einer Kapelle kommt, sondern aus den Lautsprechern scheppert. Und wir nicht auf der Titanic stehen und in die Neue Welt aufbrechen, sondern nur träge auf dem Mittelmeer kreuzen und in einer Woche wohlbehalten wieder hier anlegen.« Er deutete auf die Traube weißer und grauer Köpfe neben ihnen. »Es sei denn, der eine oder andere geht vorzeitig von Bord. Der Altersdurchschnitt hier dürfte fast dem von Eaglehurst entsprechen.«

Sheila warf ihm über ihre Sonnenbrille hinweg einen kurzen Blick zu, und er bereute die Anspielung auf das Altenheim, in dem Sheila und er sich vor einem knappen halben Jahr einquartiert hatten, um den Mord an James' Freund William aufzuklären. Doch Sheila ließ sich die blendende Laune nicht verderben. »Ach, entspannen Sie sich, James. Der Urlaub wird uns guttun, und es ist doch nett, zwischen all den weißen Köpfen hier kommt man sich fast schon jung vor!«

Er war froh, dass sie seine Bemerkung nicht auf ihre betagte Mutter bezogen hatte. Sheilas Mutter war nämlich der Grund, warum sie hier waren. James hatte die alte Dame erst vor zwei Monaten kennengelernt, als er Sheila ein Buch zurückbrachte, das sie ihm geliehen hatte. Als er Sheilas Wintergarten betrat, stand da ein elektrischer Rollstuhl vor dem Orchideenfenster, und darin saß sie: eine kleine, drahtige Gestalt, deren Hände und Füße im Verhältnis zu den dünnen Armen und Beinen übergroß erschienen. Das perfekt geliftete Gesicht war von kunstvoll frisierten, hellblond gefärbten Haaren umrahmt. Sie hatte ihn mit der Geste der Gastgeberin aufgefordert, Platz zu nehmen, ihr Gesicht beim Lächeln in zarte Falten gelegt und gesagt: »Meine Tochter hat mir immer viel von Ihnen erzählt, Mr Gerald. Schon zu der Zeit, als Sie beide noch beim SIS waren. Deshalb habe ich das Gefühl, Sie schon eine Ewigkeit zu kennen. Es freut mich sehr, Sie endlich einmal persönlich zu treffen. Ich darf doch James zu Ihnen sagen?«

»Natürlich«, hatte er höflich geantwortet und ihr gegenüber Platz genommen, während Sheila, sonst das Selbstbewusstsein in Person, ihm eine Tasse Kaffee einschenkte und wie ein Kind wirkte, das nicht ungefragt dazwischenredet, wenn die Erwachsenen sich unterhalten.

»Ich bin Phyllis Barnes«, sagte Sheilas Mutter, »aber das wissen Sie sicher, James. Meine Tochter wird Ihnen von mir erzählt haben.«

»Ja«, log James und fing einen dankbaren Blick von Sheila auf. Sie hatte früher, als sie beide noch Kollegen gewesen waren, nie über ihr Privatleben gesprochen. Erst vor einigen Monaten hatte sie ihre Mutter zum ersten Mal erwähnt, und jetzt war er eigenartig berührt, der fast Neunzigjährigen, die ihn mit wachen Augen musterte, gegenüberzusitzen. Er versuchte sich vorzustellen, wie sie in jungen Jahren ausgesehen hatte. Vermutlich sehr attraktiv – dazu brauchte er nur von der Tochter auf die Mutter zu schließen. Außerdem strahlte die alte Dame das natürliche Selbstbewusstsein einer Frau aus, die es gewohnt ist, im Mittelpunkt zu stehen.

Phyllis wies auf das Tablett mit Sandwiches. »Greifen Sie zu, James. Sheila war so lieb, meine Lieblingssandwiches zuzubereiten, Thunfisch mit Marmite und Piccalilli. Das Rezept stammt noch von meiner Kinderfrau.« Als sie in das Sandwich biss, bemerkte James, dass ihre schön geformten Zähne beinahe genau dieselbe Farbe wie das ungeröstete Weizentoastbrot hatten. Niemand wäre auf die Idee gekommen, dass es die Dritten waren, allein Phyllis' hohes Alter machte diese Annahme zwingend. Sie musste einen guten Zahnarzt haben, denn bei den meisten Gebissträgern, die er kannte, waren entweder Farbe oder Form verräterisch. Phyllis schluckte fast ohne zu kauen und bemerkte versonnen: »Es ist schon seltsam, was von manchen Menschen, die man gekannt hat, übrig bleibt. Manchmal ist es nur ein Ausspruch oder ein Sandwich-Rezept.«

»Oder ein Ehering«, warf Sheila ein. Die alte Dame winkte ab und lächelte James zu. »Diese bissige Art hatte sie früher schon, James. Aber das wissen Sie vermutlich.« Sie sah James, der ebenfalls ein Thunfischsandwich genommen hatte, erwartungsvoll an. »Und? Wie schmeckt es Ihnen?«

»Ausgezeichnet«, sagte James und griff, noch während er den letzten Bissen kaute, nach einer Orange vom Obstteller, um den widerwärtigen Geschmack loszuwerden. Mit ein paar Bewegungen seines Taschenmessers befreite er die Orange von ihrer Schale.

»Sie gehen geschickt mit dem Messer um«, stellte Phyllis anerkennend fest.

James lächelte. »Es ist nicht meine erste Orange. Möchten Sie ein Stück?«

»Danke, keine Vitamine. Aber sagen Sie, James, was kann dieses Taschenmesser noch alles?«

»Wie meinen Sie das?«

Phyllis fixierte ihn mit ihren dunkelbraunen Augen. »Sie wissen, was ich meine, tun Sie nicht so. Ein Exagent des SIS trägt kein Taschenmesser mit sich herum, das nur Orangen schälen kann.«

»Jemanden damit mundtot zu machen wäre auch kein Problem«, sagte James mit einem Seitenblick auf Sheila, »aber ich versichere Ihnen, ich bin vor fünf Jahren aus dem Dienst ausgeschieden, nicht wahr. Die aufregenden Zeiten sind vorbei. Wobei sie – unter uns gesagt – so furchtbar aufregend nun auch nicht waren.«

»Ach ja?« Die alte Dame zog die Augenbrauen hoch. »Und wie sind Sie dann zu Ihrem Spitznamen gekommen?«

»Was meinen Sie?« James sah zu Sheila, die seinem Blick auswich.

»Ihr Spitzname – Null-Null-Siebzig!«

James seufzte. »Ich hätte es wissen müssen. Ich sehe schon, Ihre Tochter hat Ihnen von Eaglehurst erzählt.«

»Ja«, bestätigte Phyllis, »und ich finde die ganze Geschichte fantastisch!«

Sie befragte ihn zu allen Einzelheiten der Mordfälle in der Seniorenresidenz. Dabei strahlte die zierliche kleine Gestalt, die von Weitem wie ein präparierter Schmetterling wirkte, eine Vitalität aus, die ansteckend war. James vermutete, dass ihr reges Interesse an allem, was um sie herum geschah, der Grund dafür war. Schließlich wurde es Zeit für ihn zu gehen, er erhob sich und reichte Sheilas Mutter zum Abschied die Hand. Sie hielt James' Hand fest umkrallt und sah ihm in die Augen. »Wie alt schätzen Sie mich, James?«

Er hatte zu viel Lebenserfahrung, um sich von einer Frau mit dieser Frage in Verlegenheit bringen zu lassen. »Wenn ich es nicht besser wüsste«, gab er galant zurück, »würde ich denken, dass wir beide im selben Alter sind.«

Die alte Dame lächelte wie jemand, der genau diese Antwort erwartet hatte. Sie hielt immer noch James' Hand fest. »Ich werde in gut zwei Monaten neunzig!«

»Nein!«

»Doch, James, auch wenn ich es selbst kaum glauben kann. Und da es höchstwahrscheinlich mein letzter runder Geburtstag sein wird, will ich noch ein Mal richtig feiern und …«

»Mutter, sei doch nicht so melodramatisch«, warf Sheila ein. »Du wirst noch viele Geburtstage feiern.«

»Ja, mag sein«, sagte Phyllis heftig, »aber vielleicht bin ich dann taub oder blind oder habe Schmerzen oder wer weiß, was sonst noch. Nein, in meinem Alter kann von heute auf morgen Schluss sein. In der Gegenwart leben, das ist es! Alles herausholen, was geht! Es noch mal so richtig krachen lassen!« Sie wandte sich wieder James zu, der sich bemühte, ernst zu bleiben bei der Vorstellung, wie die alte Dame es so richtig krachen ließ. »Genug der langen Vorrede, James. Es ist mein Wunsch, einen unvergesslichen Geburtstag zu verleben, im Kreis einer Handvoll ganz besonderer Menschen, die mir lieb und teuer sind. Und ich würde mich sehr, sehr freuen, Sie dazuzählen zu dürfen.«

Nun gaben ihre knochigen, doch erstaunlich kräftigen Finger seine Hand endlich frei. Er sah zu Sheila, die seinem Blick auswich, und fühlte sich überrumpelt. Er war Sheilas Kollege gewesen, seit zwei Jahren war er ihr Nachbar, und sie hatten gemeinsam den Fall in Eaglehurst gelöst. Auch wenn er es sich nur ungern eingestand, war Sheila, soweit er überhaupt Beziehungen zu anderen Menschen einging, mittlerweile der wichtigste Mensch in seinem Leben. Er genoss ihre Gesellschaft so sehr, dass er ihre Freundschaft auf keinen Fall durch den Fehler gefährden wollte, den seiner Meinung nach die zu große Nähe zwischen zwei Menschen darstellte. Und die Einwilligung, als ihr Begleiter zur Geburtstagsfeier ihrer Mutter zu kommen, war ganz klar ein Schritt in diese Richtung. Sheilas Mutter ahnte offensichtlich, warum er zögerte, und sagte liebenswürdig: »Ich habe Sie überfallen, James. Überlegen Sie es sich in aller Ruhe.«

Er hatte erwartet, dass Sheila in den folgenden Wochen versuchen würde, ihn zu überreden, die Einladung anzunehmen, aber nichts dergleichen geschah. Sie trafen sich ein

paarmal zum Spazierengehen im Hampstead Heath, gingen in Soho essen, schauten sich eine neue Ausstellung in der Tate Modern an, aber Sheila kam nicht wieder auf die Einladung zu sprechen, ja sie erwähnte ihre Mutter mit keinem einzigen Wort. Gerade dadurch war ihm klar geworden, wie wichtig ihr die Sache war. Schließlich hatte er sich einen Ruck gegeben und zugesagt, was sie mit einem beiläufigen Lächeln quittiert hatte: »Gut, ich sage meiner Mutter Bescheid.«

Eine Woche später hatte ein großes altrosa Kuvert in seinem Briefkasten gelegen. Die Einladung war mit etwas zittriger Hand, aber sehr sorgfältig mit Tinte geschrieben:

Zur Feier meines
90. Geburtstages
freue ich mich ganz besonders, lieber James,
Sie an Bord der
MS Victory
begrüßen zu dürfen.

Alles Weitere entnehmen Sie bitte dem
beigefügten Faltblatt.

Er war gleich zum Nachbarhaus gegangen und hatte Sheila, kaum dass sie die Tür öffnete, mit dem rosa Brief vor der Nase herumgewedelt. »Wussten Sie das?«

»Nun kommen Sie erst mal rein«, hatte Sheila gesagt und ihm im Wintergarten ein gut gefülltes Glas Glenmorangie in die Hand gedrückt. »Setzen Sie sich doch erst mal, James, und beruhigen Sie sich.«

Er blieb stehen. »Ich bin ruhig. Wussten Sie davon?«

»Bitte, James. Nun trinken Sie doch einen Schluck. Ich erkläre Ihnen alles. Sie können sich dann immer noch aufregen.«

Nach dem ersten Glas Scotch hatte er sich doch hingesetzt, und nach dem dritten konnte er dem Unternehmen fast schon eine heitere Seite abgewinnen. Ihre Mutter, hatte Sheila erzählt, sei immer ein ausgesprochen unkonventioneller, lebenslustiger Mensch gewesen. Das war Sheilas Umschreibung dafür, dass ihre Mutter ein abwechslungsreiches Leben geführt hatte, nicht zuletzt im Hinblick auf Männer. Sesshaft war sie nur in Sheilas ersten fünf Lebensjahren gewesen. In der Zeit hatte sie versucht, ihrem ersten Ehemann, einem Waliser Landtierarzt, eine gute Ehefrau zu sein. Das war gründlich schiefgegangen, weshalb sie nach London gezogen war, zunächst mit der Absicht, ihre Tochter nachkommen zu lassen. Doch dann hatte sie ihren zweiten Mann kennengelernt, der beruflich viel in der Welt unterwegs war, und einige Jahre später ihren dritten Ehemann, einen Amerikaner. »Und so weiter«, sagte Sheila. »Insgesamt war sie nicht weniger als sieben Mal verheiratet. Und mein Vater war der Einzige, der nicht in Geld schwamm. Ich glaube nicht mal, dass meiner Mutter das Geld besonders wichtig war, es hat sich wohl einfach so ergeben. Sie kannte durch ihren zweiten Ehemann auf einmal nur noch Leute, die reich waren.«

»Verstehe«, sagte James. »Also ist Ihre Mutter jetzt die steinreiche Witwe von sechs Ehemännern?«

Sheila sah ihn einen Moment überrascht an und lachte dann. »Was wollen Sie denn damit andeuten, James? Nein, sie hat sie nicht alle umgebracht. Sie hat es einfach nie besonders lange mit einem Mann ausgehalten. Nach spätestens fünf Jahren kam die Scheidung und dann der nächste Mann.«

»Wie ein guter Manager das Unternehmen wechselt«, bemerkte James und trank seinen vierten Glenmorangie.

»Ja, und zwar jedes Mal mit einer stattlichen Abfindung.«

»Trotzdem«, sagte er. »Die Vorstellung, mit an Bord des Happy-Birthday-Bootes auf Butterfahrt zu gehen, behagt mir nicht recht. Ich passe ganz sicher nicht da hinein, nicht wahr.«

»Haben Sie sich das Faltblatt noch gar nicht angesehen?«, fragte Sheila überrascht. »Es ist weder ein kleines Boot noch eine Butterfahrt. Meine Mutter hat immer schon in großen Dimensionen gedacht. Die Victory ist ein Kreuzfahrtschiff, das für sechshundert Passagiere ausgelegt ist. Wir fliegen als Erstes nach Marseille, und von dort führt die Reise über Nizza und Rom bis nach Valletta. Von dort geht es wieder nach Marseille und per Flugzeug zurück nach London.«

Er stellte das Glas ab und sah sie entgeistert an. »Bis nach Valletta?«

»Malta«, erklärte sie.

»Ich weiß, wo Valletta liegt«, sagte James unwirsch. Er stand auf und ging hin und her. »Das ist doch absurd.«

»Nein, das ist meine Mutter«, sagte Sheila nüchtern. Sie stellte sich ihm in den Weg und sah ihn eindringlich an. »James, ich habe Sie noch nie um etwas gebeten.«

»Dann wäre jetzt auch nicht der richtige Augenblick, damit anzufangen!«

Sie hatte ihn mit einem schwer zu deutenden Blick angesehen, und einen Moment lang hatte er befürchtet, sie wolle ihn mit Tränen umstimmen. Doch dann hatte sie sich abgewandt und war in der Küche verschwunden. Zehn Minuten später war sie mit einem Teller Gurkensandwiches wieder aufgetaucht und hatte fröhlich über den neuen Hund der Nachbarin geplaudert, als sei nichts geschehen.

In den nächsten zwei Wochen hatte sie ihn nicht mehr auf die Kreuzfahrt angesprochen. Genau genommen, hatte sie sich überhaupt nicht mehr bei ihm gemeldet und war auch nicht ans Telefon gegangen. Als er einmal bei ihr anklingelte, hatte sie zwar die Tür geöffnet, jedoch behauptet, gerade das Haus verlassen zu wollen, um Besorgungen zu machen.

Am Ende der zweiten Woche hatte er Sheilas Mutter einen Brief geschrieben, in dem er ihr mitteilte, dass er sich sehr auf die Reise freue.

Kapitel 2

»Lassen Sie uns reingehen«, sagte Sheila, »ich bin gespannt auf unsere Kabinen!«

»Wo steckt eigentlich Ihre Mutter?«, fragte James und sah sich um.

»Keine Ahnung. Ich könnte mir vorstellen, sie ist schon in ihre Kabine gegangen, um sich fürs Dinner fertig zu machen. Auch gut möglich, dass sie bereits mit Jeremy im Salon sitzt.«

»Jeremy?«, fragte James, während sie zu ihren Kabinen gingen.

»Ihr geschiedener Mann«, erläuterte Sheila.

»Er ist mit an Bord? Wie außergewöhnlich. Ihre Mutter scheint noch viel für diesen Jeremy übrig zu haben, wenn sie ihn zu dieser Reise eingeladen hat.«

»Andersherum wird ein Schuh draus. Jeremy hat noch immer viel für meine Mutter übrig. Er bezahlt das alles hier, ihm gehört das Schiff.«

James war perplex. »Er hat ihr diese Reise geschenkt? Und bezahlt auch gleich die Reise für die Gäste?«

»Das war Jeremys Geburtstagsgeschenk für sie: eine Kreuzfahrt auf der Victory, zu der sie so viele Gäste einladen durfte, wie sie wollte. Ich hatte Ihnen doch erzählt, dass die Männer meiner Mutter allesamt in Geld schwimmen. Das gilt besonders für Jeremy. Er ist der Dagobert Duck unter ihren Männern.«

»Und Ihre Mutter fand es in Ordnung, dieses Geschenk anzunehmen?«

Sheila lachte. »Ja, warum nicht? – Ach James, ich weiß, es klingt reichlich skurril, aber Sie werden es verstehen, wenn Sie meine Mutter besser kennen. Sie ist sehr großzügig, und das wiederum zieht Großzügigkeit bei anderen an. Wenn sie Geld hat, gibt sie es mit vollen Händen wieder aus. Fast, als würde sie sich davor ekeln.«

»Eine Einstellung, die sich nicht jeder leisten kann«, sagte James nüchtern.

»Ich weiß, ich weiß. Aber es ist nicht so versnobt, wie es sich vielleicht anhört. Ich habe früher mal eine Freundin gehabt, die psychisch krank war«, erklärte Sheila. »Manisch-depressiv. In den manischen Phasen konnte sie die ganze Welt erobern, war begeistert vom Leben, hatte großartige Pläne, steckte alle mit ihrer Begeisterung und ihrer Energie an. Einmal hat sie sich einen offenen Jaguar gekauft, ist damit bis nach Marbella gefahren und hat eine Woche lang gefeiert, bis allmählich aufflog, dass sie gar kein Geld hatte und für das alles mit einer – sagen wir mal: geliehenen – Kreditkarte bezahlte.«

»Hoffentlich nicht mit Ihrer?«, warf James ein.

»Nein.« Er kannte diesen Seitenblick.

»Nein?«

»Ach James, das tut doch jetzt nichts zur Sache. Sie gehörte meiner Mutter, wenn Sie es genau wissen wollen. Jedenfalls, auf diese manischen Phasen folgte unausweichlich eine Depression, in der sie sich von der Welt zurückzog, morgens weinend aufwachte und nicht einmal die

Kraft hatte aufzustehen. Diese Freundin hat mich immer an meine Mutter erinnert.« Sheila sah James an und lächelte. »Allerdings fehlt bei Mutter die depressive Phase. Sie ist sozusagen dauernd manisch, für sie ist das Leben ein einziger Höhenflug. Und sie hat es nicht nötig, sich fremde Kreditkarten auszuleihen.«

»Das muss anstrengend sein«, sagte James.

Sheila schüttelte den Kopf. »Nein, sie ist sehr vital.«

»Ich meine, für Sie, Sheila. Es muss anstrengend gewesen sein, ihre Tochter zu sein.«

»Das ist es immer noch.« Sheila leckte ihren Finger und versuchte, eine Laufmasche am linken Bein zu stoppen, die unterhalb des Rocksaums erschien. »Es war wahrscheinlich gut, dass meine Mutter meinen Vater damals verließ. Ich meine, für mich. Durch die räumliche Distanz war meine Mutter auf eine bekömmliche Dosis zusammengeschrumpft. Wenn ich sie an den Wochenenden in London besuchte, war sie eher so etwas wie eine ältere, etwas überkandidelte Freundin, die mit mir zu Hemley's fuhr, wo ich mir so viele Spielsachen aussuchen durfte, wie ins Taxi passten. Später, als sie nach Amerika ging, habe ich sie einmal für mehrere Monate besucht. Sie hatte so viel Energie und war so unternehmungslustig, keine Ahnung, wie ihr damaliger Mann es mit ihr ausgehalten hat. Sie wirft mit Energie und Geld nur so um sich, und je mehr sie verschwendet, desto mehr kommt wieder rein.«

»Hört sich an, als wäre Ihre Mutter ein hyperaktiver Goldesel.«

Sheila lachte. »Na ja, sagen wir lieber, sie hat immer einen Esel, der für sie Gold auswirft. Aber das mit der Hyperaktivität stimmt, James, ehrlich, ich war damals froh, als ich wieder zu Hause war, und habe in der ersten Woche nichts gemacht außer essen und schlafen. Ich bin nicht wie meine Mutter.«

James grinste. »Das sagen alle Töchter.«

Sie waren bei ihren nebeneinanderliegenden Kabinen angekommen. »Die gesamte Geburtstagsgesellschaft wohnt auf diesem Flur«, erklärte Sheila.

James schob seine Karte in das Türschloss, das sich mit einem leisen Klack öffnete, und trat durch die schmale Tür in die Kabine. Sie war geräumig und bot allen Komfort eines Spitzenhotels. Nach dem, was Sheila über ihre Mutter erzählt hatte, überraschte ihn das nicht. Er trat ans bodentiefe Fenster und stellte fest, dass es sich öffnen ließ. Als er auf den Privatbalkon trat, kam auch Sheila aus ihrer Kabine. »Ich hoffe, es stört Sie nicht, dass wir uns einen Balkon teilen«, bemerkte sie lächelnd.

»Nicht im Geringsten. Erwarten Sie nur nicht, dass ich mit Ihnen aufs Meer starre, bis die Sonne darin versinkt.«

Sheila seufzte. »Ich hätte es wissen müssen. Sie haben wirklich keine.«

»Was bitte?«

»Keine romantische Ader.«

»Doch, doch. Ich habe nur nichts übrig für Sonnenuntergänge. Fürs Meer übrigens auch nicht.«

»Und für Kreuzfahrten und für neunzigste Geburtstage und …«

»Und trotzdem bin ich hier, nicht wahr«, unterbrach er sie. »Es gibt also offenbar doch etwas, das ich hier mag.«

Sheila drehte sich um und ging in ihre Kabine zurück. Auch ohne ihr Gesicht zu sehen, wusste er, dass sie rot geworden war. »Dinner ist erst in einer Stunde«, rief sie ihm zu,

»aber ich habe vorgesorgt und ein paar Sachen mitgebracht. Wollen Sie auch was?« Sie trat mit einem großen Korb wieder auf den Balkon und breitete mehrere Schokoriegel, eine Flasche Sekt, Trauben, abgepackte Sandwiches, gefüllte Weinblätter und frische Feigen auf dem Klapptisch aus, der am Geländer befestigt war.

»Wer soll denn das alles essen?«, fragte James, aber im Grunde war es eine rhetorische Frage. Er holte Sektgläser aus seinem Zimmer. Da er keinen Hunger hatte, begnügte er sich mit einem Glas Sekt und ein paar Feigen, aber Sheila machte sich genüsslich über alles her. Er sah ihr ausgesprochen gern beim Essen zu. Sheila war ein Phänomen. Ihr gesunder Appetit war damals beim Secret Intelligence Service das Erste gewesen, was ihm an ihr aufgefallen war. Jedes Mal, wenn er die Kantine betrat, stand sie schon mit einem dick bepackten Tablett an der Kasse. Man konnte den Eindruck gewinnen, ihre Hauptaufgabe beim SIS sei es gewesen, nicht Informationen, sondern Nahrung zu verarbeiten. Dabei setzte Sheilas Körper niemals auch nur ein Gramm Fett an, weshalb sie eine der wenigen jungen Frauen war, die sich die damalige Minirock-Mode wirklich leisten konnten. Dem Minirock war sie bis zum heutigen Tag treu geblieben, und dass ihre Umwelt neidische, bewundernde oder amüsierte Blicke auf eine Dame Mitte sechzig im Minirock warf, schien sie nicht zu bemerken.

Es klopfte laut und heftig an die Tür. James öffnete und war wenig überrascht, Phyllis in ihrem elektrischen Rollstuhl zu sehen. Obwohl sie darin so zart und klein wirkte, als wäre ihr der Rollstuhl drei Nummern zu groß, hatte sie eine ähnlich energische Art anzuklopfen wie ihre Tochter. Hinter ihrem Rollstuhl stand ein auffallend großer alter Herr, dessen wallende weiße Haare bis auf die Schultern reichten, neben ihm ein jüngerer, untersetzter Mann mit Glatze, von dem James annahm, dass er ungefähr siebzig, also so alt war wie er selbst. Die drei wirkten, nicht zuletzt wegen der Kahlköpfigkeit des jüngeren Mannes, wie eine hochbetagte Kleinfamilie. Der alte Herr stützte sich auf einen Stock und trug ein hellgrundiges, türkis kariertes Jackett, das einen viel getragenen Eindruck machte. Entweder hat er keinen Geschmack, überlegte James, oder er gehört zu denjenigen Angehörigen der Oberschicht, die ihre Exklusivität nicht nur durch teure Kleidung unterstreichen, sondern sie auch durch gezieltes Abweichen vom allgemeinen Schönheitsempfinden vor Nachahmern bewahren. Der jüngere Mann trug einen nagelneuen, allerdings nicht besonders gut sitzenden dunkelblauen Anzug.

»Jeremy Watts«, sagte der Herr im groß karierten Jackett und streckte James souverän lächelnd die braun gebrannte Hand entgegen.

»James Gerald«, erwiderte James, während der andere ihm fest und routiniert die Hand schüttelte. Der forschende Blick seines Gegenübers blieb an James' Rolex hängen.

»Schöne Uhr«, bemerkte er. »Sammlerstück, habe ich recht? Lassen Sie mich raten: Oyster Perpetual, 1953?«

»1955«, korrigierte James. »Sie kennen sich gut aus.«

»Ein Steckenpferd von ihm«, erklärte Phyllis. »Ich glaube, er besitzt genauso viele Uhren wie Krawatten.«

»Falsch«, lächelte Jeremy. »Ich habe mehr Uhren als Krawatten. Von alten Krawatten kann ich mich trennen, von alten Uhren niemals. Phyllis hat mir viel von Ihnen erzählt, James. Besser gesagt, vorgeschwärmt. Es freut mich sehr, dass Sie mit an Bord sind. Wir werden uns alle prächtig amüsieren.«

»Darf ich Ihnen meinen Mann vorstellen«, sagte Phyllis, wobei sie den jüngeren Mann am Arm packte und etwas nach vorn zog.

Der glatzköpfige Herr im dunkelblauen Anzug reichte James ebenfalls die Hand. »Eden Philpotts. Freut mich, Mr Gerald.«

James schüttelte ihm erstaunt die Hand. Sheila hatte nicht erwähnt, dass ihre Mutter aktuell verheiratet war, noch dazu mit einem Mann, der gut und gerne zwanzig Jahre jünger war als sie. Aber Phyllis schien immer für eine Überraschung gut zu sein.

Sheila war inzwischen auch hinzugetreten. »Die Kabinen sind fantastisch, Jeremy.«

Jeremy verbeugte sich. »Das freut mich zu hören, Sheila, meine Liebe. Wenn etwas nicht zu eurer Zufriedenheit sein sollte, zögert bitte nicht, euch an Mr Chandan zu wenden, er ist für die Dauer der Reise einzig und allein für das Wohl der Geburtstagsgesellschaft zuständig.«

»Er brüstet sich zwar damit, Gedanken lesen zu können«, sagte Phyllis, »aber ich würde trotzdem lieber auf Nummer sicher gehen und es ihm sagen, wenn ihr etwas braucht. Über die Rufnummer 89 ist er rund um die Uhr für euch erreichbar, Jeremy hat ihn ebenfalls auf unserem Flur einquartiert.«

»Schön, Phyllis, aber wenn du weiter Vorträge hältst, kommen wir noch zu spät«, sagte Jeremy ungeduldig. »Wir wollten euch nur Bescheid geben, um 19 Uhr trifft sich unsere Gruppe im Captain's Corner zum Meet and Greet. Anschließend wird das Dinner serviert.«

»Captain's Corner ist ein kleiner Raum hinter dem großen Restaurant im 9. Stock«, erläuterte Phyllis. »Dort sind wir unter uns, und wir werden am Tisch bedient.«

Jeremy lächelte James zu und hielt seinen Stock hoch. Mahagoni mit silbernem Griff und Intarsien aus Elfenbein, dachte James. »Die Nahrungsbeschaffung am Buffet ist doch recht mühselig«, sagte Jeremy, »wenn man wie ich Schwierigkeiten hat, sein Gleichgewicht zu halten, besonders auf einem Schiff.«

»Schade«, murmelte Sheila. In einiger Entfernung folgten sie Phyllis, Eden und Jeremy, die vor ihnen den langen, schmalen Korridor entlanggingen. »Ich liebe Buffets. Jetzt sitzen wir den ganzen Abend am Tisch fest.«

»Ja, schade«, stimmte James ihr zu. Er hatte nichts für Selbstbedienung übrig, aber in diesem Fall behagte auch ihm die Vorstellung nicht, für die Dauer des Abendessens, das sich mindestens zwei Stunden hinziehen würde, Gefangener des kleinen, exklusiven Captain's Corner zu sein. »Sehen wir es positiv. Wenigstens bleibt uns der Anblick anderer Menschen am Buffet erspart.«

»Wie meinen Sie das?«

»Meiner Erfahrung nach gibt es am Buffet zwei Arten von Menschen«, erklärte James. »Die Entscheidungsneurotiker, die alles aufhalten, und die Gierigen, die sich so viel auf die Teller häufen, als gäbe es kein Morgen. Und das Schlimme daran ist, dass diese beiden Gruppen sich gegenseitig verstärken. Weil die Gierigen in der Schlange sich so viel aufhäufen, sind die Entscheidungsneurotiker hinter ihnen gezwungen zu warten, was ihnen noch mehr Gelegenheit gibt, hin und her zu überlegen. Dadurch stoppen sie wiederum die Gierigen, die nun die Zeit nutzen, sich noch ein bisschen mehr auf den Teller zu laden, als sie sowieso schon draufhaben.«

»Interessant«, bemerkte Sheila, »und zu welcher der beiden Gruppen zählen Sie mich?«

»Anwesende immer ausgenommen«, sagte er.

»Sie wissen, dass Sie arrogant sind?«

»Geben Sie zu, ich habe recht.«

»Ich persönlich liebe Buffets.«

»Buffets sind die Sargnägel der Esskultur. Es grenzt an Folter, für seine Mahlzeit Schlange stehen zu müssen wie in der Betriebskantine.«

»Na, da können wir ja von Glück sagen, dass wir dieser Folter entgehen«, sagte Sheila. Sie blieb stehen und sah James kritisch an. »Kann es übrigens sein, dass Sie ein klein wenig unterzuckert sind? Wenn ich übellaunig bin, liegt es oft daran, dass ich nichts im Magen habe.«

Jeremy war stehen geblieben, er hatte die letzten Worte offenbar mitbekommen. »Keine Sorge, James, niemand muss auf der Victory Schlange stehen. Wir haben schon vor Jahren Freestyle-Dining eingeführt, es gibt Essensinseln. So muss niemand am ganzen Buffet vorbeipilgern, nur um sich eine Kleinigkeit nachzuholen.«

»Ausgezeichnet«, sagte James.

»Wieso haben Sie vorhin auf unserem Balkon nicht mehr gegessen, James?«, raunte Sheila ihm zu, als Jeremy sich wieder umgedreht hatte.

Er lächelte. »Weil ich solche Freude daran hatte zuzuschauen, wie Sie alles wegputzten.«

Sheila sah ihn an, den Kopf leicht zur Seite geneigt. Er kannte diese Bewegung und wusste, dass sie überlegte, ob sie böse sein sollte. »Vielen Dank, James. Jetzt weiß ich auch, zu welcher Kategorie von Leuten am Buffet Sie mich zählen: zu den Gierigen.«

»Nein, so war das nicht gemeint«, beteuerte er. »Sie sind einfach der einzige Mensch auf der Welt, dem ich ausgesprochen gern beim Essen zusehe.«

Kapitel 3

Das hatte er befürchtet: Es gab Platzkarten. Wenigstens saß Sheila ihm gegenüber, sodass er unbefangen den Blick von seinem Teller würde heben können, ohne auf einen unappetitlich kauenden Menschen schauen zu müssen. Beim Meet and Greet hatte der Kapitän eine kleine, launige Ansprache gehalten, danach gab es Knabbergebäck und einen Aperitif und die erste Gelegenheit zum Small Talk. Mittlerweile hatte der Kapitän sich verabschiedet, um weitere Passagiere persönlich willkommen zu heißen, und man setzte sich. James war überrascht. Ohne sich darüber viele Gedanken gemacht zu haben, war er davon ausgegangen, dass die übrigen Gäste etwa im selben Alter sein würden wie die Jubilarin. Doch als er sich am Tisch umschaute, stellte er fest, dass Phyllis und Jeremy sowie ein Ehepaar gegenüber von ihnen die einzigen hochbetagten Menschen in der Runde waren. Dann rief er sich in Erinnerung, dass Phyllis in wenigen Tagen neunzig wurde – ein Alter, in dem der Kreis der Gleichaltrigen naturgemäß schon recht ausgedünnt ist. Es war für dreizehn Personen gedeckt; außerdem gab es einen Kinderstuhl, den eine junge blonde Frau allerdings gerade beiseitestellte.

Nachdem alle Platz genommen hatten, schlug Phyllis mit einem kleinen Messer so heftig an ihr Champagnerglas, als wollte sie ein Ei köpfen. Das Glas zerbrach klirrend.

»Vor deinem Temperament kapituliert einfach jeder«, scherzte Jeremy, während ein Kellner herbeieilte, um die Scherben zu entfernen. Ein zweiter saugte mit einem Tischstaubsauger die feinen Splitter auf, und ein dritter brachte ein neues Glas. Als sich die allgemeine Heiterkeit über das Missgeschick gelegt hatte, begann die alte Dame mit ihrer Ansprache:

»Ihr Lieben, wie sehr freue ich mich, euch alle heute hier zu sehen!« Phyllis machte eine Pause und fasste sich hinter das linke Ohr, um ihr Hörgerät feinzutunen. Es gab eine unangenehme Rückkopplung, dann ließ sie ihren Blick schweifen und lächelte den Gästen zu. »Aus eigener leidvoller Erfahrung«, fuhr sie fort, »weiß ich, wie langweilig Tischreden sind. Andererseits möchte ich jeden von euch kurz vorstellen. Ein paar von euch werden sich kennen, aber« – sie lächelte ihrem Mann, James und der Frau neben ihm zu – »es gibt auch neue Gesichter, worüber ich mich besonders freue. Wir werden noch reichlich Gelegenheit haben, uns näher miteinander bekannt zu machen, aber fürs erste Kennenlernen habe ich mir ein kleines Spiel ausgedacht.« Phyllis nickte einem Asiaten zu, der in seinem weißen Dhoti, dem Traditionsgewand der Inder, zwischen den Kellnern an der rückwärtigen Wand stand. Wie eine jüngere Ausgabe von Gandhi, dachte James. »Mr Chandan, bitte!« Der Inder eilte zu einem Beistelltischchen, griff mit beiden Händen ein kleines Silbertablett, auf dem ordentlich aufgereiht dreizehn Glückskekse lagen, und überreichte jedem Gast feierlich ein kleines, in durchsichtige Folie verschweißtes Gebäckstück. »Brecht den Keks bitte auf«, sagte Phyllis, »wer mag, kann ihn auch gleich essen. Worauf es mir ankommt, ist das Zettelchen darin.« Sie griff sich mit einer theatralischen Geste ans Herz: »Ich verrate euch eine große Schwäche von mir: Ich bin abergläubisch. Manche glauben an schwarze Katzen, manche an Horoskope oder an Unglückszahlen. Ich glaube an Glückskekse.« Phyllis öffnete ihre Packung, zerbrach den Keks und zog den kleinen Papierstreifen heraus, der sich darin verbarg. »Ich werde euch meine Glückskeks-Prophezeiung verraten.« Sie hielt sich den Zettel mit ausgestrecktem Arm vors Gesicht, kniff die Augen zusammen und las: »Seien Sie nicht so eitel und setzen Sie Ihre Brille auf.« Alle lachten. Phyllis reichte den Zettel an Eden weiter: »Eden, mein Lieber, sei so nett und lies mir vor, was darauf steht.«

Eden nahm das Zettelchen und las vor: »Die höchste Form des Glücks ist ein Leben mit einem Schuss von Verrücktheit. Gönnen Sie sich etwas!«

»Na bitte«, sagte Jeremy und winkte dem Kellner, der mit einer Flasche Champagner herbeieilte und begann, die Gläser der Gäste zu füllen. »Das lassen wir uns nicht zweimal sagen! Auf dein Wohl, Phyllis!«

Als alle getrunken hatten, wandte Phyllis sich ihrer Tochter zu. »Ich glaube, meine Tochter Sheila brauche ich nicht vorzustellen. Ihr alle kennt sie, und ich freue mich sehr, dass sie Mr Gerald überreden konnte mitzukommen.« Bei diesen Worten lächelte sie in James' Richtung. »Ich hoffe, ihr werdet eine unvergessliche Reise haben. Los, Sheila, lies deinen Spruch vor!«

Sheila schluckte die Reste ihres Glückskekses herunter und las vor: »Nicht der Wind, sondern die Segel bestimmen den Kurs.«

»Eine große Weisheit, auch wenn wir – glücklicherweise – nicht auf Segel angewiesen sind, um vom Fleck zu kommen«, bemerkte Jeremy. Phyllis erhob das Glas. »Auf dein Wohl, liebe Sheila. Mögest du deine Segel immer richtig setzen!« Man hob erneut die Gläser, und der Kellner entkorkte eine weitere Flasche Champagner. James sah, dass Sheilas Wangen vom Alkohol schon glühten, und rechnete sich aus, dass jeder, wenn die Reihe an ihm war, etwa vier Gläser Champagner getrunken haben würde. Die Glückskeks-Geschichte mochte albern sein, aber die Trinkerei dabei lockerte ganz sicher die Stimmung.

Phyllis stellte den Gast zu ihrer Linken vor. »Dies ist Charles Walther, mein langjähriger Weggefährte. Ein Gott unter den Heilpraktikern. Ohne dich, mein lieber Charles, wäre ich schon lange unter der Erde. Ich freue mich sehr, dass du dir die Zeit genommen hast. Ich weiß, wie sehr du es hasst, deine Patienten allein zu lassen.«

Charles, den James auf Mitte sechzig schätzte, zerbrach seinen Glückskeks und las seinen Spruch vor: »Große Veränderungen stehen bevor.«

»Ja, vor allem örtliche«, bemerkte Jeremy. »Morgen sind wir in Nizza, übermorgen in Rom«, fügte er im allgemeinen Gelächter hinzu.

»Sag, Mutter, hast du die Zettel mit den Sprüchen am Ende selbst in die Glückskekse eingebacken?«, fragte Sheila.

Phyllis winkte ab. »Backen ist etwas für Geduldige. Aber es ehrt mich, dass du mir das zutraust.«

Dann richtete sie ihr Wort an James und ihren Ehemann: »Mein lieber James, mein lieber Eden, ich denke, ihr beiden seid die Einzigen, die meinen Stiefsohn Monty Miller noch nicht kennen.« Mit ausladender Geste lenkte sie die Aufmerksamkeit auf den groß gewachsenen Herrn, der James' Einschätzung nach um die siebzig sein musste. Er trug als einziger Mann am Tisch keine Krawatte und hielt eine kleine Videokamera in der Hand, die er jetzt beiseitelegte, um nach seinem Glückskeks zu greifen. »Wir haben uns kennengelernt, als du noch so herrlich gelispelt hast. Wann war das noch genau?«, fragt Phyllis.

»Im Sommer 1956«, sagte Monty. »Eines Morgens, als du verliebt turtelnd mit meinem Vater am Frühstückstisch saßest.«

»Also bitte, Monty, das war keine Aufforderung, aus dem Nähkästchen zu plaudern«, sagte Phyllis tadelnd. »Aber du liebe Zeit, so lange ist das schon her? Es kommt mir vor, als wäre es gestern gewesen.«

»Ja, so ist das«, mischte sich die alte Frau am anderen Ende der Tafel ein. »Die Äpfel sind schon reif, und man denkt immer noch, das Jahr hat gerade erst begonnen.«

»Sehr schön gesagt, Rosie«, lobte Phyllis. »Und ich muss zugeben, es stimmt. Ich fühle mich innerlich immer noch wie dreißig. Ich kann nicht glauben, dass aus mir eine alte Frau geworden ist. Nun ja, der Rollstuhl erinnert mich allerdings ständig daran.«

»Und der Spiegel«, bemerkte Sheila. Der Kellner schenkte ihr zum dritten Mal nach.

»Sheila, Kind, schaust du etwa noch in den Spiegel?« Phyllis lächelte milde. »Das habe ich mir schon vor fünfzig Jahren abgewöhnt!«

»Lesen Sie vor, was auf Ihrem Zettel steht!«, forderte Jeremy Monty Miller auf.

»Oh«, bemerkte Monty. »Hier steht: ›Memento mori – genieße jeden Tag, als sei es der letzte.‹ – Also wirklich, Phyllis, wo hast du diese Glückskekse gekauft? Ich dachte, da steht immer etwas Nettes.«

»Wahrscheinlich hatte der Glückskeks-Sprücheklopfer gerade einen schlechten Tag«, warf Jeremy ein.

Phyllis griff in ihre Handtasche und warf Monty einen neuen Glückskeks zu. »Probier einen anderen!«

Monty zerbrach den neuen Keks und las vor: »›Wenn du an der Küste bleibst, wirst du keine neuen Ozeane entdecken.‹ – Na ja, das passt schon besser!«

Die Tischgesellschaft wirkte inzwischen dank des Alkohols recht gelöst. Als zwei Kellner einen Servierwagen in den Raum schoben und in einer Ecke des Raums unauffällig mit den Vorbereitungen für den ersten Gang begannen, atmete James erleichtert auf. Er brach seinen Keks auf und las den Spruch.

»James«, sagte Phyllis mit gespielter Empörung, »Sie haben Ihren Keks schon geöffnet. Na los, dann lesen Sie auch vor!«

»Ihnen entgeht nichts.«

»Ich weiß.«

»Nein, das steht auf meinem Zettel: ›Ihnen entgeht nichts – Ihre Widersacher haben keine Chance.‹«

»Was denn, das steht auf Ihrem Zettel?« Phyllis klatschte begeistert in die Hände. »Das passt doch genau!« Sie wandte sich an die anderen. »Darf ich vorstellen: James Gerald, Agent des Secret Intelligence Service im Ruhestand und ein guter Freund meiner Tochter.« Sie zwinkerte James zu. »Oder sollte ich sagen, ihr persönlicher Leibwächter? Ich nehme an, Sie haben Ihre Waffe dabei?«

James bemerkte, wie Sheila zur Decke sah. »Selbstverständlich, geladen und entsichert«, sagte er lächelnd und prostete Phyllis zu.

Während der Kellner die nächste Champagnerflasche

entkorkte, fühlte James die neugierigen Blicke der anderen auf sich gerichtet. Sogar das Personal musterte ihn verstohlen. Alle Menschen reagierten so, wenn sie von seinem Beruf erfuhren. Es wäre James lieber gewesen, Phyllis hätte sich diese Enthüllung verkniffen. Aber damit war kaum zu rechnen gewesen, denn nach allem, was Sheila ihm über ihre Mutter berichtet hatte, gehörte Taktgefühl nicht unbedingt zu ihren hervorstechenden Merkmalen.

Phyllis setzte die Vorstellungsrunde fort. »Ivy und Richard, ihr repräsentiert die Jugend hier am Tisch, und ich freue mich, dass unser Durchschnittsalter dadurch erheblich sinkt – zumal ihr euren süßen kleinen Goldschatz mitgebracht habt.«

Jeremy erläuterte der Runde die Details: »Richard ist mein Enkel, und die bezaubernde junge Dame an seiner Seite ist seine Frau Ivy. Die beiden haben ein Kind, den zweijährigen Jamie, und ich freue mich sehr, dass der kleine Kerl auch mit an Bord gekommen ist. Er schläft schon, nehme ich an?«

Die junge Frau nickte nur lächelnd und deutete auf das Babyfon, das vor ihr auf dem Tisch stand. James musterte das Paar. Sie mochten beide Anfang dreißig sein, und er fragte sich, warum sie dieser Einladung gefolgt waren. In diesem Alter verbrachte doch niemand freiwillig seinen Urlaub auf einem Schiff, noch dazu mit einer Horde von Menschen, die aus ihrer Sicht schon mit einem Bein im Grab standen. Aber vielleicht hatten sie die Einladung des Großvaters nicht ausschlagen wollen. Oder kein Geld, um sich einen anderen Urlaub zu leisten.

»Reisen veredelt den Geist und räumt mit unseren Vorurteilen auf«, las Ivy vor.

Automatisch hob James sein Glas an die Lippen, während Phyllis einen Toast aussprach.

Ivys Mann knackte seinen Keks auf, fischte den Zettel heraus und fing laut an zu lachen: »Großvater, der Zettel hier ist etwas für dich, du liebst doch solche Sprüche: ›Irrtum ist das notwendige Instrument der Wahrheit!‹«

»Novalis«, sagte James' Tischnachbarin leise.

James sah sie verwundert an. »Tatsächlich?«

Sie nickte. »Ein deutscher Dichter«, erklärte sie. »Aus der Romantik.«

»Sie kennen sich gut aus.«

Sie lächelte. »Ich bin Deutsche.«

»Kompliment, das merkt man nicht.«

Judy Kappel sah ihn leicht verstimmt an. »Ich meinte, Sie haben keinen deutschen Akzent«, erklärte James.

»Englisch ist meine Muttersprache.«

James wollte mehr wissen, aber seine Tischnachbarin deutete auf Phyllis, die bereits das Glas erhoben hatte. »Trinken wir auf die Wahrheit oder auf den Irrtum?«

»Madonna mia, natürlich auf beides«, bemerkte der wohlbeleibte Herr, der als Nächstes an der Reihe war. Er strich sich die vollen, schwarz glänzenden Locken aus dem Gesicht. James überlegte, ob er sich die Haare färben ließ oder es sich um eine gut gemachte Perücke handelte. Er fing einen Blick von Sheila auf. Sie zog die Augenbrauen hoch, führte ihre Hand vor den Mund und deutete ein Gähnen an. Hätte sie neben ihm gesessen, hätten sie sich wenigstens leise unterhalten können, ohne dass die anderen mithörten. Aber da sie ihm gegenüber saß, war das unmöglich.

»Darf ich vorstellen«, fuhr Phyllis fort, »Luigi Valenti. Mit dir, lieber Luigi, verbindet mich die Liebe zur Musik und zu Italien, und das schon … ach, lassen wir das.« Zu den anderen gewandt sagte sie: »Luigi hat eine begnadete Stimme, und ich hoffe, dass er uns manchen Abend damit verzaubern wird.«

Luigi legte die Hand an die Brust und deutete eine Verbeugung an. »Es ist mir eine Ehre!« Er nahm seinen Zettel und las vor: »Erfolg steigt nur dann zu Kopf, wenn der erforderliche Hohlraum vorhanden ist.« Luigi lachte. »Das stimmt, kann ich nur sagen. Ihr glaubt gar nicht, wie abgehoben manche Leute in meiner Branche sind. Glücklicherweise bin ich ein Typ, der immer mit beiden Beinen auf dem Boden geblieben ist.«

»Und das, obwohl du überaus erfolgreich bist«, sagte Phyllis. »Auf dich, lieber Luigi. Und vor allem auf deine wundervolle Stimme! Cheers!«

»Cheers!«, stimmten alle ein, wenn auch nicht mehr so euphorisch wie beim ersten Mal.

Eden Philpotts, der neben Phyllis saß, packte als Nächster seinen Zettel aus. Phyllis stellte den unauffälligen kleinen Mann enthusiastisch als den Stern, die Sonne und das Universum ihrer alten Tage vor. Sheila sah amüsiert zu James hinüber, und er nahm sich vor, sie eingehend nach diesem Ehemann Nummer 7 zu befragen, sobald sie allein waren. Die Männergeschichten von Sheilas Mutter waren ihm einfach zu komplex. Eden zuckte die Schultern, als er seinen Zettel entfaltete. »Wisse, bis wohin du zu weit gehen kannst.«

»Ich bin der Sprüche müde«, raunte James' Tischnachbarin ihm zu.

Während man sich wieder zuprostete, schauten einige am Tisch bereits verstohlen zu den Kellnern, die bereitstanden, das Essen aufzutragen. Doch Phyllis schien die aufkeimende Unruhe nicht zu bemerken und widmete sich seelenruhig dem hochbetagten Paar am anderen Tischende. Sie trug kunstvoll dauergewelltes, hellblond gefärbtes Haar zu einem in ästhetischer Hinsicht fragwürdigen hellgrünen Abendkleid, das mit aufgenähten Stoffrosen verziert war. Er hatte sich, was gemeinschaftliche Auftritte mit seiner Frau anging, offensichtlich mit seiner Nebenrolle abgefunden und entsprach dem Typus des hageren Briten, der im Alter eine knochige Sportlichkeit ausstrahlt. »Al und Rosie Macbeth sind liebe Freunde von mir«, sagte Phyllis, »und das schon seit einer Ewigkeit. Ich freue mich ganz besonders, dass ihr hier seid!« James ließ sich Champagner nachschenken und beobachtete die Bläschen im Glas, während Rosie und Al ihre Glückskeks-Sprüche zum Besten gaben. »Frauen, die lange ein Auge zudrücken, tun das am Ende nur noch, um zu zielen«, las Rosie vor, was mit höflichem Lachen quittiert wurde. Dann setzte Al seine Lesebrille auf die Nase, zwinkerte und las langsam, als würde er jedes Wort einzeln entziffern müssen: »Das Essen ist fertig. Lasst es nicht kalt werden.« Alle lachten, nur Phyllis protestierte energisch: »Nein, Al, das zählt nicht. Lies gefälligst vor, was wirklich auf dem Zettel steht!«

Al zuckte die Schultern. »Aye, aye, Madam«, sagte er, rückte seine Brille umständlich gerade, hielt den Zettel zunächst dicht vor die Augen, dann etwas weiter weg und las: »Eine positive Veränderung in der Zukunft steht bevor: Ein köstliches Mahl mit guten Freunden.«

Wieder lachten alle, und diesmal gab Phyllis sich geschlagen und ging zu James' Tischnachbarin über. »Darf ich euch vorstellen, meine Lieben: Das ist Judy Kappel, mein ganz persönlicher Glücksfall. Ich wüsste nicht, was ich ohne sie täte, sie hilft mir nicht nur dabei, meinen Alltag zu bewältigen, sondern ist in den letzten beiden Jahren auch eine liebe Freundin geworden!«

»Danke, Mrs Barnes.« Judy Kappel lächelte verlegen und las mit leiser Stimme: »Die Liebe ist der Kompass des Herzens.«

»Welch poetischer Abschluss«, warf Monty Miller mit krächzender Stimme ein und prostete Judy Kappel grinsend zu. »Haben Sie Ihren Kompass schon gefunden, Judy?«

Miss Kappel errötete und griff hastig nach ihrem Glas.

»Auf die Liebe!«, rief Luigi Valenti und erhob sein Glas.

Geschafft, dachte James. Sheila gähnte herzhaft und erntete dafür prompt einen strafenden Blick ihrer Mutter. Trotz ihrer schlechten Augen entging Phyllis nichts.

»Und nun kommen wir endlich zu dir, Jeremy«, sagte Phyllis. »Jeremy«, fuhr sie fort und sah ihm in die Augen, »ist mit Abstand der wichtigste Mensch hier an Bord.«

Sie müssen früher ein schönes Paar gewesen sein, dachte James. Er warf einen Blick zu Eden, doch dem neuen Mann an Phyllis' Seite war keine Eifersucht anzumerken.

»Jeremy ist nicht nur mein Wohltäter«, fuhr Phyllis fort, »sondern unser aller Wohltäter. Seiner Großzügigkeit verdanken wir diese Reise. Ohne ihn würde ich mir an meinem neunzigsten Geburtstag eine Decke über den Kopf gezogen und gehofft haben, der Tag möge unauffällig vorbeigehen, damit der Tod nicht merkt, dass ich immer noch lebe. Aber Jeremy hat mich überredet, noch einmal richtig groß zu feiern.« Phyllis erhob ihr Glas und lächelte ihm strahlend zu. »Ich danke dir, Jeremy. Von ganzem Herzen. Deine Großzügigkeit ist beinahe beschämend, vor allem wenn man bedenkt, dass wir nicht einmal mehr verheiratet sind. Kaum eine Frau erwartet von ihrem Exmann eine Aufmerksamkeit zum Geburtstag, und du übertriffst dich selbst mit diesem wundervollen Geschenk. Seitdem beschäftigt mich eine Frage: Was hätte ich von dir bekommen, wenn wir noch verheiratet wären?«

»Eine Reise zum Mond«, sagte Jeremy und zwinkerte ihr zu.

Phyllis drohte ihm mit dem Finger. »Ich weiß schon, ohne Rückfahrkarte. Lies deinen Spruch, wir haben Hunger.«

Jeremy sah über den Rand seiner Brille hinweg und las: »Vom Weinen zum Lachen ist es ein angenehmer Schritt, mit dem aller Kummer vergessen wird.«

James wandte sich seiner Tischnachbarin zu. »Diesmal weiß ich auch, von wem das ist. Und Sie?«

»Goldoni, ›Diener zweier Herren‹«, kam es prompt.

»Sie könnten im Fernsehen auftreten, in einer dieser Quizsendungen.«

»Bin ich schon«, grinste Judy Kappel. Sie zeigte auf die eingefasste Goldmünze, die, an einer schweren Goldkette hängend, auf ihrem Dekolleté ruhte. »Vom Gewinn habe ich mir das hier gekauft«, flüsterte sie, während James die beinahe handtellergroße, sattgelb glänzende Medaille musterte. »Ich weiß, sie ist nicht besonders schön, aber es ist 999er Gold. Allein der Goldwert beträgt zweitausend Pfund. Es ist ein gutes Gefühl, etwas für schlechte Zeiten bei sich zu haben.«

»Haben Sie keine Angst, bestohlen zu werden?«, fragte James und beugte sich näher zu Miss Kappel, um dem Kellner Platz zu machen, der die Champignoncremesuppe im Brotlaib servierte. »Nicht sehr«, sagte Judy Kappel und lächelte schelmisch. »Ich bin erstens nicht teuer genug gekleidet und zweitens nicht alt genug für diese Art von Klunker. An mir wirkt er wie billiger Modeschmuck.« James protestierte höflich, gab ihr aber im Stillen recht. Trägerinnen von solchem Echtschmuck waren in der Regel so wie Rosie: alte, reiche Matronen, die ihr Haar toupierten und ihr Geschmeide in eine auffallende, exklusive Garderobe einbetteten.

Das Essen war ausgezeichnet, auch wenn James es lieber allein mit Sheila eingenommen hätte. Nach der Suppe gab es Lobster, Jakobsmuscheln und Kalamares. Judy Kappel erwies sich als amüsante Unterhalterin. Sheila und ihr Tischnachbar Charles Walther schienen sich ebenfalls glänzend zu verstehen und lachten viel. James schnappte ab und zu Gesprächsfetzen auf, sie unterhielten sich über gemeinsame Bekannte. Schließlich wurde das Dessert aufgetragen. Weihevolle Stille breitete sich aus, als das Licht gedimmt wurde und Cognac über die in Honig gebackenen Bananen gegossen wurde. Eine Schande, dachte James, als der Kellner ein Streichholz entzündete und der gute Cognac unter dem »Ah« und »Oh« der am Tisch Sitzenden in Flammen aufging.

»Einen Sixpence für Ihre Gedanken, James!«, sagte Sheila. Ihre Augen glänzten im Schein des Feuers.

»Sie wissen, was ich denke.«

Sheila lächelte. »Aber es schmeckt nicht schlecht. Probieren Sie doch wenigstens!«

»Auf keinen Fall.«

»Für Sie kein Dessert?«, fragte Luigi Valenti verwundert. »Sie wissen doch: Das Beste kommt zum Schluss!«

»Für mich war das Hauptgericht der Höhepunkt«, sagte James. »Verkohlte Bananen würden alles ruinieren. Sie wissen schon, so wie ein schwaches Finale die ganze Oper verderben kann.«

Sheila machte den Mund auf, um etwas zu sagen, hielt jedoch inne und starrte in Richtung Al Macbeth. James folgte ihrem Blick. Der alte Mann hatte den riesigen Dessertteller in beide Hände genommen, hielt ihn sich wie eine Maske vors Gesicht und leckte ihn genüsslich ab. Die Gespräche am Tisch verstummten. Seine Zunge passt zu ihm, dachte James. Genauso echsenhaft wie der ganze Mann. Aus den Augenwinkeln sah er, wie Monty Miller zu seiner Filmkamera griff, um die Szene festzuhalten.

»Lass das!«, rief Rosie mit unnatürlich hoher Stimme, wobei sie Monty einen wütenden Blick zuwarf. Sie griff hastig nach dem Teller, doch ihr Mann hielt ihn eigensinnig fest und fuhr fort, ihn mit seiner Zunge zu bearbeiten. Erst als er wie frisch gespült aussah, stellte Al ihn wieder auf den Tisch. »Das war ausgezeichnet, Phyllis!«, sagte er zufrieden und schickte einen kleinen Rülpser in Montys Richtung hinterher. »Exzellent.«

»Wer trinkt einen Cognac mit?«, fragte Jeremy schnell. Er sah auf seine Armbanduhr. »Ach, wisst ihr was, Kinder, ich schlage vor, wir gehen direkt ins Stardust Theatre, dort können wir den Abend bei ein paar Drinks ausklingen lassen. In einer halben Stunde tritt dort eine brasilianische Tanzgruppe auf. Die sollten wir nicht verpassen.«

»Ich denke, wir werden uns zurückziehen«, sagte Rosie mit einem Blick auf ihren Mann, bei dem James sich beglückwünschte, nie geheiratet zu haben. »Almond ist müde.«

»Ich verabschiede mich auch«, sagte Ivy schnell. »Ich will Jamie nicht zu lang allein lassen.«

»Aber wir haben doch das Babyfon«, warf ihr Mann ein.

»Trotzdem«, sagte Ivy, nahm den Funkmelder vom Tisch und steckte ihn entschlossen in ihre Handtasche. »Die ganze Zeit bin ich schon unruhig wegen Jamie. Ich traue diesen Dingern nicht. Außerdem, bald ist seine erste Tiefschlafphase vorbei, und falls er plötzlich aufschreckt, ist es besser, ich bin sofort bei ihm.«

»Was ist mit dir, Richard?«, fragte Jeremy seinen Enkel. »Kommst du noch mit?«

»Ja, klar«, sagte Richard und sah seine Frau an. »Oder macht es dir etwas aus?«

»Nein, geh ruhig.«

»Ist es wirklich okay für dich?«

»Natürlich!«, beteuerte Ivy.

»Na, dann«, sagte Richard und drückte seiner Frau einen flüchtigen Kuss auf die Wange. »Bis später.«

»Amüsier dich gut«, rief sie ihm hinterher.

James fragte sich, ob Ivy ihrem Mann wirklich einen unbeschwerten Abend gönnte, während sie selbst Babydienst schob, oder ob sie Richard für diese partnerschaftliche Großzügigkeit demnächst die Rechnung präsentieren würde. Eine innere Stimme ermahnte ihn, nicht hinter jeder Freundlichkeit Berechnung zu vermuten. Dann wurde ihm bewusst, dass diese Stimme gar nicht seine, sondern Sheilas war. Es passierte in letzter Zeit immer öfter, dass diese zweite innere Stimme sich ungefragt in seinem Kopf zu Wort meldete. Er warf Sheila, die gerade hinter vorgehaltener Hand wieder herzhaft gähnte, einen missmutigen Blick zu.

»Sieht aus, als solltest du bald ins Bett gehen«, bemerkte Charles Walther.

Sheila nickte, griff nach ihrer Handtasche und suchte darin nach der Karte für ihre Kabine. »Stimmt. Wie ist es mit Ihnen, James? Kommen Sie mit?«

James bemerkte einen Anflug von Eifersucht im Blick des Heilpraktikers, mit dem Sheila sich so angeregt unterhalten hatte. Sheila war die Zweideutigkeit ihrer Frage nicht bewusst. James begleitete sie zur Tür hinaus. »Wenn wir uns beeilen, können wir von unserem Balkon aus noch den Sonnenuntergang sehen«, sagte er so laut, dass Charles Walther es hören konnte.

»Ha, ha«, machte Sheila nur. »Geben Sie sich keine Mühe, James. Wenn die Sonne Ihr grimmiges Gesicht sieht, wird sie sich eh hinter den Wolken verstecken.«

»Ich fürchte, das hat sie schon«, sagte James. Sie waren aus dem fensterlosen Captains's Corner in den großen Speisesaal mit angrenzender Aussichtsplattform getreten. Himmel und Meer waren zu einer dunkelgrauen Masse verschmolzen, Regen perlte an den Fenstern hinab.

»Macht nichts«, sagte Sheila. »Ich bin sowieso todmüde. Sobald ich mich ins Bett lege, werden mir die Augen zufallen wie einer Schlafpuppe.«

James lachte auf bei der Vorstellung von einer Puppe, die aussah wie Sheila. »Eine Oma-Puppe, das wäre mal etwas Neues. Wenn Sie in Serie gehen, will ich unbedingt auch eine Sheila-Humphrey-Puppe haben!«

»Sie haben zu viel getrunken, James.«

»Ich betrinke mich nie in Gesellschaft, wie Sie wissen. Im Gegensatz zu Ihnen übrigens. Wenn ich richtig gezählt habe, gehen fünf Gläser Champagner plus zwei Gläser Weißwein plus ein Rotwein auf Ihr Konto, abgesehen von den zwei Gläsern Sekt, die Sie zuvor schon auf unserem

Balkon getrunken hatten. Macht zusammen gut einen Liter mindestens zehnprozentigen Weins. Sie dürften kaum über sechzig Kilogramm wiegen ...«

»Dreiundfünfzig«, korrigierte Sheila.

»Verzeihung, das macht insgesamt einen Promillewert von – niedrig geschätzt – 2,4. Stündlich baut Ihre tapfere kleine Leber etwa 0,1 Promille wieder ab, vielleicht haben Sie also momentan einen Blutalkoholwert von 1,9. Bemerkenswert, dass Sie noch so gut sprechen können.«

»Sie haben mitgezählt, wie viel ich getrunken habe?«

Er nickte. »Alte Gewohnheit. Ich könnte Ihnen von jedem am Tisch sagen, wie viel er getrunken hat.«

»Das ist zwanghaft, finden Sie nicht?«

»Das im Blick zu haben gehörte zu meinem Job«, erklärte James lächelnd. »Alkohol kann Freund, Feind oder sanfter Verbündeter sein. Je nachdem, wie er eingesetzt wird. Er lockert die Zunge, spült die Wahrheit heraus, entlockt Leuten Geheimnisse, die sie nüchtern nie preisgegeben hätten, und stellt Vertrautheit her, wo sonst gesundes Misstrauen geherrscht hätte. Mit einem Wort, Alkohol ist das beste legale Mittel, um etwas in Erfahrung zu bringen. Viel besser als Folter übrigens, denn er arbeitet ohne Angst. Angst kann die Zunge lockern, keine Frage, aber Alkohol ist besser.«

Sheila fuchtelte mit den Händen. »Ja, das merkt man, James. Hören Sie auf, das ist widerlich. Außerdem ist das alles passé. Sie sind Rentner. Betrinken Sie sich einfach, so wie alle anderen es auch tun, denken Sie nicht über alles nach, und Sie haben mehr von der Reise.«

Sie waren bei ihren Kabinen angekommen. Sheila kramte erneut nach der Schlüsselkarte. Er sah ihr eine Weile zu.

»Sie haben sie in der Hand«, sagte er.

Sie sah ihn böse an. »Das hätten Sie mir auch früher sagen können.«

Sie schloss auf und trat in ihre Kabine. »Gute Nacht, James.«

»Schlafen Sie gut, Sheila.« In seiner Kabine überprüfte James mit raschen Blicken, ob alles unverändert so war, wie er es zurückgelassen hatte. Dieser schnelle Check-up in fremder Umgebung war ihm in langen Berufsjahren in Fleisch und Blut übergegangen und nur noch halb bewusst.

Er setzte sich in den Sessel am Fenster, ließ den Blick über die Kabine schweifen, trommelte mit den Fingern der linken Hand auf dem Beistelltisch herum und dachte nach. Er konnte die merkwürdige Missempfindung, die ihn beim Betreten seiner Kabine beschlichen hatte, nicht einordnen. Während seiner aktiven Zeit hatte er sehr häufig in Hotels, möblierten Zimmern oder Apartments gewohnt und nie große Schwierigkeiten gehabt, sich heimisch zu fühlen. Meist hatte er sich in einem Hotelzimmer nicht so entspannen können wie in den vertrauten Wänden seines Hauses in Hampstead, aber die jeweilige Unterkunft als Zuhause auf Zeit anzunehmen, war für ihn nie ein Problem gewesen. Doch hier war etwas grundsätzlich anders als sonst. Eine Wohnstätte umfing jeden, der eintrat, mit ihrem eigenen Atem, und der Atem dieses Apartments stieß ihn ab, als wäre es ein feindlicher Ort. Er schnupperte. Vielleicht lag es schlicht am Geruch. Aber er roch nichts Besonderes, im Gegenteil, die Mischung aus typischem Hotelzimmer, frischer Meeresluft und einem Hauch von Sheilas Parfüm schmeichelte seiner Nase. Er dachte daran, Sheila zu fragen, ob es ihr mit ihrer Kabine ähnlich ging, verwarf den Gedanken aber sofort. Sie stand mit beiden

Beinen so fest auf dem Boden, dass man ihr mit unbestimmbaren Gefühlen schlecht kommen konnte. Sie würde ihn auslachen und seine Missempfindung für die Halluzination eines ausgedienten Geheimagenten halten oder, schlimmer noch, schlicht auf das Alter schieben: Ja, ja, James, in Ihrem Alter gewöhnt man sich halt nicht mehr so schnell an eine neue Umgebung. Er war nur drei Jahre älter als sie, aber seit seinem siebzigsten Geburtstag schien sie sich, nicht ohne einen gewissen Triumph, um mindestens ein Jahrzehnt jünger zu fühlen – als ob er sich über Nacht in einen alten Mann verwandelt hätte. Sie wirkte von hinten tatsächlich immer noch wie ein junges Mädchen, was vor allem an der schwungvollen Art lag, mit der sie sich bewegte. Er war sich nicht sicher, ob er ihr diese jugendliche Ausstrahlung gönnen sollte. Ihrem Gesicht sah man natürlich an, dass sie nicht mehr die Jüngste war, aber die Falten zeugten viel mehr von Temperament als von Alter. Als er im Bett lag und das Licht gelöscht hatte, schloss er die Augen und stellte sich eine Puppe mit Sheilas Gesichtszügen vor. Plötzlich fing diese Puppe an, sanft zu schnarchen. James knipste das Licht wieder an und lauschte. Das Geräusch kam aus Sheilas Kabine. Ihr Bett stand offenbar Kopf an Kopf zu seinem, und die Wand, die sie trennte, war dünn wie Pappe. Er beschloss, noch einen Kaffee zu trinken. Während das Koffein ihm morgens beim Wachwerden half, war es abends eine sichere Einschlafhilfe. James klingelte nach Mr Chandan. Der schlanke, schwarzhaarige Mann erschien bereits nach wenigen Minuten. »Sie wünschen, Sir?«

»Entschuldigen Sie, dass ich Sie belästige, vermutlich hätte ich mich damit an den Zimmerservice wenden sollen«, sagte James freundlich. »Ich hätte gern einen Kaffee.«

Mr Chandan schüttelte energisch den Kopf. »Mr Watts wünscht, alle Gäste zuerst sich an mich wenden.« Er lächelte breit, und seine Zähne leuchteten hell in seinem jugendlichen Gesicht. »Tee kommt.«

»Kaffee«, korrigierte James schnell. »Und wenn Sie mögen, würde ich mich freuen, wenn Sie zwei Tassen bringen und mir Gesellschaft leisten.«

Zehn Minuten später kam der Kaffee. »Haben Sie Zeit, sich einen Augenblick zu setzen?«, fragte James und deutete auf den Sessel ihm gegenüber.

»Danke«, lächelte Mr Chandan und nahm Platz. »Sie sind sehr freundlich.«

»Aus welcher Provinz in China stammen Sie?«, fragte James.

»Yunnan«, antwortete Mr Chandan erfreut. »Warum Sie wissen, ich bin Chinese? Alle denken, ich bin Inder.«

»An Ihrem Akzent habe ich es gemerkt«, antwortete James auf Chinesisch. »Aber warum geben Sie sich als Inder aus? Und kleiden sich so?«

Mr Chandan lächelte verlegen. Er wechselte nun ebenfalls ins Chinesische. Seine Stimme klang in der Muttersprache tiefer und voller, und nun, da er nicht bei jedem Satz nach Worten suchen musste, wirkte er nicht mehr unbeholfen, sondern wortgewandt und intelligent. »Mr Watts wollte eigentlich lieber einen indischen Butler haben, denke ich. Doch dann fiel seine Wahl auf mich, und er fragte, ob ich wenigstens als Dienstkleidung den Dhoti anziehen könne.«

»Das ist keine Dienstkleidung, sondern eine Zumutung, nicht wahr«, stellte James fest. »Sie sehen wie eine jüngere Ausgabe von Gandhi aus.«

Der Chinese winkte ab. »Gandhi war ein sehr weiser Mann, der sein Land in die Freiheit führte.«

»Sie empfinden es also nicht als demütigend?«

»Es ist in Ordnung für mich«, lächelte Chandan. »Und sehen Sie, das, was die Servicekräfte hier tragen, ist auch nicht viel besser. Außerdem zahlt Mr Watts gut. So kann ich meine Verwandten in China unterstützen und sehe viel von der Welt. Ich bin zufrieden, glauben Sie mir. Mr Watts hat seine Eigenheiten, aber er ist ein sehr faszinierender Mann. Ich bin stolz, für ihn arbeiten zu dürfen.«

»Wie kam es eigentlich dazu?«, fragte James.

»Als ich fünfzehn Jahre alt war, ist unsere Familie nach Schanghai gezogen, und ich habe studiert. Später bin ich in Mr Watts Unternehmen eingetreten, als Schiffsingenieur. Seit fünf Jahren betreibt Mr Watts eine eigene Linie im asiatisch-pazifischen Raum. Letztes Jahr kam er nach Schanghai, um betriebliche Umstrukturierungen in der Zentrale zu überwachen, und da hat er mich gefragt, ob ich sein persönlicher Assistent werden will.«

»Einfach so?«

»Nun ja«, sagte Mr Chandan und senkte den Kopf. Wie vielen Chinesen, dachte James, findet er es unschicklich, seinen Stolz offen zu zeigen. »Es hat vielleicht damit zu tun, dass ich in dem Jahr die Auszeichnung ›Bester Angestellter des Jahres‹ bekam.«

»Gratuliere.«

Mr Chandan verbeugte sich bescheiden. »Würden Sie es als ungebührlich empfinden, wenn ich Sie fragte, woher Sie so gut Chinesisch sprechen, Mr Gerald? Hat es – mit Ihrer beruflichen Vergangenheit zu tun?« Er sah James mit unverhohlener Neugier an.

»Sie meinen mit meiner Geheimdienstvergangenheit? Ja und nein.«

»Waren Sie – Spion in meiner Heimat?«

James schüttelte den Kopf. »Nein, so würde ich es nicht nennen. Jedenfalls habe ich Ihr Land nicht ausspioniert, wenn Sie das meinen. Ich war Angehöriger der britischen Botschaft damals.«

»Das war Ihre Tarnung«, stellte Mr Chandan fest. Seine Augen leuchteten plötzlich. »Das haben Sie die Leute nur glauben lassen. In Wirklichkeit haben Sie natürlich ganz andere Aufgaben wahrgenommen!«

»Nein, ich war wirklich Botschaftsangehöriger«, sagte James nüchtern. »In meiner Jugend war ich längere Zeit in China gewesen, sprach deshalb Chinesisch und kannte mich ein wenig aus. Deshalb wurde ich vom MI 6 dazu ausgewählt, den britischen Botschafter in China vor größeren Fettnäpfchen im gesellschaftlichen Umgang mit Parteikadern zu bewahren. Berater nannten sie es offiziell, Kindermädchen war der inoffizielle Ausdruck dafür. Glauben Sie mir, es war eine anstrengende Zeit. Ich war ständig mit einem Mann zusammen, der weder besonders fähig noch liebenswürdig, aber umso mehr von sich selbst überzeugt war.«

James bemerkte, dass das Leuchten in Mr Chandans Augen verschwunden war. »Aber jetzt sind wir ganz von Ihnen abgekommen«, fuhr er rasch fort. »Sie wurden also Mr Watts persönlicher Assistent. Das erklärt aber noch nicht ganz, wie Sie zum Mädchen für alles hier auf dem Schiff wurden. Dafür sind Sie doch eindeutig überqualifiziert.«
Mr Chandan zuckte die Schultern. »Das ist Sache von Mr Watts. Für mich ist es in Ordnung.« Er grinste vertraulich.

»Wie gesagt, ich bekomme eine Menge Schmerzensgeld dafür, dass ich in dieser Verkleidung den exotischen Diener spiele. Etwa das Doppelte von dem, was ich noch vor einem Jahr in China als Ingenieur verdient habe.« Er sah auf die Uhr und sprang auf. »Oh, höchste Zeit zu gehen!«, rief er, ins Englische überwechselnd. »Der alte Herr kann Unpünktlichkeit nicht ausstehen.« James ahnte plötzlich, dass Mr Chandans Englisch wahrscheinlich ebenso ausgezeichnet war wie seine Auffassungsgabe und er sich die unbeholfene Ausdrucksweise genau wie den Dhoti nur als Dienstkleidung überstreifte. »Ich müssen gehen jetzt«, setzte Mr Chandan, seinen Fehler bemerkend, schnell hinzu.

Als Mr Chandan gegangen war, trat James auf den Balkon, rauchte noch eine Zigarette und dachte über diesen ersten Tag an Bord nach. Er konnte schlecht benennen, was ihn störte. Er witterte keine akute Gefahr, aber er hatte das irritierende Gefühl, dass irgendetwas nicht stimmte. Schließlich schnippte er die Zigarette über Bord, schüttelte den Kopf und ging wieder in seine Kabine. Vielleicht waren es einfach nur zu viele Eindrücke für den ersten Tag gewesen. Er konnte sich bestens vorstellen, was Sheila dazu sagen würde: Ach, James. Kaum tauschen Sie den Alltagstrott von Hampstead gegen eine Kreuzfahrt auf dem Mittelmeer, fühlen Sie sich gleich bedroht und malen Gespenster an die Wand! Er legte sich ins Bett, löschte das Licht und ließ sich durch Sheilas regelmäßige Atemzüge in den Schlaf lullen.

Kapitel 4

James träumte viel und wachte vom Vibrieren des Schiffes früh auf. Die Sonne war noch nicht zu sehen, doch vom Horizont aus färbte sich der Himmel über dem Meer orangerot. James sah auf die Uhr; es war 5.25 Uhr. Er beschloss, sich anzuziehen und zu schauen, ob er irgendwo schon einen Kaffee bekommen konnte. Den Übersichtsplan nahm er mit, auch wenn er sich bereits zu Hause damit vertraut gemacht hatte. Die Victory gehörte mit einer Kapazität von neunhundert Menschen an Bord – sechshundert Gästen und dreihundert Besatzungsmitgliedern – zu den kleineren und damit teureren Kreuzfahrtschiffen. Hatten andere Luxusliner die Ausmaße von großen Einkaufscentern, war die Victory eher mit einer exklusiven Boutique zu vergleichen. Aber es gab alles, was man von einem Urlaubsschiff der gehobenen Kategorie erwarten konnte: Auf Deck 10 lagen die Observation Lounge, das Sonnendeck mit Pool, das Eiscafé, ein kleiner, ringsum mit Netzen umgrenzter Sportplatz sowie eine Joggingbahn und ein Golfsimulator. Ein Deck darunter befand sich das Kinderparadies, ein Kino, ein großes Restaurant, Captain's Corner sowie das Stardust Theatre für die Abendveranstaltungen. Auf Deck 8 schließlich gab es einen Pub, ein kleines Fischrestaurant, ein Spielcasino, die Whisky-Bar – die hatte James im Übersichtsplan mit einem Kreuzchen versehen, denn hier waren Kinder unerwünscht –, eine kleine Einkaufszeile inklusive Friseursalon und das in Goldtönen gehaltene, sich über zwei Etagen erstreckende Atrium mit den zentralen Aufzügen. Auf Deck 4 bis 7 lagen die Kabinen der Passagiere und der höheren Schiffsangestellten. Im Heck von Deck 7 lud der Spa-Bereich zum Besuch ein, während im Bug die Sun Lounge untergebracht war, ein kleiner VIP-Bereich für die Gäste der ersten Klasse. Auf Deck 3, unter der Wasserlinie, befanden sich die Kabinen der einfachen Angestellten.

Auf dem Flur begegnete ihm keine Menschenseele. Er fuhr mit dem Aufzug zur Observation Lounge auf Deck 10. Auch hier war noch kein Gast, doch in dem kleinen Kiosk kurbelte soeben ein junger Asiate die Rollläden hoch. Nachdem er sich mit einem Blick hinter die Theke von der Qualität der Kaffeemaschine überzeugt hatte, bestellte James auf Mandarin einen Espresso. Der Bedienstete antwortete höflich, aber ohne zu lächeln, mit japanischem Akzent: »Entschuldigen Sie, ich habe Sie nicht verstanden. Könnten Sie bitte Englisch sprechen?«

»Oh, pardon, ich habe Sie für einen Chinesen gehalten«, sagte James. »Einen Espresso, bitte.« Erfreut stellte James fest, dass es einen abgeteilten Raucherbereich gab. Er ließ sich mit seinem Kaffee dort nieder, zündete sich eine Zigarette an, und während er den ersten Zug nahm, entdeckte er am Horizont die Küstenlinie. Bald würden sie in Nizza anlegen. Erst nach Mitternacht würde das Schiff mit Kurs auf Rom wieder ablegen, sodass genug Zeit für einen ausgiebigen Stadtbummel blieb. James freute sich darauf. Er war 1964 zuletzt in Nizza gewesen, im Zusammenhang mit der Verfolgung eines international gesuchten Terroristen.

Bei seinem dreitägigen Aufenthalt war er zwar viel in der Stadt herumgekommen, aber so auf sein Ziel konzentriert gewesen, dass er hinterher nur noch ein Gewirr von engen Gassen, Menschen und Motorrädern im Kopf hatte. Lavendelfelder waren das Einzige, woran er sich deutlich erinnerte. Nach der ganzen Sache hatte er einen Tag auf den Rückflug nach London warten müssen und den unverhofften Urlaubstag dazu genutzt, per Bus aufs Land zu fahren und stundenlang zu wandern, immer wieder an blauviolett blühenden, sich sanft im Sommerwind wiegenden Lavendelfeldern vorbei. Bewegung war das beste Mittel für ihn, Stress abzubauen und wieder auf andere Gedanken zu kommen. Nach dieser Mission war viel Bewegung nötig gewesen. Sie verlief zwar erfolgreich – er konnte den feindlichen Agenten an die französischen Kollegen übergeben –, doch bei der Festnahme war ein Kind schwer verletzt worden. Als James den Mann in seinem Hotelzimmer überraschte, sprang dieser aus dem Fenster im zweiten Stock und landete im Swimmingpool, mitten in einer Gruppe planschender Kinder. Der Agent brach sich dabei lediglich einen Arm, aber eines der Kinder erlitt schwere innere Verletzungen und überlebte nur knapp. Als James' Vorgesetzter ihn später fragte, warum er dem fliehenden Mann nicht wenigstens ins Bein geschossen habe, hatte James eine Ladehemmung vorgeschoben. Er hatte nicht zugeben wollen, dass er zwar reflexartig gezielt, im entscheidenden Moment jedoch nicht hatte abdrücken können. Vielleicht war es ein Fehler gewesen, dem Anderen in die Augen zu schauen. Was er gesehen hatte, als er dessen Zimmer betrat, war ein junger Mann, wie er selbst einer war. Er lag entspannt auf dem Bett und hörte Musik, »Not Fade Away« von den

Rolling Stones, einen Song, den auch James damals gern mochte. Der andere wusste sofort, was los war. Seine Waffe lag zwar in Reichweite auf dem Nachttisch, doch James wäre in jedem Fall schneller gewesen als er. Das wussten sie beide. Der Mann sah James ruhig an und wartete darauf, dass er abdrückte. Doch als James die Waffe senkte und rief: »Sie sind verhaftet!«, erwachte er aus seiner Erstarrung und stürzte zum offenen Fenster hinaus. James hatte sich lange mit der Frage gequält, ob er auf den Mann geschossen hätte, wenn er vorher gewusst hätte, was passieren würde. Zum Glück war er nie wieder in eine ähnliche Situation gekommen.

»Sind Sie aus dem Bett gefallen, oder sind Sie immer so früh auf den Beinen?«

James sah unwillig von seinem Espresso auf. Er machte sich nicht die Mühe, seine Gesichtszüge unter Kontrolle zu bringen, denn er hasste es, von der Seite angesprochen zu werden, insbesondere von völlig Fremden, und noch dazu so früh am Morgen. Er sah in das freundliche, offene Gesicht eines Mannes in mittleren Jahren. Der weiße Kragen über dem schwarzen Pulli wies ihn als Geistlichen aus.

»Entschuldigen Sie«, sagte der andere, »ich war unhöflich. Wenn jemand wie Sie frühmorgens einen Kaffee hier trinkt, dann bestimmt nicht, weil er auf Gesellschaft aus ist. Ich weiß das, weil ich normalerweise der Einzige hier bin und ebenfalls die Ruhe genieße. Es ist ein Geschenk, diese halbe Stunde, bevor das Schiff zum Leben erwacht. Wenn Sie dasselbe Gefühl in der Großstadt haben wollen, müssen Sie viel früher aufstehen.« Er lachte. »Aber auf der Victory gehen die Uhren eben langsamer. Es ist wie auf einer Insel. Alle schlafen lang, keiner hetzt. Warum auch, es ist ja Urlaub.«

Schwer von Begriff war der Mann jedenfalls nicht. James war halbwegs besänftigt, verzog die Mundwinkel zu einem angedeuteten Lächeln und streckte dem Geistlichen die Hand entgegen. »James Gerald.«

»Joseph Sutcliffe«, stellte der Mann sich vor. »Ihre erste Kreuzfahrt, Mr Gerald?«

James nickte. »Und wohl auch meine letzte.«

Joseph Sutcliffe sah James betroffen an. »Ihre letzte ...?«

James lächelte. »Oh, nein, nein, es ist nicht das, was Sie denken. Diese Kreuzfahrt ist nicht die Erfüllung eines Lebenstraums, bevor ich sterbe. Ich meinte vielmehr, dass ich Kreuzfahrten nicht sonderlich mag.«

Joseph Sutcliffe setzte sich. »Warum sind Sie dann hier?«

»Cherchez la femme«, gab James zurück.

Der Geistliche lächelte. »Oft ist es die Ehefrau, die ihren Mann dazu überredet. Und glauben Sie mir, wahrscheinlich werden Sie ihr hinterher noch dankbar sein.«

»Nein, nicht meine Ehefrau«, sagte James.

»Aha?«, fragte Joseph Sutcliffe interessiert, aber James dachte nicht daran, das Gespräch noch persönlicher werden zu lassen.

»Sie sind nicht verheiratet?«, bohrte Joseph Sutcliffe weiter.

»Richtig.«

»Da haben wir beide außer unserer Vorliebe für das frühe Aufstehen noch etwas gemeinsam«, scherzte Joseph Sutcliffe.

Der Asiate brachte einen Kaffee und ein Croissant für den Geistlichen.

»Vielen Dank, Mr Hikikomori«, sagte Joseph Sutcliffe.

»Sehe ich eigentlich wie ein Chinese aus?«, fragte der Asiate ihn auf Japanisch.

»Natürlich nicht. Wie kommen Sie denn darauf?«, fragte Joseph Sutcliffe auf Japanisch zurück. Der Kellner warf einen kurzen Seitenblick auf James. »Dieser Mann dachte, ich bin Chinese. Unerhört, oder?«

Joseph Sutcliffe lächelte in James' Richtung. »Machen Sie sich nichts draus. Klarer Fall. Er ist eben wie die meisten hier eine ignorante Langnase.«

»War das gerade Japanisch?«, fragte James interessiert, als der Kellner wieder gegangen war.

»Ganz recht«, sagte Joseph Sutcliffe. »Der junge Mann hat mich um meine Meinung gebeten, ob er etwa wie ein Chinese aussehe. Sie haben ihn offenbar für einen gehalten.«

»Ist das so schlimm?«

»Es scheint ihn gekränkt zu haben.«

»Was haben Sie ihm geantwortet?«

Der Geistliche lächelte. »Dass das vermutlich an dem schlechten Licht hier lag. Das wird ihn besänftigt haben. Für den Fall, dass Sie morgen noch mal vorhaben, einen Kaffee bei ihm zu bestellen.«

James lächelte. »Woher können Sie eigentlich Japanisch?«

»Wissen Sie, wenn man so lange wie ich auf den Weltmeeren herumschippert, schnappt man die eine oder andere Redewendung auf. Wussten Sie beispielsweise, dass mehr als fünfzig Nationen an Bord der Victory sind? Die Gäste sind nicht ganz so multinational. In der Regel Europäer, hauptsächlich Briten, auch einige Amerikaner. Die anderen Nationen haben ihre eigenen Luxusliner.«

»Und Sie? Zählen Sie zu den Gästen oder zur Besatzung, wenn ich fragen darf?«

»Zur Besatzung. Wir beginnen jeden Tag um 9 Uhr mit einem ökumenischen Gottesdienst.«

»Es gibt eine Kapelle an Bord?« James war erstaunt. »Auf dem Übersichtsplan habe ich sie gar nicht gesehen.«

»Es gibt auch keine«, stellte Joseph Sutcliffe richtig. »Leider. Ursprünglich war eine geplant, aber dann fiel sie der Erweiterung des Spa-Bereichs zum Opfer. Den Gottesdienst feiern wir im Pub.«

»Ist er gut besucht?«

Der Pfarrer lächelte. »Sie haben ein sicheres Gespür für den wunden Punkt, Mr Gerald. Es wäre eine Lüge, wenn ich das behaupten würde. Zwischen Pool und Power-Yoga bleibt nicht mehr viel Zeit für den Rosenkranz.«

»Das muss enttäuschend für einen Geistlichen sein.«

Joseph Sutcliffe winkte ab. »Ich brauche keine Kapelle, mein Einsatzgebiet ist das ganze Schiff. Hier habe ich viel mehr als in einer Gemeinde auf dem Festland die Chance, mit Menschen ins Gespräch zu kommen, Seelsorge zu machen. Und das ist es, was mich an dieser Arbeit auf dem Schiff fasziniert. Sie haben hier das ganze Panorama des Lebens, komprimiert auf einem Schiff. Es gibt Hochzeiten, Geburten und Todesfälle …«

»Geburten?«, wunderte James sich. »Der Altersdurchschnitt hier an Bord dürfte jenseits der sechzig liegen.«

»Nun gut«, räumte Joseph Sutcliffe ein. »Todesfälle sind in der Tat häufiger. Es wird nicht an die große Glocke gehängt, aber es ist gar nicht so selten, dass ein Passagier erkrankt und das Ende der Reise nicht mehr erlebt.«

»Gibt es keinen Arzt an Bord?«

»Doch, selbstverständlich, und es gibt eine Praxis mit den neuesten technischen Geräten. Dr. de Koning operiert sogar, wenn es sein muss. Aber wie Sie schon ganz richtig feststellten, es sind einige hochbetagte Menschen an Bord.«

»Was geschieht mit den Leichen?«

»Das hängt davon ab, wo wir uns gerade befinden und wo der Verstorbene seine letzte Ruhestätte finden soll. Manche gehen im nächsten Hafen an Land und werden per Flugzeug nach Hause transportiert, manche bleiben noch etwas länger an Bord, bis wir wieder in den heimatlichen Hafen einlaufen. Es gibt übrigens extra für diesen Zweck Kühlfächer.«

»Wie ist es mit Seebestattung? Das wäre doch praktisch, nicht wahr?«

Der Geistliche schüttelte den Kopf. »Wo denken Sie hin. Nein, Seebestattungen kommen nicht infrage. Eine Kreuzfahrt soll nicht mit Beerdigungen assoziiert werden. Es sind Luxusliner, Vergnügen und Erholung stehen an erster Stelle. Ich darf noch nicht einmal eine Trauerfeier abhalten. Die gute Laune der Feriengäste soll nicht getrübt werden.«

»Trauer bei den Hinterbliebenen wird sich kaum vermeiden lassen, auch ohne Trauerfeier und Bestattung.«

»Dafür bin ich ja da.« Pfarrer Sutcliffe senkte die Stimme, obwohl weit und breit niemand zu sehen war. »Ich verrate Ihnen jetzt ein Geheimnis, Mr Gerald, der Kapitän hat es mir selbst gesagt, als er einmal zu tief ins Glas geschaut hatte. Die Reederei würde sich keinen Geistlichen leisten nur für die Handvoll Leute, die sich zur Gottesdienstzeit in den Pub verirren. Nein, der eigentliche Grund, warum ich hier bin, ist die Schadensbegrenzung, wenn jemand stirbt. Ich bin der Seelsorger, der die Menschen im Fall des Todes eines Angehörigen tröstet, ihnen beisteht …«

»… und die dunklen Wolken von Tod und Trauer von anderen Reisenden fernhält«, vervollständigte James.

Joseph Sutcliffe nickte. »Ach, Mr Gerald, ich mache mir keine Illusionen über meinen Auftrag hier an Bord. Aber ich kann damit leben.«

Sehr gut sogar, dachte James amüsiert. Die reichhaltige Buffetkost hatte ihre Spuren hinterlassen. »Abgesehen von Ihrem Morgengottesdienst und dem seelsorgerischen Beistand im Todesfall können Sie die Reise aber auch ein wenig genießen, nehme ich an?«, fragte James.

»Ja und nein«, sagte Joseph Sutcliffe und fuhr sich nachdenklich über seine linke Augenbraue. »Wissen Sie, meinen Job legt man nicht nach der Messfeier ab oder wenn man das Pensionsalter erreicht hat. Seelsorger bleibt man in jeder Situation, in jeder Umgebung. Hier auf dem Schiff ist es besonders leicht, die meisten Menschen sind offener, zugänglicher, und man kann sich einfach mal zu ihnen setzen.« Er machte eine weit ausholende Armbewegung. »Sehen Sie, ich habe ja nicht nur die Reederei als Auftraggeber. Es gibt da noch einen, und der hat mich hierher geschickt. Dieses Schiff ist jetzt mein Missionsgebiet. Ich sehe mich in der Nachfolge der Jünger Jesu. Ich bin ein Menschenfischer und werfe überall hier meine Netze aus.«

»Aha«, sagte James. »Wollen Sie damit sagen, ich bin heute der erste Fisch, der Ihnen ins Netz gegangen ist?«

Der Geistliche lachte. »Nein, keine Angst, Mr Gerald, wie gesagt, die halbe Stunde, bevor das Schiff erwacht, genieße ich immer für mich. Ich nehme mir einen Kaffee, sehe aufs Meer und halte Zwiesprache mit Gott. Aber wenn Sie etwas auf dem Herzen haben, Mr Gerald …«

»Danke, nein.«

Joseph Sutcliffe erhob sich zu imposanter Größe und streckte die Hand aus. James wollte sie ergreifen, aber im nächsten Moment spürte er die Hand des Geistlichen auf seinem Kopf. »Ich segne Sie!«

James sah Joseph Sutcliffe nach, bis er im Aufzug verschwunden war. Bei einem Geistlichen hatte er Dominanzverhalten am wenigsten erwartet. James trank den letzten Schluck Kaffee und brachte die Tasse zum Kiosk zurück. »Danke«, murmelte der Japaner, als er die Tasse entgegennahm.

»Do itashi mashite«, erwiderte James in Gedanken, während er sich über den Kopf fuhr, als wollte er die Hand des Geistlichen abstreifen, die noch immer schwer dort zu lasten schien.

Kapitel 5

»James, ich habe Sie schon gesucht!« Sheila war aufs Höchste verärgert, das konnte er schon von Weitem an der eckigen Art sehen, wie sie über den Flur auf ihn zu eilte. »Auf mein Klopfen haben Sie nicht reagiert, und ich dachte schon, Ihnen ist etwas passiert!«

»Was soll mir denn passiert sein?«

»Ich weiß auch nicht«, sagte sie heftig. »Ich wusste eben einfach nicht, wo Sie waren!«

Er ahnte, dass sie, nachdem er auf ihr Klopfen nicht reagiert hatte, vom gemeinsamen Balkon aus in sein Zimmer gespäht hatte. Als sie ihn nicht entdecken konnte, hatte sie sich wahrscheinlich vorgestellt, wie er im Bad ausgerutscht war und nun in einer Blutlache bewusstlos am Boden lag. Sie hatte diese typisch weibliche Neigung, sich immerzu Sorgen zu machen, und einen gewissen Sinn für Melodramatik. Das fand er normalerweise amüsant, aber sehr störend, wenn es ihn selbst betraf. Zumal ihre Besorgtheit, nun, da sie ihn gefunden hatte, sofort in Ärger umschlug.

»Wo soll ich schon sein?«, sagte er. »Dies ist ein Schiff, weglaufen geht nicht, und in Luft auflösen kann ich mich auch nicht. Außerdem«, setzte er versöhnlich hinzu, »will ich das auch gar nicht. Der Abend gestern war nett, das Essen ausgezeichnet, und geschlafen habe ich den Umständen entsprechend gut. Heute können wir durch Nizza bummeln. Das Schiff wird erst spätnachts ablegen, da können wir uns am Abend sogar noch ein nettes Weinlokal suchen.«

»Haben Sie schon gefrühstückt?«, fragte Sheila, etwas besänftigt.

»Nur einen Kaffee getrunken, auf dem Aussichtsdeck. Mit dem Essen wollte ich warten. Beim Frühstück gibt es doch wieder Gruppenzwang, nicht wahr?«

Sheila schüttelte den Kopf. »Nein, zum Glück nicht. Wir gehen einfach in den Speisesaal. Mr Chandan ist auch dort, er bedient diejenigen, die nicht mehr so gut laufen können.«

»Also Ihre Mutter und Jeremy«, sagte James. »Und die beiden anderen alten Leute, deren Namen ich vergessen habe …«

»Al und Rosie«, warf Sheila ein.

»Sie scheinen noch ganz gut beieinander zu sein. Jedenfalls, was das Laufen betrifft. Ansonsten wirkte Al ein bisschen dement, nicht wahr? Seine Frau hat sich in Grund und Boden geschämt, als er anfing, den Teller abzulecken.«

Sheila lächelte und senkte die Stimme, denn sie standen in dem Flur, in dem die gesamte Geburtstagsgesellschaft untergebracht war. »Dement? Das glaube ich nicht. Meine Mutter meint zwar auch, dass Al nicht mehr ganz zurechnungsfähig ist, aber ich habe eine andere These.«

»Na, dann lassen Sie mal hören!«

Sie gingen in Richtung Speisesaal. »Also, meine These ist, er will Rosie damit ärgern!«

»Wie bitte?«

»Ja, ich weiß, es klingt merkwürdig«, sagte Sheila leise, aber eindringlich, »doch Sie kennen die beiden nicht. Al ist chaotisch, na ja, schlampig vielleicht auch – Sie hätten seinen Schreibtisch früher sehen sollen, eine Art Vulkankrater – und trinkt gern einen über den Durst. Sie dagegen hat genaue Vorstellungen, wie die Bananen auf dem Obstteller zu liegen haben, und ihr halbes Leben damit verbracht, Al davon abzuhalten, seine Füße auf den Couchtisch zu legen.«

»Klingt wie ein Kampf gegen Windmühlen.«

Sheila lächelte. »Nein, keineswegs. Rosie ist auf ihre sanfte Art sehr dominant, es war klar, dass sie sich auf Dauer durchsetzen würde. Stellen Sie sich vor, Al durfte zu Hause noch nicht einmal an den Kleiderschrank. Sie hat mir einmal anvertraut, dass sie ihm jeden Morgen die Sachen rausgelegt, damit er den Kleiderschrank nicht durcheinanderbringt. Aber wenn Sie mich fragen, hat sie das auch gemacht, damit er das anzog, was sie wollte.«

James schüttelte den Kopf. »Hören Sie auf.«

»Warten Sie, es wird noch besser«, fuhr Sheila fort. »Letztes Jahr hatten sie goldene Hochzeit. Als alle Gäste am Tisch saßen, erhob er sich, um eine Rede zu halten, und in die erwartungsvolle Stille hinein ließ er einen lauten Furz. Die arme Rosie wäre am liebsten gestorben vor Scham. Und wissen Sie was, James? Ich glaube, dass Al das mit voller Absicht gemacht hat!«

»Lieber Himmel«, unterbrach James. »Ich will das eigentlich gar nicht hören, Sheila.«

»Ist nur so eine Theorie«, spekulierte Sheila weiter. »Vielleicht baut Al ja wirklich geistig ab. Aber zumindest ist er auf eine Art und Weise neben der Spur, die Rosie auf die Palme bringt. Viele Leute werden absonderlich im Alter. Aber bei Al kommt einem schon der Gedanke, dass es vielleicht kein Zufall ist, auf welche Weise das passiert, finden Sie nicht?«

Er gab keine Antwort.

»Bin ich eigentlich auch irgendwie absonderlich, James?«, überlegte sie. »Man selbst merkt das ja wahrscheinlich gar nicht.«

»Nein, Sheila. Sie sind völlig normal.«

Sie sah ihn empört an. »Sie halten mich für langweilig!«

»Das habe ich nicht gesagt.«

»Aber gemeint.«

»Nein. Ich kann nichts dafür, wenn Sie unlogische Schlüsse ziehen.«

Sie stemmte die Hände in die Hüften. »Haben Sie ›unlogische Schlüsse‹ gesagt?«

Er seufzte. »Gut, sagen Sie mir, was Sie von mir hören wollen.«

»Das könnte Ihnen so passen, James. Ich werde Ihnen nicht wie Rosie die Sachen rauslegen, die Sie nur noch anzuziehen brauchen.« Sheila stieß heftig die Tür zum Speisesaal auf.

»Essen Sie erst einmal etwas, dann bessert sich vielleicht Ihre Laune«, bemerkte er, während er einer Kellnerin zulächelte, die auf sie zukam, um sie zu einem reservierten Tisch zu führen. Eine andere Kellnerin brachte frisches Toastbrot und fragte nach ihren Getränkewünschen. James steckte ihr ein paar Münzen zu und bat sie, außer Kaffee auch Rühreier und Orangensaft an den Tisch zu bringen.

»Haben Sie Probleme mit den Beinen?«, fragte Sheila missbilligend.

»Sie wissen doch, ich verabscheue Buffets. Besonders morgens bin ich nicht in der Stimmung, mir mein Essen selbst zu erjagen, sondern ziehe es vor, kultiviert am Tisch bedient zu werden.«

»Aber das Geld für die Kellnerin hätten Sie sich sparen können. Ich gehe sowieso, da hätte ich Ihnen die Rühreier und den Orangensaft doch mitbringen können.«

»Danke, als Nächstes füttern Sie mich auch noch«, sagte James, aber sie hatte ihn schon nicht mehr gehört. James sah Sheila nach, wie sie mit hochgezogenen Schultern zum Buffet ging.

»Guten Morgen, Mr Gerald. Ist an Ihrem Tisch noch ein Platz frei?«

James sah auf. Judy Kappel, seine deutsche Tischnachbarin vom gestrigen Abend, lächelte ihm zu. Sie hatte ihr elegantes Abendkleid vom Vorabend gegen eine einfache Kombination aus Jeans und weißem Twinset eingetauscht, trug die hellblonden Haare nicht mehr aufgesteckt, sondern zu einem praktischen Pferdeschwanz nach hinten gebunden und sah vollkommen verändert aus. Er lächelte und erhob sich. »Natürlich, Miss Kappel. Sie sehen heute Morgen so frisch und frei aus wie eine Möwe vor blauem Sommerhimmel.«

»Ich freue mich auf unseren Ausflug heute. Sagen Sie übrigens Judy zu mir. Wir sitzen schließlich alle im selben Boot, oder?«

Er nickte lächelnd.

Während sie sich hinsetzte, brachte die Kellnerin eine Kanne Kaffee sowie die Rühreier und den Orangensaft für James. Sie fragte Miss Kappel nach ihren Wünschen.

»Oh, für mich bitte auch Rühreier«, antwortete Judy Kappel, während sie sich setzte. »Nett, dass hier auch am Tisch bedient wird«, bemerkte sie erfreut, als die Kellnerin gegangen war.

»Wie war es gestern im Stardust Theatre, Judy?«, erkundigte James sich. »Haben Sie den Auftritt der brasilianischen Tanzgruppe gesehen?«

Miss Kappel verzog das Gesicht. »Erinnern Sie mich nicht daran.«

»Warum? War es nicht nett?«

»Es geht. Caffè-Latte-Beautys, die aussahen wie Transvestiten, mit nichts bedeckt als Stringtangas und ein paar glitzernden Pailletten auf ihren Brüsten. Die glauben, dass sie nur auf ihren High Heels tanzen, mit dem Hintern wackeln und die Brüste herumhüpfen lassen müssen wie Jo-Jos, um die Männer zu begeistern.«

»Womit sie natürlich falschliegen, nicht wahr«, bemerkte James. Miss Kappel sah ihn irritiert an. »Wie primitiv«, setzte er rasch hinzu. »Darf ich Ihnen Kaffee einschenken?«

Sheila kam vom Buffet zurück. Sie begrüßte Miss Kappel freundlich, doch James ahnte, dass sie jede andere Person der Geburtstagsgesellschaft lieber am Tisch gesehen hätte. Er hatte ihre gar nicht so freundlichen Blicke sehr wohl bemerkt, als er sich am gestrigen Abend angeregt mit Judy Kappel unterhalten hatte. Frauen, mit denen er redete, lösten oft diese Blicke bei Sheila aus.

»La donna è mobile«, ertönte die Stimme von Luigi Valenti. Wenn er Aufmerksamkeit erregen wollte, so war ihm das gelungen, denn die Gespräche an den Tischen verstummten, und alle sahen zu ihm hin. Nur Sheila bestrich ungerührt ihr Brötchen mit Honig, während Luigi zum Buffet schritt und, seiner Wirkung wohl bewusst, weitersang: *»Qual piuma al vento, muta d'accento, e di pensiero. Sempre un amabile, leggiadro viso, in pianto o in riso, è menzognero.«*

Miss Kappel klatschte Beifall, ebenso wie viele andere im Speisesaal. Luigi griff sich mit gespielter Überraschung über den Applaus an die Brust und deutete eine Verbeugung an.

»Typisch Luigi, immer der große Auftritt«, sagte Sheila.

»Sei nicht so streng mit mir, mein Stern«, sagte Luigi, der, ohne dass sie es bemerkt hatte, an ihren Tisch getreten war. Er stellte seinen Teller ab und beugte sich zu Sheila hinab, einen Wangenkuss andeutend. »Ist hier noch frei?« Er setzte sich auf den freien Platz gegenüber von James.

»Sie haben eine wundervolle Stimme«, sagte Judy enthusiastisch.

Luigi bedankte sich mit einem breiten Lächeln, und seine Zähne leuchteten so weiß wie ein Dracula-Gebiss aus dem Scherzartikelgeschäft. »Ach, ich kann einfach nicht anders, es liegt mir im Blut. Sänger ist man immer, nicht nur in der Oper. Damit gehe ich manchen Leuten ziemlich auf die Nerven, nicht wahr, Sheila?«

Sheila biss in ihr Honigbrötchen.

»Sie sind der Zweite heute, von dem ich das höre«, bemerkte James.

»Dass ich Leuten auf die Nerven gehe?«

James lächelte. »Nein, ich meinte den Teil, als Sie sagten, dass Sie immer Sänger sind, nicht nur abends in der Oper. Heute Morgen traf ich einen Geistlichen, dem es ähnlich geht.«

»Ein singender Geistlicher?«, fragte Miss Kappel.

»Ein Geistlicher, der meinte, Seelsorger sei er immer, nicht nur während der Gottesdienste. Beruf und Privatleben sozusagen eins.«

»Ist es bei Ihnen etwa anders, James?«, bemerkte Sheila.

»Aber sicher. Ich habe Berufliches und Privates immer streng voneinander getrennt.«

»War es nicht vielmehr so«, sagte Sheila, »dass es da nichts zu trennen gab? Ich wüsste nicht, dass Sie ein Privatleben gehabt hätten.«

»Ein Beweis dafür, wie gut mir die Trennung gelungen ist«, gab er zurück. »Sie erinnern sich? Sie standen auf der beruflichen Seite.«

»Also, beruflich bin ich, ehrlich gesagt, schon im Ruhestand«, bemerkte Luigi. »Mein letzter großer Auftritt liegt schon ein oder zwei Jahre zurück.« Sheila, die neben James saß, bedeutete ihm mit ausgestreckten Fingern unter dem Tisch, dass Luigi in Wirklichkeit schon seit sieben Jahren nicht mehr aufgetreten war.

»Aber Sie sind immer noch mit Leib und Seele Sänger!«, sagte Miss Kappel bewundernd. »Ich wünschte, ich hätte eine ähnliche Begabung!«

»Was machen Sie denn beruflich, wenn ich fragen darf?«, fragte Luigi. »Das Rentenalter ist bei Ihnen ja, im Gegensatz zu uns anderen hier am Tisch, noch in weiter Ferne«, setzte er charmant hinzu und ließ seine Zähne aufblitzen.

»Ach, das sage ich lieber nicht, mein Beruf ist zu langweilig.« Miss Kappel häufte sich verlegen einen Löffel Zucker nach dem anderen in ihren Kaffee und rührte um.

»Sie haben soeben Ihren Kaffee mit fünfeinhalb Löffeln Zucker hingerichtet, Judy«, sagte James. »Wenn Sie es schaffen, diesen Sirup zu trinken, haben Sie meine uneingeschränkte Bewunderung, egal, welchen Beruf Sie ausüben.«

Judy Kappel lächelte. »Wie würde Ihnen Auftragskillerin gefallen? Würde das Ihre Bewunderung entfachen oder eher Ihren Jagdtrieb, James?«

»Weder noch, fürchte ich«, scherzte James zurück. »Ich bin nicht mehr im Dienst und trauere dem Job auch nicht hinterher. Da geht es mir offenbar anders als Geistlichen oder Opernsängern.«

»Buchhalterin«, warf Sheila ein.

Judys Lächeln verschwand aus ihrem Gesicht. »Das wissen Sie von Ihrer Mutter, oder?«

Sheila schüttelte den Kopf. »Nein, war geraten.«

»Das sieht man Ihnen aber nicht an«, sagte Luigi. James war sich nicht sicher, ob aus der Bemerkung ehrliches Erstaunen sprach oder ob sie den ungeschickten Versuch darstellte, die Situation zu retten.

»Danke«, sagte Judy. Sie griff nach ihrer Tasse, trank den verzuckerten Kaffee in einem Zug, stellte die Tasse wieder ab und lächelte James zu, der sich anerkennend verneigte.

Sheila griff zum Messer und köpfte ihr Ei.

Ein Kleinkind im Matrosenanzug kam plötzlich vom Buffet aus quer durch den Saal auf sie zugerannt, als sei der Teufel hinter ihm her. Doch es war nur seine Mutter. Ivy Watts bemühte sich um das Kunststück, einerseits Haltung zu bewahren und nicht ebenfalls zu rennen und andererseits ihren Sohn möglichst schnell einzuholen. Kurz vor ihrem Tisch stolperte der Kleine und fiel der Länge nach genau vor Luigi Valenti hin. Drei Sekunden gab er keinen Mucks von sich, dann brüllte er wie am Spieß. Ivy hob ihn hoch und drückte ihn an sich. »Scht, Jamie, wo tut es dir weh? Sag!« Sie hielt seinen Kopf an ihre Schulter, wiegte ihn sanft und sah die am Tisch Sitzenden an. »Hat er sich den Kopf gestoßen?«

»Nein, ich glaube, es ist nur der Schreck!«, rief Sheila, um das Brüllen zu übertönen.

Luigi Valenti starrte auf seinen linken Schuh, auf dem ein kleiner Pfannkuchen klebte, der Jamie beim Sturz aus der

Hand gefallen war. Ivy nahm eine Serviette und schlug den Pfannkuchen darin ein. »Oh, tut mir leid, Luigi!«

»Ah, Bambini«, sagte Luigi und machte eine wegwerfende Handbewegung. »Macht nichts!« Ein Meister der höflichen Lüge, dachte James anerkennend.

Ivy setzte sich und nahm den immer noch weinenden Jamie auf den Schoß. Die Kellnerin brachte neues Brot, und Sheila reichte ihm ein Toastdreieck. »Hier, Jamie, sieh mal!« Der Kleine hörte auf zu schluchzen und streckte zögernd seine Hand aus, doch als er zugreifen wollte, fuhr ihr Arm blitzschnell nach oben, dann senkte sie ihn lächelnd ganz langsam wieder ab, bis er auf Jamies Augenhöhe war. Jamie griff wieder zu, diesmal lag Spannung in seinem Gesicht, und er gluckste auf vor Freude, als der Toast wie erwartet wieder nach oben schnellte, sobald er danach griff. So ging das noch einige Male, bis Sheila absichtlich zu langsam war und Jamie die Beute schnappen ließ. »Ich wusste gar nicht, dass Sie mit Kindern umgehen können«, bemerkte James leise zu Sheila.

»Sie sind eben nicht der Einzige, der Beruf und Privatleben getrennt hat«, antwortete sie ebenso leise.

»Wo ist eigentlich Jamies Vater?«, fragte Luigi.

»Richard schläft noch.« Ivy griff nach einer Scheibe Toast und bestrich sie mit Butter, was nicht ganz leicht war mit Jamie auf ihrem Schoß. »Es ist wohl spät geworden gestern Abend.«

»Ja«, bemerkte Judy Kappel. »Mir reichte es nach der Show, ich bin gegen Mitternacht ins Bett gegangen, aber die Männer haben erst so richtig aufgedreht. Sie werden heute einen Mordskater haben. Warum waren Sie eigentlich nicht mit dabei, Luigi?«

Der Tenor winkte ab. »Ich mag aufdringliche Musik nicht. Außerdem musste ich mich erst an dieses Vibrieren und Schwanken gewöhnen. Ich habe eine Reisetablette genommen und mich ins Bett gelegt.«

»Schwanken?«, frage Sheila. »Sieh mal nach draußen, Luigi, die See ist spiegelglatt, unser Schiff schwimmt wie eine Gummiente in der Badewanne.«

»Für dich vielleicht, mein Stern«, sagte Luigi. »Du hast keine empfindliche Natur.«

»Ja«, sagte Judy Kappel, »Signor Valenti hat recht, es schwankt wirklich. Wenn man sich darauf konzentriert, merkt man es. Das Schiff neigt sich innerhalb von zehn, zwanzig Sekunden ganz leicht auf die eine, dann wieder auf die andere Seite.«

»Dann konzentrieren Sie sich besser nicht darauf, nicht dass Ihnen auch noch übel wird«, sagte Sheila.

Luigi seufzte. »Wenn das so einfach wäre, mein Stern. Ich muss nicht erst in mich hineinhorchen, damit mir übel wird. Es ist peinlich und lächerlich, aber es ist so. Dabei bin ich Venezianer, meine halbe Kindheit habe ich auf Schiffen und Booten verbracht. Die meiste Zeit davon war mir übel. Ich habe mich nie daran gewöhnt und der Stadt den Rücken gekehrt, sobald ich konnte!« Er zuckte die Schultern und lächelte. »Aber was tut man nicht alles für eine liebe Freundin wie Phyllis.«

»Sehen Sie, James«, bemerkte Sheila, während sie ihre Hand über den Tisch auf Jamie zulaufen ließ, »das ist doch ein Trost. Sie sind nicht der Einzige, der nicht von Kreuzfahrten begeistert ist.« Das Kind beobachtete Sheilas Hand mit Spannung und quiekte auf, als sie an seinem Arm hochkrabbelte und ihn am Hals kitzelte. James sah an ihr vorbei zum Buffet, an dem Jeremy und Mr Chandan standen. Der Chinese hielt einen Teller in der Hand und war im Begriff, ein paar Scheiben von dem Frühstücksspeck, auf den Jeremy zeigte, daraufzulegen.

»Jeremy kann sich auf meinen Platz setzen«, sagte James. Ihm war nicht nach noch mehr Konversation zumute. Sheila ergriff ebenfalls die Gelegenheit und verabschiedete sich. Beim Verlassen des Frühstücksraums wurden sie von neuerlichem Gebrüll begleitet. Jamie hatte ihnen nachlaufen wollen, wurde jedoch von seiner Mutter unerbittlich zurückgehalten.

Am Eingang kam ihnen in ihrem elektrischen Rollstuhl Phyllis entgegen, hinter ihr ging ihr Ehemann, eine Hand auf den Griff des Rollstuhls gelegt, als habe er Sorge, seine Frau könne ihm davonfahren.

Phyllis brachte den Rollstuhl mit einem Ruck zum Stehen. »Ihr habt schon vorgefrühstückt?«, fragte sie laut, um Jamies Gebrüll zu übertönen.

»Mutter, du hattest doch gesagt, jeder soll frühstücken, wann er will!«, gab Sheila gereizt zurück.

»Ja, ja, schon gut, wir sehen uns heute Mittag beim Landausflug! Sie kommen doch auch mit, James?«

James nickte nur, er hatte keine Lust, sich an der Schreierei zu beteiligen. Als Phyllis weiterfuhr und Eden ihr folgte, sah er ihnen nach. »Ein seltsames Gespann, die beiden«, bemerkte er zu Sheila, als sie weitergingen. »Sind sie eigentlich schon lange verheiratet?«

Sheila lächelte. »Sie kennen sich seit einem Jahr, hat meine Mutter mir erzählt, aber geheiratet haben sie erst vor zwei Wochen.«

»Erstaunlich. Sie passen überhaupt nicht zusammen.«

»Wahrscheinlich ist er gut im Bett«, bemerkte Sheila.

»Wie bitte?« James konnte nicht glauben, dass sie das gesagt hatte.

Sie lachte. »Sie müssten Ihr Gesicht sehen, James. Meine Güte, das war ein Scherz. Wissen Sie, ich habe schon vor Jahren aufgehört zu rätseln, was meine Mutter wieder und wieder in den Hafen der Ehe getrieben hat.«

»Hier geht es wohl eher darum, was Mr Philpotts dazu bewogen hat, Ihre Mutter zu heiraten. Er ist gut und gern zwanzig Jahre jünger als sie.«

»Vielleicht ist es wahre Liebe«, sagte Sheila.

»Ja, und zwar zum Geld Ihrer Mutter.«

»Oh, Sie können so romantisch sein, James. Tun Sie mir einen Gefallen und behalten Sie solche Einschätzungen für sich. Entweder Sie tun Eden damit Unrecht oder meiner Mutter.«

»Wieso Ihrer Mutter?«

Sie sah ihn zweifelnd an. »Das muss ich Ihnen nicht erklären, oder?«

»Stört es Sie denn gar nicht, wenn Ihre Mutter einen Mann heiratet, der es offensichtlich nur auf ihr Geld abgesehen hat?«

»Das ist Ihre Hypothese, nicht meine. Und selbst wenn es so wäre, nein, warum sollte es mich stören? Solange er sie gut behandelt und sie nichts merkt?«

»Aber wenn er sie nicht gut behandelt und womöglich umbringt, um an ihr Geld zu kommen? Ihre Mutter hatte gestern beim Abendessen fünf verschiedene Pillendöschen dabei. Es dürfte ein Leichtes für ihn sein, hier oder dort ein paar Tabletten zu vertauschen und zum reichen Witwer zu werden, nicht wahr.«

Sheila lachte auf. »Und Sie behaupten, Sie hätten mit dem Job abgeschlossen. Dass ich nicht lache. Sie sind kein bisschen anders als Luigi, Sie können auch nicht loslassen. Nur dass Sie Ihre Umgebung nicht mit ständiger Singerei nerven, sondern aus jedem Menschen gleich einen Verbrecher machen. Kein Wunder, dass Sie nie ein Privatleben hatten!«

Er hielt ihrem wütenden Blick stand. »Ich hatte sehr wohl ein Privatleben«, gab er dann mit genau dosierter Gleichgültigkeit zurück. »Aber Sie, Sheila, gehörten nicht dazu. Glücklicherweise«, setzte er hinzu und bemerkte mit Genugtuung, dass das letzte Wort sie traf wie eine Ohrfeige. Sie wechselten kein Wort mehr, bis sie bei ihren Kabinen waren. Sheila hielt ihre Schlüsselkarte schon in der Hand und trat ein, ohne James noch einmal anzusehen.

Er ging in seiner Kabine ein paarmal auf und ab, dann trat er auf den Balkon, starrte auf das glitzernde Wasser und zündete sich eine Zigarette an – halb in der Hoffnung, dass Sheila ebenfalls auf den Balkon kommen würde, und fast schon bereit, sich für seine letzten Worte zu entschuldigen. Aber ihre Tür blieb verschlossen. Als die Zigarette nur noch nach Filter schmeckte, kehrte er wieder zurück in seine Kabine und schritt ruhelos zwischen Balkon- und Kabinentür auf und ab. Dann blieb er stehen, fluchte und schlug mit einer heftigen Bewegung die Sektgläser vom Schreibtisch. Sie prallten klirrend gegen die Wand, ein Scherbenregen ging auf dem Teppich nieder. James setzte sich aufs Bett und starrte auf die feuchten Flecken an der Wand. Die Gläser waren nicht ganz leer gewesen. Als er schließlich aufstand und die Scherben aufsammelte, klopfte es an der Balkontür.

»Was war das?«, fragte Sheila besorgt, als er die Tür einen Spalt öffnete.

»Nichts, nur ein kleines Missgeschick.«

»Kann ich helfen?« Sie spähte an ihm vorbei in die Kabine. Er zögerte, denn er wollte nicht, dass sie die Flecken an der Wand und die Scherben der Sektgläser sah und erriet, was wirklich passiert war. Sie sah ihn an und zog die Augenbrauen hoch. »Gut, dann nicht.«

»Halt, warten Sie, Sheila.«

»Nein, schon gut«, sagte sie müde. Doch an ihrer Balkontür drehte sie sich noch einmal um. »Ich könnte kaum sagen, wie Ihr Wohnzimmer aussieht, James. Wir gehen in den Park oder ins Theater, ins Kino, zum Essen, und normalerweise holen Sie mich ab. Meist trinken wir noch einen Kaffee oder einen Scotch in meinem Wintergarten. Wenn es aber mal umgekehrt ist und ich Sie abhole, stehen Sie immer schon mit Mantel im Flur. Warum sollten Sie mich jetzt in Ihre Kabine lassen. Sie lassen niemanden so schnell in Ihre heilige Privatsphäre. So ist es doch, oder?«

»Das ist doch gar nicht …«, setzte er an, doch da war sie schon in ihrer Kabine verschwunden.

Kapitel 6

»Wo bleibt Eden nur?« Phyllis blickte sich nervös um. »Er wollte nur schnell Zigaretten besorgen. Wenn er nicht bald kommt, ist es zu spät.«

»Weit kann er nicht sein«, beruhigte Jeremy sie. Sie befanden sich in einer Gruppe von etwa fünfzig Passagieren, die auf das erste Boot warteten, das sie nach Nizza bringen würde.

Richard verdrehte den Kopf und sah zu seinem Sohn hoch, der auf seinen Schultern thronte. »Jamie, schau doch mal, siehst du den Eierkopf-Mann?«

Jamie richtete den Oberkörper auf, stolz über seine wichtige Aufgabe.

»Ein bisschen mehr Respekt, Richard«, wies Jeremy seinen Enkel scharf zurecht.

»Sorry, war nicht so gemeint«, beschwichtigte Richard. »Jamie hat ihn so genannt.«

Der Kleine schaute sich nach allen Seiten um. Ein paarmal rief er aufgeregt: »Da, da!«, und zeigte dabei auf einen Mann mit Glatze, aber es war nicht Eden.

Die ersten Passagiere wurden in das Boot gelassen.

»Und was jetzt?«, fragte Phyllis und sah Jeremy an. »Ich verstehe das nicht. Das ist sonst nicht seine Art. Er ist immer pünktlich.«

»Warten wir und nehmen das nächste Boot«, schlug Sheila vor.

»Nein, fahrt ihr schon vor«, sagte Jeremy bestimmt. »Ich werde mit Phyllis auf Eden warten. Wir kommen mit einem der nächsten Boote nach.« Er wendete sich an den Chinesen. »Mr Chandan, Sie fahren auch mit wie geplant, fangen Sie schon an mit der Stadtrundfahrt. Wir stoßen später dazu, ich rufe Sie an, wenn wir im Hafen sind, und Sie holen uns dann im Café des Fleurs ab.«

Jeremy ist es gewohnt, die Dinge in die Hand zu nehmen, dachte James, während sie an Bord des Zubringerbootes gingen. Und Phyllis hat offensichtlich nichts dagegen.

»Wissen Sie, was ich mich frage, Sheila?«, fragte James, auf Phyllis und Jeremy deutend. »Ich frage mich, wie Eden Philpotts mit dieser ganzen Reise klarkommt und damit, dass seine frischgebackene Ehefrau diese Geburtstagsreise von ihrem Exmann geschenkt bekommen hat.« Er musste lächeln, als er »frischgebackene Ehefrau« sagte, denn bei diesem Stichwort begann ein kleiner Stummfilm mit dem Titel »Hochzeitsnacht« in seinem Kopf abzulaufen.

»Einen Sixpence für Ihre Gedanken«, sagte Sheila.

»Nein, sonst sind Sie wieder sauer auf mich.«

»Ich weiß schon.«

»Ach ja? Können Sie Gedanken lesen?«

Sie setzten sich auf eine Bank an der Reling. »Davon abgesehen, James, ich kann es mir auch nicht vorstellen.«

James sah sie überrascht an. »Meinen wir dasselbe?«

Sie grinste. »Meine Mutter und Eden. Na ja, Sie wissen schon, der – körperliche Aspekt.«

Er unterdrückte ein Lachen und sah sie ausdruckslos an. »Nein, daran hatte ich, ehrlich gesagt, nicht gedacht.«

Sheila wurde rot. »Sondern?«

»Ich hatte mir gerade vorgestellt, dass Eden sich aus dem Staub gemacht hat: Zigaretten holen, der Klassiker. Mit ihrer Kreditkarte abgehauen und auf Nimmerwiedersehen an Land geschwommen.«

Sheila schüttelte den Kopf. »Schon wieder! Sie denken immer so schlecht von den Menschen!«

»Gut, geben Sie mir noch eine Chance«, sagte er. »Ich werde versuchen, mich in Ihre Vorstellungswelt hineinzuversetzen. Wie wäre es mit folgendem Szenario: Eden und Phyllis hatten sich die ganze Nacht hemmungslos ihrer Liebe hingegeben, und vor lauter Erschöpfung ist er neben dem Zigarettenautomaten eingeschlafen.«

»Ausgesprochen witzig«, sagte Sheila. »Aber im Ernst, ich finde es schon merkwürdig, dass er nicht gekommen ist.«

»Ich finde die ganze Beziehung merkwürdig. Dieser Mensch passt nicht zu Ihrer Mutter.«

»Nur weil er zwanzig Jahre jünger ist als sie? Wenn es umgekehrt wäre, würden Sie es völlig in Ordnung finden. Aber wie schlimm, wenn die Frau …«

»Unsinn«, unterbrach er sie, »abgesehen vom Altersunterschied, meine ich. Jeremy passt viel besser zu Ihrer Mutter. Eden spielt nicht in derselben Liga. Die beiden passen zusammen wie warme Milch und Weißwein. Was wissen Sie überhaupt von diesem Mann, außer dass er einen Eierkopf hat?«

Sheila legte den Kopf schief. »Nicht viel mehr als Sie. Ich habe ihn erst vor zehn Tagen kennengelernt.«

»Sie waren nicht zur Hochzeit eingeladen?«

»Nein, aber das war keine Überraschung. Von allen Hochzeiten meiner Mutter war ich nur bei einer dabei, das war die Hochzeit mit Jeremy.« Sie legte die Fingerspitzen ihrer Hände aneinander und überlegte. »Eden ist wirklich ein netter Kerl, er ist umgänglich, höflich und unglaublich gebildet. Ich glaube, er kennt alle Dramen von Shakespeare auswendig. Er hat mit mir, als wir uns das erste Mal trafen, eine Art Wissens-Quiz gespielt und mich alles Mögliche gefragt. Es war wie bei einer Prüfung, und ich hatte das Gefühl, nur deshalb gerade mal so bestanden zu haben, weil ich ihm sympathisch bin.«

»Es zeugt weder von Höflichkeit noch von Bildung, sie bei anderen abzufragen«, bemerkte James.

»Eden war Lehrer«, sagte Sheila. »Diese Ausfragerei ist ihm wahrscheinlich in Fleisch und Blut übergegangen. Das ist übrigens etwas, das er mit meiner Mutter gemein hat. Andererseits, er ist ein derartiger Bücherwurm, das passt wieder gar nicht zu ihr. Aber vielleicht findet sie gerade das faszinierend. Ist Ihnen aufgefallen, dass er sogar beim Dinner gestern ein Buch dabeihatte?« Der kleine Jamie kam zu Sheila und krabbelte wie selbstverständlich auf ihren Schoß, um besser sehen zu können, wie die blendend weißen Yachten, die im Hafen von Nizza festgemacht hatten, immer größer wurden.

»Was uns zur wahrscheinlichsten Erklärung seines Verschwindens bringt«, sagte James. »Er hat sein Buch vergessen. Wenn er zurück in seine Kabine gegangen ist, um es zu holen, wird das mindestens eine Viertelstunde kosten.«

Sheila nickte. »Gut möglich. Ich möchte jetzt nicht in seiner Haut stecken. Der kann was erwarten, wenn er wiederkommt.«

»Ihre Mutter wird sauer sein?«

»Mutter weniger, aber Jeremy umso mehr. Er hasst Unpünktlichkeit. Als er damals meine Mutter geheiratet hat, ist sie zwei Minuten zu spät zur Trauung gekommen, das Auto stand im Stau. Er hat hinterher, als wir in kleinem Kreis beisammenstanden, gesagt, er hätte noch drei Minuten gewartet, dann wäre er gegangen. Natürlich haben alle darüber gelacht, aber ich glaube, es war ernst gemeint. Er wartet nie länger als fünf Minuten, egal, auf wen. Das war übrigens später auch der Hauptgrund für die Scheidung, meine Mutter ist chronisch unpünktlich. Nach nicht einmal zehn Wochen hat er die Scheidung eingereicht.«

»*Er* hat sich von *ihr* getrennt? Sie haben mir doch erzählt, Ihre Mutter habe es nie länger mit einem Mann ausgehalten?«

Sheila grinste. »Jeremy ist ihr zuvorgekommen. Und wie gesagt, er ist gern Herr über die Zeit. Er hätte es nie verwunden, wenn meine Mutter bestimmt hätte, wann die Ehe zu Ende ist.«

Jamie kletterte wieder von Sheilas Schoß hinunter und lief zu seinen Eltern, die in der Nähe der kleinen Kapitänskajüte standen. Sheila beobachtete die junge Familie und lächelte. »Ist Ihnen schon aufgefallen, dass der kleine Jamie seinem Urgroßvater ähnlich sieht? Merkwürdig, nicht wahr? Sein Sohn sah ihm kein bisschen ähnlich, sein Enkel ebenso wenig, und sehen Sie sich Jamie an. Er ist wie eine Miniaturausgabe von Jeremy. Es ist gut, dass sie wieder zueinander gefunden haben. Blut ist dicker als Wasser. Zwei Generationen liegt die Familie im Streit miteinander, und dann kittet ein Baby alles, was war.«

»Es gab Streit?«

Sheila nickte. »Richard hat seinen Großvater erst vor zwei Jahren kennengelernt. Jeremy hatte sich vor langer Zeit mit seinem Sohn Donald, Richards Vater, überworfen. Das war, als Donald in die Firma eintrat und mehr Entscheidungskompetenzen forderte. Darüber kam es zum Zerwürfnis, denn Donald war genauso stur wie sein Vater. Der Preis, den Donald dafür zahlte, war relative Armut, der Preis, den Jeremy dafür zahlen musste, war der Verlust seiner Familie. Als Donald später heiratete, wurde Jeremy nicht eingeladen, und ich bin überzeugt, selbst wenn er eine Einladung bekommen hätte, wäre er nicht erschienen. Als Richard geboren wurde, erhielt er eine Geburtsanzeige, das war alles. Jeremy hat seinen einzigen Enkel nicht zu Gesicht bekommen.«

»Nun ja, irgendwann offenbar schon«, stellte James fest.

Sheila zuckte die Schultern. »Erst als Richard erwachsen war, nach der Geburt von Jamie. Der niedliche Blick dieses Babys hat die Eiszeit in der Familie beendet. Am glücklichsten darüber ist Jeremy. Obwohl er mit dem Kleinen eigentlich noch nicht viel anfangen kann. Seine Rolle als Urgroßvater wird ihm erst dann richtig gefallen, wenn Jamie im Schulalter alt ist, glaube ich. Männer wie er können mit Babys und Kleinkindern nicht gut umgehen.«

»Warum ist Jeremys Sohn nicht mit auf die Reise gekommen, jetzt, wo es zur Versöhnung gekommen ist?«

»Donald ist vor drei Monaten gestorben, er hatte Krebs.«

»Gab es diesen Donald eigentlich schon, als Jeremy und Ihre Mutter heirateten?«

Sheila nickte. »Ja, sicher, er stammte aus Jeremys erster Ehe. Meine Mutter war der Grund, warum sie geschieden wurde. Sie muss damals Mitte vierzig gewesen sein, ich war gerade nach London gezogen. Der kleine Donald war sozusagen zehn Wochen lang der Stiefsohn meiner Mutter. Ich kannte ihn flüchtig, er war ein netter Kerl.«

»Sie hatten also zwei Stiefbrüder, Donald Watts und Monty Miller, nicht wahr?«

Sheila schüttelte den Kopf. »Nein, es gibt noch mehr. Ach James, lassen wir das, es muss verwirrend für Sie sein. Die Beziehungen meiner Mutter sind schwer durchschaubar, selbst für mich. In Wales bei meinem Vater war alles klar und überschaubar, die Welt meiner Mutter ist dagegen ein Irrgarten.«

»Jeremy war der fünfte Ehemann Ihrer Mutter, richtig?«

»Sie geben nicht gern auf, oder?«

»Mit Mitte vierzig bereits die fünfte Ehe?«

Sheila nickte. »Ich hatte Ihnen doch erzählt, dass meine Mutter kein Kind von Traurigkeit war. Mit zunehmendem Alter nahm die Taktung ihrer Eheschließungen allerdings ab. Nach Jeremy war sie fünfzehn Jahre lang mehr oder weniger solo, und dann hat sie Timothy Barnes geheiratet. Er war sozusagen ihr Mann fürs Rentenalter. Ein feiner Mensch, ehemaliger Direktor der Bank of Scotland. Leider ist er schon ein knappes Jahr nach der Hochzeit gestorben. Herzinfarkt.« Sheila lachte. »Wahrscheinlich ist er an Mutters Tempo zerschellt und hat sich in der Ehe gefühlt wie eine Fliege im Ventilator.«

Sie hatten inzwischen angelegt, die ersten Passagiere gingen an Land. Sheila und James folgten ihnen.

»Warum heißt Ihre Mutter eigentlich immer noch Barnes und nicht Philpotts?«, fragte James. »Hat sie den Namen von Ehemann Nummer 7 nicht angenommen?«

Sheila sah ihn verdutzt an. »Ich dachte, eigentlich schon. Wie kommen Sie darauf?«

»Miss Kappel sprach Ihre Mutter gestern beim Dinner mit Mrs Barnes an.«

»Mag sein, dass Miss Kappel sich noch nicht an den Namenswechsel gewöhnt hat.«

»Oder Ihre Mutter hat sich auf ihre alten Tage nicht noch einmal umstellen wollen.«

»Das wäre etwas ganz Neues. Bislang hat sie ihre Namen genauso freudig gewechselt wie ihre Männer. Andererseits, Phyllis Philpotts, das klingt wie ein Sprachfehler.«

»Ganz deiner Meinung«, sagte jemand, der hinter Sheila und James über den Steg gegangen war.

Sheila drehte sich überrascht um. »Monty!«

»Entschuldige, ich wollte nicht lauschen«, sagte Sheilas Stiefbruder. »Aber das ist der Nachteil, wenn man ein Hörgerät trägt. Man kann nicht einfach weghören.«

»Muss unangenehm sein«, bemerkte James.

Monty lächelte breit. »Nun, jeder hat sein Kreuz zu tragen. Meins ist noch relativ leicht bislang.« Er klopfte drei Mal auf das Holz seines Krückstocks.

»Was macht ihr denn nach der Stadtrundfahrt?«

»Nichts Besonderes«, sagte Sheila. »James wollte mir die Altstadt zeigen.«

»Sie waren schon einmal in Nizza?«, fragte Monty interessiert.

James nickte.

»Urlaub?«

»Nein, beruflich. In den Sechzigern.«

Monty nickte. »Verstehe. Hat sich viel geändert seitdem. Wissen Sie was? Ich kenne mich sehr gut aus. Wenn Sie wollen, schließe ich mich Ihnen an. Ich weiß ein ausgezeichnetes Fischrestaurant in der Nähe des Hafens.«

»Sheila isst keinen Fisch«, sagte James.

»Dann ein Steakhaus?«

»Sheila isst auch kein Fleisch.«

»Du entschuldigst uns mal eben«, sagte Sheila zu Monty und zog James am Ärmel ein paar Schritte zur Seite. »Sheila kann auch für sich selbst sprechen, James«, flüsterte sie aufgebracht. »Und überhaupt, warum sind Sie so grob? Monty ist mein Stiefbruder.«

»Ich habe nur gesagt, dass Sie kein Fleisch und keinen Fisch essen.«

»Aber in welchem Tonfall!« Sie wendete sich wieder Monty zu.

»Kennst du ein vegetarisches Restaurant, Monty?«, fragte sie betont freundlich.

Monty strahlte sie an. »Natürlich! Aber ich würde vorschlagen, wir gehen zuallererst zur Promenade. Es sei denn, Mr Gerald hat andere Pläne?« Er sah zu James, um seinen Triumph voll auszukosten. »Dann nehmen wir einen Kaffee im Hotel Negresco, und anschließend …«

Monty hakte sich bei Sheila unter und redete munter weiter, während sie auf den Kleinbus zugingen, in dem Mr Chandan, bereit für die Stadtrundfahrt, auf sie wartete. Großartig, dachte James. Ein schwerhöriger alter Rabe, der uns die Ohren vollkrächzt. So hatte er sich den Tag mit Sheila in Nizza nicht vorgestellt.

Kapitel 7

Es war nicht James' Art, sich gleich eine Meinung zu bilden über die Menschen, denen er begegnete. Er wusste, dass der erste Eindruck oft trog. Im Fall von Monty Miller hatte er sich jedoch ein schnelles, nicht sonderlich positives Urteil zu fällen erlaubt: geschwätzige Nervensäge. Monty führte beim Spaziergang durch die kleinen, gepflasterten Gassen Nizzas fast pausenlos das Wort, als fürchtete er, man könnte ihm im nächsten Augenblick die Zunge abschneiden – eine Vorstellung, die James immer mehr gefiel. Außerdem erwies er sich als äußerst resistent gegenüber James' Versuchen, ihn loszuwerden. Spielend schaffte er es, Sheila für sich einzunehmen, indem er das Gespräch auf ihr Lieblingsthema lenkte – London. Obwohl Monty nicht in London lebte, ja noch nicht einmal Engländer, sondern Amerikaner war, präsentierte er sich als Kenner der Kulturlandschaft Londons, diskutierte mit zweifellos angelesenem Wissen über die neue japanische Ausstellung in der Tate Modern und erdreistete sich sogar, Sheila Tipps zu geben, in welcher Ecke von Soho es die besten Jiaozi gebe. Während Monty wichtigtuerisch herumkrächzte, suchte James nach Anzeichen von Ermüdung oder Verdruss bei Sheila. Doch im Gegenteil, sie stellte interessiert Zwischenfragen und schien ihn unbegreiflicherweise als London-Koryphäe zu akzeptieren. James versuchte zwischendurch, Sheilas Aufmerksamkeit auf das Hier und Jetzt, auf Nizza, zu lenken. Es war zwecklos: Zu jedem Haus, zu jeder Gasse und selbst zur Strandpromenade fiel ihr irgendetwas ein, das sie an London erinnerte. Alles in allem nahm sie Nizza als kaum mehr wahr denn als kleine Schwester der großen Laufstegschönheit: ganz nett anzusehen, wirklich, aber selbstverständlich kein Vergleich zu London. Doch als sie zum Markt in der Altstadt kamen, fehlten Sheila zum ersten Mal die Vergleiche, ja überhaupt die Worte. Sie stand nur da und schaute mit offenem Mund auf die verschwenderische, bunte, liebevoll arrangierte Vielfalt an Blumen, Obst, Gemüse und Kräutern.

»Ja, wahrlich ein Fest für die Sinne«, bemerkte Monty, doch Sheila antwortete nicht, sondern ging wie magisch angezogen auf den ersten Marktstand zu. »Bin gleich wieder da!«, rief sie über die Schulter, dann war sie im Gewühl verschwunden. Auf sich allein gestellt, blieb James und Monty nichts anderes übrig, als ein paar Floskeln über Frauen und Einkaufen auszutauschen und den Small Talk mithilfe einiger Zigaretten noch etwas in die Länge zu ziehen. Endlich tauchte Sheila wieder auf, das Gesicht rot vor Begeisterung, an jeder Hand drei große Einkaufstüten.

Monty schlug vor, zum Mittagessen ins Noori's zu gehen, aber Sheila schüttelte energisch den Kopf. »Kein Inder.«

»Komm schon, du bist Engländerin«, krächzte Monty, während er Sheila die Tüten in ihrer linken Hand abnahm. »Du magst indisches Essen. Der Hauptgrund dafür, dass ihr euch damals in Indien breitgemacht habt, war doch, dass euch eure fade englische Küche zum Hals heraushing, oder?«

Sheila schwieg missmutig, und James, der nach den Tüten in Sheilas rechter Hand griff, sah ebenfalls keinen Grund, Monty darüber aufzuklären, dass Sheila den letzten Besuch eines indischen Restaurants in keiner guten Erinnerung hatte.

»Dann bliebe das Pomme du Terre.« James bemerkte schadenfroh, dass Monty beleidigt war. »Es ist das einzige vegetarische Restaurant hier in der Gegend. Aber ich kenne es nur dem Namen nach. Es ist ein Wagnis!«

Die Einrichtung des Pomme du Terre war in Erdtönen gehalten – etwas anderes hatte James bei einem vegetarischen Restaurant dieses Namens auch nicht erwartet –, bei den klobigen Holztischen und -stühlen schien der Tischler sich zugunsten des naturhaften Gesamteindrucks das Schleifen und Polieren gespart zu haben.

»Wie kommt es, Mr Miller, dass Sie sich so gut in London und Nizza auskennen?«, fragte James.

»Ich bin immer viel herumgekommen«, sagte Monty. »Das machte der Beruf. Aber ich sage immer: ›Hotelbetten halten jung.‹«

»Monty war Kameramann«, erklärte Sheila.

Der Kellner kam und fragte nach ihren Wünschen. Sheila bestellte einen Salat, die Männer entschieden sich für die Empfehlung des Tages, eine Bouillabaisse. In einer Hafenstadt hatte man es offenbar für sinnvoll gehalten, auch Fisch und Meeresfrüchte ins vegetarische Konzept zu integrieren. Beim Essen ließ Sheilas Stiefbruder sich über die Vorzüge der französischen Fischsuppe, ihre Ingredienzien und – natürlich – über die besten Bouillabaisse-Restaurants der Côte d'Azur aus. Er war ein Meister darin, das Gespräch auf Themen zu lenken, bei denen er glänzen konnte. Als sie zum Abschluss einen Espresso tranken, ertönte »We'll meet again« von Vera Lynn aus Sheilas Handy. »Es ist Jeremy«, murmelte sie beim Blick auf das Display und ging eilig vor die Tür, um das Gespräch anzunehmen.

»Jeremy fragt, ob wir mit den anderen nach Monte Carlo ins Spielcasino fahren wollen«, sagte Sheila, als sie wieder hereinkam. »Mr Chandan würde uns fahren.«

Monty war sogleich begeistert. »Eine ausgezeichnete Idee!«

»Wie sieht es mit Ihnen aus, Sheila?«, fragte James. »Möchten Sie denn?«

Sie zuckte die Schultern. »Jeremy wäre vor den Kopf gestoßen, wenn wir ablehnen. Ich denke, wir haben keine Wahl.«

»Unsinn«, sagte James. »Man hat immer eine Wahl.«

»Dann ist eben meine Wahl, höflich zu sein.«

»Na schön«, sagte James, durchaus froh, dass das Gekrächze von Monty bald in dem Geplauder der Busgesellschaft untergehen würde.

»Alles in Ordnung?«, fragte James, als Sheila Jeremy zurückgerufen und zugesagt hatte. »Ist der verlorene Gatte übrigens wieder aufgetaucht?«

Sheila schüttelte den Kopf. »Nein, ist er nicht. Hoffentlich ist ihm nichts passiert.«

Monty tupfte mit der Serviette routiniert, aber wirkungslos an seinem Schnäuzer herum. »Was soll denn passiert sein, Darling. Es wird sich eine einfache Erklärung finden, du wirst sehen. Wenn wir heute Nacht das Boot zurück an Bord nehmen, wird er uns schon erwarten.«

Kapitel 8

In Monte Carlo setzte Mr Chandan sie vor dem Spielcasino ab, in dem sich die Gesellschaft, ähnlich einer Busladung Kinder im Spielzeuggeschäft, schnell in alle Richtungen zerstreute. Sheila und James blieben im prunkvollen Salle Europe bei Phyllis und Jeremy. Phyllis steuerte mit ihrem elektrischen Rollstuhl sofort auf einen der Blackjack-Tische zu. Jeremy, der inzwischen die Jetons besorgt hatte, setzte sich neben sie und legte, wie James mit fachkundigem Blick schätzte, Jetons im Wert von etwa zweitausend Euro zwischen sich und Phyllis auf den Tisch. James und Sheila stellten sich hinter die beiden und schauten zu.

»Ihre Mutter scheint Schmuck zu lieben«, bemerkte James leise mit einem Blick auf Phyllis' goldglänzende Finger.

»Sie war immer schon der Typ für Klunker«, flüsterte Sheila. »Die Kette hat den Wert eines Kleinwagens. Sie ist von Jeremy.«

»Nein, ich meine die vielen Ringe. An manchen Fingern trägt sie sogar mehrere übereinander. Nur die Daumen hat sie ausgelassen.«

»Sie trägt all ihre Eheringe noch«, erklärte Sheila flüsternd. »Sogar den billigen von meinem Vater. Da, schauen Sie, an ihrem rechten Mittelfinger. Sie hat ihn weiten und mit einem Diamanten bestücken lassen.«

Phyllis sah zu ihnen auf. »Was habt ihr denn zu tuscheln, ihr beiden, spielt lieber mit!« Auf der Hinfahrt war Phyllis noch sehr beunruhigt über Edens Verbleib gewesen, aber jetzt war ihr davon nichts mehr anzumerken. Ihre Wangen waren über das etwas zu dick aufgetragene Rouge hinaus gerötet, ihre Augen glänzten im Spielfieber.

»Ausgezeichnete Idee«, stimmte Jeremy zu. »Setzt euch!« Er hielt Sheila eine Handvoll Jetons hin.

Sheila wehrte mit beiden Händen ab. »Nein, Jeremy, das geht nicht.«

»Kind, nimm!« Jeremy duldete keinen Widerspruch.

»Sie will nicht«, sagte James in einem wohldosierten, aber bestimmten Ton, der ihm einen missbilligenden Blick von Jeremy eintrug, die Sache jedoch beendete. Jeremy und Phyllis richteten ihre Aufmerksamkeit wieder auf den Spieltisch, James und Sheila wanderten zu einem der Roulettetische.

»Sie behandeln mich wie ein kleines Mädchen, James«, sagte Sheila.

»Sie verwechseln da etwas.« James setzte einen Fünfzig-Euro-Chip auf Schwarz und deutete zum Blackjack-Tisch. »Der da behandelt Sie wie ein Kind, nicht ich.«

Sie setzte fünfzig Euro auf Rot. »Sie auch. Ich lasse mich nicht entmündigen und kann sehr gut für mich selbst sprechen.«

»Jeremy hat Sie entmündigt. Ich habe Sie nur unterstützt.«

»Ich brauche Ihre Unterstützung aber nicht.«

Alle Augen folgten der weißen Kugel, die der Croupier mit einer geschmeidigen Handbewegung zum Rollen brachte. Nach einigen Runden stolperte sie über die Zahlenkästchen, sprang und hüpfte und blieb schließlich, begleitet von Lauten der Enttäuschung, auf der grünen Null liegen. »Das darf doch nicht wahr sein«, stöhnte Sheila, als ihre beiden Jetons einkassiert wurden.

»Macht nichts, das holen wir uns wieder.«

Sie lachte. »Sagte der Spieler, bevor er Haus und Hof verpfändete.«

»Ein bisschen mehr Vertrauen könnten Sie schon in mich setzen. Wie wäre es mit einer Wette? Wenn ich es schaffe, unser Geld zurückzuholen, gehen wir davon essen.«

»Und wenn Sie verlieren?«

»Ich verliere nicht.«

»Hochmut kommt vor dem Fall. Aber gut, James, wenn Sie am Ende mittellos dastehen, werde ich Sie durchfüttern!«

»Kommen Sie!« Er führte sie vom Roulettetisch weg und aus dem großen Saal heraus in einen kleineren Nebenraum. »Am Poker-Tisch sind die Möglichkeiten, selbst etwas für sein Glück zu tun, größer.«

»Das hätten Sie mir sagen müssen, James. Pokern ist doch einfach.«

»Spielen Sie mit?«

»Nein, das wäre unfair. Ich durchschaue Sie zu gut.«

»So, glauben Sie.« Sie nahmen am Tisch Platz. »Ihr Stiefbruder scheint Ihre Vorliebe fürs Pokern zu teilen«, bemerkte James.

»Ich weiß«, antwortete sie und lächelte Monty zu, der ihnen gegenübersaß. »Er hat es mir beigebracht. Lassen Sie sich nicht von seinem harmlosen Gesicht täuschen, James. Er ist ein Profi.«

»Unterstützung aus der Familie kommt mir gerade recht«, sagte Monty. Auf seiner Stirn glänzten Schweißperlen.

»Unterstützung? Wir sind der Feind«, gab Sheila zurück.

»Jetzt kommt die Stunde der Vergeltung für die Münzsammlung, die du mir damals abgeknöpft hast. Ich habe ziemlichen Ärger mit meinem Vater bekommen deswegen.«

Monty winkte ab. »Die war doch nichts wert!«, krächzte er. »Ebenso wenig wie dieser bunte Ring.«

»Hast du den etwa noch?« Sheilas Stimme überschlug sich fast vor Aufregung.

»Natürlich.« Monty grinste. »Ich lege ihn inoffiziell als Einsatz obendrauf«, sagte er leise, damit die Angestellte des Spielcasinos nichts davon mitbekam. »Wir spielen Texas Hold'em. Wenn du am Ende gewinnst, kriegst du den Ring zurück. Was legst du dafür drauf?«

»Vergiss es«, winkte Sheila ab.

James schob den rechten Ärmel seines Jacketts etwas nach oben, sodass seine Uhr sichtbar wurde. »Einverstanden?«

Monty erhob sich, kam zu ihnen und beugte sich zu James hinab. Sein Atem war unangenehm heiß an James' Ohr. »Das wäre kein fairer Tausch«, flüsterte er. »Der Ring, um den es geht, besteht aus Blech und bunten Glasperlen.«

James sah Sheila überrascht an. »Den wollen Sie wiederhaben?«

»Will ich ja gar nicht«, sagte Sheila und sah zur Decke.

»Sentimentalität«, flüsterte Monty ihm zu. »Den hat sie als Rotzgöre wahrscheinlich von einem kleinen walisischen Bauernjungen bekommen, der ihn für ein paar Pence aus dem Kaugummiautomaten geholt und ihr geschenkt hat, um mit ihr rumzuknutschen.«

»Also abgemacht, Uhr gegen Ring«, sagte James.

Monty grinste. »Sie müssen selbst wissen, was Sie tun.

Aber sagen Sie hinterher nicht, ich hätte Sie nicht gewarnt. Schöne Uhr, übrigens. Alt?«

»1955.«

»Sie setzen diese Uhr aufs Spiel, die Sie schon so lange haben?« Sheila war fassungslos.

»Ich werde sie ja nicht verlieren.«

»James, das lasse ich nicht zu. Dieser Ring ist wertlos.«

»Sie hängen daran, also ist er nicht wertlos.«

Die Karten wurden ausgeteilt, James nahm seine Karten auf und nickte Monty zu, der wieder gegenüber Platz genommen hatte.

Sheila stand empört auf. »Mir reicht es.«

»Sheila, ich tue das hier für Sie«, sagte James, während er sein Blatt prüfte.

»Für mich? Lächerlich. Tun Sie, was Sie tun müssen, um sich als Held zu fühlen, aber ich will mir das nicht mitansehen. Ich warte draußen. Viel Glück.«

Er legte die Karten verdeckt ab und lächelte. »Mit Glück hat das wenig zu tun.«

»Natürlich kann ich nicht mit Montys Kenntnissen konkurrieren, was die Restaurantszene der Côte d'Azur angeht«, sagte er eine Viertelstunde später zu Sheila, »aber wozu gibt es Taxifahrer? Einer von denen wird uns mit Sicherheit zu einem ausgezeichneten Fischrestaurant bringen.«

»Immer vergessen Sie, dass ich keine Tiere esse.«

Er seufzte.

»Muscheln wären okay«, lenkte sie ein.

»Aber Sie wissen schon, dass Muscheln keine Pflanzen sind?«

»Muscheln haben kein Gesicht«, rechtfertigte sie sich.

»Ach so, verstehe«, sagte James, während sie zur Kasse gingen, um die Jetons umzutauschen. »Pech für die kleinen Dinger, dass sie nicht niedlich sind.«

»Sie machen mir ein schlechtes Gewissen.«

»Man kann niemandem ein schlechtes Gewissen machen, wenn er nicht schon eins hat.«

»Ach, James, jetzt haben Sie es geschafft. Es ist nur so, dass ich Muscheln für mein Leben gern esse, immer schon. Aber Sie haben ja recht, es sind Lebewesen, die wegen mir sterben müssen.«

»Ihre Probleme möchte ich haben«, bemerkte er. »Ich wünschte, ich hätte nur Muscheln auf dem Gewissen.«

Ihre Augen weiteten sich in einer Mischung aus Schreck und plötzlichem Mitgefühl. Sie legte ihm zögernd eine Hand auf den Arm. »Wenn Sie darüber reden möchten, James, manchmal hilft es, wenn …«

»Bei mir sind es Nacktschnecken«, unterbrach er sie schnell. Er bemühte sich, weiter ein ernstes Gesicht zu machen, während sie ihn verwirrt anstarrte. »Es war im Frühjahr«, fuhr er fort, »Sie hatten diese Schneckenplage im Wintergarten, wissen Sie noch? Und ich brauchte damals noch den Rollator. Fast jedes Mal, wenn ich Sie besuchte und wir in den Wintergarten gingen, ist mir eine unter die Räder gekommen.«

»Absichtlich?« Ihre Augen wurden schmal.

»Es ging immer alles so schnell.«

»Sehr witzig, James.«

Er grinste. »Ich weiß, es war ein Fehler, Sie damit zu belasten.«

Sie schüttelte den Kopf, und rund um ihre Augen erschienen Lachfältchen. »Sie sind unmöglich.«

»Können Sie es für sich behalten, Sheila?«

»Ihr schmutziges kleines Geheimnis ist bei mir gut aufgehoben.«

Er klopfte ihr auf die Schulter. »Kluges Mädchen. Sie wissen ja, was mit Geheimnisträgern passiert, die plaudern ...«

Sheila verdrehte die Augen. »Ja, ja, schon klar, Null-Null-Siebzig.«

James half ihr in den Mantel. »Ihr Stiefbruder schickt Ihnen den Ring übrigens, sobald er wieder zu Hause ist.«

Sie sah ihn verblüfft an. »Sie haben es also tatsächlich geschafft.«

»Dass Sie kein Vertrauen in meine Fähigkeiten haben, ist etwas kränkend. Warum hängt Ihr Herz eigentlich so an diesem Ring? Oder liegt das in der Familie, diese Sammelwut, was Ringe angeht?«

Sheila wich seinem Blick aus. »Ach, Sie wissen ja, man hängt an Sachen, die einem als Kind wichtig waren.«

James wartete, dass sie weiterreden würde, aber sie deutete nach vorn: »Da, ein Taxi!«

Zwei Stunden später saßen sie unter einer bunten Lampiongirlande und genossen den Blick auf den Hafen und den Burgberg. Das Essen war vorzüglich gewesen. Sheila hatte Muscheln mit Pommes frites bestellt, James ein Thunfischsteak. Er sah Sheila gern dabei zu, wie sie geschickt eine leere Schale benutzte, um das Fleisch aus den Muscheln zu picken. Er selbst hantierte lieber mit weniger natürlichen Esswerkzeugen.

Sheila säuberte ihre Hände im Zitronenwasser und seufzte. »Das ist fast noch romantischer als eine Fahrt im London Eye bei Nacht.«

Er schenkte ihr Wein nach. »Tatsächlich?«

»Also wirklich, James, wenn Sie das hier nicht romantisch finden, sind Sie ein hoffnungsloser Fall.«

Er hob sein Glas. »Romantischer als London? Unmöglich, oder?«

Sie winkte ab. »Ich habe keine Lust, mit Ihnen zu streiten. Dafür bin ich viel zu satt und zufrieden.«

»Ich will mich doch gar nicht streiten.«

»Ich mich auch nicht. Außerdem habe ich ›fast‹ gesagt.«

»Wie bitte?«

»Ich habe nicht gesagt, dass es romantischer ist als London. Ich habe gesagt, dass es fast romantischer ist. Das ist ein Unterschied.«

»Natürlich.«

James hob lächelnd sein Glas. »Worauf wollen wir trinken: auf London oder auf Nizza?«

Sheila sah ihn verdrießlich an. »Manchmal denke ich, so müsste es gewesen sein, einen älteren Bruder zu haben.«

Er stellte sein Glas ab. »Interessant, das hat mir noch keine Frau gesagt.«

Sie fuhr mit ihrem vom Zitronenwasser noch feuchten Zeigefinger über den Rand ihres Weinglases, bis ein warmer Ton erklang. »Diese ständige Ärgerei und Besserwisserei. Ich habe das Gefühl, Sie nehmen mich nicht für voll.«

»Das ist nun wirklich ausgemachter Unsinn«, sagte er.

»Sehen Sie, was habe ich gesagt«, schnappte sie zurück. Sie schwiegen und sahen auf die Schiffe am Hafen. James machte den Alkohol für ihren Stimmungsumschwung verantwortlich und bereute insgeheim, dass er eine zweite Flasche Wein bestellt hatte. Etwas weiter vorn fiel ihm plötzlich ein Pärchen auf. Die Frau trug ein weißes Twinset.

Kein Zweifel, es war Judy Kappel. An ihrer Seite ging ein großer, gut aussehender Nordafrikaner. James beobachtete die beiden, um zu sehen, ob Judy Kappel die Begleitung lästig war, doch sie schienen sich ausgesprochen gut zu unterhalten.

»Da, schauen Sie!«, rief Sheila plötzlich, fasste James aufgeregt am Arm und zeigte in die andere Richtung. »Der Mann dort, ist das nicht Eden?« Sie sprang auf, holte ihn ein und griff von hinten an seine Schulter. »Eden, so ein Zufall!«, hörte James sie ausrufen. »Wir haben uns schon Sorgen um dich gemacht!« Eden machte ein Gesicht, als würde er von Straßengangstern überfallen: Erschrecken, die Erkenntnis der Ausweglosigkeit und Ergebenheit in das Schicksal spiegelten sich darin. Vielleicht wollte er sich tatsächlich mit Phyllis' Kreditkarte aus dem Staub machen, überlegte James, doch dann lächelte Eden breit und kam mit an ihren Tisch.

»Meine Güte, Eden«, sagte Sheila, »wo hast du bloß gesteckt?«

Eden winkte ab. »Das war vielleicht ärgerlich. Als ich an Bord Zigaretten holen ging, rutschte vor mir ein alter Herr auf der Treppe aus und verstauchte sich den Knöchel. Ich habe mich um ihn gekümmert.«

»Hätte das nicht jemand anderes machen können?«, warf James ein.

»Außerdem«, sagte Sheila, »du wusstest doch, dass wir oben auf dich warten.«

»Ja, ja, und deine Mutter hat mich gewarnt, wie sehr Jeremy Unpünktlichkeit hasst«, entgegnete Eden. »Aber wie das nun mal so ist, wenn ein Unfall passiert – alle hasten mit Tunnelblick am Verletzten vorbei, und das Personal ist plötzlich auch wie vom Erdboden verschluckt. Als ich den alten Mann endlich in der Ambulanz abgeliefert hatte, war das letzte Zubringerboot schon weg, und da habe ich den Tag einfach an Bord verbracht und gelesen.«

»Und wie bist du jetzt hierhergekommen?«

Eden lächelte. »Mit dem Zubringerboot. Zwischen zehn und Mitternacht ist ein halbstündlicher Service eingerichtet, um die Landgänger wieder zurück an Bord zu befördern. Ich habe diese Gelegenheit genutzt, um zumindest noch einen nächtlichen Bummel durch Nizza zu machen. Außerdem dachte ich, ich begegne euch vielleicht noch.«

»Warum hast du Phyllis nicht per Handy Bescheid gesagt, was passiert ist? Sie und Jeremy haben sich große Sorgen um dich gemacht.«

»Nenn mich altmodisch, aber ich besitze kein Handy«, sagte Eden. »Ich mag die Dinger nicht. Phyllis hat zwar eins, aber ich weiß die Nummer nicht auswendig.«

»Du hättest Jeremy anrufen können. Ich bin sicher, irgendjemand an Bord wird doch seine Nummer haben, schließlich gehört ihm das Schiff.«

Eden zuckte die Schultern. »Ja, daran habe ich nicht gedacht.«

Der Kellner kam, um Edens Bestellung aufzunehmen. »Danke, für mich nichts«, sagte Eden mit Blick auf seine Armbanduhr. »Bitte nehmt es mir nicht übel, aber ich gehe dann mal. Mir bleibt nicht mehr viel Zeit, mir die Füße zu vertreten. Wenn ihr die anderen seht, erklärt ihnen bitte, was passiert ist, und dass ich das Boot um Mitternacht zurück aufs Schiff nehme.«

Kapitel 9

»Mutter, kann ich dich etwas Persönliches fragen?« Sheila sah ihre Mutter unsicher an. Sheila, James, Jeremy und Phyllis sowie Al und Rosie saßen in der Whisky-Bar beisammen, die anderen waren schon zu Bett gegangen. Phyllis zeigte auch weit nach Mitternacht noch keinerlei Ermüdungserscheinungen. Sie war aufgekratzt, ihre Wangen glühten. James überlegte, ob sie Aufputschmittel nahm, aber dann verwarf er die Idee. Es hätte nicht recht zu einer alten Dame gepasst, die einen Heilpraktiker zu ihren besten Freunden zählte.

»Natürlich, Schätzchen, frag nur.« Phyllis nippte an ihrem Johannisbeerlikör.

»Warum hast du Eden geheiratet?« Sheila hatte beinahe geflüstert, damit Al und Rosie am Nachbartisch nichts mitbekamen, doch wie auf Knopfdruck verstummte das Streitgespräch der beiden. Diese Frage interessierte offenbar auch sie.

Phyllis zog, soweit ihr Lifting das zuließ, die Augenbrauen hoch. »Was ist das für eine seltsame Frage, Kind?«

»Alter schützt vor Torheit nicht, so heißt es doch«, sagte Jeremy.

»Aber du warst doch schon sechs Mal verheiratet«, sagte Sheila zu ihrer Mutter.

»Eben«, lächelte Phyllis. »Die siebte Ehe rundet das Ganze gewissermaßen ab.«

»Verstehe ich nicht«, sagte Sheila. »Mir war eine Ehe rund genug.«

»Finde ich auch«, mischte sich Al ein. Er nahm sich Jeremys Stock, legte ihn quer über die Bar und zog mithilfe des Griffs die Whiskyflasche zu sich heran. »Warum denselben Fehler immer wieder machen?« Er erntete einen bösen Blick von Rosie.

»Die Sieben ist eine heilige Zahl«, erklärte Phyllis mit wichtiger Miene. »Gott erschuf die Welt in sechs Tagen, am siebten Tag hat er sich ausgeruht. Die Woche hat sechs Werktage und einen Sonntag. So gesehen habe ich einen Mann für jeden Werktag gehabt, und Eden ist der Sonntag. Eden ist der krönende Abschluss!«

James nahm sich vor, diese kühne Analogie von Schöpfungsprozess und serieller Eheschließung Joseph Sutcliffe zu unterbreiten, wenn er den Geistlichen das nächste Mal sah.

»Das hast du aber schön gesagt, Sweetie«, rief Eden, der sich unbemerkt genähert und Phyllis' letzte Sätze mitbekommen hatte.

»Herrgott, habe ich mich jetzt erschrocken!«, rief Rosie aus.

Phyllis schenkte Eden ihr zartes Lächeln und streckte die Hand nach ihm aus. »Darum nenne ich ihn Tiger. Er kann sich so wunderbar anschleichen.« Eden drückte ihr einen Kuss auf die Wange. »Ich habe schon von James und Sheila gehört, was passiert ist«, sagte sie liebevoll. »Du Armer, das war wirklich Pech.«

»Das ist unfair«, sagte Jeremy mit schwerer Zunge. Er

hatte offenbar ein oder zwei Gläser zu viel getrunken. »Wenn Eden der Sonntag war …«, er machte eine Pause und zählte an den Fingern der linken Hand bis fünf, »… dann war ich der Freitag. Karfreitag. Schwarzer Freitag. Freitag, der 13. Schlimmer geht's ja wohl nicht.«

»Oh nein, Jeremy, nicht doch!« Phyllis griff sich mit beiden Händen ans Herz. »Der Freitag ist der Anfang des Wochenendes. Und du hättest das ganze Wochenende werden können, wenn es nach mir gegangen wäre, aber du wolltest ja nicht!«

»Und was war Almond für dich?«, warf Rosie tonlos ein. »Nur eine Nacht?«

Phyllis sah ihre Freundin an, für einen Moment aus dem Konzept gebracht.

»Mein Gott, Rosie, ich hatte keine Ahnung, dass du … ich meine, das ist fast fünfzig Jahre her …«

James erhob sich. »Ich wünsche noch eine angenehme Nacht!«

Phyllis klopfte Sheila auf den Rücken. »Kind, du siehst auch nicht mehr frisch aus. Geh ruhig mit.«

James entfernte sich zügig, um Sheila weitere Peinlichkeiten in seinem Beisein zu ersparen.

»Ja, geh nur«, hörte er Jeremys Stimme im Hinausgehen noch, »folge unserem Geheimagenten unauffällig!«

James konnte nicht verstehen, was Sheila darauf antwortete, doch ihre Stimme zischte scharf wie der Peitschenhieb eines Dompteurs.

»Sweetie«, sagte sie mit zusammengebissenen Zähnen, als sie James auf dem Flur eingeholt hatte. »Nicht zu fassen!«

»Wie bitte?«

»Er nennt sie Sweetie!«, wiederholte Sheila so laut und deutlich, als wäre James schwerhörig.

»Ja, schon verstanden, aber warum regt Sie das so auf?«

Sheila überholte ihn. »Weil es so geschmacklos ist.«

»Finden Sie?«

»So hat mein Vater meine Mutter auch immer genannt«, sagte Sheila.

»Aber das ist nun sehr lange her, nicht wahr.«

»War ja klar, dass Sie das nicht verstehen.«

Er sagte lieber nichts mehr. An ihren Kabinen angekommen, schob sie die Karte ins Türschloss. »Andersherum«, sagte James.

Sie fluchte, zog die Karte heraus und drehte sie um. Jetzt war der Magnetstreifen auf der falschen Seite, und das kleine Lämpchen am Schloss leuchtete wieder rot auf. Sheila rüttelte trotzdem an der Tür. »Darf ich?« James wiederholte den Vorgang, wartete auf das grüne Blinken und öffnete die Tür. Sie stieß ein »Das ist wieder mal typisch« hervor und war verschwunden.

Er ging auf den Balkon, um noch eine Zigarette zu rauchen. Das Schiff hatte längst abgelegt und fuhr mit mindestens zwanzig Knoten durch die Nacht, sodass selbst sein Sturmfeuerzeug mit dem Fahrtwind zu kämpfen hatte. Als er es endlich geschafft hatte, die Zigarette anzuzünden, hörte er erregte Stimmen aus einer Kabine weiter vorn. James sah auf die Uhr. Es war halb zwei. Er nahm ein paar Züge, dann drückte er die Zigarette aus, ging zurück in seine Kabine und öffnete die Nachttischschublade. Zum Glück hatte er Ohrstöpsel eingepackt.

Es dauerte eine Weile, bis er hörte, dass Sheila an seine Balkontür klopfte. Eilig ließ er sie herein. Sie verströmte einen Duft, den James nicht einordnen konnte. »Was ist das?«, fragte er.

»Meine Mutter und Eden.«

»Nein, ich meine den Duft. Sie riechen gut.«

»Sie streiten so laut. Denken Sie, ich soll mal nach dem Rechten sehen?« Sheila wirkte ernstlich besorgt.

»Woher wollen Sie wissen, dass es Ihre Mutter und Eden sind?«, fragte James.

Sie sah ihn verwirrt an. »Warum schreien Sie eigentlich so?«

»Oh, pardon.« Er wendete sich ab und entfernte die Ohrstöpsel. »Es könnten genauso gut Al und Rosie sein«, sagte er dann leiser, »die ihren Streit von heute Abend fortsetzen. Die beiden haben doch die Kabine, die direkt neben Ihrer liegt, nicht wahr? Oder das junge Ehepaar mit dem kleinen Jungen, Ivy und …«

»Richard«, sagte Sheila und winkte ab. »Nein, James, das sind meine Mutter und Eden, glauben Sie mir. Ich kenne die Stimme meiner Mutter, wenn sie sich aufregt.«

James reichte ihr die Packung mit den Ohrstöpseln. »Nehmen Sie sich welche, das hilft.«

»Ich werde doch mal rübergehen.«

»Auf gar keinen Fall werden Sie das tun!«

»Warum nicht?«

»Was wollen Sie denn sagen? Hört auf zu streiten?«

»So ähnlich, ja.«

»Ich halte es nicht für angeraten, sich in einen Streit unter Eheleuten einzumischen.«

»Sagt der Experte.«

»Hatten Sie nie eine lautstarke Auseinandersetzung mit Ihrem Mann?«

»Das geht Sie nun wirklich überhaupt nichts an!«

Er reichte ihr grinsend die Ohrstöpsel. »Hört, hört. Wenn Sie nicht riskieren wollen, dass Ihre Mutter dasselbe zu Ihnen sagt, dann nehmen Sie schon, Sie werden sehen, morgen ist ein neuer Tag, und alles ist wieder eitel Sonnenschein.«

Kapitel 10

»Sie hatten recht, zumindest was den Sonnenschein betrifft! Es wird ein herrlicher Tag in Rom!« Sheilas kräftige Stimme drang nur leicht gedämpft durch die Tür zu ihm ins Bad. James stand halb rasiert vor dem Spiegel und fragte sich, ob es richtig gewesen war, sie in seine Kabine zu lassen, bevor er fertig war. Jetzt konnte sie sich unbeobachtet umschauen, wie ein Eichhörnchen auf der Suche nach Nüssen. Rot wie ein Stoppschild leuchtete im Waschbecken vor ihm ein Blutsropfen, der ungewohnten Hektik beim Rasieren geschuldet.

Als er aus dem Bad trat, hielt Sheila ein Kaleidoskop gegen das Licht und sah hindurch. »Faszinierend«, bemerkte sie, während sie das Rohr langsam drehte. »Alles wirbelt durcheinander und bildet trotzdem immer ein schönes Muster.«

»Ja«, sagte er, nahm es ihr ab und legte es zu den anderen in die Nachttischschublade.

»Haben Sie etwa noch mehr davon?«, fragte Sheila und kam interessiert näher. »Darf ich?«

Er gab auf und zuckte die Schultern.

»Da sind ja jede Menge Kaleidoskope!« Sie nahm sich ein anderes und setzte sich damit aufs Bett. »Toll! Bei diesem hier sieht man keine Muster, aber dafür die Welt da draußen, ganz zerlegt in Einzelteile und unendlich vervielfacht.«

»Ja, bei diesem Modell kommt der Kaleidoskop-Effekt nicht durch Mosaiksteinchen im Innern, sondern durch die Brechung des Lichts, das von außen einfällt, zustande. Dazu ist am Ende eine Linse angebracht.«

»Sie sind ja ein Sammler, James! Das hatte ich Ihnen gar nicht zugetraut.«

»Tut mir leid, wenn ich Ihre Klischeevorstellungen enttäusche.«

Lachend hielt sie das Kaleidoskop in seine Richtung. »Jetzt sehe ich Ihr Gesicht vervielfältigt, das ist gruselig. Hat etwas von einem Albtraum oder einem Drogenrausch.«

»Drogenrausch? Das wiederum hätte ich *Ihnen* nicht zugetraut. Ich dachte immer, Sie gehörten zu den braven Mädchen.«

Sheila drehte das Kaleidoskop ein wenig. »Ich muss keinen Drogenrausch gehabt haben, um mir einen vorstellen zu können, oder?« Sie lachte. »Also, Ihre Augen sind schon etwas stechend, wenn man sie so vervielfältigt sieht.«

»Wenn Sie sich dann genug über meine Augen amüsiert haben, könnten wir frühstücken. Wir dürfen gespannt sein, ob sich unser zerstrittenes Ehepaar wieder zusammengerauft hat.«

Sheila legte das Kaleidoskop in die Schublade zurück. »Heute Nacht habe ich übrigens doch noch kurz bei meiner Mutter und Eden angeklopft.«

»Hätte ich mir denken können«, sagte James. »Lassen Sie mich raten, was sie gesagt haben: Es gab kein Problem, nicht wahr? Alles war in schönster Ordnung.«

»Genau«, bestätigte Sheila widerwillig. »Als ich sagte, dass ich ihre Stimme laut und deutlich in meiner Kabine hören könne, behauptete meine Mutter, ich hätte mich getäuscht. Eden und sie hätten den Lärm auch gehört, er sei von einer Kabine ein Deck unter uns gekommen.«

»Das war doch klar, was haben Sie erwartet?«

Sie sah zur Decke. »Sie wären mir viel sympathischer, James, wenn nicht jeder zweite Satz bei Ihnen mit ›Hab ich doch gleich gesagt‹ beginnen würde.«

Er lächelte. »Wenn das so ist, werde ich mir die größte Mühe geben.«

»Seien Sie nicht so arrogant!«

»Wo genau liegt jetzt das Problem, bitte?«

»Wenn Sie sagen, Sie wollen sich die größte Mühe geben, heißt das doch im Klartext, dass es schwierig, wenn nicht gar unmöglich ist. Damit schieben Sie mir den Schwarzen Peter zu.«

»Über was haben Sie sich eigentlich mit Ihrem Mann immer so gestritten?«, fragte James, während er mit der Kleiderbürste über sein Jackett fegte. »Ging es da auch um Satzanfänge oder Satzenden, oder war es irgendetwas in der Satzmitte, über das Sie sich aufgeregt haben?«

»Ich wüsste nicht, was Sie das anginge. Außerdem haben mein Mann und ich uns nicht gestritten. Wir haben harmoniert.«

»Aha.«

»Warum sagen Sie das so? Glauben Sie das nicht?«

Er hielt ihr die Tür auf und lächelte versöhnlich. »Kommen Sie, lassen Sie uns endlich frühstücken.«

Phyllis und Eden saßen in der Tat einträchtig am Frühstückstisch, als sei nichts gewesen. Eden zeigte sich äußerst zuvorkommend. Die fast schon aufdringliche Art, mit der er seiner Ehefrau, kaum dass sie zum Messer griff, die Butter reichte, die Eilfertigkeit, mit der er ihr Tee einschenkte, sobald sie den vorletzten Schluck getrunken hatte, und der Eifer, mit dem er zum Buffet eilte, um die eine oder andere Kleinigkeit für sie zu besorgen: Alles deutete darauf hin, dass er bemüht war, Phyllis an diesem Morgen milde zu stimmen. James beobachtete die beiden und fragte sich, wie dieses ungleiche Paar zueinandergefunden haben mochte. Seiner Beobachtung nach wiesen Partner in der Regel ein ähnliches Attraktivitätsniveau auf, wobei die Gründe für die gegenseitige Anziehung durchaus unterschiedlich sein konnten. In diesem speziellen Fall, überlegte er, schieden Schönheit und Jugend auf beiden Seiten aus. Aber Phyllis war zweifellos reich, und nach allem, was er von Sheila erfahren hatte, war Eden ein gebildeter Mann. Möglich, dass ihn ihr Geld angezogen hatte und sie seine Bildung attraktiv fand. Der einzige Haken an der Sache war, dass er sich nicht vorstellen konnte, dass Phyllis sich wirklich für einen Bücherwurm interessierte. Sie schien viel zu kommunikativ und auch geltungsbedürftig, um es sich abends in trauter Zweisamkeit vor dem Kamin gemütlich zu machen und Eden beim Lesen zuzuschauen. Auf Edens Seite mochte die Rechnung stimmen. Phyllis' Geld wäre für viele Männer mit Sicherheit ein unschlagbares Argument, sie zu heiraten. Noch dazu in Kombination mit ihrem hohen Alter, das die abschließende Gewinnausschüttung in fast schon greifbare Nähe rückte. James hatte die Geschichte vom Mann, der sich den Knöchel verstaucht hatte, gleich für eine Ausrede gehalten. Ein kurzer Smalltalk mit dem Schiffsarzt nach seinem Morgenkaffee in der Observation Lounge hatte das bestätigt. Es hatte tags zuvor nur Blutdruckprobleme und eine Magen-Darm-Infektion gegeben, keinen verstauchten Knöchel. Nein, Eden hatte sich absichtlich aus dem Staub gemacht, um tagsüber in Ruhe lesen und anschließend einen vergnüglichen Abend allein in Nizza verbringen zu können. Das ahnte sicherlich auch Phyllis, sie war schließlich nicht dumm. Und nun zahlte er die Rechnung dafür.

Wie James erwartet hatte, besserte sich Sheilas Stimmung mit jedem Bissen, den sie aß, und vermutlich auch, weil sich ihre Mutter und Eden wieder zu vertragen schienen. Dass diese Harmonie nur erkauft war – mit einer gehörigen Portion Unterwürfigkeit auf Edens Seite –, störte sie offensichtlich nicht im Mindesten. Vielmehr teilte sie in weiblichem Schulterschluss die Freude einer Frau, deren Mann sich für sie ein wenig zum Affen macht.

»Jeremy, hier ist noch Platz für dich!« Phyllis winkte Jeremy zu, der in Begleitung von Mr Chandan auf sie zukam. Mit diesem groß karierten Jackett nicht lächerlich zu wirken, dachte James anerkennend, das muss man erst einmal schaffen. Natürlich war es auch der kleine Pseudoinder im weißen Gewand, der dazu beitrug, dass Jeremys Auftritt Erinnerungen an längst vergangene Kolonialzeiten des Britischen Empires wachrief. Aber auch ohne Begleitung gehörte Jeremy zu den Menschen, die beim Betreten eines Raumes sogleich von allen Anwesenden bemerkt werden. Er war überdurchschnittlich groß, hatte volles, leuchtend weißes Haar, das nach hinten gekämmt war und sein sonnengebräuntes Gesicht betonte. Der Stock mit dem silbernen Knauf, auf den er sich stützte, ließ ihn nicht gebrechlich wirken, sondern unterstrich die Bestimmtheit und Würde seines Auftritts.

Jeremy ließ sich gegenüber von James und zur Linken von

Eden nieder. Mr Chandan blieb schräg hinter Jeremy stehen. James studierte diese Anordnung und erstellte unwillkürlich ein Ranking, bei dem Jeremy weit über den beiden anderen thronte. James dachte an die Komödie »Diener zweier Herren«, die er vor Kurzem gesehen hatte, und lächelte. Was er hier sah, war das genaue Gegenteil: »Herr zweier Diener«.

»Ich habe mir gedacht«, sagte Jeremy, »wir könnten nach dem Frühstück Golf spielen. Es gibt auf dem Oberdeck einen Simulator. Der war übrigens meine Idee. Bin selbst passionierter Golfspieler. Würde mich freuen, James, wenn Sie mir nach dem Frühstück die Ehre gäben. Wir fragen Al, ob er mitkommt. Er spielt passabel, auch wenn ihm die Hüfte in letzter Zeit zu schaffen macht.«

»Gern«, sagte James. »In unserem Alter muss man in Übung bleiben, sonst braucht man Wochen, um wieder in die alte Form zu kommen, nicht wahr?« Er wendete sich an Sheila. »Hätten Sie auch Lust?«

Sheila schüttelte den Kopf. »Ich gehe lieber schwimmen. Aber vielleicht haben Eden oder Mr Chandan ja Interesse.«

Jeremy sah Eden an. »Wie ist es, alter Junge, haben Sie Lust? Sie spielen doch Golf? Wenn Sie Ihre Ausrüstung nicht dabeihaben, das macht nichts, es gibt sehr gute Leihschläger.«

Eden suchte Blickkontakt zu Phyllis, er wollte den soeben wiedererlangten Ehefrieden nicht aufs Spiel setzen. Phyllis zuckte die Schultern. »Ich bin in einer halben Stunde mit Miss Kappel und Rosie im Spa verabredet, geh nur.«

»Mr Chandan?«, fragte James den Chinesen, das Kopfschütteln Jeremys ignorierend. »Spielen Sie mit?«

»Ich nicht spiele Golf«, lächelte Mr Chandan, und Jeremy nickte zufrieden. »Wir treffen uns um zehn am Golfsimulator.«

Nach dem ersten Anschlag Edens, war James geneigt, sein Ranking zu korrigieren. Es hatte ihn nicht gewundert, dass Eden Golf spielte, das taten schließlich viele Schotten, aber er war erstaunt darüber, wie gut er spielte. Er hatte sein Handicap mit −12 angegeben, aber nach seiner Technik und der Geschmeidigkeit seines Schwungs zu urteilen, hatte er tiefgestapelt. Er musste ebenso viel Zeit auf dem Golfplatz verbringen wie mit seinen Büchern.

»Sie spielen wie ein Profi«, bemerkte James nach dem dritten Abschlag. »Es macht Spaß, Ihnen zuzusehen, jeder Schwung ist perfekt. In welchem Club spielen Sie?«

Eden zögerte. »In Schottland. Ist nichts Besonderes. Sie werden ihn nicht kennen. Canmore Golfclub.«

James lächelte. »Stimmt, ist mir wirklich nicht geläufig.«

»Muss man auch nicht kennen«, sagte Jeremy, während er zum Probeschwung ausholte.

»Ein kleiner Club in meiner Heimatstadt Dunfermline«, erklärte Eden. »Nicht besonders groß, aber recht reizvoll.«

»Ja«, sagte Jeremy, »aber auch nicht so reizvoll, dass es Wartezeiten für eine Mitgliedschaft gäbe, oder?«

»Das muss ja nichts heißen in Schottland«, sagte James. »Das Angebot ist groß, jeder kleine Ort hat zwei oder drei Golfplätze. Wo spielen Sie, Jeremy?«

Jeremy machte seinen Abschlag. »Queenwood.«

James hatte nichts anderes erwartet. Queenwood gehörte zu einer aussterbenden Gattung von exklusiven Golfclubs, bei denen zahlende Gastspieler nicht erwünscht waren und die Aufnahme neuer Mitglieder nur auf Einladung erfolgte. Eingeladen wurden neben der Person natürlich auch ihr Ansehen und ihr Bankkonto.

»Und Sie, James?«

»Hampstead Golfclub.«

Jeremy schüttelte den Kopf. »Dort wohnen Sie, habe ich gehört. Nette Gegend, den Platz kenne ich auch. Aber um Gottes willen, er hat nur neun Loch, warum spielen Sie nicht lieber in Highgate?«

»Neun Loch reichen mir«, sagte James. »Zu viel frische Luft schadet nur in meinem Alter.«

Jeremy sah ihn verblüfft an, dann lachte er. »Sie gefallen mir, James. Manchmal denke ich auch, Achtzehn-Loch-Plätze sind überholt und stammen aus der guten alten Zeit, als man es sich noch leisten konnte, den lieben langen Tag den Schläger zu schwingen.«

»Ich denke, auch in der guten alten Zeit wird es ein paar Leute gegeben haben, die außerdem noch hart arbeiten mussten und ihr Leben nicht ausschließlich auf Golfplätzen und in Clubhäusern verbrachten«, warf Eden ein und zog sich seine Golfkappe tief in die Stirn. Es war das erste Mal, dass er seine untertänige Art gegenüber Jeremy ein wenig ablegte. Vielleicht, dachte James, während er zum Schlag ausholte, hat Ehemann Nummer 7, die Krönung in Phyllis' Reigen der Ehemänner, doch seine Qualitäten.

»Da haben Sie recht, Eden«, stimmte Jeremy lächelnd zu. »Es muss auch Caddies geben. Wobei es die gar nicht mal schlecht haben, wenn man es recht bedenkt. Sie bekommen das ganze Spiel mit, die frische Luft, die herrliche Umgebung und werden auch noch dafür bezahlt. Manchmal möchte man fast mit ihnen tauschen.«

»Habt ihr etwa schon ohne mich angefangen?« Al Macbeth war sichtlich enttäuscht. »Hat Mr Chandan euch nicht Bescheid gesagt, dass ich mitspiele?«

»Doch, natürlich hat er das«, sagte Jeremy und schaute auf seine Uhr, »aber du kennst die Regeln, Al. Wir hatten unseren Flight um zehn Uhr, und natürlich haben wir um punkt zehn Uhr angefangen.«

»Flight?«, wiederholte Al perplex. »Wieso Flight? Das ist hier ein Golfsimulator.«

»Was du nicht sagst«, bemerkte Jeremy.

Al zerrte einen Driver aus seiner Golftasche. »Man kann es auch übertreiben«, murmelte er.

»Warum bist du zu spät?«, fragte Jeremy versöhnlicher. »Hattest du einen Kater von gestern Abend?«

Al winkte ab. »Ach was. Ich habe meine Golfsachen gesucht.«

»Wer die Ordnung liebt, ist nur zu faul zum Suchen«, sagte Jeremy.

»Es liegt an Rosie, nicht an mir. Wenn sie meine Sachen einmal in Ruhe lassen würde, aber nein, immer räumt sie alles weg. An die unmöglichsten Stellen.«

»Kleiderschrank?«, grinste Jeremy.

»Mach dich nur lustig«, gab Al zurück, während er sich mühsam bückte, um die losen Schnürsenkel seiner blendend weißen Golfschuhe zu binden. »Du bist nicht mit ihr verheiratet.« Eden half ihm wieder hoch und legte für ihn einen Ball auf den Abschlag. Al holte weit aus und schlug, allerdings daneben.

»Eins«, zählte Jeremy.

Al sah empört auf. »Das war ein Probeschwung.«

»Nein, ein Luftschwung«, sagte Jeremy ungerührt. »Einen Probeschwung hättest du, wie du weißt, ankündigen müssen. Normalerweise hättest du gar nicht mehr mitspielen dürfen. Wenn du also schon zu spät kommst, halte dich wenigstens an die Regeln.«

Al fluchte leise, holte aus und traf diesmal. Im weiteren Verlauf des Spiels, das James zu seinem eigenen Erstaunen sogar Spaß machte, pflegten Al und Jeremy den harten, doch entspannten Umgangston von Männern, die sich nichts schenken, sich aber gegenseitig schätzen. Jeremy gewann knapp vor Eden, wobei James das Gefühl hatte, dass Eden beim letzten Mal absichtlich ins Aus schlug. James und Al teilten sich den dritten Platz.

Inzwischen schien die Sonne schon kräftig, und James spürte an dem Prickeln auf der Nase, dass er einen Sonnenbrand bekam. Auf dem Rückweg kam ihnen Richard entgegen, seine Golftasche geschultert. »Was, ihr geht schon wieder?«, fragte er enttäuscht.

»Junge, du bist mal wieder zu spät«, sagte Jeremy kopfschüttelnd.

Richard sah auf die Uhr. »Aber ihr könnt doch noch nicht fertig sein.«

Al klopfte ihm auf die Schultern. »Die Lauferei über den Rasen fällt flach, junger Freund, da geht das so schnell wie beim Minigolf. Aber kommen Sie doch einfach auf einen Drink mit in den Pub.«

Richard zuckte die Schultern. »Warum nicht, ich habe die ganze Kreuzfahrt über frei, Ivy macht den Kinderdienst. Dafür stehe ich nach der Kreuzfahrt einen Monat lang nachts immer auf.«

»Warum denn das?«, fragte Jeremy entgeistert.

»Moderne Partnerschaft, was?«, fragte Al grinsend.

Richard nickte. »Wahrscheinlich bereut Ivy unsere Vereinbarung trotzdem, vor allem den Ausflug heute Nachmittag nach Rom hätte sie sicher auch gern mitgemacht.«

»Aber warum kommt Ivy mit dem Jungen nicht mit?«, fragte Jeremy.

»Eine Stadtführung durch Rom bei dieser Hitze wäre nichts für Jamie. Glaub mir, Großvater, es ist besser so, er kann furchtbar quengelig sein.«

»Aber deswegen muss deine Frau doch nicht auf den Ausflug verzichten. Warum sagt ihr Mr Chandan nicht Bescheid?« Jeremy pochte ungehalten mit seinem Stock auf den Boden. »Ich habe euch doch gesagt, dass ihr ihn jederzeit für Jamie in Anspruch nehmen könnt.«

»Ivy will das nicht«, gab Richard zurück.

»Warum nicht?« Jeremy zog die Augenbrauen zusammen. »Dafür ist Mr Chandan doch da. Oder habt ihr Sorge, dass ihr ihn extra bezahlen müsst? Das müsst ihr nicht, er wird gut von mir bezahlt. Sehr gut sogar.«

Richard war das Thema unangenehm. »Das ist es nicht, Großvater. Ivy ist einfach eine Glucke. Am liebsten würde sie Jamie nie aus den Augen lassen, vor allem hier auf dem Schiff nicht. Seit wir an Bord gegangen sind, hat sie diese Angst, er könnte über Bord fallen und ertrinken. Und von Chandan als Babysitter hält sie gar nichts.«

»Ivy scheint hysterisch veranlagt zu sein«, sagte Jeremy. »Du musst aufpassen, dass das nicht schlimmer wird.«

Inzwischen waren die Männer am Pub angekommen, sie stellten die Golftaschen neben dem Eingang ab und ließen sich in einer holzvertäfelten Ecke nieder. »Sie ist nicht hysterisch«, verteidigte Richard seine Frau. »Jamie ist mit seinen zwei Jahren in einem Alter, in dem die motorischen

Fähigkeiten nun mal viel weiter entwickelt sind als die geistigen. Er klettert wie ein Weltmeister, stürzt aber überall runter, wenn man nicht aufpasst.«

»Die Sorge seiner Mutter, dass er ins Meer fällt, dürfte wirklich nicht ganz unbegründet sein«, mischte Eden sich ein. »Ebenso wenig die Sorge bezüglich Mr Chandan, er hat schließlich keine Erfahrung als Kinderbetreuer.«

»Stimmt«, sagte Richard. »Jamie ist verflixt schnell. Wenn er losrennt, hängt er Mr Chandan schneller ab, als der bis drei zählen kann.«

»Blödsinn«, sagte Jeremy. »Mr Chandan ist jung und sportlich und nicht auf den Kopf gefallen, da wird er der Aufgabe wohl gerade noch gewachsen sein. Ich bitte euch, Kinderbetreuung ist doch keine Gehirnchirurgie. Aber bitte, das müsst ihr selbst wissen. Es ist nur ein Angebot.«

Die Sache war für ihn erledigt, und nachdem sie ihre Getränke bestellt hatten, redete man über Golf. James schaltete ab, genoss seinen Whisky und ließ die Bar auf sich wirken. Der Innenarchitekt hatte offenbar die Anweisung gehabt, die Illusion eines alten irischen Pubs zu schaffen. Die Einrichtung wirkte, als habe man einen Pub im Herzen von Dublin auseinandergenommen und detailgetreu an Bord des Luxusliners wieder zusammengesetzt. Sogar an die Frotteelappen auf dem dunklen Holztresen, die überlaufendes Bier aufsaugen sollten, hatte man gedacht. Allerdings wirkten sie frisch gewaschen und gemangelt, und auch die Holzdielen waren ganz untypisch auf Hochglanz poliert. Die allnächtlichen Putzkolonnen sorgten gnadenlos für penible Sauberkeit auf dem Schiff. Der große Humidor in einer Ecke des Pubs erregte James' Aufmerksamkeit. Er erhob sich, um einen Blick hineinzuwerfen. Zwar rauchte er meistens Zigaretten, doch die waren nur ein Notbehelf für zwischendurch, sie verstärkten seine Anspannung eher, als dass sie sie lösten. Zigarren dagegen bedeuteten Entspannung und Genuss pur. James mochte den Geschmack, aber mehr noch die Zeit, die eine Zigarre von ihm einforderte, und die innere Ruhe, die sie ihm zum Ausgleich dafür schenkte. Der weiße Qualm einer Zigarre war wie eine Schneedecke, die sich dämpfend über das Lärmen der Großstadt legt und den Luxus der Langsamkeit erzwingt.

»Machen Sie ihn ruhig auf, James«, sagte Jeremy. Er öffnete den großen Schrank, der für gleichbleibende Feuchtigkeit der Zigarren sorgte. Jede einzelne war mit einem kleinen Namenstäfelchen versehen, auf dem die Zeit und der genaue Ort ihrer Entstehung vermerkt waren.

»Dieser Humidor ist wie ein edler Rennstall, der stolz seine Pferde präsentiert«, bemerkte James lächelnd.

Jeremy griff nach einer Zigarre und reichte sie James. »Schnuppern Sie einmal an dieser hier, James. Ich sehe, Sie verstehen etwas davon.«

James zog die Zigarre an der Nase vorbei und sog ihr Aroma ein. »Was gibt es Schöneres als den Duft einer solchen Zigarre?«

Jeremy nahm sich ebenfalls eine Zigarre. »Kommen Sie, gehen wir zum Rauchen in die Club Lounge.« Er deutete auf eine kleine Tür in der Holzvertäfelung. Sie war James bereits aufgefallen, und er hatte angenommen, dass sich dahinter eine Lagerkammer oder ein Personalzimmer befand. Jeremy hielt ihm die Tür auf, und sie betraten einen überraschend großen Raum. Die Wände waren im venezianischen Stil mit dickem, goldenem Brokatstoff bespannt, die schweren, dunkelroten Ledersessel bildeten dazu einen reizvollen Kontrast. An einer Seite der Wand lenkte ein Panoramafenster den Blick auf das glitzernde Meer und den wolkenlosen Himmel, und James brauchte einen Moment, bis ihm klar wurde, was daran nicht stimmte.

»Gut gemachte Illusion«, bemerkte er und deutete auf das Fenster.

»Kompliment«, sagte Jeremy erstaunt. »Den meisten fällt das nicht auf.«

»An dieser Stelle des Schiffes kann es keine Außenwand geben.«

»Sie haben einen guten Orientierungssinn«, stellte Jeremy fest.

James lächelte. »Nicht von Natur aus. Aber das ist erlernbar, es war Teil meiner Ausbildung.«

»Erzählen Sie mir mehr über Ihren Beruf. Man trifft nicht alle Tage auf jemanden wie Sie, James. Ich finde das sehr spannend.«

»Ja, das finden die meisten, die keine Ahnung vom SIS haben.«

»Ist es etwa nicht spannend?«

Sie setzten sich in eine Nische, ein Bediensteter brachte einen frischen Aschenbecher. »Spannend«, antwortete James, »ist nicht der richtige Ausdruck für etwas, das man jeden Tag tut. Abgesehen davon haben die meisten Menschen eine verklärte Vorstellung von der Arbeit bestimmter Berufsgruppen. Bei Gärtnern beispielsweise denkt man an Blumen, weniger an Pflastersteine, nicht wahr? Und bei meinem Beruf stellen sich die Leute immer Treffen mit Informanten an verschwiegenen Orten, Schießereien, Verfolgungen von Verdächtigen und nächtliche Einbrüche in fremde Büros vor. Kein Gedanke an Berge von Akten, langweilige Abhöraktionen und das Auswerten von Informationen, die sich letztlich als nutzlos herausstellen, kurz: an einen typischen Büroalltag, aus dem zu neunzig Prozent unsere Arbeit besteht.«

»Kommen Sie, jetzt übertreiben Sie aber«, sagte Jeremy. »Machen Sie mir nicht weis, das alles hätte es nicht gegeben: Schusswechsel, Verfolgungen, Verdächtige, geheimnisvolle Frauen, gefälschte Pässe und so weiter. Zerstören Sie mir nicht meine Kleine-Jungen-Träume. Bis ich vierzehn war, war es mein glühendster Wunsch, Geheimagent zu werden.«

»Warum sind Sie es nicht geworden? Sie wirken auf mich wie ein Mann, der seine Träume verwirklicht.«

Jeremy rollte seine Zigarre zwischen den Händen hin und her. »Gute Frage. Ich bin kein körperlicher Typ. Ich war nie sportlich oder geschickt. Ich fürchte, aus mir wäre weder ein guter Nahkämpfer noch ein guter Schütze geworden.«

»Sie hätten kein Superheld sein müssen. So langweilig es klingt, das SIS braucht in erster Linie Verlässlichkeit.«

Jeremy legte den Kopf schief. »Vielleicht war der eigentliche Grund der, dass ich immer jemanden über mir gehabt hätte. Ich wollte nicht mit dem Strom schwimmen, ich wollte keine kleine Makrele im großen Fischschwarm sein.«

»Sie wollten lieber der große weiße Hai sein?«, bemerkte James.

»Sagen wir, der Chef«, lächelte Jeremy.

James sah sich anerkennend um. »Das ist Ihnen gelungen.«

Er ließ den Raum auf sich wirken. Er war jetzt sicher, dass Jeremy das Rauchen einer Zigarre mit dem gleichen heiligen Ernst anging wie er selbst. Alles hier war darauf ausgelegt, jedem einzelnen Raucher ein Maximum an Privatsphäre zu geben. Der dicke Teppich und die Stoffbespannung der Wände schluckten jedes Wort, und die Abtrennungen zwischen den einzelnen Nischen gewährten Blickschutz. Zigarren rauchte James normalerweise ungern in Gesellschaft, aber jemand wie Jeremy, der so viel Wert auf diese Details legte, würde den Genuss nicht durch unnötige Konversation verderben.

Jeremy lehnte sich vor und gab ihm Feuer, und sie machten es sich in den Sesseln bequem. Jeremy sagte, ganz wie James es erwartet hatte, kein Wort, und auch James genoss seine Zigarre, bis sie nicht mehr schmeckte. Schließlich legte Jeremy seine Zigarre ab, dann sah er James an. »Sie gefallen mir, James. Sie sind einer der wenigen, die den Test bestanden haben. Sie glauben ja nicht, wie selten es bislang jemand fertiggebracht hat, eine Zigarrenlänge den Mund zu halten.«

»Nun, die Erfolgsquote wäre höher, wenn Sie die Probanden vorher wissen ließen, was von ihnen erwartet wird, nicht wahr.«

»Dann wäre das Ergebnis verfälscht«, sagte Jeremy bestimmt.

»Ich nehme an, Sie unterziehen nur Männer diesem speziellen Test?«

Jeremy zwinkerte ihm zu. »Bei Frauen wäre Phyllis die einzige Zigarrenraucherin, die mir einfiele. Und das zählt nicht, denn sie liebt diese aromatisierten Vanille-Zigarren, die jeden normalen Menschen in die Flucht schlagen. Und Schweigen ist auch nicht ihre Sache. Aber von Phyllis einmal abgesehen, bei Frauen gibt es andere Tests, um herauszufinden, ob sie etwas taugen.«

»Ach ja?«

»Kommen Sie, James, Sie wissen doch auch, wie man die Spreu vom Weizen trennt, oder?«

»Sie haben eine zu hohe Meinung von mir«, sagte James lächelnd. »Wenn ich das wüsste, wäre ich vermutlich verheiratet und würde mich wie Sie über Enkel und Urenkel freuen.«

Jeremy winkte ab. »Ach was, als ob es darauf ankäme, sich fortzupflanzen. Wenn das Ende kommt, werde ich weiß Gott nicht denken: Gut, dass ich meine Gene weitergegeben habe. Die größten Esel pflanzen sich fort, und ich bin überzeugt, es sind nicht die Gene, die uns zu etwas Besonderem machen. Jeder ist das, was er aus sich selbst macht. Nein, es sind die Visionen und die Willenskraft, sie umzusetzen, die uns andere überragen lassen. Man muss die Puppen tanzen lassen, James. Die Fäden ziehen, etwas bewegen.« Jeremy hatte sich in Rage geredet. James hielt es für angeraten, das Thema zu wechseln.

»Es war sehr großzügig von Ihnen, Phyllis diese Reise zu schenken. Die wenigsten Männer würden das für ihre geschiedene Frau tun.«

Jeremy lächelte breit. »In der kurzen Zeit, als wir verheiratet waren, hätte ich ihr jeden Tag den Hals umdrehen können, aber mit etwas Abstand ist sie das unterhaltsamste Wesen, das ich kenne. Sie werden noch merken, James, ich bin kein Altruist. Ich habe Phyllis diese Reise aus purem Egoismus geschenkt. Ich habe mindestens ebenso viel davon wie sie.«

»Es ist immerhin anerkennenswert, wenn Sie mit Ihren egoistischen Wunscherfüllungen so vielen Menschen eine angenehme Zeit bescheren.«

Jeremy winkte ab. »Ich bin so manches, aber ein Wohltäter bestimmt nicht.«

»Seien Sie nicht so bescheiden. Ohne Sie wären wir alle nicht hier und würden nicht das Meer und das gute Essen genießen. Den Whisky und die Zigarren nicht zu vergessen. Oder sind Sie etwa der freudlosen Auffassung, dass eine gute Tat nur dann gut und richtig ist, wenn man selbst nichts davon hat?«

Jeremy lachte. »Null-Null-Siebzig, Moralphilosoph Ihrer Majestät. Ist das Teil der Ausbildung zum Spion gewesen?«

James erhob sich. »Ich habe schon immer gefunden, dass dies eine äußerst unzutreffende Bezeichnung für das ist, was wir tun. Danke, Jeremy, es war nett, mit Ihnen zu rauchen – und zu plaudern.«

»Das Vergnügen war ganz auf meiner Seite, James. Wir sehen uns nachher in Rom.«

Kapitel 11

»Ist Eden bei dir, Sheila?«

Phyllis stand in der Tür zu Sheilas Kabine, gestützt auf Judy Kappel. Sie spähte an ihrer Tochter vorbei in die Kabine und wendete sich dann enttäuscht an ihre Begleiterin: »Nein, hier ist er auch nicht. Ach, ich weiß nicht, wo wir noch suchen sollen. Er wird schon wieder den Landgang verpassen!«

Vom Balkon kam James hinzu. Es war kurz vor zwölf, und sie hatten eine Partie Schach gespielt, als Phyllis mit gewohnter Heftigkeit an die Tür geklopft hatte.

»Eden ist schon wieder verschwunden?«, fragte James.

»Vielleicht will er gar nicht gefunden werden«, sagte Sheila in neckendem Tonfall. »Früher hast du deine Ehemänner besser unter Kontrolle gehabt, Mutter.«

Phyllis sah ihre Tochter strafend an. »Mir ist nicht nach Scherzen zumute.«

»Gestern ist er auch wieder aufgetaucht«, sagte James lakonisch, »vielleicht spielt er wieder den Samariter.«

»Notfalls kannst du ihn doch einfach ausrufen lassen«, schlug Sheila vor. »Sprich mit Jeremy, er wird das sicher gern veranlassen.«

James sah sie entgeistert an. »Das meinen Sie nicht im Ernst.«

»Warum denn nicht?«

»Der arme Kerl verspätet sich, und schon wird er auf dem ganzen Schiff ausgerufen?«

»Sie sehen das ganz falsch«, mischte Judy Kappel sich mit sanfter Stimme ein. »Es geht nicht darum, ihn bloßzustellen.«

»Nein«, sagte Phyllis und schien angetan von der Idee. »Wir lassen einfach durchsagen, dass Eden sich an der Rezeption im Atrium melden soll. Es ist zu seinem eigenen Besten. Mir wäre der Ausflug eh zu anstrengend bei dieser Hitze, ich bleibe mit Al und Rosie an Bord, aber Eden hat sich schon sehr auf Rom gefreut.«

Phyllis ließ sich wieder in ihren Rollstuhl sinken, machte eine geschickte halbe Drehung und fuhr in Richtung der Aufzüge davon, Miss Kappel eilte hinterher. James schloss kopfschüttelnd die Tür. »Da könnten sie dem armen Kerl gleich einen Zettel an den Rücken heften, auf dem ›Loser‹ steht. War Ihre Mutter immer schon so?«

»Nein«, sagte Sheila nachdenklich, »sich gleich solche Sorgen zu machen, das ist sonst nicht ihre Art. Meine Mutter hat ihr Leben immer als Abfolge von kleinen Abenteuerfilmen gesehen, in denen sie die Hauptrolle spielt und die selbstverständlich ein Happy End haben. Aber sie ist alt geworden. Man kann es betrachten, wie man will, sie hat nicht mehr sehr lange zu leben. Und ich weiß nicht, ob man den eigenen Tod als Happy End sehen kann. Das gelingt wahrscheinlich selbst meiner Mutter nicht, und das macht ihr Angst. Vielleicht ist sie deshalb so aufgebracht. Verlustängste. Sie ist verunsichert.«

James zog sein Leinenjackett an. »Aha, Dr. Freud. Auf mich wirkte sie allerdings nicht unsicher, sondern sauer. Wie dem auch sei, kommen Sie, es wird Zeit für den Rom-Ausflug, sonst werden wir am Ende auch noch ausgerufen.«

Neben James und Sheila bestand die Ausflugsgruppe aus Jeremy, Richard, Luigi, Monty, Judy Kappel und Charles Walther. Al und Rosie hatten diesen Ausflug genau wie Phyllis von vornherein als zu anstrengend eingestuft. Allein um mit dem Bus vom Hafen Civitavecchia bis nach Rom zu gelangen, brauchte man schon mehr als eine Stunde. Auch Ivy hatte sich ausgeklinkt und blieb trotz der Überredungsversuche von Phyllis und Jeremy dabei, dass ein Stadtausflug bei dieser Hitze nichts für Jamie sei – was besonders von Luigi Valenti mit deutlicher Erleichterung aufgenommen wurde. Judy Kappel und Charles Walther hatten zunächst erklärt, lieber an Bord bleiben und Phyllis Gesellschaft leisten zu wollen. Aber Phyllis hatte energisch darauf bestanden, dass die beiden mitfuhren, schließlich habe sie mit Al, Rosie und Ivy genügend Gesellschaft, und Mr Chandan blieb ebenfalls an Bord und würde dafür sorgen, dass es ihr an nichts fehlte. Eden war auch nach dem öffentlichen Ausruf nicht erschienen, doch Jeremy konnte Phyllis letztlich damit beruhigen, dass er am Tag zuvor ja auch wieder aufgetaucht war und es deshalb keinen Grund gebe, sich Sorgen zu machen.

Es war heiß in dem kleinen Bus, obwohl die Klimaanlage auf Hochtouren lief. James hatte Sheila den Platz am Fenster überlassen. Er las in einem Städteführer, während sie mit großen Augen aus dem Fenster sah, wo Autos, Oleanderbüsche, roterdige Äcker, Häuser mit zum Nachmittagsschlaf geschlossenen Fensterläden, vereinzelte leuchtende Agip-Tankstellen und sandfarbene Rohbau-Gerippe an ihr vorüberzogen wie ein mediterraner Landschaftsfilm im Zeitraffer. Schließlich bahnte sich der Bus hupend seinen Weg durch die hässlichen Vororte Roms, bis er in der sengenden Nachmittagshitze das Kolosseum erreichte. Dort wurden die Ausflügler von einer Fremdenführerin in Empfang genommen, die sie an der langen Warteschlange vorbei in das Gemäuer führte. Hier war es wohltuend kühl. Durch spärlich beleuchtete Gänge gelangten sie ins gleißend helle Innere der Arena und suchten sich auf den großen Steinen der umlaufenden Zuschauerränge einen freien Platz, um dem Vortrag der Fremdenführerin zu lauschen.

»Das wäre wirklich nichts für meine Mutter gewesen«, sagte Sheila. Sie rieb sich mit einem Erfrischungstuch über Stirn und Schläfen. »Viel zu anstrengend, das Ganze. Und diese Treppen hier hätte sie überhaupt nicht geschafft, da hätte sie jemand tragen müssen.«

Für James waren die Informationen nicht neu. Er hörte nur mit einem Ohr zu und ließ die Arena auf sich wirken. Die Stimme der Fremdenführerin vermischte sich mit der eines Lehrers, der, soweit James verstehen konnte, seine Schulklasse mit einem Bericht darüber zu fesseln versuchte, wie man seinerzeit Sklaven zu Gladiatoren gemacht hatte. James sah zur Seite. Die Gesichter der meisten Kinder wirkten gelangweilt, viele hielten den Kopf gesenkt mit Blick auf ihre Spielkonsolen oder Handys, die sie unauffällig zwischen den Beinen hielten.

Als die Führung beendet war und sie wieder auf den lauten, heißen Platz vor dem Kolosseum traten, verteilte der Busfahrer Getränke. Während sich alle dankbar bedienten, pfiff Jeremy einmal kurz in eine kleine Trillerpfeife, um die Aufmerksamkeit auf sich zu lenken.

»Ein Sommertag in Rom ist anstrengend«, begann Jeremy. »Deshalb habe ich mir eine kleine Entlastung ausgedacht.« Er deutete zur Seite, wo ordentlich aufgereiht eine Flotte von Segways stand. »Wir machen eine Segway-Stadtführung. So werden unsere Beine nicht müde. Es ist kinderleicht, damit zu fahren, man muss sich einfach nur draufstellen.«

»Si«, sagte jetzt ein Mann mit leuchtend rotem Hemd. »Signore e signori, ich heiße Arturo Ponti und bin in den nächsten zwei Stunden Ihr Stadtführer. Signore e signori, wir werden zu allen bedeutenden Sehenswürdigkeiten des alten Rom kommen, und Sie brauchen keinen einzigen Schritt dafür zu laufen!«

Sheila wendete sich mit skeptischem Gesichtsausdruck an James. »Sind Sie schon mal mit so einem Ding gefahren?«

James griff nach dem dargebotenen Helm. »Nein, aber ich wollte immer schon einmal.« Er nickte Jeremy zu. »Gute Idee!«

Jeremy lächelte. »Ja, ich dachte mir, dass Sie Ihre Freude an dieser kleinen technischen Spielerei haben würden, Null-Null-Siebzig! Aber machen Sie sich keine Hoffnung auf einen Geschwindigkeitsrausch, Sie bringen es auf höchstens dreißig Stundenkilometer.«

In der nächsten Viertelstunde machte Signor Ponti sie mit ihren Fortbewegungsmitteln vertraut und zeigte ihnen, wie sie durch eine leichte Gewichtsverlagerung nach vorn Geschwindigkeit aufnehmen konnten. »Signore e signori, beim Aufsteigen müssen Sie behutsam sein, dann ist es leicht. Wenn Sie bremsen wollen, lehnen Sie sich einfach zurück«, sagte er. »Oder Sie strecken Ihr Hinterteil nach hinten, wie eine Ente. Das sieht zwar nicht sportlich aus, ist aber sicher. Wenn Sie nach rechts fahren, lehnen Sie sich nach rechts, wenn Sie nach links fahren wollen, nach links. Es gibt nichts, das einfacher wäre. Signore e signori, probieren Sie es aus, Sie können sich auch um die eigene Achse drehen oder rückwärts fahren. Das Gerät ist sehr sensibel, der Computer darin nimmt auch die kleinste Gewichtsverlagerung wahr. Wenn Sie erst einmal zehn Minuten gefahren sind, wird es Ihnen so vorkommen, als wären Sie und Ihr Segway eins. Sie stehen einfach da und rollen durch unsere schöne Stadt, verstehen Sie?«

Unter dem kritischen Blick des Fremdenführers absolvierten alle eine kleine Proberunde. Sie nahmen eine Rechts- und eine Linkskurve, fuhren einen abgesenkten Bürgersteig hinauf und hinab, beschleunigten, stoppten und drehten sich um die eigene Achse. Signor Ponti nickte zufrieden. »Bene, jetzt kann es losgehen! Bitte bilden Sie eine Reihe und folgen Sie mir!«

Sheila, deren Wangen glühten, sei es wegen der Hitze oder vor Begeisterung, heftete sich an Signor Ponti, und James schloss sich ihr an. In ihrem luftigen, hellblauen Baumwollrock und mit den blassen Beinen in bequemen Sandalen sah sie von hinten aus wie ein junges Mädchen. Dass Sheilas Haut nicht braun wurde, sondern allenfalls ein paar Sommersprossen hervorbrachte, störte ihn nicht, im Gegenteil. In diesem Punkt war er dem Schönheitsideal einer früheren Zeit verhaftet, in der helle Haut als vornehme Blässe galt. Aus seiner Kleinjungenzeit hatten sich, wenn auch uneingestanden, zäh Bruchstücke des viktorianischen Idealbildes von der Zartheit, Sensibilität und Verletzlichkeit des weiblichen Geschlechts gehalten, und so berührte ihn der Anblick ihrer weißen Beine sehr. Sheila, die ihm mit ihrem Temperament, ihrer Vitalität und nicht zuletzt mit ihrem gesunden Appetit immer eher bodenständig erschienen war, wirkte plötzlich in dem weit schwingenden Sommerrock, der über den langen, hellen Beinen im Fahrtwind flatterte, wie eine verheißungsvolle, luftig-leicht daherschwebende Fee. Monty holte auf und fuhr neben ihm. »Kleines Wettrennen?«, krächzte er.

»Von mir aus«, sagte James. »Aber was sagt Sinor Ponti dazu?«

»War nur ein Scherz«, sagte Monty. »Die Dinger sind auch nicht ganz ungefährlich. In unserem Alter muss man aufpassen, dass man sich keinen Oberschenkelhalsbruch einfängt. Ich hatte einen Freund, dem das passiert ist, beim Fahrradfahren. Ein halbes Jahr später war er tot. Erst die viele Liegerei, dann ein geschwächtes Immunsystem, und die Keime im Krankenhaus haben ihm den Rest …«

»Vorsicht!«, rief James, und Monty schaffte es durch einen schnellen Haken gerade noch, einem Zeitungsständer haarscharf auszuweichen. Monty wurde blass und reihte sich wieder hinter James ein.

Am Forum Romanum vorbei fuhren sie über die Via dei Fori Imperiali zur Piazza Venezia, bogen von dort in den belebten Corso Vittorio Emanuele II., und James atmete tief ein. Nach der frischen Seeluft tat es gut, endlich wieder Stadtluft zu atmen. Er sog das Gemisch aus heißem Asphalt und Abgasen genüsslich durch die Nase. Nach einiger Zeit bogen sie von der Hauptstraße in Seitenstraßen ab, doch gab es kein Entrinnen vor den Kleinwagen, dreirädrigen Minilastern und knatternden Vespas, die sich durch die engsten Gassen drängten. Schließlich hob Signor Ponti am Fontana dei Quattro Fiumi die Hand, sie stiegen von ihren Segways und versammelten sich im Halbkreis vor dem Reiseführer.

»Wir beginnen hier auf der Piazza Navona, dem schönsten Platz Roms, der guten Stube der Ewigen Stadt«, begann Signor Ponti, mit dem Arm weit ausholend. »Das Wort Rom ist ein Synonym für die gesamte Geschichte unserer Zivilisation«, fuhr er in einem Tonfall fort, der Routine verriet und eine längere Rede erwarten ließ. »Rom steht für politische und militärische Macht, für Eroberung und Plünderung, für die Entstehung der antiken Sprache, für unglaubliche Machtentfaltung der katholischen Kirche, für die unterschiedlichsten Einflüsse der Kunst, und ja, nicht zuletzt auch für Dekadenz. Jemand hat einmal gesagt, Rom sei ein einziges Museum, und damit hat er nicht ganz unrecht. Beinahe jedes Monument, jeder Stein hier könnte eine lange und wechselvolle Geschichte erzählen, und es würde Jahre dauern, wollte man sie alle hören, und ein Menschenleben, wollte man begreifen, was es heißt, ein Römer zu sein.«

Sheila beugte sich zu James. »Hilfe, das dauert ewig.«

Sie hatte den Helm abgesetzt, ihre rotbraunen Locken waren platt gedrückt, der Haaransatz schweißfeucht, sie sah abgekämpft aus. Auch wenn der Sprühnebel des Brunnens für etwas Kühle sorgte, vertrug Sheila mit ihrem hellen Teint die pralle Sonne schlecht. »Ich brauche eine Espresso-Pause«, flüsterte James ihr zu. »Kommen Sie mit?«

Sheila sah ihn verwirrt an. »Das können wir nicht machen.«

James lächelte. »Doch, können wir.« Er ging zu Signor Ponti, der seinen Redefluss unterbrach, während James etwas zu ihm sagte, und dann nickte.

James ging zu Sheila zurück. »Ich habe ihm gesagt, dass wir zur Toilette müssen. Gehen wir in eine dieser einladenden Bars dort vorn. Der Vortrag hier dauert etwa zehn Minuten, das reicht für einen doppelten Espresso.«

»Und für einen halben Liter Wasser«, raunte Sheila ihm erleichtert zu. James fühlte Jeremys Blick im Rücken wie einen unsichtbaren Dolch, während sie sich von der Gruppe entfernten.

Das Brummen der Espressomaschine in der Bar war wie Musik. Sheila ging gleich zur Toilette, wahrscheinlich in erster Linie, um ihr schlechtes Gewissen zu beruhigen. Als sie wiederkam, hatte James schon dafür gesorgt, dass eine eiskalte Flasche Pellegrino auf dem Tresen bereitstand. Sie ignorierte das Glas und setzte die Wasserflasche direkt an die Lippen, während er fasziniert die rhythmischen Schluckbewegungen an ihrem Hals beobachtete.

»Was ist?«, fragte Sheila irritiert, als sie seinen Blick bemerkte.

»Nichts. Ich sehe Ihnen gern beim Trinken zu, das ist alles. Es hat so etwas Natürliches.«

Sie sah ihn misstrauisch an. »Aha. Riesenschlucke wie ein Wüstenkamel, oder was meinen Sie damit?«

Er hob abwehrend die Hände. »Es war als Kompliment gemeint.«

»Eine merkwürdige Art, Komplimente zu machen, wenn Sie einen anstarren wie einen Alien.«

»Gut, kommt nicht wieder vor«, sagte er und dachte, dass die Kommunikation mit einem Alien vermutlich reibungsloser verlaufen würde als mit Sheila. Dann legte er einen Schein auf den Tresen. »Lassen Sie uns zu den anderen zurückgehen.«

Jeremy sah ihnen schon von Weitem entgegen und winkte ungeduldig. Offensichtlich war Signor Ponti mit seinem Vortrag bereits fertig, und die Gruppe wartete nur noch auf Sheila und James. Kurz bevor sie ihre Segways erreicht hatten, kamen zwei junge Männer auf sie zu. Der eine fragte etwas in einer Sprache, die weder James noch Sheila verstanden. Sie zuckten die Schultern und wollten weitergehen, als James aus den Augenwinkeln eine schnelle Bewegung wahrnahm. Im nächsten Augenblick wurde er zur Seite gestoßen, und hörte Sheila rufen: »Meine Tasche!« Die beiden Männer flüchteten in verschiedene Richtungen. Derjenige, der Sheila die Handtasche von der Schulter gerissen hatte, lief in die Richtung, aus der Sheila und James gerade gekommen waren, auf eine Vespa zu, die wie aus dem Nichts auftauchte. Der Fahrer hatte seine Hand bereits ausgestreckt, übernahm die Tasche und raste quer über den Platz davon, während der Handtaschendieb in der Menschenmenge der kleinen Gasse verschwand. James lief zu seinem Segway, lehnte sich nach vorn und nahm die Verfolgung auf. Es gab ein Durcheinander von Schreien hinter ihm, am lautesten schrie Signor Ponti: »Nicht doch! Stopp! Stopp!« James wünschte, der Segway wäre mit einer Hupe ausgestattet oder wenigstens so laut wie eine Vespa, denn der Platz war voller Touristen. Sie sprangen mit erschrockenen Gesichtern zur Seite, während er unablässig »Attenzione!« rief und mehr als einmal nur mit Mühe einen Zusammenprall verhindern konnte. Der Vespafahrer war um den Obelisken herumgefahren und aus dem Sichtfeld verschwunden. James hoffte, ihn im dichten Gewirr der engen Gassen einzuholen. Die Vespa war zwar auf gerader Strecke schneller, aber dafür nicht so wendig wie das Segway. Als James um den Obelisken herumfuhr, schoss von der anderen Seite ein weiteres Segway heran. Es war Sheila, mit grimmiger Entschlossenheit nach vorn gelehnt wie eine Galionsfigur ohne Schiff. Sie schnitt James den Weg ab und brauste mit wehendem Rock knapp vor ihm in eine Gasse. Häuserfronten, kleine Brunnen, Schaufenster, Cafés und bunte Auslagen rauschten unbeachtet an ihr vorbei, sie hatte nur ihre Handtasche im Blick.

Der Vespafahrer steuerte hupend und mit hoher Geschwindigkeit geradewegs auf eine große Touristenmenge zu, die sich teilte wie das Meer für Moses und direkt hinter der Vespa wieder zusammenfloss. James wusste sofort, dass sie nun verloren hatten. Die große, träge Masse spritzte zwar vor dem Lärm einer Vespa auseinander, nicht aber vor zwei lautlos heranrollenden Segways, auch wenn Sheila furchteinflößend wie ein Racheengel aussah und er selbst »Attenzione!« rief, so laut er konnte. An ein schnelles Durchkommen war nicht zu denken, nur träge trat ein Mensch nach dem anderen zur Seite, wie in einer Verschwörung gleichgültiger Langsamkeit.

Auch Sheila war klar geworden, dass eine weitere Verfolgung sinnlos war. Sie stoppte ihren Segway inmitten der Menschenmenge und sah James enttäuscht an. »Das war's dann wohl.«

»Was ist in der Tasche?«, fragte James.

»Meine Brieftasche.«

»Und was war in der Brieftasche?«

»Achtzig Euro.«

»Irgendwelche Kreditkarten?«

Sheila schüttelte den Kopf. »Nein, die habe ich an Bord im Safe gelassen. Zum Glück.«

»Sonst irgendetwas? Pass? Führerschein?«

»Nein, nur das Handy. Aber das ist nicht teuer gewesen und hat eine Prepaid-Karte. Auch die Handtasche war nicht gerade meine beste.«

»Sie waren vorsichtig«, stellte er anerkennend fest.

Sheila setzte ihren Helm ab und fuhr sich durch die Haare. »Rom – die ewige Stadt der Diebe. Ganz so naiv, wie Sie denken, bin ich nicht. Ein bisschen hat der SIS auch auf mich abgefärbt, obwohl ich nie aus dem Büro rausgekommen bin.« Sie sah James an, dann grinste sie plötzlich übers ganze Gesicht. »Aber das hat Spaß gemacht, so über den Platz zu rasen, oder? Lassen Sie uns wenigstens noch etwas Kapital aus dem ziehen, was passiert ist. Wir könnten uns die sterbenslangweiligen Ausführungen von Signor Ponti sparen und noch ein bisschen allein mit unseren Segways durch Rom fahren.«

James lächelte. »Sagen sie nicht, jetzt wollen Sie mit Signor Pontis Segway durchbrennen wie der Dieb mit Ihrer Tasche.«

»Das ist etwas ganz anderes. Wir klauen sie ja nicht. In einer Stunde melden wir uns und fragen, wo wir die Dinger wieder abgeben sollen. Kommen Sie schon, James, bis dahin amüsieren wir uns!« Sie lehnte sich nach vorn und bog in die nächste Gasse ein. James zögerte kurz, dann folgte er ihr und fühlte sich so jung und frei wie lange nicht mehr.

Sie kurvten ohne Plan und Ziel durch die Stadt, entschieden sich an jeder Kreuzung einfach für die Gasse mit den wenigsten Touristen und gelangten auf diese Weise bald in eine Gegend, in der sie nebeneinander fahren und sich unterhalten konnten. »Kommt Ihnen das auch so unwirklich vor?«, fragte Sheila lächelnd. »Es hat etwas von diesen alten Filmen. Man sieht zwei Leute im Auto oder in der Eisenbahn sitzen, aber man ahnt, dass sie in Wirklichkeit gar nicht fahren, sondern hinter dem Fenster nur eine Landschaftskulisse vorbeigezogen wird. So fühle ich mich jetzt. Ich stehe hier gemütlich auf meinem Segway wie das Denkmal auf dem Sockel, und die Kulisse Roms mit ihren alten Fassaden, Brunnen, Kirchen und Palästen zieht an mir vorbei. Einfach grandios!«

Als sie um die nächste Ecke bogen, pfiff Sheila durch die Zähne. »Jetzt könnten wir unseren Reiseführer doch gebrauchen«, sagte sie. »Das ist das Pantheon, oder?«

James räusperte sich. »Zufällig habe ich in der Schule gut aufgepasst, als es um alte Gemäuer ging. Was wollen Sie wissen?«

»Alles, was Ihr Langzeitgedächtnis hergibt.«

»Das werden Sie aber bereuen. Wie bei den meisten alten Leuten funktioniert mein Langzeitgedächtnis hervorragend.«

Sie grinste. »Angeber. Gut, ich schlage vor, Sie langweilen mich mit Ihrem Schulwissen über das Pantheon und kommen zum Schluss, sobald ich unauffällig anfange zu gähnen.« Sheila blickte sich um und deutete strahlend auf die Café-Zeile vor dem Pantheon. »Sehen Sie, ein McDonald's, da können wir eine Kleinigkeit essen und haben einen tollen Blick auf das Pantheon!« James stöhnte innerlich auf. Er kannte Sheilas Vorliebe für Nahrung, die man aus der Hand essen konnte, und wusste, dass Widerspruch zwecklos war. Zehn Minuten später knabberte sie ihre Pommes frites aus der Tüte, während James erzählte und versuchte so zu tun, als würde er gern aus Pappbechern trinken. Plötzlich legte

Sheila ihm die Hand auf den Unterarm und sah ihn alarmiert an. »Hören Sie das?«, flüsterte sie aufgeregt. Ein paar Tische weiter ertönte eine Melodie, die sie beide nur zu genau kannten: »We'll meet again«, der Klingelton von Sheilas Handy. Sie schauten in die Richtung, aus der die Musik kam, und sahen, wie ein junger Mann, der mit zwei weiteren Männern an einem Tisch saß, hektisch in eine Plastiktüte griff. Die Musik brach ab.

»Das darf doch nicht wahr sein«, flüsterte Sheila.

»Erkennen Sie die Typen wieder?«, fragte James leise.

Sheila sah aus den Augenwinkeln zum anderen Tisch hinüber, schüttelte den Kopf. James erhob sich. »Trotzdem. Ich schätze, es gibt nicht viele Fans von Vera Lynn hier. Ihr Handy dürfte das einzige in Rom mit ›We'll meet again‹ als Klingelton sein.«

»Was haben Sie vor?« Sheila hielt ihn am Arm fest. »Um Himmels willen, James. Die Burschen da sind zu dritt und ziemlich durchtrainiert. Tun Sie nichts Unüberlegtes. Die Tasche ist doch nicht so wichtig.«

Er machte sich frei. »Bin gleich wieder da.« Dann ging er hinüber, setzte sich ohne Umschweife zu den drei Männern an den Tisch und bot reihum Zigaretten an. Nach einer Weile, in der er mit den Männern angeregt auf Italienisch plauderte, kam James mit der Handtasche zu Sheila zurück.

»Was haben Sie denen gesagt?«, fragte Sheila, während sie ihre Handtasche in Empfang nahm.

James lächelte. »Ich habe ihnen ein Angebot gemacht, das sie nicht ausschlagen konnten.«

Sheila zog ihr Portemonnaie hervor, öffnete es und sah James empört an. »Das Geld ist weg!« James nickte. »Das haben die drei unklugerweise bereits in Fastfood investiert. Wenn die so weitermachen, sind sie bald so fett, dass sie nicht mehr schnell genug wegrennen können. Das war es dann mit der Taschendieb-Karriere.«

Sheila beugte sich näher zu ihm. »Wie haben Sie die dazu gebracht, die Tasche wieder rauszurücken?«, flüsterte sie.

»Agenten und Zauberer verraten nie ihre Tricks, das wissen Sie doch«, raunte er ihr ebenso leise zu.

»Das ist unfair.« Sheila lehnte sich zurück, die Lippen fest aufeinandergepresst.

James seufzte. »Also gut. Ich habe ihnen gesagt, dass ich die Dame in meiner Begleitung beeindrucken will, indem ich ihre gestohlene Tasche wieder zurückerobere. Jeder Mann kann verstehen, dass eine Dame an ihrer Handtasche hängt, ein Italiener erst recht. So habe ich den Herren ein paar Euro für die Tasche geboten. Das war ein guter Deal, denn das Geld hatten die Diebe ja schon ausgegeben, und Ihr antikes Handy und die Handtasche wären – pardon – auf dem Schwarzmarkt ohnehin wertlos.«

Sheila legte den Kopf schief. »Verkaufen Sie mich nicht für dumm, James. Sie haben sie mit der Waffe bedroht, das können Sie ruhig zugeben.«

James rang mit den Händen in gespielter Verzweiflung. »Der menschliche Verstand ist eine Waffe, die kein Holster braucht. Warum sollte ich eine Waffe benutzen, wenn es viel einfacher geht? Warum glauben Sie mir nicht einfach?«

»Weil ich Sie durchschaue, Null-Null-Siebzig«, sagte Sheila mit wissendem Lächeln. Sie holte ihr Handy aus der Tasche. »Aber jetzt sollten wir uns endlich bei den anderen melden.«

Als sie wieder auf ihre Segways stiegen, nickten die drei Männer, die noch am Tisch saßen, ihnen lächelnd zu.

»Haben Sie gesehen, wie die uns zugenickt haben?«, bemerkte Sheila triumphierend. »Dieses ängstliche Grinsen, die drei hatten die Hosen gestrichen voll, das konnte man richtig sehen!«

Kapitel 12

»Oh, ich sehe, Ihre Dame steht noch auf dem Feld«, sagte Sheila mit gespieltem Erstaunen. »Ich muss vergessen haben, sie einzukassieren, aber das wird schnellstens nachgeholt.« Sie saßen in der Sun Lounge. Nach der Rückkehr aus Rom hatten sie sich zunächst in ihren Kabinen etwas ausgeruht. Jetzt vertrieben sie sich die Zeit bis zum Late-Night-Dinner mit einer Partie Schach in der VIP-Lounge, die auf dieser Reise allein für die Geburtstagsgesellschaft reserviert war. Es war wohltuend kühl in dem Raum und ruhig – bis auf das Schnarchen von Phyllis. Sie war kurz nach ihnen gekommen, hatte sich von James in einen der bequemen Deckchairs helfen lassen und war wenig später eingenickt. »Hochmut kommt vor dem Fall.« James bewegte seine Königin, sodass Sheilas Turm keine Gefahr für sie mehr darstellte. »Der Einzige, der nicht mehr lange steht, ist Ihr König. Schach.«

»Ich wusste, dass Sie das tun«, sagte sie, nahm James' Dame und setzte ihr Pferd auf den Platz.

James stieß seinen König um. »Ich gebe auf.«

»Revanche?«

Er zuckte die Schultern. »Sie gewinnen ja doch immer. Woher können Sie eigentlich so gut Schach spielen?«

»Mein Mann und ich haben früher nächtelang gespielt.«

»Aha«, sagte er verstimmt.

»Aber mit Ihnen macht es mehr Spaß, James«, fuhr sie fort. »Gegen meinen Mann habe ich nämlich meist verloren.«

»Verstehe.« James stand auf. »Ich hole mir einen Whisky aus meinen Beständen, trinken Sie einen mit?«

Sheila lachte übermütig. »Wollen Sie mich betrunken machen, damit Sie die nächste Partie gewinnen? Wie war das noch mit Alkohol als Geheimwaffe des Geheimagenten?«

»Ich wusste, es war ein Fehler, Ihnen das zu verraten.«

»Sie können auch hier einen Whisky bestellen«, meldete sich Phyllis zu Wort, die inzwischen aufgewacht war. »Sie müssen nicht extra in Ihre Kabine, James.«

»Doch. Whisky ist nämlich nicht gleich Whisky«, erklärte James. »Wenn Sie den probiert haben, den ich jetzt gleich hole, werden Sie das verstehen.«

Als James seine Kabine betrat, bot sich ihm ein verheerender Anblick: Schubladen und Schränke waren durchwühlt, ihr Inhalt im ganzen Raum verstreut, die Matratze lag neben dem Bett. James blickte ins Badezimmer. Es wirkte unberührt, was aber nur daran lag, dass es hier kaum etwas durcheinanderzubringen gab und der Einbrecher sich weder für James' Rasierzeug noch für seinen Kamm oder seine Zahnbürste interessiert hatte.

Er machte sich daran, aufzuräumen und zu überprüfen, was fehlte. Nach einer Weile klopfte es an der Tür. »James, wo bleiben Sie denn?«

Als er Sheila öffnete, formte ihr Mund ein stummes O.

»Sehen Sie den Whisky irgendwo?«, scherzte er.

Sie sah ihn perplex an. »Einbrecher?«

»Sieht ganz danach aus, nicht wahr.«

Sie schüttelte den Kopf. »Nicht zu fassen. Hatten Sie Bargeld hier?«

»Natürlich nicht.«

»Ist das Schloss aufgebrochen?«

»Nein, es ist keine Beschädigung zu sehen. Wer hier eingedrungen ist, muss eine Zweitkarte gehabt haben.«

»Oder er hat Ihnen Ihre Karte geklaut.«

»Niemand stiehlt mir etwas, das ich am Körper trage.«

»Wieso?«

Er sah zur Decke. »Also wirklich, Sheila, das grenzt jetzt an Beleidigung.«

Sheila griff nach dem Hörer des Bordtelefons. »Was haben Sie vor?«, fragte James.

»Die Rezeption anrufen«, sagte Sheila. »Wir müssen das doch melden, oder? Wahrscheinlich gibt es hier so eine Art Polizei oder Sicherheitsdienst.«

Er ließ die Matratze fallen und nahm ihr den Hörer ab. »Dazu ist später noch Zeit. Erst einmal will ich selbst in Ruhe schauen, was fehlt, nicht wahr.«

»Gut, ich helfe Ihnen.« Sheila krempelte unternehmungslustig die Ärmel auf.

»Das ist freundlich von Ihnen, aber nicht nötig«, sagte er bestimmt. »Ich schaffe das schon allein.«

»Aber ich helfe Ihnen gern.«

»Das weiß ich, aber ich möchte es nicht.«

Sie hob die Bettdecke vom Boden auf. »Gemeinsam schaffen wir im Nu wieder Ordnung.«

»Ich – will – es – nicht.«

»Seien Sie doch nicht so stur.«

Er legte ihr den Arm um die Schultern und führte sie

zur Balkontür hinaus. »Ich sage Ihnen Bescheid, wenn ich fertig bin.«

»Ach, machen Sie doch, was Sie wollen.« Sheila schüttelte verärgert seine Hand ab.

»Genau das habe ich ja vor.«

»Aber ich weiß nicht, ob ich Lust habe, in meiner Kabine zu warten, bis Sie mit Ihrer Sherlock-Holmes-Nummer hier fertig sind!«

»Gut«, sagte er, »dann sehen wir uns beim Dinner.«

James trat auf den Balkon, als er fertig war mit Aufräumen. Nachdenklich sah er zum Horizont, an dem Meer und Himmel sanft ineinander übergingen, dann drehte er sich zu Sheilas Balkontür um. Sie hatte die Vorhänge zugezogen. Das war deutlich, das Anklopfen konnte er sich sparen. Selbst wenn sie da war, würde sie ihm nicht aufmachen. Aber spätestens im Laufe des Dinners würde ihr Groll auf ihn von selbst vergehen. Seiner Erfahrung mit Frauen nach war eine Missstimmung wie diese nur so etwas wie eine kleine Hautabschürfung, die man am besten ignorierte und die von selbst heilte, wenn man nicht allzu viel daran herumkratzte.

Der Platz an Phyllis' Seite blieb leer. Eden Philpotts war auch nicht zum Dinner erschienen. Als James an den Tisch trat, lag eine deutlich spürbare Spannung in der Luft, die von Phyllis und Jeremy ausging. Bevor der erste Gang aufgetragen wurde, klopfte Phyllis mit sehr viel weniger Elan als am ersten Abend an ihr Glas und berichtete in knappen Worten von Edens Verschwinden. Nervös drehte sie mit dem Daumen und Zeigefinger der linken Hand an ihrem Ehering, als könne sie ihren Mann auf diese Weise wieder herbeizaubern. Jeremy versicherte den Anwesenden, dass sich die Angelegenheit am Ende als harmlos erweisen würde und sie sich um Himmels willen nicht den Appetit verderben lassen sollten. Er schlug den bestimmten Tonfall eines Mannes an, der mit Krisensituationen umzugehen versteht. Aber gerade deshalb wurde der Abendgesellschaft bewusst, dass etwas Ernstes vorgefallen sein musste. Die Gespräche am Tisch verkrampften sich, bald tauschte man nur noch belanglose Bemerkungen über das Essen und das Wetter aus. Der einzig Unbefangene war der kleine Jamie, der es sichtlich genoss, einmal im Mittelpunkt zu stehen und Unsinn machen zu können, ohne dafür ausgeschimpft zu werden. Er spielte mit dem Besteck, plauderte munter, krabbelte unter dem Tisch mal zu diesem, mal zu jenem Erwachsenen, band Schnürsenkel auf, wo er welche fand, und war glücklich über die geradezu dankbare Aufmerksamkeit der Erwachsenen.

Schließlich lief er zu Sheila, die ihn auf ihren Schoß hob. »Müsstest du nicht längst im Bett liegen?«, fragte sie und reichte ihm ihren Dessertlöffel, der in Jamies Händen sofort zum Trommelstab wurde. Sheila schien das vorhergesehen zu haben, denn schnell lenkte sie seinen Arm etwas zur Seite, sodass er nur die Tischkante und nicht den Teller traf.

Jamie war zu sehr in sein Tun vertieft, um zu antworten, und trommelte mit hochroten Wangen weiter auf den Tisch.

»Ja, eigentlich müsste er schon schlafen«, antwortete seine Mutter für ihn. Ivy strich sich nervös eine lange blonde Haarsträhne hinter das Ohr. »Zu Hause ist Jamie um diese Zeit schon im Bett, aber hier an Bord ist alles so aufregend und neu für ihn. Als ich gestern Abend vom Dinner zurückkam, war Jamie hellwach und lag weinend in seinem Bettchen. Auf dieses Babyfon ist kein Verlass. Deshalb habe ich Jamie heute mitgenommen. Ich hoffe, das ist okay für Sie?« Ivy blickte sich unsicher am Tisch um, und wie zu erwarten setzte ein höfliches, Zustimmung beteuerndes Gemurmel ein. Luigi Valenti versicherte sogar: »Mia cara, Kinder sind das Wunderbarste auf der Welt, natürlich!«, was James in Anbetracht des Ekels, mit dem er den Pfannkuchen beäugt hatte, den Jamie am ersten Morgen auf seinen schwarzen Lackschuh beförderte hatte, für schamlos gelogen hielt. Gerade Luigi mochte für den kleinen Jamie wenig mehr Zuneigung empfinden als für eine penetrante Stubenfliege. Wahrscheinlich, dachte James, traut er sich als Italiener nur nicht, sich das anmerken zu lassen – ein Opfer des Klischees vom kinderlieben Italiener.

Nach dem Dinner kam Sheila zu James. »Ich werde mich jetzt besser um meine Mutter kümmern«, erklärte sie ihm mit gesenkter Stimme. »Das Ganze nimmt sie sehr mit. Selbst wenn wir momentan nichts tun können, sollte sie in dieser Verfassung nicht allein sein.«

Er kannte Sheila gut genug, um zu wissen, dass das ihre Art war, ihn wissen zu lassen, dass sie ihn gern dabeihätte.

»Wenn es Ihnen recht ist, komme ich mit.«

»Gut, wenn Sie wollen«, sagte sie schnell. »Vielleicht können wir doch etwas tun. Sechs Augen sehen mehr als vier.«

»Acht Augen«, verbesserte er sie mit Blick auf Phyllis, die soeben im Rollstuhl von Jeremy aus dem Saal geschoben wurde. »Jeremy wird es sich nicht nehmen lassen, Ihrer Mutter in dieser schweren Stunde seine starke Schulter anzubieten.«

»Ihre Ironie ist unangemessen«, wies Sheila ihn zurecht.

»Es ist doch nett von Jeremy, dass er sich verantwortlich fühlt und sich kümmert.«

»Natürlich. Ich habe nur den Eindruck, dass er es nicht allzu schlimm findet, wie die Dinge sich entwickelt haben.«

Die beiden folgten Jeremy und Phyllis zum Pub. An der Tür hing ein Schild mit der Aufschrift »Geschlossene Gesellschaft«. Jeremy klopfte mit seinem Stock kräftig an die Tür, und wenige Sekunden später öffnete ein Kellner. »Ich habe das Schild anbringen lassen, damit wir unsere Ruhe haben«, erklärte Jeremy, während er den leeren Pub betrat.

»Was denken Sie, James?«, fragte Phyllis ohne Umschweife. »Meinen Sie, Eden ist einem Verbrechen zum Opfer gefallen?«

»Das ist eher unwahrscheinlich«, beruhigte James sie. »Sicher findet sich eine harmlose Erklärung für sein Verschwinden. Sie werden sehen, morgen ist die Welt wieder in Ordnung, und wir werden alle darüber lachen.«

»Ach, James«, sagte Phyllis, »es tut gut, dass Sie da sind. Sie sind neutral und können die Dinge von außen beurteilen.«

Der Kellner trat zu ihnen. »Kapitän Sullivan lässt ausrichten, dass er in wenigen Augenblicken hier sein wird.«

»Du hast den Kapitän hinzugebeten?«, fragte Sheila.

Jeremy nickte. Im Gegensatz zu Phyllis war er alles andere als ein Nervenbündel. Er strahlte die positive Anspannung von jemandem aus, der Krisensituationen genießt, weil er sie zu meistern versteht. »Ja, denn ich denke, es kann nicht schaden, wenn er in die Planungen, was als Nächstes zu tun ist, mit einbezogen wird. Auch Mr Chandan kommt gleich dazu.« Er tätschelte Phyllis beruhigend die Hand. »Du wirst sehen, es wird alles gut.«

»Sie haben also schon einen Plan?«, fragte James interessiert.

Jeremy nickte. »Die Aufgabe ist klar, und die Lösung liegt auf der Hand. Eden ist verschwunden. Wir müssen herausfinden, wo er ist. Und wie machen wir das? Ganz einfach: wir suchen.«

»Aber das Schiff ist riesig«, warf Sheila ein. »Das ist so, als suchte man eine Nadel im Heuhaufen.«

»Unsinn«, sagte Jeremy. »Deswegen habe ich den Kapitän hinzugebeten. Er kann Anweisung geben, dass das ganze Schiff vom Bug bis zum Heck durchgekämmt wird, jeder Winkel. Irgendwo steckt der Kerl, und früher oder später werden wir ihn aufstöbern.«

»Sie gehen also davon aus, dass Eden einen Unfall hatte oder krank geworden ist und nicht auf sich aufmerksam machen kann?«, fragte James.

»Oh mein Gott«, schluchzte Phyllis auf und hielt sich die Hände vors Gesicht.

Jeremy sah James an. »Haben Sie eine andere Erklärung dafür, dass er sich auf die Schiffsdurchsage hin nicht gemeldet hat?«

James zuckte die Schultern. »Und wenn er einfach zu viel getrunken hat? Der Kapitän wird sich bedanken, wenn er eine große Suchaktion befiehlt, und dann findet man Eden selig schlummernd in einer Ecke, wo er seinen Rausch ausschläft.«

»Um die Befindlichkeit des Kapitäns machen Sie sich mal keine Gedanken«, sagte Jeremy. »Er ist ein Angestellter wie jeder andere auch.«

»Alkohol können wir ausschließen«, sagte Phyllis.

»Aha?« James wartete auf eine Erklärung.

»Eden trinkt nicht«, sagte Phyllis. »Er rührt keinen Alkohol an. Er – hatte früher ein Alkoholproblem.«

James rekapitulierte den ersten Abend. Eden hatte sehr wohl Alkohol getrunken, wenn auch weniger als die anderen. Er hatte sich zwei Mal Champagner nachschenken lassen.

»Ach so, Alkoholiker«, sagte Sheila. Sie sah James an. »Vielleicht hatte er einen Rückfall.«

»Eine andere Möglichkeit wäre, dass er nicht gefunden werden will«, gab James zu bedenken.

Sheila sah ihn warnend an und schüttelte kaum merklich den Kopf.

»Wie meinen Sie das?«, fragte Phyllis mit großen Augen.

»Wie gut kennen Sie Ihren Mann, Phyllis?«, fragte James.

»Was soll das, James?«, fuhr Jeremy dazwischen. »Was wollen Sie damit andeuten?«

»Genau das, was ich gesagt habe.« James wendete sich an Phyllis. »Sie kennen Eden noch nicht sehr lange, nicht wahr?«

Phyllis starrte ihn an.

»Nehmen wir einmal an«, sagte James, »Sie rufen bei einem Freund an, und der meldet sich nicht. Möglichkeit A: Er ist nicht zu Hause. Möglichkeit B: Er ist zu Hause, hat aber das Klingeln nicht gehört. Möglichkeit C: Er ist zu Hause, hat auch das Klingeln gehört, will aber gerade nicht ans Telefon gehen. Möglichkeit D: Er ist zu Hause, will auch ans Telefon gehen, kann es aber nicht. Also, Möglichkeit A: Eden befindet sich nicht mehr auf dem Schiff. Möglichkeit B: Er befindet sich an Bord, hat aber keine Ahnung, dass wir ihn suchen und uns Sorgen machen. Möglichkeit C: Er ist an Bord, weiß auch, dass er gesucht wird, will aber nicht gefunden werden. Möglichkeit D: Er ist an Bord, kann sich aber nicht melden. Für jede Alternative gibt es verschiedene mögliche Gründe. Was ich mache, ist nichts weiter als der Versuch herauszufinden, ob Eden nicht will oder nicht kann, ob er Opfer oder Täter ist.«

»Wie meinen Sie das, Täter?«, fragte Phyllis aufgeregt. »Was soll er denn getan haben?«

Sheila lachte gekünstelt. »Ach, James will nur der Ordnung halber ausschließen, dass Eden nicht etwa ein – Heiratsschwindler ist, der sich mit deinen Diamanten aus dem Staub gemacht hat, Mutter.«

»Das ist doch lächerlich!« Phyllis' Stimme wurde schrill. »Glauben Sie etwa, ich würde auf einen Heiratsschwindler hereinfallen?« Dann wendete sie sich an Jeremy. »Sag du ihm, dass das lächerlich ist!«

Jeremy zog die Augenbrauen hoch. Offensichtlich war ihm der Gedanke, dass Eden ein Betrüger sein könnte, auch schon gekommen. »Nun ja, du kennst ihn in der Tat noch nicht besonders lang, oder?«

Phyllis sah vom einen zum anderen, dann schüttelte sie den Kopf. »Ihr habt ja keine Ahnung. Eden ist kein Heiratsschwindler.«

»Wie hast du ihn eigentlich kennengelernt?«, fragte Sheila vorsichtig.

Phyllis starrte schweigend auf ihre Hände.

»Internet«, sagte Jeremy. Phyllis warf ihm einen wütenden Blick zu, und er sah von weiteren Erklärungen ab.

»Du hast ihn übers Internet kennengelernt?«, fragte Sheila verblüfft. »Ich wusste noch nicht einmal, dass du einen PC hast, Mutter!«

»Mein Kind«, sagte Phyllis würdevoll, »wenn ich sage,

dass er kein Heiratsschwindler ist, dann kannst du mir das ruhig glauben. Ich habe immer gewusst, wann es einer ernst meint. Eden ist ein wunderbarer Mensch, und wenn ihn etwas absolut und ganz und gar nicht interessiert, dann ist es mein Geld.«

»Gut«, lenkte James ein. »Schließen wir also fürs Erste die Möglichkeit aus, dass er absichtlich verschwunden ist. Gehen wir davon aus, dass er sich nicht melden kann. Das heißt, er hatte einen Unfall, ist plötzlich erkrankt, oder er ist einem Verbrechen zum Opfer gefallen, nicht wahr?«

»Oh mein Gott, Eden könnte über Bord gefallen sein!« Sheila schlug sich die Hände vor den Mund.

»Das ist ausgeschlossen«, wandte Jeremy ein. »Die Reling ist viel zu hoch, sie reicht selbst mir bis weit über die Hüften, und Eden war viel kleiner als ich.«

»Jetzt sprichst du von ihm schon in der Vergangenheit«, regte sich Phyllis auf.

»Aber was, wenn er nicht gefallen ist, sondern hinuntergeworfen wurde?«, fragte Jeremy.

»Warum sollte jemand so etwas tun?«, flüsterte Phyllis entsetzt.

Der Kapitän trat ein, schloss geräuschvoll die Tür hinter sich und gab zuerst Phyllis, dann Sheila, Jeremy und James die Hand. »Schon etwas gehört von unserem Vermissten?«, fragte er in einem Tonfall, der James eine Spur zu forsch-fröhlich klang.

»Nein«, antwortete Jeremy ernst. »Wir überlegen gerade, ob Mr Philpotts einen Unfall hatte und unbemerkt über Bord gefallen sein könnte. Sagen Sie, könnte man über Bord fallen, wenn man sich zu weit über die Reling lehnt?«

Der Kapitän schüttelte den Kopf. »Nein, das ist ausgeschlossen. Die Reling ist 1,30 Meter hoch, selbst ein Hüne von zwei Metern, der bei starkem Seegang dagegenfällt, würde zurückgehalten. Wer baden gehen will, der müsste schon aktiv drüberklettern.«

»Und wenn er hinuntergeworfen wurde?«, hakte Jeremy nach.

Der Kapitän zuckte die Schultern.

»Hat Eden Feinde?«, fragte James, an Phyllis gewandt. »Gibt es jemanden, der ein Interesse daran hätte, ihn …?« Er suchte nach einer Formulierung, die Phyllis nicht noch mehr in Aufregung versetzen würde, aber Phyllis hatte schon verstanden, und ihre Augen weiteten sich. »Glauben Sie das, James? Glauben Sie, dass ihm jemand – ein Leid angetan hat?«

»Nein«, beschwichtigte James. »Wir sollten nur alle Möglichkeiten in Betracht ziehen, nicht wahr. Dazu gehört auch die Überlegung, ob jemand etwas davon hätte, wenn Eden – nicht mehr da wäre.«

»Nein!« Phyllis saß kerzengerade in ihrem Rollstuhl. »Nein, nein, nein! Das können Sie vergessen! Eden hat keine Feinde. Er spricht nie schlecht von anderen, er ist vornehm in seinem Denken und seiner Wesensart. Außerdem sind wir hier unter uns, es sind doch alles liebe Freunde und Verwandte von mir, die mitgekommen sind. Warum sollte jemand etwas gegen ihn haben?« Phyllis blickte rastlos von einem zum anderen, dann blieb ihr Blick an ihrer Tochter hängen. Sie hat recht, dachte James. Sheila ist der einzige Mensch, der etwas dagegen haben könnte, dass Phyllis sich noch einmal verheiratet und ihr Testament ändert.

»Nun ja«, gab Kapitän Sullivan zu bedenken, »so ganz unter sich sind Sie streng genommen allerdings nicht. Sie vergessen die fast sechshundert anderen Passagiere an Bord, plus dreihundert Besatzungsmitglieder.«

»Stimmt«, sagte Jeremy. »Die Victory ist, was die Anzahl der Menschen angeht, eine Kleinstadt.«

»Aber all die anderen kennen ihn doch erst recht nicht!«, rief Phyllis. »Keiner von denen hätte ein Motiv!«

Sheila legte ihrer Mutter eine Hand auf die Schulter. »Du darfst dich nicht so aufregen.«

»Und wenn es kein Motiv gäbe?«, warf Jeremy ein.

»Wie meinst du das?«, fragte Sheila.

»Es könnte eine spontane Tat gewesen sein«, sagte Jeremy. »Vielleicht hat Eden den Täter gar nicht gekannt.«

»Warum redest du immer von einem Täter?«, fragte Phyllis aufgebracht.

»Rein hypothetisch, meine Liebe«, sagte Jeremy. James hatte den Eindruck, dass Jeremy die jüngste Entwicklung nicht sonderlich belastete. Im Gegenteil, hinter seinem ernsten Auftreten schien sich ein Anflug von Heiterkeit zu verbergen. Männer wie Jeremy langweilten sich schnell, wenn es keine Krisen gab, die sie bewältigen konnten. Außerdem gefiel ihm der verschwundene Eden wahrscheinlich weitaus besser als der leibhaftige.

»Nehmen wir einmal an«, fuhr Jeremy fort, »Eden wurde rein zufällig Opfer von jemandem, der einfach mal ausprobieren wollte, wie es ist, zu töten. Jeder von uns kennt doch dieses eigenartige Gefühl im Bauch, wenn man von der Reling in die schäumende Gischt tief unten blickt, diese Mischung aus Angst und Faszination. Wir wissen, dass uns nur ein kleiner Schritt von diesem Punkt ohne Wiederkehr trennt, und gleichzeitig ringen wir einen Moment lang mit der Sehnsucht, die Grenze zwischen Leben und Tod zu überschreiten – es wäre ja so einfach. Was, wenn jemand dieser Versuchung nachgegeben hat? Und sich dafür einen anderen ausgesucht hat, weil die Gelegenheit gerade günstig war? Er ist Eden irgendwo begegnet, weit und breit war gerade kein anderer Mensch in Sicht. Die beiden kannten sich nicht, haben sich vielleicht gegrüßt, als sie aneinander vorbeigingen. Und plötzlich dreht sich dieser Jemand um, greift den ahnungslosen Eden von hinten an und wirft ihn über Bord. Eden versinkt sang- und klanglos im Meer, und in wenigen Sekunden ist der ganze Spuk vorbei. Der Täter weiß, dass ihn keiner jemals überführen wird. Keine Zeugen, keine Beziehung zum Opfer, kein Motiv. Der perfekte Mord.«

Jeremy sah sich Beifall heischend um. Phyllis saß zusammengesunken in ihrem Rollstuhl. Sheila sah Jeremy wütend an.

James räusperte sich. »Bei aller Bewunderung für Ihre Fantasie, ich glaube nicht, dass es so passiert ist.«

Jeremy verzog spöttisch das Gesicht. »Bei Ihrem Beruf hätte ich erwartet, dass Sie um die Abgründe menschlichen Verhaltens wissen.«

»Tue ich auch«, gab James zurück. »Gerade wegen meiner Vergangenheit bin ich der Meinung, dass Morde aus purer Lust am Töten nicht zum normalen Verhaltensrepertoire des Menschen gehören. Anders wären wir alle wohl kaum so alt geworden, wie wir sind, nicht wahr.«

»Sie sind ja ein richtiger Philanthrop«, bemerkte Jeremy spöttisch.

»Oder es ist Selbstmord«, sagte der Kapitän nachdenklich. »Vor ein paar Wochen gab es tatsächlich einen solchen Vorfall. Zum Glück wurde der Mann von einer Segelyacht entdeckt und gerettet. Ein Wunder, dass er den Aufprall aus solcher Höhe überlebt hat.«

Das war der Moment, in dem Phyllis ohnmächtig wurde.

Kapitel 13

Es war schon weit nach Mitternacht, als Sheila aus Phyllis' Kabine trat. Der Schiffsarzt hatte der alten Dame ein Beruhigungsmittel spritzen wollen, aber sie hatte sich standhaft dagegen gewehrt und verlangt, dass Charles Walther verständigt und sie in ihre Kabine gebracht wurde. Der Heilpraktiker war sofort gekommen und hatte ihr verschiedene Tropfen und Pillen aus seinem Wunderkoffer verabreicht. Phyllis hatte sich mit jedem Mittelchen, das sie dankbar schluckte, etwas mehr beruhigt, und nachdem Sheila ihr zum Abschluss die Brust mit Lavendelöl eingerieben hatte, war sie erschöpft eingeschlafen.

»Dieses ganze Zeug, das Charles ihr gegeben hat, ist vollkommen nutzlos«, sagte Sheila zu James, der vor der Tür auf sie wartete. »Aber sie ist überzeugt, dass es hilft, und das ist das Wichtigste. Der Glaube versetzt Berge. Als Placebos sind die Kügelchen ausgezeichnet.«

»Wie passt das zusammen?«, fragte James. »Ihre Mutter ist eine energische Person und wirkt überhaupt nicht so, als wäre sie der Typ für Pillen und Mittelchen aus dem Koffer eines Quacksalbers.«

»Charles ist kein Quacksalber«, sagte Sheila lachend. »Und was meine Mutter angeht, da täuschen Sie sich. Sie stand immer schon darauf, wenn viel Wirbel um ihre

Person gemacht wird. Wahrscheinlich hätte Charles noch mehr Erfolg bei ihr, wenn er sich ein Bärenfell über den Kopf stülpen und in Ekstase um ihr Bett tanzen würde wie ein Medizinmann. Aber ich schätze, das würde gegen seine Ehre gehen.«

Sheila sah auf ihre Uhr und gähnte. »Haben Jeremy und der Kapitän schon einen Plan, wie es weitergeht?«

»Ja«, sagte James. »Jeremy hat mit dem Kapitän vereinbart, dass heute Nacht zwischen ein und drei Uhr zehn Angestellte jeden Winkel des Schiffes nach Eden absuchen. Der Kapitän war mäßig begeistert von dieser Sonderschicht, zumal Jeremy selbst auch mitmacht, also alles überwachen und selbstverständlich davon ausgehen wird, dass auch Kapitän Sullivan mit von der Partie ist.«

»Und wie steht es mit Ihnen, James? Sind Sie dabei?«

James winkte ab. »Das hat er mich auch gefragt.«

»Und? Haben Sie etwa abgelehnt?«

James lockerte seine Krawatte. »Diese ganze Aktion ist doch albern. Viel Lärm um nichts. Wenn Ihr Ex-Stiefvater das braucht, weil es ihm sonst zu langweilig ist, bitte schön. Aber ich werde mir ganz sicher nicht die Nacht um die Ohren schlagen wegen nichts und wieder nichts.«

»Das ist ziemlich unhöflich, finden Sie nicht?«

»Was ist unhöflich?«

»Na, ihm das zu sagen, was Sie mir gerade gesagt haben.«

James sah sie kopfschüttelnd an. »Natürlich habe ich das Jeremy so nicht gesagt. Ich habe ihm versichert, dass wir uns auf andere Weise an der Suche nach dem armen Kerl beteiligen werden, und zwar auf elektronischem Weg. Schauen wir, was wir im Internet über ihn herausfinden können.«

Die sechs öffentlichen PC-Arbeitsplätze mit kostenlosem Internetzugang waren tagsüber fast immer besetzt, doch um diese nächtliche Zeit gehörte ihnen das Atrium fast allein. Nur ein uniformierter Angestellter hinter dem Tresen der Rezeption schaute kurz auf und nickte ihnen zu, vertiefte sich jedoch wieder in sein Buch, als er sah, dass James und Sheila nicht auf ihn, sondern auf eine der PC-Nischen zusteuerten. »Was genau haben Sie nun vor?«, fragte Sheila, während sie ihre Lesebrille aufsetzte.

»Vielleicht spuckt Google etwas über den Mann Ihrer Mutter aus«, sagte James.

Er tippte »Eden Philpotts« ein.

»Lieber Himmel«, stöhnte Sheila, »490.000 Einträge, bis wir die alle gelesen haben, ist die Nacht vorbei.«

»Nein, nicht nötig«, sagte James, während er Stichproben einzelner Seiten aufrief. »Sehen Sie hier, die Treffer beziehen sich allesamt auf einen Schriftsteller, der schon lange tot ist.«

»Und was nun?«, fragte Sheila.

»Das war nur ein erster Versuch.« James probierte es bei einigen Suchmaschinen, die auf das Auffinden von Menschen spezialisiert waren, erhielt allerdings auch dort nur Unbrauchbares. Er googelte den Canmore Golfclub, ging auf dessen Homepage und klickte auf »Kontakt«. Dann tippte er eine kurze Nachricht mit der dringenden Bitte um Rückruf wegen eines Notfalls, das Clubmitglied Eden Philpotts betreffend. Nachdem er die Nachricht gesendet hatte, loggte er sich in seinen E-Mail-Account ein. »Ich schreibe noch eine Nachricht an David Grenville«, erklärte er, »mit der Bitte, Edens Namen durch seine Systeme zu schicken. Vielleicht ist Eden ja kein unbeschriebenes Blatt.

Wenn er ein Heiratsschwindler ist, dann ist Ihre Mutter mit Sicherheit nicht sein erstes Opfer.«

»Warum denn nicht?«

James sah Sheila verständnislos an. »In Edens Alter entwickelt man keine kriminelle Energie mehr, sie ist längst vorhanden.«

»Was soll das denn heißen, James? Eden ist im selben Alter wie Sie und ich.« Sheila sah ihn kampflustig an. »Trauen Sie Leuten wie uns keine neuen Ideen mehr zu?«

»Doch, sicher.«

Sheila ließ nicht locker. »Sie meinen wirklich, wenn man so alt ist wie wir, bewegt sich alles in ruhigen Bahnen, und es gibt keine Überraschungen mehr, man probiert nichts Neues mehr aus? Es ist alles da, man entwickelt sich nicht mehr, sondern ist so wie früher, nur älter und schwächer?«

»Nein«, sagte James. »Jedenfalls nicht unbedingt schwächer. Manches wird mit zunehmendem Alter auch stärker. Ihre Neigung beispielsweise, mir die Worte im Mund umzudrehen und sich dann darüber aufzuregen, die hatten Sie früher schon, aber nicht so ausgeprägt, soweit ich mich erinnere. Obwohl, und da wären wir wieder beim Thema ›schwächer werden‹, vielleicht ist meine Erinnerung daran einfach nur verblasst. Worüber ich nicht unbedingt unglücklich bin.«

Sheila sah ihn wütend an. »Ihre herablassende Art hatten Sie früher schon, und die ist auch schlimmer geworden.«

»Na sehen Sie, sage ich doch«, grinste er. »Manches wird stärker mit dem Alter. Und es sind nicht immer die Eigenschaften, die andere an uns lieben.«

»Ach, Sie können mich mal.« Sheila stand auf. »Wir sehen uns morgen beim Frühstück.«

James loggte sich aus. »Warten Sie, ich komme mit.«

Sie blieb kurz stehen, dann lief sie vor ihm durch die Halle des Atriums, als gelte es herauszufinden, wie viel Lärm ein Paar Pumps auf Marmorboden erzeugen kann.

»Wieso sind Sie eigentlich ständig so sauer auf mich, Sheila?«, fragte er, als sie vor den Aufzügen standen.

»Bin ich gar nicht.« Sie sah stur auf die Leuchtanzeige.

»Sie wollten einfach abrauschen und mich dort sitzen lassen«, sagte James.

»Was wollen Sie, ich warte doch.«

»Auf den Aufzug.«

»Unsinn. Obwohl Sie einen wirklich wütend machen können. Was ich übrigens früher nicht gemacht hätte. Ich meine, doch noch zu warten.«

»Sehen Sie«, sagte James, »manches wird eben stärker, manches schwächer mit dem Alter, wie ich gesagt habe.«

»Jetzt fangen Sie schon wieder an!«

»Schon gut.« James hielt es für besser, nichts mehr zu sagen. Offenbar machte Sheila sich wirklich Sorgen um Eden und auch um ihre Mutter, und seiner Erfahrung nach suchte sich die Sorge um andere Menschen bei Frauen häufig ein wenig sozialverträgliches Ventil. Logische Argumente waren in solchen Fällen aussichtslos und nur dazu angetan, die Situation zu verschlimmern. An ihren Kabinen angekommen, verabschiedete er sich mit einem wohldosierten Lächeln, das sie in gleicher Art, mit andeutungsweise nach oben gezogenen Mundwinkeln, erwiderte.

»Schlafen Sie gut, Sheila.«

»Mh«, machte sie. Er wartete, weil er wusste, dass noch etwas kommen würde. »Machen Sie sich denn gar keine Sorgen wegen Eden?«, fragte sie schließlich.

Er seufzte. »Nein. Sie wissen ja, ich schätze die Situation nicht so dramatisch ein.«

»Und wegen des Einbruchs in Ihr Zimmer?«, fragte Sheila. »Was haben Sie deswegen unternommen?«

»Den Einbrecher erschossen, was sonst.«

»Es ist mir ernst, James. Haben Sie es Jeremy gesagt?«

»Ja, natürlich, und er war sehr ungehalten deswegen. Ich möchte jetzt nicht in der Haut des Personalchefs stecken. Jeremy vermutet ein faules Ei in der Besatzung.«

Sie zögerte. »Hätten Sie vielleicht eine Schlaftablette für mich? Ich fühle mich furchtbar aufgedreht. Mir geht das alles im Kopf herum: die Diebe in Rom, Ihr Zimmer verwüstet und zu allem noch Eden, der spurlos verschwunden ist. Wenn ich den Rest der Nacht wach liege, habe ich morgen schreckliche Kopfschmerzen.«

James nickte, verschwand kurz in seiner Kabine und kam wenig später mit einem gut gefüllten Zahnputzbecher zurück. »Trinken Sie, das wird Ihnen guttun.«

Sheila nahm den Becher entgegen und schnupperte misstrauisch. »Alkohol?«

»Trinken Sie, und Sie werden tief und fest schlafen und morgen erfrischt aufwachen.« Sheila probierte widerstrebend, trank dann aber in einem Zug.

»Mh, schmeckt gut, was haben Sie da reingetan?«, fragte sie, als sie James den Becher zurückgab.

»Verrate ich Ihnen morgen«, sagte James. »Jetzt sollten Sie lieber zusehen, dass Sie ins Bett kommen. Gute Nacht.«

»Sie tun gerade so, als könnte ich überhaupt nichts vertragen«, sagte Sheila in beleidigtem Tonfall, während sie bereits haltsuchend nach der Türklinke griff.

»Aber morgen geben Sie mir das Rezept, James. War im

zweiten …« Die Tür schloss sich hinter Sheila, während sie weiterredete, allerdings hörte James jetzt nur noch ein Murmeln.

Er ging in seine Kabine, halbwegs darauf gefasst, einen dumpfen Aufprall zu hören, falls Sheila es nicht mehr bis zum Bett schaffte, doch es blieb alles ruhig. Noch nicht einmal ihr gewohntes Schnarchen war zu hören. Vielleicht war die Dosis für ihr Gewicht doch zu stark gewesen. Er ging auf den Balkon und spähte vorsichtig durch das Balkonfenster in Sheilas Kabine. Er konnte nichts erkennen, denn sie hatte kein Licht gemacht, es war stockdunkel in ihrem Zimmer. Er zog eine kleine Taschenlampe aus seinem Jackett und ließ den Lichtkegel durch das Zimmer wandern. Als hätte man sie k. o. geschlagen, lag Sheila quer über dem Bett, mit dem Gesicht nach unten und komplett angezogen bis auf einen Schuh, der ihr vom Fuß geglitten war. Mithilfe eines kleinen Hakens, den er aus seiner Uhr klappte, entriegelte James die Balkontür, trat ein und legte die Taschenlampe auf den Teppich, sodass ihr Lichtkegel den Boden beleuchtete. Er trat ans Bett, zog Sheila den zweiten Schuh aus, brachte sie in eine stabile Seitenlage und deckte sie zu. Dann beugte er sich hinab, prüfte ihren Atem und fühlte den Puls an der Halsschlagader. Er war ruhig und gleichmäßig. Dabei strich ihm wieder dieser Duft in die Nase, der ihm zu Beginn des Abends schon an ihr aufgefallen und ihm seltsam vertraut war, den er aber nicht einordnen konnte. Er schnupperte an ihren Haaren. Normalerweise hatte er ein ausgezeichnetes Geruchsgedächtnis, Parfüms waren für ihn ebenso leicht einem Menschen zuzuordnen wie Namen, doch diesmal versagte es. Er atmete tief ein, aber alles, was er wusste, war, dass er diesen Duft vor langer

Zeit sehr gern gemocht hatte. James überlegte, ob er sich in Sheilas Badezimmer nach ihrem Parfüm umsehen sollte, doch plötzlich wurde sie unruhig und ruderte mit einem Arm Richtung Bettrand, wo, wie James vermutete, bei ihr zu Hause die Nachttischlampe stand. »Charlie?«, murmelte sie mit geschlossenen Augen. James verharrte regungslos. Als sie wieder fest schlief, zog er ihr die Decke bis an die Schultern, dann schlich er zur Balkontür und schloss sie von innen, nahm die am Boden liegende Taschenlampe wieder an sich und verließ Sheilas Kabine durch die Tür.

Später lag er im Bett seiner viel zu warmen Kabine und konnte nicht einschlafen. Schließlich stand er auf, öffnete die Balkontüren weit, genoss die kühle Brise, die hineinströmte. Und während er auf das dunkle Meer und den sternenübersäten Nachthimmel blickte, wurde ihm langsam klar, warum er immer wieder daran denken musste, dass Sheila im Halbschlaf »Charlie« gemurmelt hatte. Charles Humphrey war schon seit zweieinhalb Jahren tot, aber in ihren Träumen immer noch präsent.

Kapitel 14

Sheila kippte ihren dritten Espresso hinunter. »Also, das war das letzte Mal, dass ich mir von Ihnen einen Schlaftrunk habe aufschwatzen lassen.«

»Gestern wollten Sie noch das Rezept haben.«

»Ich weiß nicht mal mehr, wie ich ins Bett gekommen bin. Waren da etwa K.-o.-Tropfen drin?«

»Da kommt Ihre Mutter«, sagte James und wies zum Eingang des Restaurants. In diesem Moment rammte Phyllis mit ihrem elektrischen Rollstuhl einen kleinen Besteckwagen, der im Durchgang zum Buffet abgestellt war und jetzt mit einem lauten Klirren umkippte. Phyllis beachtete den Kollateralschaden nicht weiter und steuerte auf ihren Tisch zu, während Jeremy, der ihr folgte, mit ungehaltener Miene einen Kellner herbeiwinkte.

»Von Eden keine Spur«, stellte Sheila fest. »Die nächtliche Suchaktion scheint ebenso wenig Erfolg gehabt zu haben wie unsere Suche im Internet.«

James räumte einen Stuhl beiseite, damit Phyllis an den Tisch heranfahren konnte.

»Ich habe kein Auge zugetan«, sagte Phyllis. Sie griff sich ans Herz. »Ich spüre, dass etwas Schreckliches passiert ist. Es gibt da eine tiefe Verbindung zwischen Eden und mir, eine ganz besondere Nähe. Aber sie wird schwächer, er entfernt sich immer weiter von mir, und ich kann nichts dagegen tun. Mit jedem Atemzug spüre ich die Leere in mir wachsen, es zerreißt mir das Herz. Diese Ungewissheit, was passiert ist, ich halte das bald nicht mehr aus.«

Jeremy legte ihr die Hand auf den Unterarm. »Nun rege dich nicht schon wieder auf. Beruhige dich. Es nützt jetzt nichts, hysterisch zu werden. Nur schwache Menschen sind hysterisch. Du bist nicht schwach.«

Sheila reichte ihr den Brotkorb. »Komm, iss erst einmal etwas, Mutter.«

Phyllis verzog das Gesicht. »Ich kann jetzt nicht ans Essen denken.«

»Aber du musst bei Kräften bleiben. Für Eden. Essen hält Leib und Seele zusammen.«

Phyllis seufzte, nahm einen Toast und legte ihn auf ihren Teller. Sheila zog den Teller zu sich, butterte ihn, verteilte großzügig Marmelade darauf, schnitt ihn in mundgerechte Happen und schob ihn zurück. »So«, sagte sie und reichte ihrer Mutter eine Gabel, »jetzt schmeckt es besser.« Phyllis griff mit Leidensmiene nach der Gabel, spießte einen Happen auf und kaute gequält, ehe sie ihn hinunterwürgte.

»Ein wenig Rührei, Mutter?«

Phyllis verdrehte die Augen. »Nein.«

Sheila reichte ihr ein Glas Orangensaft. »Aber du musst wenigstens etwas trinken.«

Phyllis schob das Glas zur Seite. »Ich habe keinen Durst.«

James griff nach dem Orangensaftglas und leerte es. »Geben Sie mir das Rührei, bevor es kalt wird«, sagte er zu Sheila. Während er aß, fühlte er Phyllis' eisigen Blick auf sich gerichtet.

»Sie sind der Einzige, der sich keinerlei Sorgen um meinen Mann zu machen scheint«, stellte Phyllis schließlich fest. »Darf ich fragen, warum es Sie so kaltlässt, dass er verschwunden ist?«

James sah sie prüfend an. »Ich weiß nicht, ob Sie das hören wollen.«

»Sonst würde ich nicht fragen.«

»Ich mache mir mehr Sorgen um Sie als um Ihren Mann, Phyllis. Ich denke nach wie vor, dass Eden mit Absicht verschwunden ist und sein Verschwinden schon für vorgestern geplant hatte, als er nicht zum Landausflug mitkam. Hätten Sheila und ich ihn in Nizza nicht zufällig entdeckt, wäre er bereits vor zwei Tagen auf Nimmerwiedersehen aus Ihrem Leben verschwunden. Das Motiv liegt auf der Hand. Sie sind eine wohlhabende Frau, Phyllis, und Sie besitzen einige sehr wertvolle Schmuckstücke. Fehlt irgendetwas aus Ihrem persönlichen Besitz? Mein dringender Rat an Sie wäre auch, schnellstens Ihre Bankkonten sperren zu lassen.«

»Eden ist kein Heiratsschwindler«, sagte Phyllis mit Nachdruck. Sie wandte sich an ihre Tochter. »Sheila, mach du bitte Mr Gerald begreiflich, dass deine Mutter nicht auf einen Heiratsschwindler hereinfällt.«

Sheila sah James an und zog stumm die Augenbrauen hoch.

»Es ist immerhin eine Theorie, die wir nicht völlig ausschließen sollten«, sprang Jeremy ihm bei. Er nickte James zu, in seinem Blick lag Anerkennung dafür, dass James es gewagt hatte, Phyllis auf diese wahrscheinliche, wenn auch schmerzliche Möglichkeit hinzuweisen. »Meine Liebe, vergiss nicht, dass Mr Gerald auf diesem Gebiet einiges mehr an Erfahrung hat als wir. Leute wie Mr Gerald haben ein gutes Gespür für Menschen, die vorgeben, jemand anderes zu sein, als sie sind, das solltest du nicht vergessen.«

»Das hat mit Gespür nichts zu tun«, sagte James. »Sondern damit, das Offensichtliche nicht zu übersehen. Das Offensichtliche ist das Wahrscheinliche, nicht wahr.«

»Wie?«, fragte Phyllis.

»Wenn Sie beispielsweise einen Mann sehen, der neben einer Leiche kniet und die Hände um ihren Hals gelegt hat, dann ist er sehr wahrscheinlich der Mörder. Nur im Krimi ist er jemand, der rein zufällig vorbeikam und gerade versucht, Erste Hilfe zu leisten«, erklärte James.

Phyllis befingerte das Hörgerät an ihrem linken Ohr. »Jetzt geht es wieder. Können Sie das Letzte noch mal wiederholen, Mr Gerald? Das habe ich nicht richtig verstanden.«

»Wenn ein Mann am einen Tag verschwindet«, erläuterte James geduldig, »etwas später durch Zufall entdeckt wird und ausführlich erklären kann, warum er verschwunden ist, dann glauben wir ihm natürlich. Wenn er aber am nächsten Tag gleich wieder verschwindet, diesmal aber nicht mehr auftaucht, so wäre eine logische Schlussfolgerung, dass es sich beim ersten Verschwinden um einen gescheiterten Versuch gehandelt hat, der beim zweiten Mal geglückt ist. Und wenn zusammen mit Eden etwas Wertvolles aus Ihrem Besitz abhandengekommen ist oder Ihr Konto abgeräumt wurde, dann ist offensichtlich nicht Eden das Opfer, sondern Sie, Phyllis, so leid es mir tut.«

»Er ist kein Heiratsschwindler«, beharrte Phyllis. »Wie oft soll ich das noch sagen. Ich weiß das.«

James seufzte und sah Sheila an. Sie ging vor dem Rollstuhl in die Knie, um ihrer Mutter in die Augen zu sehen, aber die hielt den Kopf starrköpfig gesenkt. »Mutter, wir brauchen einfach ein paar Fakten über Eden. Ich glaube ja auch nicht, dass er ein Heiratsschwindler ist, aber wir müssen möglichst viel über ihn wissen, damit wir ihn finden können. Das gehört zum normalen Vorgehen, wenn jemand vermisst wird.«

Phyllis zeigte keinerlei Reaktion. »Höre auf deine Tochter, meine Liebe«, versuchte Jeremy es noch einmal. »Du solltest uns alles sagen, was du über ihn weißt.«

Kapitän Sullivan betrat das Restaurant. Er hatte dunkle Ringe unter den Augen, die Suchaktion, die sie nach Jeremys Bekunden erst um vier Uhr nachts beendet hatten, war ihm, im Gegensatz zu Jeremy, deutlich anzusehen. Jeremy, dachte James mit einem Anflug von Missgunst, gehört zu den wenigen Männern, die eine Nacht ohne Schlaf auch im hohen Alter noch wegstecken können und denen am nächsten Morgen beim Rasieren ein vitales Lächeln aus dem Spiegel entgegenstrahlt. Für ihn selbst waren solche Nächte früher ebenfalls kein Thema gewesen und Energie nichts, worauf er einen Gedanken verschwendet hätte, aber seit dem letzten Winter war das anders. Mit einer schweren Bronchitis war er ins Krankenhaus gekommen und hatte zum ersten Mal in seinem Leben die Erfahrung gemacht, dass sein Körper nicht mehr der starke Verbündete war, auf den er sich jederzeit verlassen konnte. Stattdessen hatte der sich in einen Schwächling verwandelt, an den er sich gekettet fühlte wie an einen Ertrinkenden, der drohte, ihn mit in die Tiefe zu ziehen. Nur dank seiner zähen Entschlossenheit hatte James es geschafft, wieder an Land zu kommen. Doch er war sich nicht sicher, ob Gesundheit für ihn je wieder so vernachlässigenswert selbstverständlich sein würde wie anscheinend für Jeremy.

»Haben Sie etwas Neues?«, fragte Jeremy.

Kapitän Sullivan schüttelte den Kopf. »Nein, Mr Watts, wir haben alle Schiffe, die unsere Route kreuzen oder sich im näheren Umkreis befinden, angefunkt und uns auch bei den Behörden an Land erkundigt. Nirgendwo ist jemand an Land gespült worden, und es gibt auch keinen Körper, der auf dem Wasser treibend geborgen wurde.«

Entsetzt hielt sich Phyllis beide Hände vor den Mund. Sheila legte ihr die Hand auf die Schulter. »Das sind doch gute Nachrichten, Mutter. Er lebt!«

James hielt es für besser, Sheila nicht auf die Unlogik ihrer Aussage hinzuweisen. Die Information, dass man seinen Körper nicht gefunden hatte, bedeutete natürlich mitnichten, dass Eden noch lebte. Sie sagte nichts weiter aus als ebendas: Man hatte ihn nicht gefunden. Genauso gut könnte er, tot oder lebendig, noch an Bord sein oder unbemerkt von irgendwelchen Schiffen im Meer schwimmen. Dass ihn seit gestern niemand mehr gesehen hatte, war nichts Neues, nur war der Kreis derer, die ihn nicht gesehen hatten, ein wenig größer geworden.

Jeremy wandte sich an James. »Kann ich Sie einen Augenblick unter vier Augen sprechen?« Er erwartete keine Antwort, sondern erhob sich bereits. »Lassen Sie uns nach unten in die Raucher-Lounge gehen.« James war leicht verärgert und griff zu seiner Tasse, um wenigstens den letzten Schluck Kaffee zu trinken, dann fing er den drängenden Blick von Sheila auf.

»Nun gehen Sie schon, James! Wir sehen uns nachher.«

Im Pub angekommen, öffnete Jeremy den Humidor,

wählte zwei Zigarren und ging weiter voran in den Raucherraum, in dem sich nur wenige Gäste aufhielten. Sie nahmen wieder in der Nische Platz, in der sie tags zuvor gesessen hatten. Jeremy bot James eine der Zigarren an. Doch James winkte ab. »Danke, für mich nicht.«

Diese Sitzung würden sie nicht in genüsslichem Schweigen verbringen. Jeremy zuckte die Schultern, legte James' Zigarre auf dem Tisch ab und zündete seine an.

»Sie – halten also – Eden Philpotts – für – einen – Heiratsschwindler«, stellte er fest, während er ein paarmal kurz paffte, bis die Zigarre richtig brannte.

»Er ist nicht ganz echt«, bestätigte James. »Ich sollte mich sehr täuschen, wenn es anders wäre.«

»Seit wann haben Sie diesen Verdacht?«, fragte Jeremy interessiert.

»Bereits seit dem Dinner am ersten Abend.«

»Und wieso?«

»Nun, das ist offensichtlich, nicht wahr? Der Altersunterschied.«

Jeremy lächelte. »Stimmt. Seien wir ehrlich, aus welchem Grund heiratet ein gesunder Mann eine bald neunzig Jahre alte reiche Dame? Phyllis ist eine außergewöhnliche Frau, aber machen wir uns nichts vor, sie sitzt im Rollstuhl. Ehrlich gesagt, als Phyllis mir vor ein paar Wochen von Eden erzählte, war ich auch gleich misstrauisch. Ich habe sie gefragt, wie sie ihn kennengelernt hat und so weiter, aber es war nicht viel aus ihr herauszubekommen. Sie haben ja miterlebt, wie heftig sie reagiert hat. Die geringste Andeutung, Eden könnte es auf ihr Geld abgesehen haben, reicht, und sie geht in die Luft. Dabei, schon allein dieser abstruse Name. Eden Philpotts.«

»Obwohl«, warf James ein, »gerade dieser Name macht mich dann doch wieder stutzig, nicht wahr. Jemand, der es auf Lug und Betrug abgesehen hat, verwendet gewöhnlich einen Allerweltsnamen wie Miller oder Jones.« James' Handy vibrierte in der Tasche seines Jacketts. Er zog es heraus und las die Nachricht vom Canmore Golfclub, die von seinem E-Mail-Account aus weitergeleitet worden war. »Das ist ja interessant«, sagte er, nachdem er sie gelesen hatte. »In seinem Golfclub kennt ihn kein Mensch.«

»Sie haben sich mit dem Golfclub in Verbindung gesetzt?« Jeremy zog anerkennend die Augenbrauen hoch.

James nickte. »Und mit einem alten Freund, der Philpotts' Namen durch verschiedene, nicht allgemein zugängliche Erfassungssysteme schickt. Im Internet ist er jedenfalls nicht zu finden, das haben Sheila und ich gestern Nacht überprüft. Aber das muss nichts heißen. Doch wenn auch mein Freund meldet, dass nirgendwo im Land ein Eden Philpotts registriert ist, dann ist davon auszugehen, dass er mit gefälschter Identität unterwegs ist.«

Jeremy zog an seiner Zigarre, blies kleine Rauchkringel in die Luft und blickte ihnen versonnen nach. Für einen Moment wirkte er so in Gedanken, dass er James nicht mehr zu bemerken schien. Dann beugte er sich nach vorn und sah James eindringlich an. »Wir haben ein Problem, James.«

So, wie Jeremy das sagte, war klar, dass er nicht Eden Philpotts meinte. James wartete ruhig darauf, dass er weiterredete.

Jeremy sah zur Decke und rang mit den Händen. Eine Geste, die so untypisch für Jeremy schien, dass sie beinahe theatralisch wirkte. »Gott, dieses Arschloch«, brach es aus ihm heraus. Die beiden Männer, die in der anderen Ecke des Raums saßen, schauten mit einer Mischung aus Amüsiertheit und distinguierter Empörung zu ihnen herüber. Jeremy sprach mit gedämpfter Stimme weiter. »Wenn er wenigstens ihren Geburtstag abgewartet hätte. Meinetwegen hätte dieser miese Kerl ihr Bankkonto abräumen können, das ist völlig unerheblich, ich selbst hätte ihm noch ein paar Scheine in die Hand gedrückt, damit er aus ihrem Leben verschwindet. Aber dass er ihr das kurz vor ihrem neunzigsten Geburtstag antut! Das ist so niedrig und gemein. Das wird sie nicht verkraften. Ich fürchte, sie wird zusammenbrechen, wenn sie dahinterkommt, dass er sie von Anfang an nur benutzt hat.«

»Nun, was sollen wir tun, wir können ihn nicht wieder herbeizaubern«, sagte James.

Jeremy lächelte in sich hinein. »Vielleicht doch, James, vielleicht doch. Ich habe einen Plan. Wir lassen Phyllis glauben, dass Eden etwas zugestoßen ist. Damit kann sie besser umgehen, als wenn sie erfährt, dass er sie betrogen hat.«

James sah Jeremy verwundert an. »Glauben Sie das wirklich?«

»Sie etwa nicht?«

James zuckte die Schultern. »Sie kennen sie besser als ich. Aber es scheint mir doch etwas – extrem.«

»So ist das mit der Liebe«, sagte Jeremy.

»Finden Sie?«

Jeremy lachte. »Wenn man jung und leidenschaftlich ist, jedenfalls. Für unsereins ist es ratsamer, sich den einfachen Genüssen des Lebens hinzugeben, statt falschen Illusionen nachzuhängen, finden Sie nicht? Jedes Alter hat seine Einsichten. Als junger Mensch glaubt man an die wahre Liebe, als alter Mensch fährt man besser damit, an den Duft einer

Havanna, an die Kunst der Ärzte und an die Heilkraft von gutem Whisky zu glauben.«

»Missionieren Sie nicht mich, sondern Phyllis mit dieser Einsicht«, sagte James.

Jeremy seufzte. »Das ist das Problem. Phyllis ist im Herzen ein kleines, romantisches Mädchen geblieben. Wenn es um die Liebe geht, lebt sie in einer fantastischen Welt, fehlt ihr jegliches Gefühl für die Realität. James, tun Sie mir bitte den Gefallen und beunruhigen Sie weder Phyllis noch Sheila weiter mit Ihrer These von Eden als Heiratsschwindler, sosehr Sie damit vielleicht ins Schwarze treffen mögen.«

»Aber wie stellen Sie sich das weiter vor?«, wandte James ein. »Das geht doch auf Dauer nicht gut.«

Jeremy nahm einen letzten, tiefen Zug an seiner Zigarre und legte sie dann in den Aschenbecher. »Das ist mir klar. Aber es geht auch nicht um die Ewigkeit. Es geht einzig und allein um ihren Geburtstag. Ich will, dass es ein unvergesslicher Tag wird. Für Phyllis und für uns alle. Danach sehen wir weiter.«

»Niemand wird den Geburtstag genießen, wenn Eden verschwunden bleibt. Alle werden sich Sorgen machen, ganz besonders Phyllis.«

Jeremy erhob sich. »Nein, wird sie nicht. Dafür werde ich sorgen.«

James folgte ihm zur Tür. »Und wenn Eden Phyllis' Geld und Schmuck hat mitgehen lassen, wie wollen Sie das erklären?«

Jeremy blieb stehen. »Das ist allerdings etwas, das ich nicht so ganz verstehe«, sagte er leise. »Phyllis sagt, es fehlt nichts. Und es stimmt. Der Schmuck ist im Tresor, ich habe mich selbst davon überzeugt, ohne dass sie etwas davon mitbekommen hat, versteht sich. Auch ihre Kreditkarten sind noch da, Mr Chandan hat das für mich unauffällig überprüft.«

»Vielleicht hat er vor, erst vom Festland aus ihre Konten abzuräumen? Besitzt er Zweitkarten?«

Jeremy nickte. »Ja, gut möglich. Das wäre auch sicherer für ihn. Wenn man ihn mit Phyllis' Schmuck erwischen würde, hätte er arge Probleme, dafür eine harmlose Erklärung zu erfinden.«

»Aber wenn er zu lange wartet, werden die Konten gesperrt sein«, überlegte James. »Dann geht er leer aus.«

»Nein«, wendete Jeremy ein. »Typen wie Eden verstehen ihr Handwerk und wissen genau, an wen sie sich heranmachen. Sie suchen sich gezielt Frauen aus, die eine gewisse Naivität, aber auch großen Stolz an den Tag legen. Eden weiß genau, dass Phyllis ihre Konten nicht sperren wird. Wenn sie das täte, müsste sie sich eingestehen, dass sie einem Heiratsschwindler auf den Leim gegangen ist, und das lässt ihr Stolz nicht zu.«

»Ich verstehe es trotzdem nicht, tut mir leid. Warum wollen Sie tatenlos mit ansehen, wie Eden die Konten räumt, nur damit Phyllis an ihrem Geburtstag nicht mit der bitteren Wahrheit konfrontiert wird, betrogen worden zu sein? Das ist doch unverhältnismäßig. Spätestens übermorgen wird sie nicht mehr die Augen davor verschließen können, und dann ist auch noch ihr Geld weg.«

Jeremy lächelte. »James, Sie unterschätzen mich. Seien Sie unbesorgt, was die finanzielle Seite angeht. Das regle ich schon. Aber Frauen dürfen nicht alles erfahren. Und was das andere angeht, kommt mir ein bedauerlicher Zwischenfall zupass, der sich heute am frühen Morgen ereignet hat. Ein älterer Herr hat im Bad das Gleichgewicht verloren, ist schwer gestürzt und hat sich dabei einen üblen Armbruch zugezogen. Ein Rettungshubschrauber ist bereits angefordert, der ihn zur Operation ins Krankenhaus nach Marseille fliegen wird.« Jeremy sah James selbstzufrieden an. »Ahnen Sie, worauf ich hinauswill?«

James zog eine Augenbraue hoch. »Sie wollen Phyllis sagen, bei diesem Herrn handelte es sich um Eden.«

»Genau.«

»Das können Sie nicht machen!«

»Und ob ich kann, Sie werden sehen. Es ist genial!«

»Und wie wollen Sie erklären, dass Eden nicht schon bei der Suche heute Nacht gefunden wurde?«, fragte James.

Jeremy nickte. »Auch daran habe ich gedacht. Irren ist menschlich. Ich sage Phyllis, dass wir nicht daran gedacht haben, die Toilettenräume des Pubs zu überprüfen. Dort lag Eden bewusstlos, wurde eingeschlossen und erst heute morgen entdeckt.«

»Phyllis wird toben«, sagte James, »dass man sie nicht früher informiert hat und sie keine Gelegenheit hatte, ihren Mann zu begleiten.«

»Nein, sie wird froh sein, dass Eden wieder aufgetaucht ist, wenn auch lädiert, und dass er schnellstmöglich und optimal versorgt wird. Und vor allem wird sie erleichtert sein, dass ihr die Demütigung, auf einen Heiratsschwindler hereingefallen zu sein, erspart geblieben ist und sie ihren Geburtstag unbeschwert feiern kann.«

»Phyllis wird mit Eden telefonieren wollen.«

Jeremy lächelte triumphierend. »Daran habe ich auch schon gedacht. Der vermeintliche Eden wird ja gleich operiert werden. Heute Nachmittag werde ich vorgeben, mit dem behandelnden Arzt zu sprechen, und der wird sagen, dass es dem Patienten den Umständen entsprechend gut geht, er aber noch unter den Nachwirkungen der Narkose leidet und noch nicht telefonieren kann.«

»Aber wenn Eden zwischenzeitlich doch noch auftaucht? Dann haben Sie ein Problem.«

»Nein, dann hat dieser Mistkerl ein Problem«, sagte Jeremy ruhig. »Und wenn er nicht schleunigst freiwillig wieder abtaucht, werde ich ihn höchstpersönlich über Bord werfen.«

»Und wenn seine Leiche irgendwo angespült wird?«

Jeremy sah James an und seufzte. »Sie denken an alles, was? Geheimdienstleute müssen wahrscheinlich so ticken, schätze ich. Alle Eventualitäten werden durchgespielt. Aber ich sage Ihnen jetzt einmal etwas aus meiner Erfahrung als Unternehmer, Null-Null-Siebzig: Wenn man ins Wasser geworfen wird und nicht schwimmen kann, nützt es nichts zu überlegen, ob es im Wasser Haie gibt und wie weit entfernt das Ufer ist. Man muss erst mal versuchen, einen Schwimmzug zu machen und den Kopf über Wasser zu halten. Und wenn man den ersten Zug geschafft hat, macht man den nächsten.«

In der Tür drehte Jeremy sich noch einmal um. »Sagen Sie, James, dieser Einbruch bei Ihnen – es fehlt wirklich nichts?«

James nickte. »Nicht das Geringste.«

Jeremy schüttelte nachdenklich den Kopf. »Merkwürdig. Hoffen wir, dass da nicht noch mehr nachkommt.«

Kapitel 15

Als sie aus dem Raucherraum in den Pub traten, bot sich ihnen ein völlig anderes Bild als zuvor: Phyllis, Sheila und der Kapitän waren nicht mehr da, dafür schritt der Schiffsgeistliche im Messgewand mit ausgestreckten Armen auf sie zu und reichte Jeremy und James zwei Gesangbücher. »Wie schön, dass Sie zu unserer Messfeier gekommen sind!«

James sah sich im Pub um. Die Tische waren zur Seite geschoben, und die Stühle standen ordentlich in Reih und Glied. Vereinzelt saßen Besucher darauf, als gebe es ein ungeschriebenes Gesetz, immer einen Stuhl Abstand zwischen sich und dem Nachbarn zu halten. Die ersten beiden Reihen waren völlig frei.

Jeremy ignorierte das dargebotene Gesangbuch und sah auf die Uhr. »Tut mir leid, keine Zeit.« Er nickte James zu. »Es gibt Wichtigeres zu tun.«

Doch James nahm das Gesangbuch entgegen. »Hoffen wir«, sagte er ironisch zu Jeremy, »dass Sie nicht eines Tages an die Himmelspforte klopfen und der liebe Gott diesen Satz zu Ihnen sagt.«

Jeremy wandte sich kopfschüttelnd ab und verließ den Pub, seinen Mahagoni-Stock wie ein drittes Bein aufsetzend.

Joseph Sutcliffe nickte anerkennend. »Bravo. Es ist wunderbar, wenn jemand so offen und direkt ausspricht, was er denkt. Besonders, wenn es das ist, was ich selbst gerade denke, aber aus verschiedenen Gründen nicht sagen kann.« Er deutete auf sein Messgewand.

James sah sich im Pub um. »Ich habe Durst. Wo steckt eigentlich die Bedienung?«

Joseph Sutcliffe seufzte. »Vergessen Sie, was ich gerade über offene Meinungsäußerung gesagt habe.«

»Wollen Sie damit andeuten, dass während der Messe nicht bedient wird?«

»Genau. Dies ist ein Gottesdienst, kein Revuetheater. Die Bedienung hat jetzt Pause. Aber wenn Sie brav sind, schön aufpassen und gut mitsingen«, sagte Joseph Sutcliffe lächelnd und beugte sich näher zu James, wobei er seine Stimme senkte, »bekommen Sie zur Belohnung einen ordentlichen Schluck Wein von mir gratis.«

»Whisky wäre mir lieber.«

Joseph Sutcliffe verdrehte die Augen zum Himmel, dann ging er nach vorn und ließ den Blick wohlgefällig über die kleine Gemeinde schweifen. »Herzlich willkommen.« Er machte das Kreuzzeichen: »Wir feiern unseren Gottesdienst im Namen Gott des Vaters und des Sohnes und des Heiligen Geistes. Amen.« Er breitete die Hände aus: »Der Herr sei mit euch.«

Einige Teilnehmer murmelten etwas, das James nicht verstehen konnte. »Der Herr erbarme sich unser«, fuhr Joseph Sutcliffe fort, »er nehme von uns Sünde und Schuld, damit wir mit reinem Herzen diese Feier begehen. Amen.« Daraufhin ertönte Orgelmusik, und ein melodiöser Singsang erklang: »Herr, erbarme dich unser. Christus, erbarme dich unser. Herr, erbarme dich unser.«

James sah zum Keyboard, das man neben dem Tresen

aufgestellt hatte, und erkannte in dem jungen Mann, der die Messfeier musikalisch begleitete, den Japaner, der in der Observation Lounge bedient hatte. Als die Musik verklungen war, trat eine Frau nach vorn und klappte ihre Bibel mithilfe des Lesebändchens auf.

»Lesung aus dem Lukasevangelium.« Sie räusperte sich ohne aufzusehen und las weiter: »›Und es begab sich an der Tage einem, dass er in ein Schiff trat samt seinen Jüngern; und er sprach zu ihnen: Lasst uns über den See fahren. Und sie stießen vom Lande. Und da sie fuhren, schlief er ein. Und es kam ein Windwirbel auf den See, und die Wellen füllten das Schiff, und sie standen in großer Gefahr. Da traten sie zu ihm und weckten ihn auf und sprachen: Meister, Meister, wir verderben! Da stand er auf und bedrohte den Wind und die Wogen des Wassers; und es ließ ab, und es ward eine Stille. Er sprach aber zu ihnen: Wo ist euer Glaube? Sie fürchteten sich aber und verwunderten sich und sprachen untereinander: Wer ist dieser? Selbst dem Wind und dem Wasser gebietet er, und sie sind ihm gehorsam.‹« Die Frau klappte die Bibel zu, sah auf und schloss mit dem Satz: »Wort des lebendigen Gottes.«

Dann ging sie zu ihrem Platz zurück, und Joseph Sutcliffe, der sich während der Lesung neben James gesetzt hatte, trat nach vorn und begann mit seiner Predigt: »Es ist wohl keiner unter uns, der diese Jünger nicht verstehen könnte. Sie sitzen im Boot, ein fürchterlicher Sturm kommt auf, sie bangen um ihr Leben. Und was tut Jesus?« Joseph Sutcliffe machte eine Pause und blickte reihum, als würde er eine Antwort erwarten. James fühlte sich an seine Jugendzeit im Internat erinnert. »Er schläft«, fuhr Joseph Sutcliffe fort. »Das ist doch zum Aus-der-Haut-Fahren, oder?

Es gibt eine Bedrohung für Leib und Leben, aber Jesus schläft seelenruhig. Seine Jünger wecken ihn auf, weil sie hoffen, dass er ihnen hilft. Und tatsächlich, er tut es. Er bedroht den Wind und die Wogen, und der Sturm legt sich. Sie sind gerettett. So weit, so gut. Aber was jetzt kommt, ist das eigentlich Erstaunliche: Jesus tadelt die Jünger, dass sie ihn geweckt haben. Habt ihr keinen Glauben?, fragt er sie. Er hätte genauso gut sagen können: Habt ihr kein Vertrauen in Gott?«

Joseph Sutcliffe hielt kurz inne, von fern war das Geräusch eines herannahenden Hubschraubers zu hören. Die folgenden Worte des Geistlichen gingen allmählich im Dröhnen des Hubschraubers unter, während der Boden unter ihnen leicht zu vibrieren begann. Verunsichert blickten sich die Anwesenden gegenseitig an. »Selbst wenn ich schlafe, bin ich bei euch«, rief der Pfarrer. »Selbst wenn ich schlafe, ist Gott immer bei euch! Habt Vertrauen, dass euer Lebensschiff nicht sinkt! Habt Vertrauen, auch wenn ich schlafe! Ich bin immer da!« Die letzten Worte schrie der Pfarrer ihnen fast entgegen in dem vergeblichen Versuch, die Aufmerksamkeit wieder auf sich zu lenken. Dann holte Sutcliffe tief Luft und legte eine Pause ein, in der er jeden Einzelnen mit strengem Blick zurück in den Gottesdienst holte, so lange, bis der Hubschrauberlärm abebbte. Danach fuhr er in normaler Lautstärke und fast im Plauderton mit seiner Predigt fort: »Das, liebe Gemeinde, ist die Grundbotschaft. Gott ist immer bei uns. Ob wir ihn sehen und anfassen können oder nicht. Wir mögen uns zuweilen im Meer des Lebens so verloren fühlen wie die Jünger in einem kleinen Boot bei Sturm, aber in Wahrheit sind wir geborgen in Gottes Hand. Der Text, den wir gerade gelesen haben, stammt aus dem Lukasevangelium. Wie alle Evangelien wurde es Jahre nach der Kreuzigung Jesu verfasst. Es ist als Botschaft an die zu verstehen, die sich nicht mehr direkt an Jesus wenden können. Für diese Nachfolgenden, für uns alle ist Jesus der schlafende Jesus in unserem Lebensboot. Dieses Gleichnis ist eine Botschaft an die vielen, die an Jesus glauben, ohne dass sie seine Wunder live und in Farbe, wie man heute so schön sagt, sehen können. Denn selig sind die, die nicht sehen und doch glauben. Amen.«

Joseph Sutcliffe setzte sich wieder neben James, den es nicht gewundert hätte, wenn die Zuhörer applaudiert hätten. Aber es kam nur ein Hüsteln und Räuspern. Der Pfarrer legte die Hände in den Schoß und nickte dem jungen Mann am Keyboard zu, der das Halleluja anstimmte.

James erlebte die weitere Liturgie nur noch als meditativen Hintergrund, während er seinen eigenen Gedanken nachging. Er hielt Jeremys Plan für falsch. Einerseits, weil er nicht viel davon hielt, die Dinge nur an der Oberfläche zu glätten, nicht zuletzt aber auch, weil Jeremy die alte Dame damit entmündigte. James war überzeugt, dass Phyllis weit mehr verkraften konnte, als Jeremy glaubte. Der Anblick der kleinen Gestalt im Rollstuhl täuschte wahrscheinlich viele Menschen über die Tatsache hinweg, dass Phyllis eine zähe und überaus willensstarke Person war. Er dachte an ihren Händedruck bei ihrer ersten Begegnung und musste lächeln. Er war stark und fest gewesen wie der eines Mannes, und als er den Druck deutlich abgeschwächt hatte, umkrallten ihre knochigen Finger seine Hand erst recht wie ein Schraubstock. Dabei hatte sie ihm ein zartes Lächeln geschenkt, wohl wissend, dass er viel zu höflich war, als dass er seine Hand mit Gewalt entwunden hätte. Offensichtlich liebte sie kleine Machtproben und spielte dabei die Alte-Dame-Karte mit Vergnügen aus.

Nach der Messe kam Joseph Sutcliffe auf James zu. »Die Bibelstelle war gut ausgesucht«, bemerkte James. »Predigen Sie jeden Tag über einen Text, der mit Menschen in einem Boot zu tun hat?«

»Man gibt sich Mühe. Morgen geht es um Jonas und den Wal. Aber es wundert mich, dass Sie das mitbekommen haben. Sie wirkten etwas abwesend.«

»Wie kommen Sie darauf? Ich habe Ihnen sehr konzentriert zugehört.«

»Und warum haben Sie so in sich hineingelächelt?«

»Ich habe mich schon auf den Wein gefreut.«

»Aha, und warum sind Sie dann nicht zum Abendmahl nach vorn gekommen?«

»Ach, ich war zu langsam. Als ich sah, dass die Ersten schon vorne standen, habe ich es lieber gelassen. Diese Gemeinschaftstrinkerei aus einem Becher ist mir suspekt. Ich sehe keinen Grund, warum außer Brot und Wein auch noch Krankheitskeime geteilt werden sollten.«

Joseph Sutcliffe schmunzelte. »Wir Katholiken machen das normalerweise auch nicht. Bei uns trinkt der Pfarrer stellvertretend für die Gläubigen, nur das Brot wird geteilt. Aber hier an Bord hole ich die Leute da ab, wo sie stehen.«

»Ist das nicht ein bisschen larifari für einen katholischen Priester?«, fragte James. »Was sagt denn die Obrigkeit dazu?«

Der Pfarrer deutete spitzbübisch nach oben. »Wir sind hier auf einem Schiff, über uns ist nur der Himmel.«

»Gestern waren wir noch in Rom.«

Joseph Sutcliffe lachte gut gelaunt. »Wie wäre es, Mr Gerald, wenn ich Ihnen als Entschädigung einen Drink ausgebe?«

»Gern«, stimmte James zu. In Joseph Sutcliffe hatte er einen Mann vor sich, der das Schiff wie seine Westentasche kannte. Dass James das Gesangbuch in die Hand genommen hatte, war eine spontane Entscheidung gewesen. Er hatte keine Lust gehabt, Jeremy wie ein braves Hündchen zu folgen, und außerdem wollte er in Ruhe nachdenken. Da kam ihm der Gottesdienst ganz gelegen. Aber wenn sich nun die Gelegenheit ergab, durch Joseph Sutcliffe an nützliche Informationen zu gelangen, sollte ihm das nur recht sein. »Bleiben wir hier im Pub?«

Joseph Sutcliffe winkte ab. »Hier ist es zu ungemütlich, bis die Tische wieder zurechtgerückt sind. Ich schlage vor, wir gehen zum Pool. Sonnenschein und fröhlichen Menschen beim Baden zusehen, was will man mehr.«

»Fröhlichen Menschen oder Bikinis tragenden Menschen?«, fragte James.

Joseph Sutcliffe lächelte. »Das können Sie natürlich halten, wie Sie wollen, Mr Gerald. Warten Sie einen Augenblick, ich lege mein Messgewand ab.«

Es herrschte reges Treiben am Pool, eine der Animateurinnen stand im Wasser, bewegte ihren Oberkörper rhythmisch zu ohrenbetäubender Musik und hielt dabei eine Schwimmnudel hoch über den Kopf. Die vorwiegend weiblichen Teilnehmer der Wassergymnastik standen ihr gegenüber und ahmten die Bewegung nach. In der ersten Reihe entdeckte James Sheila. Sie sah ihn nicht. Die Arme hochgereckt, war ihr Blick konzentriert auf die Vorturnerin gerichtet. Neben

Sheila stand Charles Walther, der gerade etwas zu ihr sagte. Unmutig beobachtete James, wie Sheilas Antwort ihn zum Lachen brachte. Der Pfarrer steuerte zwei Korbsessel in der dritten Reihe an. Er sagte etwas, doch James konnte ihn wegen der lauten Musik, die aus den Pool-Lautsprechern dröhnte, nicht verstehen. Fragend hielt er die Hand ans Ohr.

Joseph Sutcliffe deutete auf die großen Lautsprecher, die an vier hohen Pfosten rund um den Pool angebracht waren. »ICH SAGTE, DIE MUSIK IST SCHRECKLICH LAUT!«, brüllte er und zeigte auf seine Armbanduhr. »ABER UM ELF IST SCHLUSS!« James nickte und winkte dem Kellner. Der Pfarrer bestellte einen Eistee und meinte zu James gewandt: »FÜR SIE EINEN WHISKY?« James nickte. Eigentlich hätte er so früh am Morgen und bei der Hitze lieber ein Tonic auf Eis gehabt, aber er hatte keine Lust, sich heiser zu schreien.

Der Pfarrer hatte recht, wenige Minuten später war die Wassergymnastik beendet. Jetzt, da die alles überdröhnenden Lautsprecher stumm waren, war wieder ein ganzer Klangkosmos zu hören: Stimmen, spritzendes Wasser im Pool, Gläserklirren auf einem Servierwagen und das Möwengekreisch über ihnen, das an fröhliches Gelächter erinnerte. James beobachtete, wie Sheila und Charles Walther noch ein paar Runden schwammen, dann aus dem Wasser stiegen und zu einer Liege an der anderen Seite des Pools gingen, auf der sie ihre Sachen abgelegt hatten. Sheila ließ sich von dem Heilpraktiker in ihren weißen Frotteebademantel helfen und lachte dabei hell auf, offenbar als Reaktion auf etwas, das er ihr ins Ohr geflüstert hatte. Während Sheila ihre Haare mit der Kapuze des Bademantels trocken rubbelte, gingen die beiden in Richtung der Aufzüge.

»Ist sie das?«, fragte Joseph Sutcliffe.

»Wie?«, fragte James, der Sheila nachblickte.

»Die Frau, wegen der Sie diese Kreuzfahrt unternehmen. Ich nehme an, das ist sie?«

Sheila war jetzt im Inneren des Schiffs verschwunden. James wandte sich dem Pfarrer zu. »Ihre Predigt hat mir übrigens ausgesprochen gut gefallen.«

Das Gesicht des Pfarrers leuchtete auf. »Danke, das freut mich. Man bekommt in unserem Beruf nicht oft Komplimente.«

»Das ging mir ähnlich.«

»Darf ich fragen, was Sie beruflich gemacht haben?«

»Ich war beim SIS.«

Pfarrer Sutcliffe machte ein erstauntes Gesicht. »Geheimdienst? Das ist wirklich ungewöhnlich. Sehr aufregend, so ein Leben als Geheimagent, oder?«

»Nein, die meiste Zeit eigentlich nicht. Und selbst wenn, durfte man nicht davon erzählen.«

Joseph Sutcliffe nickte lebhaft, beugte sich nach vorn und stützte die Unterarme auf den Tisch. »Haben Sie sehr darunter gelitten, dass Sie niemandem erzählen konnten, was Sie beruflich gemacht haben?«

»Es hatte seine guten Seiten, nicht wahr. Frauen beispielsweise mögen es, wenn ein Mann sie nicht mit Geschichten über seinen Job langweilt.«

Joseph Sutcliffe lachte. »Aber in Ihrem Fall wäre es doch nun wirklich nicht langweilig gewesen, oder?«

James zuckte mit den Schultern. »Sehen Sie, noch ein Grund zu schweigen. Sonst hätte ich womöglich das Klischee vom aufregenden Leben des Geheimagenten zerstört. Im Übrigen wahrscheinlich eh unmöglich, kein realer MI-6-Agent kommt gegen diese ganzen Filme an. Aber lassen wir das. Sagen Sie, kannten Sie eigentlich den Herrn, in dessen Begleitung ich eben war?«

Joseph Sutcliffe verzog das Gesicht. »Den alten Mann, der Wichtigeres zu tun hatte, als zum Gottesdienst zu kommen? Nur vom Sehen, warum?«

»Ihm gehört dieses Schiff«, erklärte James. »Ich hatte gedacht, Sie kennen ihn vielleicht.«

»Ach«, sagte Joseph Sutcliffe. »Das ist also Mr Watts? Der Kapitän hatte beiläufig erwähnt, dass er diesmal samt einer Geburtstagsgesellschaft mitfahren würde, aber ich wusste nicht, wie er aussieht. Ich hätte nicht gedacht, dass er schon ...« Joseph Sutcliffe stockte.

»So alt ist?«, vollendete James den Satz.

Der Pfarrer nickte verlegen.

»Ich gehöre auch zu dieser Geburtstagsgesellschaft«, erklärte James. »Allerdings gibt es ein Problem. Seit gestern wird der Ehemann der alten Dame vermisst, die morgen hier ihren Geburtstag feiern wird.«

»Du meine Güte!« Pfarrer Sutcliffe zog ein Erfrischungstuch aus der Hosentasche und öffnete es umständlich. »Und?«, fragte er interessiert, noch während er damit über Stirn und Schläfen rieb und sich ein intensiver Zitronenduft verbreitete.

»Sie haben diese Nacht das ganze Schiff nach ihm durchsucht«, fuhr James fort, »aber ohne Ergebnis. Es gibt natürlich die wildesten Theorien. Zum Beispiel, dass er einfach über Bord geworfen wurde. Kapitän Sullivan meinte, so etwas sei schon einmal vorgekommen.«

Joseph Sutcliffe leerte seinen Eistee und stellte das Glas ab. »Ja, ich erinnere mich gut. Aber das war kein Selbstmord. Das war ein Mordversuch. Der arme Kerl wurde einfach über Bord geworfen, so wie man einen Stein ins Wasser wirft. Das Ganze wurde vertuscht, ich weiß aus zuverlässiger Quelle, dass er viel Geld für die Aussage bekommen hat, er habe sich das Leben nehmen wollen. Man fürchtete Umsatzeinbußen, wenn diese Sache an die Öffentlichkeit gelangt wäre.« Joseph Sutcliffe sah nachdenklich aufs Meer hinaus. »Der arme Kerl, er hatte sehr, sehr großes Glück, dass er überlebt hat. Es ist erschreckend, wozu Menschen fähig sind. Es läuft etwas grundsätzlich falsch in unserer Gesellschaft, wenn Menschen ohne Gewissen heranwachsen, finden Sie nicht? Die einen anderen töten, einfach so, aus einer Laune heraus. Seelische Krüppel, die weder Einfühlungsvermögen noch Mitleid haben. Aber ich stelle seit Jahren …«

»Man hat den Täter also nicht gefasst?«, unterbrach James ihn.

Joseph Sutcliffe griff wieder zu seinem Glas und ließ die Eiswürfel in seinen Mund rutschen. »Nein, es gab keine Zeugen«, sagte er undeutlich. »Das Letzte, woran sich das Opfer erinnern konnte, war jemand, der in einiger Entfernung von ihm auf einer Bank gesessen und den Sonnenuntergang beobachtet hat. Er konnte keine genauere Beschreibung abgeben, noch nicht einmal, ob es sich um einen Mann oder eine Frau handelte. Verständlich, wenn Sie mich fragen. Der Schock wird zu einer Amnesie geführt haben. Ich habe da neulich einen ganz ausgezeichneten Artikel in einer medizinischen Fachzeitschrift gelesen, der diese Zusammenhänge beleuchtet …«

Pfarrer Sutcliffe begann nun, über verschiedene Fallbeispiele zu dozieren, und achtete nicht mehr darauf, ob sein Gegenüber noch zuhörte. Berufskrankheit, dachte James. Wahrscheinlich schaut er bei seinen Predigten auch zuweilen in leere Gesichter und hält das für normal. Er ließ seinen Blick zum Pool schweifen. Die Animateurin war zurückgekehrt und hockte von sechs Kindern umringt am Rand des Pools. Sie blies einem nach dem anderen je ein Paar leuchtend orangerote Schwimmflügel auf und schob sie über die dünnen Arme. Der kleine Junge, der als Letztes an die Reihe kam, zappelte schon beim Anlegen der Schwimmflügel, begierig, endlich zu den anderen ins Wasser zu hüpfen. An dem wuscheligen rötlichen Haarschopf erkannte James, dass es Jamie war, und wie erwartet war seine Mutter ganz in der Nähe. Ivy saß am Beckenrand und ließ ihr Kind nicht aus den Augen. Ihr Mann lag sichtlich entspannt auf dem Liegestuhl neben ihr und las in einer Illustrierten. Jetzt aber schaute er auf, als hätte er James' Blick gespürt, erkannte ihn und winkte ihm zu. Dann sagte er etwas zu seiner Frau und erhob sich. Mit der stolzen Selbstgewissheit eines gut gebauten und sonnengebräunten jungen Mannes trat er, nur mit Badehose und Armbanduhr bekleidet, an den Beckenrand und tauchte mit einem eleganten Sprung ins glitzernde Wasser des Pools ein. Mit kraftvollen, geschmeidigen Zügen schwamm er auf James und den Pfarrer zu. James entgingen die bewundernden Blicke der weiblichen Gäste nicht, ebenso wenig die neidischen Blicke der Männer. Selbst die Animateurin beobachtete Richard verträumt, statt ihn für den unerlaubten Sprung in den Pool zurechtzuweisen. James sah wieder zu Ivy und musste lächeln. Falls Richard mit dieser Aktion seine eigene Frau beeindrucken wollte, so war ihm das nicht geglückt. Sie hatte nur Augen für Jamie.

Der Pfarrer verstummte, als Richard vor ihnen stand. Wassertropfen perlten von seiner glänzenden Haut.

»Setzen Sie sich doch, Mr Watts«, sagte James liebenswürdig und deutete auf den leeren Stuhl.

»Wenn es Ihnen nichts ausmacht, dass ich noch tropfe«, sagte Richard. James war darauf gefasst, dass er sich gleich wie ein nasser Hund schütteln würde. Aber er strich sich nur mit beiden Händen die Haare aus dem Gesicht. Die Verdunstungskälte, die von ihm ausging, kitzelte James in der Nase.

»Darf ich Ihnen Joseph Sutcliffe vorstellen, den Schiffsgeistlichen?« James wandte sich Joseph Sutcliffe zu. »Dieser sportliche junge Mann ist Richard Watts, der Enkel von Jeremy Watts.«

Der Geistliche reichte Richard die Hand und musterte ihn interessiert. »Freut mich, Sie kennenzulernen, Mr Watts.«

Richard setzte sich. »Haben Sie schon das Neueste gehört?«, platzte er heraus.

James sah ihn an. »Eden ist wieder da?«

Richard schüttelte den Kopf. »Darf ich?«, fragte er und deutete auf die Zigarettenschachtel, die auf dem Tisch lag.

James zuckte die Schultern. »Das sind nicht meine.«

»Ihre?«, fragte Richard, an den Geistlichen gewandt.

Pfarrer Sutcliffe schüttelte den Kopf. »Nein, die lagen schon auf dem Tisch, hat offenbar jemand vergessen.«

»Umso besser«, sagte Richard erfreut, wischte seine nassen Finger am Tischtuch ab und nahm sich eine Zigarette aus der Schachtel. Eine junge Frau am Nebentisch reichte ihm hilfsbereit ihr Feuerzeug. Er nahm ein paar tiefe Züge, wie um der Neuigkeit, die er nun verkünden würde, einen bedeutungsvolleren Rahmen zu verleihen. »Judy Kappel«, sagte er schließlich. »Sie ist jetzt auch verschwunden! Das ist schräg, oder?« Er lachte. »Der armen Phyllis brechen langsam die Leute weg. Zehn kleine Negerlein. Einer nach dem anderen verdrückt sich. Witzig, oder?«

James sah Richard ein paar Sekunden lang nachdenklich an. »Nein, ganz und gar nicht witzig«, sagte er dann und erhob sich. »Sie entschuldigen mich.«

»Aber Ihr Whisky«, sagte Joseph Sutcliffe.

»Wo wollen Sie denn hin?«, rief Richard ihm nach.

James reagierte nicht.

Kapitel 16

»Das Verschwinden von Judy Kappel ändert alles«, sagte James und sah Sheila eindringlich an. Sie saßen im Außenbereich der Observation Lounge auf Deck 10. »Wir können nicht ausschließen, dass noch mehr Menschen verschwinden.«

Sheila nippte an ihrem Eistee und unterdrückte ein Lächeln. »Jetzt malen Sie aber den Teufel an die Wand, James. Miss Kappel ist jetzt auch nicht mehr zu finden, nun gut, aber sie wird doch noch nicht lange vermisst, oder?«

»Ihr Bett war unbenutzt.«

»Woher wissen Sie das? Sind Sie etwa in ihre Kabine eingebrochen?«

»Das war nicht nötig. Die Tür war offen, Jeremy war bereits dort, als ich kam, und hat nach einer Spur gesucht.«

Sheila beugte sich interessiert nach vorn. »Und?«

»Es gab nichts Auffälliges, aber wie gesagt, ihr Bett war unbenutzt. Sie war also schon seit heute Nacht nicht mehr in ihrer Kabine.«

»Aber das könnte doch auch darauf hindeuten«, sagte Sheila nachdenklich, »dass sie auf dem Schiff jemanden kennengelernt hat, mit dem sie – nun ja, die Nacht verbracht hat. Warum wird sie nicht über Bordlautsprecher ausgerufen?«

»Jeremy wollte das nicht, damit Phyllis nicht merkt, dass Miss Kappel nun ebenfalls verschwunden ist.«

»Aber wir könnten sie doch einfach auf ihrem Handy anrufen.«

James zog die Augenbrauen hoch. »Halten Sie Jeremy und mich eigentlich für völlig unbedarft? Das haben wir natürlich getan. Mailbox. Jeremy und Mr Chandan haben außerdem in allen öffentlich zugänglichen Räumen nach ihr gesucht.«

»Trotzdem«, beharrte Sheila. »Dass sie nicht ans Telefon geht, heißt noch lange nicht, dass wir es mit einem verrückten Serienmörder zu tun haben, der es darauf abgesehen hat, uns alle über Bord zu kegeln. Wo bleibt Ihr Sinn für Realität, James?«

»Der ist an seinem Platz, direkt neben meinem Sinn für Gefahr. Ab sofort werde ich Sie nicht mehr aus den Augen lassen, Sheila. Ich will nicht, dass Sie die Nächste sind.«

Sheila sah ihn lange an. Sie war zu höflich, um es auszusprechen, aber die Botschaft kam trotzdem bei ihm an: *Denken Sie wirklich, Sie könnten mich beschützen?* Er hatte sich zwar von dem Infekt, der ihn im letzten Winter beinahe umgebracht hatte, weitgehend erholt, doch seine Konstitution war bei Weitem noch nicht wiederhergestellt. Für den Alltag reichte es wieder, er kam allein zurecht und brauchte auch keinen Rollator mehr, aber einem körperlich ausgetragenen Kampf würde er nicht gewachsen sein.

»Um jemanden zu beschützen, muss man nun wirklich kein Meister im Kickboxen sein«, sagte James, während er unauffällig nach Sheilas Handtasche angelte, die sie unter dem Tisch abgestellt hatte. »Das muss ich Ihnen nicht erklären.«

Sheila betrachtete ihren Teller und schien zu überlegen, welches der beiden Petits Fours sie zuerst essen sollte: das mit dem grünen oder dem roten Zuckerguss. Es gab nichts, was Sheila den Appetit verderben konnte. James nutzte diesen Augenblick der Abgelenktheit aus, um einen kleinen Peilsender in den Tiefen ihrer Handtasche zu versenken. Sicher war sicher.

»Nehmen Sie das rote zuerst«, sagte er.

»Schaden würde es aber auch nicht, oder?«, fragte Sheila, bevor sie sich das grüne Petit Four in den Mund steckte.

»Was?«

»Meister im Kickboxen zu sein«, sagte sie leicht undeutlich. James tippte mit dem linken Zeigefinger an seine rechte Faust. »Es gibt Wichtigeres als das.«

Sheila schluckte. »Ja, ja, ich weiß schon, ein überlegener Intellekt ersetzt die Fäuste.«

»Nein, das meinte ich nicht.« James beugte sich nach vorn und lüftete diskret sein Jackett, sodass das Achselholster sichtbar wurde. Ihre Augen weiteten sich. »Sie haben also doch eine Waffe dabei«, flüsterte sie aufgeregt. »Wusste ich's doch. Deswegen tragen Sie also bei dieser Hitze ständig ein Jackett. Wie haben Sie es eigentlich geschafft, sie durch die Sicherheitskontrollen zu bekommen? Und überhaupt, warum? Ist das noch Ihre alte?«

»Das ist doch jetzt unerheblich«, sagte James. »Jedenfalls bin ich als Bodyguard weitaus besser ausgerüstet, als Sie denken.«

»Ist ja gut, James, aber der Punkt ist, dass ich an diese Serien-Geschichte nicht glaube!« Sheila beugte sich nun auch nach vorn. Ihre Augen glänzten. »Also, wenn Judy Kappel wirklich verschwunden bleibt, wissen Sie, was ich dann glaube?« Sie machte eine Kunstpause, die er ruhig abwartete. »Judy Kappel und Eden Philpotts stecken unter einer Decke! Meine Mutter erzählte mir, dass Judy Kappel seit etwa einem Jahr für sie arbeitet. Es könnte doch sein, dass Miss Kappel und Eden zu der Zeit schon ein Paar waren. Und dass die beiden auf die Idee kamen, meine Mutter gemeinsam auszunehmen wie eine Weihnachtsgans.«

James musste grinsen. »Was ist daran so lustig?«, fragte Sheila verständnislos.

»Nichts«, versicherte er eilig. Sie sah ihn weiter an, unerbittlich auf eine Erklärung wartend. »Es war nur der Vergleich«, sagte er schließlich. »Weihnachtsgans.«

Sheila verdrehte die Augen. »Sie wissen doch, was ich meine. Im übertragenen Sinn natürlich.« Sie legte den Kopf schief. »Jetzt habe ich den Faden verloren. Helfen Sie mir, James.«

Er kannte das. Auf keinen Fall durfte er jetzt wie auf Knopfdruck das wiederholen, was sie zuletzt gesagt hatte. Stattdessen gab er ihr ein paar Sekunden Zeit, in denen er so tat, als würde er selbst angestrengt nachdenken, dann begann er: »Nun, Sie sagten …«

»Ah, jetzt weiß ich es wieder!«, rief Sheila prompt. »Judy Kappel und Eden. Sie stecken unter einer Decke.«

Sie sah James erwartungsvoll an. »Geben Sie zu, James, das ist viel wahrscheinlicher als Ihre Serienmörder-Fantasie. Dieses perfide Gaunerpärchen hat die Kreuzfahrt dazu benutzt, sich davonzustehlen. Alle sollen erst einmal glauben, dass sie einem Mörder, einem Serientäter zum Opfer gefallen sind. So wie dieser Mann, der auf einer früheren Fahrt über Bord geworfen wurde. Wahrscheinlich kannten sie die Geschichte, und sie kam ihnen gut zupass. Und während wir uns Sorgen machen, tauchen die beiden in Ruhe ab und lachen sich ins Fäustchen über unsere Blödheit.«

James schüttelte langsam den Kopf. »Ich weiß nicht. Die Gans ist doch noch nicht ausgenommen, um bei Ihrem Bild zu bleiben. Was für einen Sinn ergibt es zu verschwinden, wenn sie noch gar nicht an das Geld Ihrer Mutter herangekommen sind? Mit Ihrer Theorie, dass Miss Kappel und Eden Philpotts irgendwie zusammenhängen, mögen Sie vielleicht recht haben. Aber diese Geschichte ist noch nicht vorüber. Da kommt noch etwas. Das habe ich im Gefühl.«

Er blickte zum Horizont, wo das tiefe Blau des Meeres in das dunstige Hellblau des Himmels überging, und dachte an Judy Kappel, wie sie am ersten Morgen zum Frühstückstisch gekommen war. Sie hatte jugendlich-frisch und voller Lebensfreude gewirkt in ihrem weißen Twinset und den Jeans. Eine Frau in Urlaubslaune, die sich auf den Landausflug freute. »Tut mir leid, aber ich kann mir nicht vorstellen, dass Judy Kappel und Eden Philpotts unter einer Decke stecken«, sagte er.

»Ach, das hatte ich ganz vergessen«, sagte Sheila gedehnt. »Einigermaßen junge, einigermaßen gut aussehende Frauen, die mit Ihnen flirten, *können* ja nicht böse sein.«

»Unsinn. Mir ist etwas anderes eingefallen. Wissen Sie noch, als wir abends in Nizza am Hafen gesessen haben? Da kam auch Miss Kappel vorbeispaziert.«

»Ach ja? Habe ich gar nicht bemerkt!«

James lächelte. »Sie waren zu beschäftigt mit Ihren Muscheln. Aber das tut ja auch nichts zur Sache, nicht wahr. Jedenfalls spazierte Judy Kappel am Restaurant vorbei, kurz bevor wir Eden sahen.«

»Na, das passt doch perfekt«, triumphierte Sheila. »Sie haben sich heimlich getroffen.«

»Eben nicht! Sie war in Begleitung eines anderen Mannes. Deswegen war ich mir zunächst gar nicht sicher, ob sie es überhaupt ist, bis ich genauer hinsah und das weiße Twinset erkannte, das sie beim Frühstück trug, wissen Sie noch?«

Sheila schüttelte unwirsch den Kopf. »Du meine Güte, woher soll ich wissen, was diese Person vor zwei Tagen beim Frühstück getragen hat.«

»Nun, jedenfalls besteht kein Zweifel, dass sie es war.«

Sheila legte den Kopf schief. »Und Sie denken nun, es steckt noch ein weiterer Mann mit unter der Decke.«

James seufzte. Wenn Sheila einmal eine Theorie entwickelt hatte, war es schwer, sie davon abzubringen. »Nein, ich denke, dass Ihre Überlegung bezüglich Eden Philpotts und Judy Kappel falsch ist, nicht wahr. Die beiden sind kein Liebespaar. Der Altersunterschied ist viel zu groß. Er könnte ihr Vater sein.«

»Das Thema Alter scheint Sie ja ausgesprochen stark zu beschäftigen, James. Das ist doch nun wirklich kein Argument. Viele ältere Männer stehen auf junge Frauen.«

Er seufzte. »Mag ja sein, dass Eden sich für Miss Kappel interessiert, aber warum sollte es umgekehrt so sein? Eden ist weder besonders interessant noch charmant, noch sieht er blendend aus, kennt wichtige Leute, hat eine interessante Vergangenheit oder ist sagenhaft reich. Er hat doch einer jungen, attraktiven Frau nichts zu bieten.«

»Meine Güte, James, glauben Sie etwa wirklich, dass die Liebe immer nur eine Gleichung aus Attraktivitätsposten ist?«

»Ich glaube, die beiden haben nichts weiter miteinander zu tun, als dass sie beide durch die Einladung Ihrer Mutter auf diesem Schiff gelandet sind. So wie wir alle, die wir ihre Gäste sind.« Nach einer kurzen Pause fügte er hinzu: »Obwohl ich fast wünschte, Ihre romantische Liebespaar-Theorie würde stimmen, Sheila. Die Bonnie-und-Clyde-Nummer hätte nämlich einen großen Vorteil.«

Sheila pustete sich spöttisch eine Locke aus der Stirn. »Na immerhin, und der wäre?«

Er sah sie ernst an. »Es gäbe ein Ende.«

Sheila erwiderte seinen Blick, während ihr die Locke wieder in die Stirn fiel. »Was wollen Sie damit sagen?«

»Ich fürchte, es wird weitere Fälle geben.«

Sheila trank einen großen Schluck. »Sie können einem wirklich Angst einjagen, James.« Das Eis im Glas klirrte, als sie es heftig wieder abstellte. Er legte ihr beruhigend eine Hand auf den Unterarm. »Entschuldigen Sie bitte. Das war nicht meine Absicht.«

Sie sah ihn unverwandt an. »Und wer, denken Sie, James, wäre dann der Nächste von uns zehn kleinen Negerlein? Sie? Oder ich? Oder wir beide?«

Er lächelte. »Gute Idee. Wie wäre es, wenn wir freiwillig als Nächste verschwinden? Lassen Sie uns einfach morgen von Bord gehen. Wir machen noch ein paar Tage Urlaub auf Malta und fliegen dann nach London zurück.«

Sheila sah ihn ungläubig an. »Sie wollen sich einfach feige aus dem Staub machen?«

»Provozieren Sie mich ruhig, wenn es Ihnen guttut.«

»Und meine Mutter?«

»Die nehmen wir mit.«

»Unmöglich! Morgen ist ihr neunzigster Geburtstag!«

Sheila war laut geworden, einige Leute an Nachbartischen sahen zu ihnen herüber. Sie senkte ihre Stimme und sah ihn wütend an. »Das kann ich ihr nicht antun. Auf diese Feier freut sie sich seit Wochen wie ein Kind. Aber ich hätte es mir denken können, James. Sie haben nicht den geringsten Familiensinn. Woher auch.«

James unterdrückte den Impuls, eine Bemerkung über den Familiensinn von Frauen zu machen, die Eheringe wie Trophäen sammeln. Er zog sein Handy.

»Was machen Sie da?«, fragte Sheila. Er konzentrierte sich auf das Display, während Sheila ihn anstarrte und auf eine Antwort wartete. »Was tun Sie da?«, wiederholte sie.

»Ich schaue, wann wir einen Flug bekommen. Den Geburtstag warten wir auf jeden Fall noch ab, dann fliegen wir.«

»Ach, dann fliegen wir«, sagte Sheila gedehnt. »So einfach ist das also.«

James legte sein Handy auf den Tisch und sah ihr in die Augen. »Sheila, was machen Sie, wenn Ihnen auf der Straße ein Mann mit einem Dobermann an der Leine entgegenkommt, der schon von Weitem die Zähne fletscht? Sie wechseln die Straßenseite, oder? Was machen Sie, wenn es eine Unwetterwarnung gibt? Sie gehen ins Haus und schließen die Fenster, oder? Ich mache mir keine Sorgen um mich selbst, ich mache mir Sorgen um Sie. Weil ich glaube, dass hier an Bord noch mehr passieren wird.«

»Woher wollen Sie das wissen?«

»Intuition.«

Sheila lachte auf. »Aha, wieder Ihre Intuition. Dann ist ja alles klar. Ach James, immer, wenn Sie etwas nicht begründen können, kommen Sie mir mit Ihrem Gefühl.«

»Ich sagte Intuition, nicht Gefühl«, stellte er richtig.

»Jedenfalls irrational.«

»Das mag Ihre Auffassung von Intuition sein«, widersprach er. »Was ich damit meine, ist etwas anderes. Meine Intuition ist nicht irgendein Gefühl, sondern ein wichtiges Instrument der Selbsterhaltung, das sich aus aktuellen Daten und Beobachtungen und einer Berufserfahrung von mehr als vierzig Jahren beim SIS speist.«

Sheila sah nach oben, wo einige Möwen über ihren Köpfen schwebten, die Blicke hungrig auf das rote Petit Four gerichtet.

»Nehmen wir ein anderes Beispiel«, fuhr James fort. »Sie gehen mit Jamie an der Hand auf eine Tankstelle zu. Sie sehen, wie sich jemand eine Zigarette ansteckt. Was tun Sie? Genau. Sie rennen weg, weil Ihnen Ihre Intuition sagt, dass es wahrscheinlich gleich eine heftige Explosion geben wird. Und Sie packen sich das Kind. Das hat nämlich noch nicht genug Lebenserfahrung, um aus dem, was es sieht, die richtigen Schlüsse zu ziehen und die Gefahr zu erkennen.«

Sheila verzog das Gesicht. »Es wird immer besser. Jetzt bin ich also Ihr Jamie, was?«

James zog die Augenbrauen hoch. »Schön wär's. Der würde nämlich nicht so lange darüber diskutieren, was das Beste für ihn ist. Den könnte ich mir einfach unter den Arm klemmen.«

Sie starrten sich wütend an. Schließlich sah Sheila auf ihre Armbanduhr. »Zeit, nach unten zu gehen. Ich will mich vor dem Konzert noch umziehen.« Sie schnappte sich das rote Petit Four, steckte es sich in den Mund und erhob sich, während die Möwen über ihren Köpfen enttäuscht abdrehten.

James folgte ihr auf dem Fuß. »Wieso Konzert?«

Sheila drehte sich erstaunt um. »Heute um 15.30 Uhr singt doch Luigi, hatten Sie das vergessen? Sein erster großer Auftritt.«

»Was singt er denn?«

Sheila zuckte die Schultern, während sie in Richtung der Aufzüge gingen. »Wahrscheinlich wie immer. Verdi, Puccini, lauter Arien, bei denen kein Auge trocken bleibt. Meine Mutter liebt das.«

»Sie wohl nicht«, bemerkte James.

»Nein.« In dieser emotionslos hervorgepressten Silbe lag mehr Verachtung, als eine wortreiche Erklärung zum Ausdruck gebracht hätte.

»Sie mögen Luigi nicht?«, fragte James.

Sheila hielt die Beantwortung dieser Frage nicht einer einzigen Silbe für würdig. Sie kann, dachte James mit einer Mischung aus Erschrecken und Bewunderung, ziemlich hart sein.

»Und warum nicht?«

Wieder keine Antwort.

»Ist die Sprechzeit für heute beendet?«

Sie verdrehte die Augen. »Himmel, James, Sie können einem auf die Nerven gehen. Ich mag ihn nicht, fertig. Man muss nicht alles und jeden mögen, oder? Sie fragen doch auch nicht, warum ich keinen Whisky mag. Oder eingeschlafene Füße. Oder Weichkäse.«

»Doch«, warf James ein. »Das mit dem Whisky hat mich immer schon beschäftigt.«

»Ja, das denke ich mir.« Sheila musste lachen. »Sagen Sie nicht, James, dass bei Ihnen keiner durchs Raster fällt.«

»Welches Raster?«

Sie musterte ihn, für einen Moment nicht sicher, ob er das ernst gemeint hatte, dann lachte sie. »Heuchler.«

»Nein, im Ernst«, sagte er, »bei mir gibt es kein Raster, durch das jemand fallen könnte.«

Sie waren an den Aufzügen angekommen, und Sheila drückte den Knopf. »Oh, der heilige James. Und was ist mit den Menschen, die Sie getötet haben? Die sind doch gewissermaßen durchs Raster gefallen, oder nicht?«

Der Aufzug kam, sie traten ein. »Woher wollen Sie das wissen?«, fragte er, als sich die Türen geschlossen hatten. Sie waren allein im Aufzug.

»Na ja, laut Ihrer Akte hat es doch Tote …«

»Meiner Akte?«, unterbrach er sie scharf und drückte auf die Stopp-Taste. Der Aufzug kam mit einem Ruck zum Stehen. »Meines Wissens gehörten Sie nicht zu dem Personenkreis, der Zugang zu meiner Akte hatte, nicht wahr?«

Sie schwieg und sah zur Leuchtanzeige des Aufzugs. Er fluchte. »Typisch SIS. Sie sollten das erste S aus dem Namen streichen.«

»Und die Toten?«, fragte Sheila.

»Haben sich so ergeben«, sagte James.

Sheila sah ihn an und wartete.

»Also gut«, sagte er schließlich, »Sie geben ja doch keine Ruhe. Aber viel genauer als das, was ich jetzt sage, geht es nicht. Es waren drei. Sie waren nicht beabsichtigt, und ich bin auch nicht stolz darauf. Aber ich weine auch nicht nachts in die Kissen aus Trauer darüber, dass sie tot sind. Beim einen war es eine Verkettung unglücklicher Umstände, ein Fall von ›er oder ich‹ bei dem zweiten. Und beim letzten war es die einzige Möglichkeit, die ich sah, um das

Leben eines Unschuldigen zu retten.« Er ließ den Aufzug weiterfahren. »Genau genug?«

Sie nickte. Als sie wenig später vor ihren Kabinen angekommen waren, kramte Sheila umständlich nach ihrer Schlüsselkarte. »Ich habe übrigens noch ein Glas Kaviar in der Minibar, das wird schlecht, wenn es nicht heute gegessen wird.«

Er musste lächeln. Diese Art von Friedensangebot war typisch für Sheila. »Gute Idee. Gleich auf dem Balkon?«

Kapitel 17

Der Fahrtwind spielte mit ihren rotbraunen Locken, während Sheila die letzten Reste Kaviar aus dem Glas löffelte. »Köstlich. Ich liebe dieses Gefühl, wenn sie zwischen Zunge und Gaumen zerplatzen.« James nickte und bemühte sich, nicht immerzu auf das kleine, durchsichtig-rote Fischei zu starren, das unbemerkt von Sheila auf der Knopfleiste ihrer Bluse gelandet war und dort wie ein zusätzlicher Miniaturperlenknopf wirkte. Sein Magen knurrte. Seit dem Frühstück hatte er, abgesehen von dem Whisky am Pool, nichts mehr zu sich genommen. James erhob sich, ging zur Minibar in seiner Kabine und kam mit zwei Schokoriegeln und einer Packung Erdnüsse wieder auf den Balkon. Einen der Schokoriegel reichte er Sheila. »Dessert?«

»Schokolade nach Kaviar, James, wie können Sie nur!«

Er öffnete den Riegel und biss hinein. »Tut mir leid, aber mein Magen lässt zwei Löffel Kaviar nicht als richtige Mahlzeit gelten.«

»Hätten Sie doch etwas gesagt, ich habe ja fast alles alleine gegessen!«, rief sie schuldbewusst aus.

Er sah auf die Uhr. »In zehn Minuten legt Luigi los. Wir sollten langsam aufbrechen.«

Sheila nickte widerstrebend. »Ich bringe nur rasch meine Haare in Ordnung.«

»Wo tritt er eigentlich auf? Captain's Corner?«, fragte James.

»Nein, im Stardust Theatre«, rief Sheila über die Schulter. »Schon allein wegen der Lichttechnik dort. Er liebt Scheinwerfer.« Sie verschwand im Bad.

»Was hat Ihnen dieser Mensch eigentlich getan, dass Sie kein gutes Haar an ihm lassen?«, rief James.

Er hatte keine Antwort erwartet, und es kam auch keine. Nach einer Weile kam ihm der Verdacht, dass Sheila sich absichtlich Zeit ließ. Wahrscheinlich spekulierte sie darauf, dass Zuspätkommer nicht mehr eingelassen würden. Er war immer noch neugierig, warum sie einen derartigen Groll gegen Luigi Valenti hegte, denn dies war eine Seite an Sheila, die er noch nicht kannte. Schließlich betrat er ihre Kabine und klopfte an die Badezimmertür. »Leben Sie noch?« Gleichzeitig hätte er sich für den dummen Scherz auf die Zunge beißen können. Immerhin waren Eden Philpotts und Judy Kappel vielleicht nicht mehr am Leben. Die Tür wurde von innen aufgerissen. »Da bin ich«, sagte sie, »wie viel Zeit haben wir noch?«

Er sah auf seine Armbanduhr. »Keine. Es ist exakt 15.30 Uhr. Wir kommen zu spät.«

Sheila winkte ab, während sie neben ihm über den Korridor eilte. »Ach was, Luigi tritt nie pünktlich auf. Er hasst es, wenn sein großer Auftritt durch Zuspätkommer gestört wird. Deshalb wartet er immer mindestens eine Viertelstunde, bis er endlich vors Publikum tritt, sich scheinheilig für die Verspätung entschuldigt und etwas faselt von wegen Lampenfieber-Attacke, Autogrammjägern, die ihn aufgehalten haben, oder der letzten Konzentration vor dem künstlerischen Auftritt.«

Der Aufzug wartete bereits mit geöffneter Tür. »Und da machen Sie ihm mit Vergnügen einen Strich durch die Rechnung, stimmt's?«, sagte James, während er ihr den Vortritt ließ und auf den Berührungssensor drückte, um auf Deck 9 zu fahren.

Sie sah kampflustig zu ihm hoch. »Finden Sie das kleinlich von mir?«

Er lächelte. »Ich finde gar nichts.«

»Sie finden es kleinlich.«

»Nein, aber Sie versuchen schon wieder, mir einen Strick zu drehen.«

»Was heißt schon wieder?«

Der Aufzug kam mit einem lauten »Pling« zum Halten. Noch bevor sich die Türen geöffnet hatten, waren hochfrequente, durchdringende Laute zu hören. Und dann standen Mr Chandan und der kleine Jamie vor ihnen. Das Kind schrie wie am Spieß, von seinen Wangen perlten Tränen. Mr Chandan war mit den Nerven sichtlich am Ende, seine Stirn glänzte nass vor Schweiß. Als Jamie Sheila erkannte, verstummte er und streckte die dünnen Arme nach ihr aus – eine so rührende, sehnsuchtsvolle Geste, dass Sheila prompt wie eine Löwenmutter reagierte, die ihr Junges verteidigt. Sie nahm den Kleinen auf den Arm, streichelte die Tränen von seiner Wange und sah Mr Chandan derart feindselig an, dass der junge Mann unwillkürlich einen Schritt zurückwich.

»Ich soll sein Kindermädchen für Jamie«, erklärte Mr Chandan. »Anweisung von Mr Watts. Jamie bei Konzert von Mr Valenti sonst stört. Mr Watts will, dass Mutter und Vater von Jamie bei Konzert sind.«

Sheila überlegte nicht lange. »Wissen Sie was, Mr Chandan? *Ich* passe so lange auf Jamie auf. Machen *Sie* sich inzwischen ein paar schöne Stunden. Ich nehme an, Sie können eine Verschnaufpause sehr gut gebrauchen, so wie ich Mr Watts kenne.«

»Aber …«, wandte Mr Chandan ein, unsicher, ob er sich von Sheila das Heft aus der Hand nehmen lassen und die Anweisung seines Chefs missachten sollte.

»Nichts aber«, sagte Sheila resolut. »So wird es gemacht, und keine Sorge, ich regele das mit Mr Watts. Unmöglich, dieser Mann. Was denkt er sich denn, Ihnen Jamie aufzuhalsen. Damit sind Sie doch völlig überfordert.« Sie fuchtelte mit dem freien Arm. »Nun gehen Sie schon, Mr Chandan. Es ist in Ordnung, wirklich.«

Mr Chandan nickte mit widerstrebendem Gehorsam, doch dann entfernte er sich rasch.

James sah Sheila an und grinste. »Haben wir also noch mal Glück gehabt, nicht wahr?«

Sie lächelte. »Nicht *wir*, mein lieber James. *Ich* habe Glück gehabt. Sie gehen natürlich zum Konzert, es wäre doch jammerschade, wenn Sie diesen Kunstgenuss verpassen.« Sie kniff Jamie spielerisch in die Nase. »Außerdem brauchen wir beide Onkel James nicht, um uns zu amüsieren, oder?«

»Sie können sehr unsolidarisch sein, Sheila.«

Sie sah ihn an. »Nein, im Ernst, James, bitte gehen Sie da hin und sagen Sie Ivy, dass ich mich um ihren Sohn kümmere. Ich wette, sie ist jetzt schon ganz krank vor Sorge beim Gedanken an diesen unfähigen Mr Chandan. Vor allem vor dem Hintergrund, dass hier ständig Leute verschwinden.«

»Na gut«, gab er nach und beglückwünschte sich insgeheim zu der Idee, Sheila mit einem Peilsender ausgestattet zu haben. So würde er sich unauffällig an ihre Fersen heften können. Sheila sah ihn erstaunt an, während sich die Aufzugtüren schlossen, sie hatte mehr Widerstand erwartet. Im letzten Moment streckte sie ihre Hand zwischen die Türen, die sich daraufhin wieder öffneten. »Kommen Sie mal kurz, James! Ich brauche noch etwas von Ihnen.«

Als er in der Kabine war, drückte sie den Sensor zum Schließen der Türen. »Geben Sie mir bitte Ihre Waffe«, flüsterte sie.

»Was zum …«

Sie verdrehte die Augen. »Na, Sie haben mir doch eingeredet, dass hier ein Verrückter herumrennt, oder etwa nicht?«

»Sie kennen sich doch überhaupt nicht …«

»Meine Güte, doch, sonst würde ich nicht fragen. Nun geben Sie schon her.«

»Auf gar keinen Fall. Die Pistole bleibt, wo sie ist. Dann spiele ich eben mit Ihnen den Babysitter, wie ich es ohnehin wollte. Aber ganz sicher werde ich Ihnen meine Waffe nicht geben.«

»Na schön, wie Sie wollen.« Sie hielt sie ihm das Kind entgegen. »Nehmen Sie wenigstens mal kurz den Kleinen!« Reflexartig streckte er die Arme nach Jamie aus. Diesen Moment nutzte Sheila, um unter sein Jackett zu greifen und mit einem geschickten Handgriff seine Halbautomatikpistole aus dem Holster zu ziehen. James setzte Jamie unsanft ab, schnappte nach ihrem Arm und drehte ihn nach hinten.

»Geben Sie her, das ist kein Spielzeug!« Sheila schrie auf vor Schmerz, hielt die Pistole aber fest umkrampft. Der kleine Jamie begann verängstigt zu weinen. In diesem Augenblick öffnete sich die Aufzugtür wieder, und ein junges Mädchen trat unsicher grüßend ein. Sofort ließ James von Sheila ab, woraufhin sie sich zu dem weinenden Jamie hinunterbeugte, ihn auf den Arm nahm und dabei unauffällig die Pistole unter der Jacke ihres Kostüms verschwinden ließ.

»Welches Deck?«, fragte James das Mädchen, liebenswürdig lächelnd.

»Siebtes«, antwortete das Mädchen mit dünner Stimme.

»Das trifft sich gut«, sagte Sheila schnell. »Da wollen wir nämlich auch hin, zu den Kabinen. Jamie, drück mal hier auf dieses Feld, kommst du da schon dran? Aber warte, zuerst lassen wir Onkel James raus, damit er den Auftritt von Onkel Luigi nicht verpasst.«

James stand vor der geschlossenen Aufzugtür und überlegte, ob er die Treppe nehmen oder auf den nächsten Aufzug warten sollte, um Sheila zu folgen. Immerhin war es vernünftig von ihr, mit Jamie in ihre Kabine zu gehen, denn in einem abschließbaren Raum wäre sie sicher: sowohl vor einem möglichen Killer als auch davor, dass das quirlige Kleinkind irgendwelchen Unsinn anstellte oder ihr gar entwischte. Er nahm die Treppe, weil er zu nervös war, um zu warten, bis endlich ein Aufzug kam. Wenig später donnerte er mit der Faust an ihre Kabinentür. »Machen Sie auf, Sheila!« Doch nichts tat sich. Er legte das Ohr an die Kabinentür und lauschte. Nichts. Er stellte sich vor, wie Sheila in diesem Moment auf der anderen Seite der Tür stand und ihren Zeigefinger an den Mund gelegt hatte, um Jamie zu bedeuten, keinen Mucks von sich zu geben. Hastig öffnete er die Tür zu seiner eigenen Kabine, ging durch zum Balkon und spähte von dort in Sheilas Kabine. Er fluchte: Es war wirklich niemand da. Sie hatte ihn reingelegt und nur abhängen wollen. Na warte, dachte er und zog das Empfangsgerät für den Peilsender aus dem Jackett, mit dem er bis auf einen Meter genau feststellen konnte, in welchem Bereich des Schiffes Sheila sich gerade befand. Allerdings war schwer zu sagen, in welchem Stockwerk. Er beschloss, von Deck 10 abwärts nach den beiden zu suchen. Auf Deck 10 gab es in dem Bereich, in dem sich Sheila laut Peilsender aufhielt, das Eiscafé, und es schien ihm recht wahrscheinlich, dass Sheila mit Jamie dorthin gegangen war. James' Magen zog sich zusammen beim Gedanken daran, dass Sheila mit einer geladenen Halbautomatik auf dem Schiff herumlief. Er bereute, dass er sich vor Jahren nach einer Betriebsfeier dazu hatte überreden lassen, ihr seine Waffe zu zeigen. Jetzt bildete sie sich allen Ernstes ein, damit umgehen zu können. Aber eine Pistole nützte nur dann etwas, wenn man sie erstens bedienen konnte und zweitens auch fähig war abzudrücken. Sheila würde weder das eine noch das andere können, und jeder, der sich mit Waffen auskannte, würde das sofort erkennen. Sheila wäre ihre Waffe los, bevor sie bis drei zählen könnte, und dann würde sich die Pistole im wahrsten Sinne des Wortes gegen sie selbst richten.

Auf Deck 10 angekommen, versuchte er vergeblich, sich mit dem Gedanken zu beruhigen, dass die Dinge selten den schlimmstmöglichen Verlauf nahmen. Zu seiner Besorgnis kam jetzt auch noch Ärger hinzu. Sheila war immer schon eine von den Kolleginnen gewesen, die technische Gebrauchsanweisungen für überflüssig hielten und das wahllose Herumdrücken auf Knöpfen und Tasten großspurig als Learning by Doing bezeichneten. Was bei Radios noch funktionieren mochte, ging in anderen Bereichen unfehlbar schief. Die IT-Abteilung des SIS hatte ein Lied davon singen können. James hatte die Leute immer für ihre Geduld bewundert. Nur einmal waren einem der IT-Männer die Sicherungen durchgebrannt. Er hatte entnervt »Nicht der PC ist hier das Problem, sondern Sie!« zu Sheila gesagt und sich sogar zu der Bemerkung »Laden Sie sich mal Gehirn runter!« hinreißen lassen. Ein paarmal hatte James den Mann nach dieser Entgleisung noch auf dem Flur gesehen, dann war er verschwunden. Die offizielle Lesart war, er habe selbst gekündigt.

James lehnte sich kurz über die Reling, blickte auf die schäumende Gischt in der Tiefe und versuchte sich vorzustellen, wie es wäre, dort hinuntergestoßen zu werden. Dann wandte er sich schnell ab und ging am Pool vorbei zum Eiscafé. Der Pool war voll wie immer, nur tummelten sich jetzt weniger Kinder im Becken – am Spätnachmittag dominierte das ältere Publikum. Ein Angestellter, der gerade einen Aufsteller entfernte, der neben dem Eingang zum Eiscafé platziert war, erregte James' Aufmerksamkeit. Er musterte zuerst den Mann, dann schaute er kurz auf das Plakat, während es an ihm vorbeigetragen wurde. Er hatte das Gefühl, den Mann schon einmal gesehen zu haben. Oder war es das Plakat? Hatte er es vielleicht schon am Morgen, als er mit Joseph Sutcliffe am Pool gesessen hatte, bemerkt, aber nicht richtig wahrgenommen? Eine altmodische Kasperlepuppe war groß darauf abgebildet, und darüber stand in fetter, grellroter Schrift: *Der Kasper kommt!*, und etwas kleiner darunter: *Heute, 16.00 Uhr, Kino neben dem Kinderparadies*. James betrat das Eiscafé und sah mit einem Blick, dass Sheila und Jamie nicht dort waren. Er eilte zurück zur Treppe, er würde es ein Stockwerk tiefer versuchen. Dabei überlegte er, wo er den Angestellten mit dem Plakat schon einmal gesehen hatte. Nein, am Pool heute Morgen war es nicht gewesen, da hatte eine junge Frau sie bedient. Plötzlich griff er sich an den Kopf. Natürlich, wie dumm, dass er nicht gleich darauf gekommen war. Die Kasperletheater-Vorstellung. Jetzt wusste er, dass er Sheila und Jamie ein Deck tiefer finden würde.

Kapitel 18

Die Bezeichnung »Kinderparadies«, fand James, war nichts anderes als ein Euphemismus für die Kinderverwahrstätten in Möbelhäusern, die in regelmäßigen Abständen mit gelangweilten Durchsagen wie »Der kleine Gregory möchte aus dem Kinderparadies abgeholt werden« auf sich aufmerksam machten. James hatte einmal den unglücklichen, suchenden Blick eines kleinen Mädchens aufgefangen, das an der Tür eines dieser Kinderparadiese sehnsüchtig auf seine Eltern wartete, und amüsierte sich seitdem über die unfreiwillige Komik der Durchsagen. Jedes Mal, wenn Eltern über Lautsprecher herbeizitiert wurden, war da wieder ein Kind, das es nicht paradiesisch fand, mit wildfremden Kindern auf unbestimmte Zeit in einen grellbunten, lauten Pseudokindergarten gesperrt zu werden. Doch auf der Victory hatte man sich zumindest angestrengt und alles getan, um dem Idealbild von einem Kinderparadies gerecht zu werden. Schließlich hatte die rentnersatte Kreuzfahrt-Branche zunehmend junge Familien im Visier. Die Attraktion des Kinderparadieses auf der Victory – ein großes Kletterlabyrinth mit einer Rutsche, die über zwei Ebenen hinunter in ein buntes Bällebecken führte – war jedoch im Augenblick geschlossen. Ein Schild, das im Eingangsbereich angebracht war, verriet den Grund: *Wegen Kasperletheater-Aufführung im Kino geschlossen*. Anscheinend gab es zu wenig Kinder an Bord oder zu wenig geschultes Personal, um zusätzlich zur Aufführung auch noch die Aufsicht im Kletterlabyrinth anbieten zu können.

Vorsichtig, nur einen Spaltbreit, öffnete James die Tür des Kinosaals und fuhr sogleich zurück. Spitze Schreie schlugen ihm entgegen, als würde er ein Schlachthaus betreten. Die Kinder waren so auf die Puppenbühne konzentriert, dass sie den Lichtschein, der jetzt durch die Tür fiel, nicht wahrnahmen. Nur zwei Erwachsene sahen sich um. Eine davon war Sheila, sie saß in der letzten Reihe. Er umarmte sie wie zur Begrüßung von hinten – eine ungewohnt vertrauliche Geste, bei der sie unwillkürlich zusammenzuckte. Und während sie ihn noch ein wenig beschämt ansah, weil sie eigentlich darauf gefasst gewesen war, dass er wegen des Abhängmanövers sauer auf sie war, hatte er bereits herausgefunden, dass sie die Waffe nicht mehr am Körper trug und sie also in ihrer Handtasche sein musste.

»Wo ist Jamie?«, flüsterte er und setzte sich neben sie. Sheila deutete in Richtung erste Reihe. Jamie gehörte zu den Kindern, die es nicht auf ihrem Platz gehalten hatte. Er streckte aufgeregt den Arm aus und schrie: »Da! Da!« Während Sheila nach vorn sah, griff James im Dunkeln nach ihrer Handtasche, die sie auf dem Boden abgestellt hatte, und nahm die Waffe wieder an sich. Auf der Bühne zappelte der Kasper ebenso aufgeregt herum wie die Kinder vor ihm. »Wo ist der Hai? Wo kann er nur sein?«, fragte er immer wieder, während er sich suchend mal in die eine, mal in die andere Richtung drehte. Der Hai war hinter Kasper und duckte sich jedes Mal, wenn Kasper sich umsah. Die Mutigen unter den Kindern versuchten nach Leibeskräften zu helfen und brüllten laut durcheinander: »Hinter dir! Da! Da! Dreh dich um, Kasper!«, während die Ängstlichen die Hände vors Gesicht schlugen oder zur Mutter auf den Schoß flohen. »Jamie hat überhaupt keine Angst«, raunte Sheila ihm zu. Ihre Stimme klang stolz. »Sehen Sie mal, James, der Hai ist direkt vor ihm, und er denkt nicht daran zurückzuweichen.« James sah sie von der Seite an. »Ist das Ihr Ernst?« Er grinste. »Der Hai ist übrigens nicht echt, Sheila. Es ist eine Handpuppe.«

Sheila machte eine wegwerfende Handbewegung. »Für die Kinder ist er echt.«

»Wie Sie meinen. Aber nicht größer als eine Erwachsenenhand. Das dürfte selbst Jamie klar sein.«

»Davon verstehen Sie nichts.«

Eine Frau vor ihnen drehte sich um. »Können Sie das vielleicht draußen weiterdiskutieren?«

»Entschuldigung«, flüsterte Sheila. Den vorhersehbaren Rest der Aufführung verfolgten James und Sheila schweigend: Der Räuber, der den Hai freigelassen hatte, um in der allgemeinen Aufregung unbemerkt Touristen zu beklauen, wurde überführt und ins Gefängnis gebracht. Vorher bekam er allerdings tüchtig den Hintern versohlt von Kasper, dessen Holzschnitt-Grinsen jetzt geradezu diabolisch wirkte.

»Sehen Sie sich diese kleinen Bastarde an, wie sie den Kasper anfeuern«, bemerkte James. »Sie sind ganz außer sich vor Freude darüber, dass der Räuber verprügelt wird. Man muss nur ein bisschen kratzen, und wir haben einen Mob.«

Sheila sah ihn von der Seite an und zog die Augenbrauen hoch. »Ach, James. Sie bringen es fertig und verleiden einem ein harmloses Kasperletheater. Der Böse kriegt seine gerechte Strafe, das ist doch in Ordnung.«

Endlich war die Prügelei beendet, und die Kinder waren zum Klatschen übergegangen. Sheila erhob sich von ihrem Sitz und applaudierte ebenfalls. »Sehen Sie, James, und schon klatschen alle brav in ihre Patschehändchen. Der Vorhang fällt, keine Monster mehr, nur liebe Kinder. Es ist nur Kasperletheater. Machen Sie nicht alles so kompliziert.«

James erhob sich und trat näher an sie heran. »Kompliziert?«, raunte er ihr zu. »Das sagt die Richtige. Sie spazieren mit dem, was Sie mir entwendet haben, in Ihrer Handtasche herum, als wäre es« – er suchte nach einem passenden Vergleich – »irgendein Puder für Ihr Näschen.«

Sie hielt alarmiert mit dem Klatschen inne und griff nach ihrer Handtasche. »Woher wissen Sie, dass sie in meiner Handtasche ...?«

»War«, beendete James den Satz. »Versuchen Sie so etwas nie wieder.«

»Es war nur wegen Jamie. Er sollte ganz sicher bei mir sein.«

»Ohne mich nützt Ihnen das Ding gar nichts, im Gegenteil.«

»Und warum sind Sie sich da so sicher?« Ihre Stimme wurde lauter, und die Frau, die vor ihnen saß, drehte sich wieder zu ihnen um. Sheila zog James ein paar Schritte nach hinten. Vorn trat jetzt eine der Puppenspielerinnen vor die Kasperlebühne, in der Hand den Hai. »Wer traut sich, den Hai zu streicheln?«, fragte sie laut. Die meisten Kinder drängten begeistert nach vorn. »Dieser Hai tut niemandem etwas«, sagte die Puppenspielerin, um die Kinder, die zu ängstlich waren, ebenfalls zum Kommen zu ermuntern. »Und wisst ihr auch, warum?«

»Weil es ein lieber Hai ist!«, rief ein Mädchen.

»Nein«, berichtigte die Puppenspielerin, »weil es nur eine Handpuppe ist, seht ihr?« Sie nahm die Hand aus dem Hals des Hais. Sheila zog James noch weiter nach hinten. Zwischen ihren Augen waren zwei steile Falten zu sehen. »Ich kann mindestens so gut schießen wie Sie, wollen wir wetten? Mein Vater war Jäger, er hat es mir beigebracht.«

James sah sie perplex an. »Ihr Vater war Jäger? Ich dachte, Tierarzt.«

»Ja«, sagte Sheila ungeduldig, »beruflich war er Tierarzt. Das Jagen war natürlich nur ein Hobby, am Wochenende. Was gucken Sie mich so an?«

James unterdrückte ein Lachen. »Nichts, reden Sie ruhig weiter.« Er wusste, dass es nicht klug sein würde anzumerken, dass Sheilas Eltern wahrscheinlich besser zusammengepasst hatten, als ihr bewusst war. Auf der Exzentriker-Skala, fand er, lag das abwechselnde Heilen und Töten von Tieren fast gleichauf mit dem Sammeln von Eheringen.

Sheila musterte ihn misstrauisch. »Jedenfalls kann ich genauso gut schießen wie Sie.«

Er musste lachen.

»Dass eine Frau mit einer Waffe umgehen kann, können Sie sich natürlich nicht vorstellen.«

»Doch, kann ich, aber …«, er hielt inne, weil ihm klar wurde, dass diese Diskussion zu nichts führen würde und egal, was er sagen würde, es nicht dazu geeignet wäre, sie zu besänftigen. Sie war einfach sauer, weil er die Waffe wieder an sich genommen hatte. Er schaute auf die Uhr. »Das Konzert ist bald zu Ende, wir sollten Jamie zu seinen Eltern zurückbringen.«

Sheila beobachtete, wie sich die Kindertraube vor der Bühne allmählich auflöste. »Oh Gott, wo steckt Jamie? Ich kann ihn nicht sehen.« Ihre Stimme klang dünn. James erfasste mit einem Blick, dass Sheila recht hatte.

»Wahrscheinlich ist er unbemerkt an uns vorbei nach draußen gegangen«, versuchte er, sie zu beruhigen. Doch Sheila sah ihn panisch an, der Gedanke, dass das Kind nicht mehr da war, hatte sie wie ein Fausthieb getroffen.

»Oh mein Gott!« Sie stürzte nach draußen, James eilte ihr nach. Vor der Tür riefen sie nach Jamie, dann sprach Sheila hektisch alle Erwachsenen an, die sich vor dem Kino aufhielten. James versuchte sich zu erinnern, ob Jamie zu den Kindern gehört hatte, die nach vorn gegangen waren, um den Hai zu streicheln. Er meinte, seinen Rotschopf vor der Bühne gesehen zu haben, war sich aber nicht sicher.

»Bleiben Sie hier«, befahl er. »Falls Jamie schon vorgelaufen ist und merkt, dass wir nicht bei ihm sind, wird er wahrscheinlich zurückkommen und uns hier suchen. Dann ist es gut, wenn Sie hier sind. Ich werde ihn suchen.« Sheila reagierte nicht. Sie war leichenblass, und ihr Blick blieb hohl auf einen Punkt in der Ferne gerichtet. Auch das noch, dachte er, sie wird gleich ohnmächtig. Er legte einen Arm um ihre Taille und führte sie zu einer Ansammlung von Sitzwürfeln in der Nähe. Sie leistete keinen Widerstand, ihre Beine trugen sie kaum noch. James bettete sie auf zwei nebeneinander liegende Würfel, streifte ihr die Schuhe von den Füßen und hielt ihre Beine hoch, damit das Gehirn wieder durchblutet wurde. »Ganz ruhig. Es wird alles gut.« Er sah zum Eingang des Kinos, durch den die letzten kleinen Besucher an der Hand ihrer Eltern nach draußen strömten. Kein Jamie. Hinter dem letzten Kind schloss eine junge

Frau, wahrscheinlich eine der beiden Puppenspielerinnen, das Kino ab. Als sie James' Blick bemerkte, eilte sie herbei.

»Soll ich einen Arzt rufen?«

»Nein, es geht schon«, gab Sheila matt zurück. »Wir suchen einen kleinen Jungen«, sagte James. »Wir waren mit ihm in der Vorstellung, und hinterher war er plötzlich weg. Zweieinhalb, mit roten Haaren.«

Die Animateurin nickte. »Ja, ich kann mich erinnern, er saß ganz vorn.«

»Haben Sie gesehen, ob er nach draußen gelaufen ist?«, fragte Sheila. Es war mehr ein Flehen als eine Frage. Doch die Animateurin schüttelte bedauernd den Kopf.

»Nein, tut mir leid.« Sie beugte sich zu Sheila hinunter und streichelte teilnahmsvoll ihre Hände, die kraftlos auf ihrem Bauch lagen. »Aber machen Sie sich keine Sorgen, der taucht schon wieder auf. Früher oder später wird so ein Kleinkind immer irgendwo abgegeben, wie Treibholz, das an Land gespült wird.« Die Animateurin nickte Sheila mit dem naiven Optimismus eines jungen Menschen zu, der noch nichts wirklich Schlimmes erlebt hat. Sie tätschelte Sheila abschließend die Hände und ging zum Kletterlabyrinth, um die Kinder, die dort bereits mit ihren Eltern warteten, hereinzulassen.

James fluchte leise. Dieser kleine, hirnlose, undankbare, unberechenbare Bastard. Warum konnte er nicht einfach nach der Vorstellung zu Sheila kommen? War das denn zu viel verlangt? Was wäre, wenn sie ihn nicht wiederfinden würden? Wenn sie ihn nie mehr finden würden? Entschlossen verdrängte er diese Gedanken. Natürlich würden sie ihn wiederfinden. Die Animateurin hatte recht. Jamie war noch keine drei, ein Alter, in dem so ein kleiner Kerl, der allein herumlief, unweigerlich auffiel. Bei Frauen würde er sofort den Mutterinstinkt wecken, und sie würden ihn fragen, ob er sich verlaufen habe und wie sein Name sei. Und dann würden sie ihn an die Hand nehmen und zur Rezeption bringen oder einem der Schiffsangestellten übergeben.

Plötzlich war das Schreien eines Kindes zu hören. Es war nicht laut, weil weit entfernt, doch schrill, beinahe panisch. Sheilas Augen weiteten sich.

»Das ist er!« Sie versuchte aufzustehen, doch James hinderte sie daran und drückte sie auf die Sitzwürfel zurück.

»Sie bleiben hier!« Er lief, so schnell er konnte, in die Richtung, aus der das Schreien des Kindes gekommen war. Früher wäre er in weniger als fünf Sekunden vor Ort gewesen, aber jetzt erlaubten ihm seine Knie kaum mehr als ein schnelles Gehen. Dabei hielt er seinen Blick unablässig auf Beinhöhe der Erwachsenen gerichtet, die ihm begegneten oder die er überholte. Doch die Hoffnung, Jamies roten Haarschopf zwischen ihnen zu entdecken, blieb vergeblich. Die Kinder schienen allesamt wie vom Erdboden verschluckt. Nach einer Runde über das Deck kehrte er zu Sheila zurück, die inzwischen wieder aufgestanden war und vor dem Kino hin und her lief. Sie war immer noch sehr blass.

»Es ist meine Schuld«, sagte sie ungewohnt leise. Ihre Stimme hatte alle Energie verloren. »Ich hätte besser aufpassen müssen.« Sie sah James an. »Wir müssen Ivy und Richard informieren. Sofort! Und den Kapitän alarmieren. Und die Security! Nein, besser als Erstes die Security!«

James legte ihr einen Arm um die Schulter. »Jamie passiert nichts, Sie werden sehen.« James wusste, dass zwei Faktoren entscheidend waren, um überzeugend zu sein: erstens das

Umschalten auf eine etwas tiefere Stimmlage. Zweitens, und dieser Faktor war der wichtigere, musste man selbst daran glauben. Der erste Punkt war leicht, es war reine Kosmetik, doch der zweite machte das Ausblenden eigener Zweifel erforderlich. Sheila kannte ihn gut, er forschte in ihrem Gesicht nach Anzeichen von Misstrauen, aber sie sah ihn an, immer noch blass und voller Hoffnung wie ein Ertrinkender, der nach einem Strohhalm greift. »Meinen Sie wirklich?«

»Ich bin ganz sicher.« Doch während James ihr ausmalte, wie eine resolute alte Dame den Kleinen ansprach, ihn an der Hand nahm, ihm ein Eis kaufte und nett mit ihm plaudernd zur Rezeption ging, wo Jamie mit Süßigkeiten verwöhnt und schließlich seinen Eltern übergeben wurde, lief parallel dazu in seinem Kopf ein anderer Film ab, ein hässlicher, ohne Happy End.

James fuhr sich mit beiden Händen über das Gesicht, um die Bilder in seinem Kopf zu vertreiben. »Kommen Sie«, sagte er zu Sheila. »Wir gehen zur Rezeption im Atrium, wahrscheinlich ist Jamie dort schon abgegeben worden.« Während sie zu den Aufzügen eilten, zog Sheila ihre Pumps aus, um schneller laufen zu können. James versuchte, sich an jede Einzelheit der Kasperletheater-Aufführung zu erinnern. Es gab nur eine Tür in dem Kino, da war er sich sicher. Wann immer er einen Raum betrat, registrierte er aus alter Gewohnheit augenblicklich, wie viele Eingänge es gab und wo die Notausgänge lagen. Jamie konnte also nur durch den Eingang hinausgeschlüpft sein. Dann dachte er daran, wie sich die Kinder nach der Vorstellung fasziniert um die Animateurin mit dem Hai gedrängt hatten, um ihn zu streicheln. »Zurück!«, rief er plötzlich. »Er ist noch im Kino!«

Schwer atmend stand Sheila, die Schuhe unterm Arm, kurze Zeit später vor dem Kletterlabyrinth und machte der Animateurin nach Luft ringend klar, dass sie den Schlüssel zum Kino bräuchte, weil dort höchstwahrscheinlich ein Kind eingeschlossen sei. Die Animateurin holte den Schlüssel, und gemeinsam hasteten sie zum Kino, doch da öffnete sich die Tür schon von innen, und James kam mit Jamie an der Hand heraus. Jamies Gesicht war tränenverschmiert, aber als er Sheila entdeckte, riss er sich von James' Hand los, flog in Sheilas weit ausgebreitete Arme und ließ sich herzen und abküssen wie ein Held nach bestandenem Abenteuer.

»Wie sind Sie da reingekommen?«, fragte die Animateurin verblüfft.

»Die Tür war offen«, log James.

Sheila strahlte übers ganze Gesicht. »James, Sie sind großartig!« Er wusste, dass es am besten war, bescheiden zu lächeln und nichts zu erwidern, sonst hätte sie sich womöglich zu einer Relativierung dieser Einsicht veranlasst gefühlt. »Wie sind Sie bloß darauf gekommen, dass er noch im Kino war?«

»Jamie und ich haben etwas gemeinsam«, erklärte James. »Wir gehen beide gern ins Theater. Und welcher Theaterbesucher schaut nicht mal gern hinter die Kulissen?«

Die Animateurin verabschiedete sich, wobei sie James einen misstrauischen Blick zuwarf, und ging wieder auf ihren Posten neben dem Kletterlabyrinth zurück. Sheila setzte Jamie auf dem Boden ab. »Du bist ganz schön schwer, junger Mann. Jetzt erzähl aber mal, was passiert ist, ja?« Jamie, der sich nun in Sicherheit fühlte, nickte wichtig, er genoss es, im Mittelpunkt der Aufmerksamkeit zu stehen. Sie setzten sich mit dem Kleinen auf eine Bank am Rand des Kinderparadieses, und er erzählte von seinem Abenteuer, wobei er fehlende Wörter durch seine Hände ersetzte.

Eigentlich hatte Jamie die anderen Handpuppen nur einmal von der Nähe sehen wollen. Deshalb hatte er sich, während die Animateurinnen inmitten einer Traube aus kleinen Zuschauern standen und den Hai vorführten, unbemerkt hinter die Bühne geschlichen. Dort hatte er mit den Puppen gespielt und darüber nicht mitbekommen, wie es immer leiser im Kino wurde. Auf einmal war das Licht ausgegangen, und er hatte zu viel Angst gehabt, den Weg zur Tür zu ertasten und laut auf sich aufmerksam zu machen. Er wusste schließlich, dass der Hai auf der anderen Seite der Bühne lauerte. So hatte Jamie die Arme um die Beine geschlungen, das Kinn auf die Knie gestützt und geweint, ganz leise, damit der Hai ihn nicht hörte, und gehofft, dass Sheila bald zurückkommen und ihn holen würde.

Als Jamie mit seinem Bericht fertig war, hatte Sheila Tränen in den Augen. James sah den Kleinen streng an. »Einfach weglaufen, das machst du nicht noch einmal, verstanden?« Seine Stimme klang hart und unerbittlich.

»Also wirklich, James, nun lassen Sie doch«, begann Sheila, doch James reagierte nicht auf ihren Einwand und fixierte den Kleinen, der zu ihm hochsah wie die Maus zur Schlange. »Sag: Ich schwöre!« James hielt zwei Finger der linken Hand zum Schwur hoch, und der Kleine tat es ihm nach. »Ich schwöre!«, wiederholte er mit dünner Stimme. James lächelte und klopfte ihm auf die Schulter. »Gut gemacht, Junge. Und ich verspreche dir dafür, dass dein Abenteuer unter uns bleibt. Wir werden deinen Eltern nichts erzählen, du kannst dich auf uns verlassen.« Jamie strahlte, seine Welt war wieder in Ordnung. James lächelte selbstzufrieden und sah auf seine Armbanduhr. »Sehen wir mal, ob das Konzert schon aus ist.« Er vermied es, Sheila anzusehen, denn er ahnte, dass sie den kleinen Geheimhaltungstrick missbilligte.

Als sie allein mit Jamie im Aufzug waren, griff James in sein Jackett, und als er die Hand wieder herauszog, schrie Jamie vor Schreck laut auf: James hatte sich den Hai über die Hand gestülpt. »Das ist Bertram«, erklärte James. »Er will dir ›Hallo‹ sagen. Und ich soll dir sagen, du brauchst keine Angst vor ihm zu haben, er ist ganz lieb. Er hat noch nie jemanden gebissen, das war nur gespielt.« James streifte die Puppe von der Hand und hielt Jamie die Öffnung hin. Jamie stülpte sich den Hai vorsichtig über die rechte Hand und streichelte mit der linken Hand über seinen Kopf. Sheila verdrehte die Augen.

»Sagen Sie, James, haben Sie noch alle Tassen im Schrank, den Hai mitgehen zu lassen?«

»Bertram hat nur bis morgen Zeit«, setzte James bedauernd hinzu. Er wandte sich an den Hai. »Morgen Nachmittag musst du wieder auftreten, Bertram. Dann bringen wir dich zurück, ja?« Der Hai nickte.

Kapitel 19

James, Sheila und Jamie erreichten den Konzertsaal gerade noch rechtzeitig. Durch die geschlossenen Türen drangen die letzten Takte von »Nessun dorma«, dann wurde geklatscht, und einige Augenblicke später strömten die Zuhörer heraus. Das erste bekannte Gesicht war das von Monty. Er grinste über beide Ohren, als er James und Sheila entdeckte. »Lieber Himmel, das nenne ich Mut«, krächzte er. »Phyllis ist stinksauer, dass ihr nicht gekommen seid. Hoffentlich habt ihr eine gute Entschuldigung!«

Sheila hielt Jamie wie einen Schutzschild auf dem Arm, den Blick auf Phyllis gerichtet, die auf sie zurollte.

Der Rollstuhl gab, ähnlich einem rückwärts fahrenden Lastwagen, durchdringende Pieptöne von sich, sodass die Leute erschrocken Platz machten. Mit einem Ruck kam er vor Sheila und James zum Stehen. »Wo wart ihr?«

»Wir haben auf Jamie aufgepasst«, rechtfertigte Sheila sich. »Wenn du das Kind beim Konzert nicht dabeihaben willst, Mutter, ist das eine Sache, aber ihn mit Mr Chandan rauszuschicken, das grenzt an Körperverletzung.«

»Und zwar für beide«, ergänzte James.

Jetzt waren auch Ivy und Richard herausgekommen. Jamie streckte sich sofort seiner Mutter entgegen und wechselte auf ihren Arm. Ivy drückte ihn an sich und küsste ihn auf die Pausbacken. »Sie haben auf ihn aufgepasst?«, fragte Ivy, an Sheila gewendet. Sheila nickte. »Allerdings. Auf dem Weg hierhin haben wir Mr Chandan mit Jamie gesehen, er war völlig überfordert. Wir sind mit Jamie in die Vorstellung des Kasperletheaters gegangen.«

»Ja«, ergänzte James und schaute Jamie in die Augen, »das war schön, nicht wahr, Jamie?« Jamie nickte brav und zeigte den Hai. »Schau, Mama, das ist Bertram!«

»Sie haben wegen Jamie auf das Konzert verzichtet!«, sagte Ivy. »Ich weiß gar nicht, wie ich das wiedergutmachen soll!«

Richard raunte James zu: »Seien Sie froh, es war furchtbar. Der alte Knabe hat seine besten Tage hinter sich, man konnte richtig Mitleid mit ihm haben.«

»Mitleid? Mit wem?«, wollte Jeremy wissen. Richard fuhr erschrocken zur Seite, sein Großvater stand hinter ihm und tippte ihm mit seinem Krückstock an die Knie.

»Mitleid mit Mr Chandan, den Phyllis als Babysitter auserkoren hatte«, sagte James. »Wir haben uns erlaubt, ihn abzulösen.«

Jeremy musterte James amüsiert. »Sie können gut mit Kindern?«

»*Ich* habe auf Jamie aufgepasst«, stellte Sheila richtig.

»Und James auf euch beide?«, fragte Jeremy.

»Wäre im Hinblick auf die momentane Situation ja nicht ganz abwegig, nicht wahr«, sagte James. »Solange hier Menschen verschwinden …«

»Wie?«, fragte Phyllis, sich im Rollstuhl nach vorn beugend und eine Hand ans linke Ohr legend. »Wer verschwindet?«

Jeremy warf James einen warnenden Blick zu. »Niemand«, sagte er laut zu Phyllis. »James hat einen Scherz gemacht.«

James beugte sich zu Phyllis hinab. »Wie war das Konzert?«

Phyllis tätschelte seine Hand. »Wundervoll. Einfach wundervoll. Zu schade, dass Sie es verpasst haben. Sie haben ein Ohr für Musik, das sehe ich. Im Gegensatz zu Sheila, die kommt nach ihrem Vater. Da kann man nichts machen, wissen Sie.« Phyllis schüttelte bedauernd den Kopf, dann strahlte sie. »Aber ich habe eine Idee, Kinder!« Sie sah sich in der Menge um, konnte aber vom Rollstuhl aus nicht viel erkennen. »Hat jemand Monty gesehen? Er hat doch gefilmt. Jeremy, sorge doch bitte dafür, dass heute Abend ein Beamer ins Captain's Corner gestellt wird.« James hätte schwören können, dass die Augen der alten Dame schadenfroh aufblitzten. »Auf diese Weise, mein lieber James, kommen Sie, Sheila und Miss Kappel doch noch in den Genuss von Luigis Stimme. Miss Kappel war nämlich auch nicht hier, ich nehme an, sie hat den Termin vergessen.« Phyllis wandte sich wieder Jeremy zu. »Dir hat sie auch nicht Bescheid gesagt, warum sie nicht kommt, oder?«

James sah zu Jeremy, der unmerklich den Kopf schüttelte. Phyllis war offensichtlich noch nicht darüber informiert, dass nun auch Miss Kappel vermisst wurde. Jeremy beugte sich näher zu Richard und raunte seinem Enkel etwas zu, das James nicht hören konnte. Dann räusperte er sich umständlich. »Wir wollten es dir erst nach dem Konzert sagen, Phyllis«, erklärte er. »Miss Kappel konnte nicht kommen. Heute Nachmittag fühlte sie sich plötzlich fiebrig, weshalb sie zum Schiffsarzt ging, und der hat sie gleich dabehalten. Wie es aussieht, hat sie Scharlach. Wegen der Ansteckungsgefahr hat man sie auf die Isolierstation gebracht, sie bekommt Antibiotika, aber die nächsten zwei, drei Tage darf niemand zu ihr.«

»Ach, die Ärmste«, sagte Phyllis.

»Judy Kappel ist krank?«, fragte Ivy verblüfft. »Aber Richard, du hast doch gesagt, sie wäre spurlos verschwunden!«

Jeremy warf seinem Enkel einen bösen Blick zu. Richard zuckte die Schultern und grinste seine Frau unbeholfen an. »Kleiner Scherz, Ivy. Ich wusste, du würdest darauf reinfallen.«

»Mit so etwas scherzt man nicht, Junge«, sagte Jeremy scharf. »Wenn man solche Gerüchte einmal in die Welt setzt, sind sie schwer wieder auszumerzen. Wie viel Uhr ist es übrigens?«

Richard und Monty schauten auf ihre Uhren. Monty trug eine abgewetzte Golduhr, die James nicht näher einordnen konnte, Richard eine TAG Heuer. Für sein jugendliches Alter hatte Richard einen guten Geschmack. »Fünf«, gaben beide unisono Auskunft.

»Höchste Zeit, sich zum Dinner fertig zu machen, meine Liebe«, sagte Jeremy zu Phyllis. »Wir treffen uns kurz vor sechs im Raucherraum«, raunte er James und Richard im Vorbeigehen zu. »Krisensitzung. Sagt auch den anderen Bescheid. Aber nicht Al und Rosie, ich möchte nicht, dass sie sich aufregen, sie sind auch nicht mehr die Jüngsten.«

Richard und Ivy, Monty, James und Sheila sahen Jeremy und Phyllis nach, wie sie sich zu den Aufzügen bewegten.

»Es wird langsam kompliziert«, sagte Richard. »Dass Eden und Miss Kappel sang- und klanglos verschwinden, ist ja schon schlimm genug. Aber dann noch diese Geheimhaltungskiste gegenüber Phyllis, Al und Rosie. Bald verschwindet hier die halbe Besatzung, und was sagen wir der guten Phyllis dann?«

Ivy sah ihren Mann mit großen Augen an. »Ich verstehe jetzt gar nichts mehr. Jeremy hat doch gerade gesagt, dass Miss Kappel Scharlach hat!«

»Das war gelogen«, sagte Richard schlicht. »Genau wie die Geschichte, dass Eden im Krankenhaus von Marseille liegt. In Wahrheit wissen wir nicht, was mit den beiden passiert ist. Sie sind spurlos verschwunden, alle beide.«

»Aber warum?«

Richard lachte. »Ja, das ist die Millionen-Dollar-Frage, Schatz.«

»Oh mein Gott.« Ivy drückte Jamie unwillkürlich an sich.

Monty wandte sich an James. »Was halten Sie davon?«

James erwiderte Montys Blick. »Ich denke, dass mir diese ganze Geschichte ganz und gar nicht gefällt. Und ich halte es für unverantwortlich, wenn Jeremy wirklich vorhaben sollte, das Verschwinden von Miss Kappel weiter zu verheimlichen. Priorität sollte jetzt nicht sein, dass Phyllis einen unbeschwerten neunzigsten Geburtstag feiert, sondern aufzuklären, was passiert ist.«

»Ja«, stimmte Richard zu. »Wer weiß, wer sonst der Nächste ist.«

Sheila gehörte nicht zu den Frauen, die sich von etwas abhalten ließen, was ihnen wichtig war. Als sie mit James auf dem Weg zum Raucherraum war, kam Ivy ihnen mit Jamie an der Hand hinterhergelaufen, um auszurichten, dass Phyllis nach ihr schickte. Bislang hatte Miss Kappel Phyllis beim Umziehen geholfen, und nun, da sie ausfiel, sollte Sheila einspringen. Sheila sah Ivy liebenswürdig, aber sehr bestimmt an. »Wären Sie so freundlich, das einmal für mich zu übernehmen?« Ivy sagte freudig zu, als würde Sheila ihr damit einen Gefallen tun und nicht umgekehrt. Niemand, dachte James, würde jemals auf die Idee kommen, Sheila einen Wunsch abzuschlagen. »Ach«, rief Sheila ihr noch hinterher, »falls meine Mutter fragt, sagen Sie einfach, wir wären schon weg gewesen!«

James schüttelte den Kopf. »Arme Phyllis. Jetzt wird sie auch noch von der eigenen Tochter belogen.«

Sheila lachte auf. »Darauf kommt es nun doch wirklich nicht mehr an. Außerdem war das eine Notlüge.«

»Aha.«

»Und überhaupt, James, seit wann nehmen Sie es mit der Wahrheit so genau? Ein bisschen lächerlich, mir deswegen ein schlechtes Gewissen einreden zu wollen, finden Sie nicht?«

»Doch, doch.«

Sheila blieb stehen. Sie sah plötzlich besorgt aus. »James, oder meinen Sie, ich sollte lieber auf meine Mutter aufpassen? Ich meine, nicht dass ihr etwas passiert.«

James legte den Arm um ihre Schulter und führte sie weiter in Richtung der Aufzüge. »Was soll ihr passieren? Sie ist sicher in ihrer Kabine, außerdem sind Ivy und der Kleine bei ihr.«

Sheila verzog das Gesicht. »Oh, besonders Jamie ist eine große Hilfe.«

»Und ob er das ist. Wer mordet schon gern, wenn er dabei von einem Kind beobachtet wird?«

»Sagen Sie es mir, ich kenne mich da nicht so aus.«

Er lächelte. »Davon abgesehen, ist es mir lieber, wenn Sie bei mir sind.«

Sie seufzte. »Ja, ja, Sie sind mein großer Beschützer. Wenn es Sie glücklich macht, glauben Sie nur weiter daran.«

»Nein«, sagte er. »Das ist gar nicht der Grund. Wenn Ihrer Mutter etwas passieren sollte, schadet es nicht, wenn Sie ein Alibi haben.«

Sie blieb wieder stehen. »Was wollen Sie damit sagen, James?«

»Sie sind die einzige Erbin einer neunzig Jahre alten Dame, die vermutlich sehr reich ist«, erklärte James.

Sheila sah ihn ungläubig an. »Stimmt nicht«, sagte sie dann. »Sie haben Eden vergessen.«

Er nickte ernst. »Eben. Für viele Angehörige ist es sehr ärgerlich, wenn die steinreichen Elternteile im Greisenalter noch einmal ihr Herz verlieren. Plötzlich ist da noch einer, der erben wird. Abgesehen davon, ist es aufgrund des Naturells Ihrer Mutter mehr als wahrscheinlich, dass sie ihr Geld mit dem neuen Mann verjubeln wird. Es wird also gar nicht mehr viel zu erben übrig bleiben. Aber nun gibt es Eden plötzlich nicht mehr, und wenn er tatsächlich über Bord gegangen ist, ist es äußerst fraglich, ob das Meer ihn je wieder ausspucken wird.«

Es dauerte eine Weile, bis Sheila die Tragweite dieser Worte erfasst hatte. »James, wollen Sie damit etwa andeuten …«

»Genau«, sagte er. »Sie sind die Hauptverdächtige. Ein Kriminalbeamter würde recht schnell Sie verdächtigen, falls Ihrer Mutter nun auch noch etwas zustößt. Nachdem Sie Eden aus dem Weg geräumt haben, schaffen Sie schnell Tatsachen, bevor Ihre Mutter sich den nächsten Mann anlacht, der Ihnen das Erbe streitig macht.«

Sie starrte ihn an, in ihren Augen standen Tränen. »Sie glauben …«

»Nein, mein Gott, natürlich nicht!« Er griff nach ihren Händen. »Natürlich nicht, Sheila. Aber es sieht so aus, verstehen Sie? Vielleicht ist das Zufall, vielleicht aber auch nicht. Momentan ist alles möglich, und deswegen ist es mir am liebsten, wenn Sie bei mir sind. Und das nicht nur, weil ich Sorge habe, dass jemand Sie über Bord wirft, sondern auch, weil ich befürchte, dass jemand Ihnen etwas anhängt.«

Sheila wandte sich ab und wischte sich über die Augen. Dann sah sie ihn an: »Aber wenn Sie glauben, meine Mutter ist in Gefahr, können wir sie doch nicht allein lassen.«

»Ivy und Jamie sind bei ihr.«

Sheila schüttelte entschlossen den Kopf. »Das reicht nicht.« Sie ging zurück zu den Kabinen und hämmerte mit der Faust gegen Jeremys Kabinentür. Mr Chandan öffnete, Jeremy stand hinter ihm, zum Gehen bereit. »Mr Chandan muss bei Phyllis bleiben«, befahl Sheila. Jeremy zog die Augenbrauen hoch und wartete auf eine weitere Erklärung. Er war es nicht gewohnt, Anweisungen zu erhalten, besonders nicht in einem Tonfall wie diesem, den er seinen Dienstboten gegenüber pflegte.

»Ich will nicht«, erklärte Sheila, »dass meiner Mutter etwas passiert, während du mit uns die Lage sondierst.«

»Uns?«, fragte Jeremy. »Du bleibst doch bei deiner Mutter und hilfst ihr, sich zum Dinner fertig zu machen?«

»Nein, das übernimmt Ivy«, warf James ein. »Ich halte es für sinnvoll, wenn Sheila auch dabei ist.«

»Nun gut, ganz wie ihr wünscht.« Jeremy wandte sich an Mr Chandan. »Also, Sie haben es gehört. Bleiben Sie bitte bei Mrs Barnes, passen Sie gut auf sie auf und lassen Sie sie nicht aus den Augen. Wir wollen uns nicht noch mehr Sorgen machen müssen.«

Jeremy hatte den Raucherraum für die übrigen Gäste schließen lassen. Die Anwesenden blieben stehen, dies war nicht die Zeit für eine gemütliche Plauderei in dicken Polstersesseln. Im Halbkreis scharten sie sich um Jeremy: James und Sheila, Richard, Monty, Luigi und Charles.

»Ich denke, ihr wisst alle, was passiert ist«, begann Jeremy unumwunden. »Es ist definitiv: Nach Eden ist jetzt auch Judy Kappel verschwunden. Wir wissen nicht, wo die beiden sind, ob sie am Leben sind oder nicht, ob sie Opfer eines Verbrechens wurden oder ob wir morgen Abend über die ganze Geschichte lachen werden, weil sich alles als völlig harmlos herausgestellt hat. Wir wissen gar nichts. Aber eins weiß ich ganz genau: Morgen ist Phyllis' neunzigster Geburtstag, und den soll sie unbeschwert feiern.«

»Genau«, warf Luigi ein. »Es könnte ihr letzter sein.«

»Ja«, stimmte Monty zu. »Sie darf davon nichts erfahren.«

Sheila sah vom einen zum anderen. »Sagt mal, habt ihr Fledermäuse im Glockenturm? Wir haben doch jetzt wirklich ein ganz anderes Problem als den neunzigsten Geburtstag meiner Mutter. Zwei Menschen sind verschwunden.«

»Es heißt ja nicht, dass wir gar nichts unternehmen«, sagte Jeremy. »Ich schlage vor, wir suchen in dieser Nacht erneut, ohne dass Phyllis etwas erfährt. Morgen feiern wir Geburtstag, und wenn wir sie bis nachmittags nicht gefunden haben, verständige ich den Kapitän.«

»Ich dachte, Sie haben ihn bereits über das Verschwinden von Eden Philpotts informiert?«, fragte James.

Jeremy schüttelte den Kopf. »Ich habe gemeldet, er sei wieder aufgetaucht.«

»Was?«, fragte Sheila fassungslos.

»Und wenn noch jemand dran glauben muss?«, fragte Richard. »Was, wenn hier ein Verrückter herumläuft? Sag es Ihnen, Großvater. Du hast ihnen nichts erzählt über den Vorfall bei der letzten Kreuzfahrt, stimmt's?«

Alle sahen zu Jeremy. »Nun ja«, sagte Jeremy unbehaglich. »Bei der letzten Fahrt gab es in der Tat einen bedauerlichen Vorfall, ein Mann ging über Bord. Er wurde zu Glück lebend geborgen. Aber das war etwas ganz anderes, er wollte sich das Leben nehmen.«

»Tatsächlich?«, wandte James ein. »War es nicht vielmehr so, dass Sie ihn durch eine beträchtliche Geldsumme dazu bewogen haben, diese Aussage zu machen? Weil Sie nicht wollten, dass die Passagiere Angst bekommen? Wenn ich korrekt informiert bin, hat der Passagier zuerst ausgesagt, dass er über Bord geworfen wurde.«

»Gerüchte gibt es immer«, sagte Jeremy scharf.

»Ich habe es aus sicherer Quelle«, gab James ungerührt zurück.

»Das hätten Sie uns sagen müssen«, krächzte Monty.

»Madonna, wenn das stimmt, ist keiner von uns mehr sicher«, überlegte Luigi. »Jeder an Bord könnte der Nächste sein.«

James wandte sich an Jeremy. »Wie viele Menschen sind an Bord, die Besatzung mit eingeschlossen?«

»Etwa neunhundert.«

»Sie gehen vom Schlimmsten aus, James«, warf Charles Walther ein. »Dass die beiden ermordet und über Bord geworfen wurden. Aber dafür gibt es doch gar keinen Beweis.«

Er sah Jeremy an. »Oder haben Sie uns noch etwas verschwiegen, Jeremy? Es sind doch keine Leichen gefunden worden, oder?«

»Nein«, sagte Jeremy, »es gibt keine Leiche.«

»Würde eine Leiche denn überhaupt gefunden werden, wenn man sie über Bord wirft?«, fragte Sheila und sah James dabei an. »Geht die nicht unter?«

»In Seen und Flüssen tauchen Wasserleichen durch die Gasentwicklung je nach Wassertemperatur früher oder später wieder auf«, sagte James. »Es sei denn, der Körper wird daran gehindert. Aber für das Meer kann man das nicht so genau sagen.«

»Wie meinen Sie das, gehindert?«, fragte Sheila.

Richard stupste den neben ihm stehenden Tenor an. »Luigi, da könnten Sie mit Ihren speziellen Verbindungen zur Ehrenwerten Gesellschaft doch anschauliche Beispiele geben.«

»Halte dich etwas zurück, ja?«, wies Jeremy seinen Enkel in scharfem Ton zurecht.

»Wann würde das passieren?«, fragte Sheila. »Wann würde eine Leiche wieder auftauchen – ohne Beschwerung?«

»Bei diesen Wassertemperaturen etwa nach zwei bis drei Tagen«, antwortete James.

»Dann wäre es also noch zu früh«, überlegte Richard. »Eden wird seit gestern vermisst, Judy Kappel erst seit heute. Sie würden frühestens morgen auftauchen, nicht wahr?«

»Wenn überhaupt«, bemerkte James. »Wie gesagt, im Meer ist das nicht selbstverständlich, da spielen noch andere Faktoren herein wie Strömungen oder – nun ja, größere Fische. Andererseits ist es auch möglich, dass eine Leiche zunächst gar nicht untergeht.«

»Wie das?«, fragte Sheila.

»Wenn jemand beim Überlebenskampf sehr viel Luft geschluckt hat«, erklärte Charles Walther lapidar. »Dann schwimmt er auf der Wasseroberfläche wie eine menschliche Boje.«

»Und wenn einer in die Schiffsschraube gerät oder von Haien gefressen wird, bleibt gar nichts mehr übrig«, stellte Monty fest.

»Schluss jetzt, das bringt doch nichts, sich die übelsten Sachen auszumalen«, beendete Jeremy die Diskussion. »Tatsache ist, wir wissen gar nichts. Vielleicht sitzen die beiden morgen früh wieder putzmunter beim Frühstück, und es löst sich alles in Wohlgefallen auf. Ich halte es nicht nur für verfrüht und unnötig, sondern sogar für unverantwortlich, das Ganze an die große Glocke zu hängen.«

»Geht es dir wirklich um Phyllis, oder geht es dir eigentlich nur um das Schiff, Großvater?«, fragte Richard langsam. »Du willst nicht, dass die Leute erfahren, dass es hier vielleicht einen Verrückten an Bord gibt, einen Mörder, der Gefallen daran gefunden hat, wahllos Menschen über Bord zu werfen. Du hast beim letzten Mal viel Geld bezahlt, damit das Opfer den Mund hielt. Aber du hast eines dabei nicht bedacht: Der Täter wurde nicht gefasst, und jetzt schlägt er wieder zu. So ist es doch, oder?«

»Das Schiff ist mir egal, das kannst du mir glauben«, sagte Jeremy. »Phyllis hat ein schwaches Herz, Aufregung dieser Art ist Gift für sie. Denkt daran, wie schlecht es ihr ging, als Eden verschwand. Ich will, dass sie ihren Geburtstag feiert. Ich will, dass es ein schöner Geburtstag wird. Und ich will, dass alle dabei mithelfen. Das sind wir ihr schuldig.«

»Und während wir in aller Ruhe Phyllis' Geburtstag feiern, ertrinkt der Nächste«, sagte Richard. »Kannst du das verantworten, Großvater?«

»Wenn die Theorie stimmt«, sagte Sheila langsam, »wenn es hier einen Menschen gibt, der andere über Bord wirft, einfach so, aus Lust am Töten und weil er sich sicher fühlt ... Wenn das also stimmt und er das auf der letzten Kreuzfahrt auch schon gemacht hat, dann hätten wir doch einen Hinweis auf den Täter.«

»Warum?«, fragte Monty.

»Wir gleichen die Passagierlisten ab«, sagte Sheila. »Der Täter muss ein Passagier sein, der auch bei der letzten Kreuzfahrt dabei war.«

»Sehr gut«, sagte Charles Walther und nickte Sheila anerkennend zu. »Diese Spur sollten wir auf jeden Fall verfolgen. Wenn es Passagiere gibt, die zweimal hintereinander dieselbe Fahrt machen, sollten wir sie genauer ins Visier nehmen.« Er wandte sich an Jeremy. »Sie könnten gewiss ein paar Leute abstellen, die diese Passagiere im Auge behalten, nicht wahr? Das kann ja unauffällig geschehen.«

Jeremy nickte. »Sicher.«

»Gut, Jeremy kann diese Passagiere durch die Angestellten überwachen lassen. Aber wer überwacht die Angestellten?«, gab James zu bedenken. »Angenommen, es gibt diesen Täter, dann muss er nicht notwendigerweise ein Passagier sein. Unser Täter kann auch ein Angestellter sein.«

»Dreihundert!«, rief Richard aus. »Damit hätten wir dreihundert Verdächtige!«

»Das macht die Sache nicht viel übersichtlicher«, sagte Monty.

»Was schlagen Sie vor, James?«, fragte Sheila. James sah Jeremy an. »Wollen Sie wissen, was ich an Ihrer Stelle tun würde?«

Jeremy erwiderte ruhig seinen Blick. »Sagen Sie es mir.«

»Es geht darum, weiteres Unglück zu verhindern. Nur das zählt. Machen Sie publik, was geschehen ist. Geben Sie eine Meldung durch die Bordlautsprecher. Es gibt keine andere Möglichkeit. Wir können nicht für die Sicherheit der Passagiere garantieren, aber das Mindeste, was wir tun können, ist, sie zu warnen.«

»Mr Gerald hat recht, Großvater«, sagte Richard eindringlich. »Es wäre schon einmal etwas, wenn die Leute nachts die Außenbereiche meiden würden.«

Jeremy sah mit unbewegtem Gesicht von Richard zu James, dann der Reihe nach in die Gesichter der anderen. Schließlich drehte er ihnen den Rücken zu. Es war ganz still im Raum, alle beobachteten den hochgewachsenen, hageren alten Mann. James versuchte nachzuempfinden, was in ihm vorging. Vermutlich war es für einen Mann wie Jeremy schwer zu akzeptieren, wenn seine Pläne nicht aufgingen oder etwas nicht nach seinen Wünschen verlief. Andererseits wäre er nicht so reich geworden, wenn er mit Problemen nicht umzugehen gewusst hätte. James konnte sich nicht vorstellen, dass ihn diese Krise tatsächlich aus dem Konzept bringen würde. Schließlich drehte Jeremy sich wieder zu ihnen um.

»Ich bin zu einem Entschluss gekommen«, sagte er. »Macht euch keine Sorgen. Wir werden morgen früh in Valletta einlaufen und mit Phyllis ihren neunzigsten Geburtstag feiern, darauf könnt ihr euch verlassen.«

»Aber was willst du tun?«, fragte Richard.

Jeremy lächelte. »Ich werde euch bald darüber informieren. So lange erwarte ich von euch nur, dass ihr Phyllis nichts sagt. Vertraut mir.«

»Es wird keine Durchsage geben«, stellte Sheila bitter fest. »Dein Schiff ist dir wichtiger als die Menschen.«

»Unsinn«, sagte Jeremy. »Ich werde das regeln, und ihr macht euch jetzt bitte keine Sorgen mehr. Es klärt sich alles auf. Lassen wir die anderen nicht länger mit dem Essen warten.« Jeremy nickte allen zu und ging hoch erhobenen Hauptes aus dem Raucherraum.

»Der blufft doch nur«, sagte Richard wütend, während sie ihm in einigem Abstand folgten. »Das ist typisch für ihn. Immer im Alleingang und immer der große Chef. Herr der Zeit, Herr des Schiffes, Herr der Welt. Ich könnte kotzen. In Wahrheit spielt er nur auf Zeit. Ich wette, er hat keinen Schimmer, was er tun soll.«

Kapitel 20

James fasste einen Entschluss, als die Suppe aufgetragen wurde. Er legte die Serviette beiseite, entschuldigte sich und stand auf.

»Die Prostata, was, alter Knabe?«, rief Al ihm nach. »Macht mir auch zu schaffen!« James bemerkte noch, wie Rosie versuchte, ihren Mann mit einem Blick zum Schweigen zu bringen, was Al jedoch nicht davon abhielt, die männlichen Tischnachbarn lautstark über ihren nächtlichen Harndrang zu befragen. James war es nur recht, dass sie dachten, er ginge zur Toilette. Die anderen über sein Vorhaben zu informieren wäre hinderlich gewesen und hätte nur weitere sinnlose Diskussionen entfacht. Er ging durch den angrenzenden Speisesaal zum festlich gedeckten Kapitänstisch, wo der Kapitän soeben das Glas erhob und einen Toast aussprach.

James wartete, bis er seine Ansprache beendet hatte. »Kapitän Sullivan, ich muss Sie dringend sprechen«, raunte er ihm ins Ohr. Der Kapitän musterte ihn freundlich. »Jederzeit gerne. Aber nicht jetzt.« Er machte eine ausladende Geste. »Sie sehen ja selbst. Das Essen wird aufgetragen.«

»Es ist wichtig«, sagte James. »Wir vermissen zwei Mitreisende.«

Der Kapitän nahm die Serviette und legte sie sich auf

den Schoß. »Das Schiff ist groß, da kann man sich schon mal aus den Augen verlieren. Aber seien Sie unbesorgt, die tauchen schon wieder auf. Hier verschwindet niemand. Wohin auch.« Er lachte. »So, und nun entschuldigen Sie mich bitte. Die Suppe wird kalt.«

»Und wenn sie über Bord gegangen sind?«

Der Kapitän schüttelte den Kopf. »Machen Sie sich keine Sorgen. Wenn Sie sehr beunruhigt sind, schlage ich vor, Sie wenden sich an die Rezeption, ich bin sicher, dass Ihnen dort geholfen werden kann. Und jetzt entschuldigen Sie mich wirklich, wir wollen anfangen.« Er wandte sich den anderen Gästen zu.

James ging auf direktem Weg zur Kommandobrücke. Als er eintrat, war er von den schicken weißen Uniformen geblendet und genoss für einen Moment die Vorstellung, ein Szenario seiner Jugend zu betreten, als der Virus der Freizeitkleidung sich noch nicht egalisierend in der Gesellschaft ausgebreitet hatte. Dann besann er sich. Die schicken Uniformen gehörten zur Gesamtshow einer Kreuzfahrt. Genau wie das Kapitänsdinner und die Blasmusik beim Ablegen täuschten sie die Passagiere darüber hinweg, dass aus dem elitären Vergnügen von einst längst Massentourismus geworden war.

James ließ sich zu Ross Abbot, dem Ersten Offizier, führen, dem er in knappen Worten sein Anliegen darlegte. Diesmal stieß er zu seinem Erstaunen auf offene Ohren.

Abbot führte ihn sogleich zu einem großen Tisch im hinteren Bereich der Kommandobrücke und bat ihn, Platz zu nehmen. »Warum sind Sie damit nicht früher zu uns gekommen?« Der Mann mit den grauen Schläfen sah ihn mit wachen Augen an. »Das ist eine sehr ernste Sache.«

James erklärte ihm die Zusammenhänge und dass man zunächst auch nicht sicher gewesen sei, ob Eden wirklich verschwunden war. »Sehen Sie, wir hielten sein Verschwinden zunächst für harmlos, nur seine Frau machte sich von Anfang an Sorgen, hat ihn gleich ausrufen lassen und später als vermisst gemeldet.«

»Ja, ich erinnere mich«, sagte der Erste Offizier. »Aber dann hieß es doch wenig später, er sei wieder aufgetaucht.« Er stand auf, holte eine Mappe und blätterte darin. »Da ist es, sehen Sie. Gegen 10.00 Uhr heute Morgen erhielten wir die Nachricht, dass sich der Vermisste wieder gemeldet hätte. Alles in Ordnung.«

»Wer hat diese Meldung gemacht?«, fragte James.

Abbot schaute in seinen Unterlagen nach. »Jeremy Watts. Unser Reeder.«

»Ja«, sagte James nachdenklich. »Sehen Sie, Mrs Phyllis Barnes, die Ehefrau des Vermissten, ist eine alte Freundin von Mr Watts. Wir machen diese Reise, um morgen gemeinsam ihren neunzigsten Geburtstag an Bord zu feiern. Doch der Gesundheitszustand der alten Dame wurde kritisch, als sie sich Sorgen um ihren Mann machte. Also kam Mr Watts auf die Idee, sie zu beruhigen, indem wir ihr sagten, dass wir ihren Mann gefunden hätten.«

»Wie das?«, fragte der Erste Offizier.

»Mr Watts teilte ihr mit, ihr Mann habe einen komplizierten Beinbruch erlitten und sei mit dem Helikopter umgehend nach Marseille in eine Spezialklinik geflogen worden«, sagte James. Er hob beschwichtigend die Hand. »Sagen Sie nichts. Sehen Sie, wir dachten nicht an ein Verbrechen. Jedenfalls nicht daran, dass Mr Philpotts ernsthaft etwas passiert sein könnte. Eher noch, dass er ein Heiratsschwindler war, der sich aus dem Staub gemacht hatte. Aber das sollte Mrs Barnes nicht erfahren.«

»Früher oder später wäre es doch ohnehin rausgekommen«, wandte der Erste Offizier ein.

James nickte. »Es war auch nicht meine Idee. Diese ganze komplizierte Sache haben wir Ihrem Chef zu verdanken.«

»Kapitän Sullivan?«

»Nein, Mr Watts. Er hat Mrs Barnes diese Reise zum Geburtstag geschenkt und will unbedingt, dass der alten Dame erst nach ihrem neunzigsten Geburtstag reiner Wein eingeschenkt wird. Der ist morgen, und deshalb das ganze Theater. Er fühlt sich wohl dafür verantwortlich, dass sie einen schönen Tag erlebt, komme, was da wolle. Aber seit heute Mittag ist nun auch Judy Kappel verschwunden, die persönliche Assistentin von Mrs Barnes. Mr Watts will auch das mit Rücksicht auf die alte Dame noch geheim halten. Er hat verbreitet, sie habe Scharlach bekommen und müsse für achtundvierzig Stunden auf der Isolierstation bleiben. Aber diese Lügen sind unverantwortlich, es muss endlich etwas unternommen werden, und ich appelliere dringend an Sie, sich über etwaige anderslautende Anordnungen von Mr Watts hinwegzusetzen und die Verantwortung, die Sie den Passagieren gegenüber haben, an erste Stelle zu setzen. Die Menschen an Bord müssen gewarnt werden, am besten über die Schiffslautsprecher. Denn ich denke, hier treibt sich einer herum, der Menschen über Bord wirft. Es ist zwar nur eine Theorie, aber wenn sie stimmt, dann hilft eine solche Warnung mit viel Glück, weitere Opfer zu vermeiden.«

Ross Abbot massierte seine Schläfen mit den Zeige- und Mittelfingern beider Hände. »Möglich, dass es keine bloße Theorie mehr ist, Mr Gerald. Kurz bevor Sie kamen, erreichte uns eine Anfrage der italienischen Küstenwache, ob bei uns eine Vermisstenmeldung vorliege. Es wurde nämlich eine männliche Leiche an der ligurischen Küste angespült. Der Tote war bekleidet, aber leider fand man weder Brieftasche noch sonst irgendetwas, das ihn ausweisen könnte. Sie wollen nichts Genaues sagen, bis das Ergebnis der Autopsie vorliegt, aber es ist recht wahrscheinlich, dass es sich bei dem Ertrunkenen um einen unserer Passagiere handelt. Darauf deuten die Strömungsrichtung und die Tatsache, dass der Ertrunkene komplett bekleidet war, inklusive der Schuhe. Zwar lag uns keine Vermisstenmeldung vor, aber das hat sich ja nun geändert.«

»Wie alt war der Tote?«, fragte James.

»Wie gesagt, sie wollen sich noch nicht festlegen, aber wohl kein junger Mann.«

»Haben Sie ein Foto?«

Der Offizier sah ihn an. »Ja, aber glauben Sie mir, das wollen Sie nicht sehen. Und man erkennt auch nichts.«

»Zeigen Sie es mir trotzdem, bitte.«

Der Offizier ging zu einem der Schreibtische und holte eine Mappe. »Ich warne Sie, es ist kein schöner Anblick. Die Leiche ist – nicht ganz vollständig. Nichts für schwache Nerven.«

James öffnete die Mappe und warf einen Blick auf das ausgedruckte Foto. Er hatte schon einige Wasserleichen gesehen, trotzdem musste er sich zwingen, nicht sofort wieder wegzuschauen. Dem Torso fehlten die Arme und das rechte Bein, das linke Bein mit einem schwarzen Herrenschnürschuh war unversehrt. Am erschreckendsten war der Anblick des Kopfes. Da waren weder Augen noch Nase oder Mund, nur Haut- und Muskelfetzen deuteten darauf hin, dass da einmal ein Gesicht gewesen war. »Nicht vollständig trifft es nicht ganz«, murmelte er. »Am besten erhalten ist der Schuh. Und das, was von Hemd und Hose noch übrig ist.«

»Ich sage ja, es ist zwecklos«, meinte der Offizier. »Das ist mehr als nur angeknabbert. Ein Wunder, dass die Leiche es überhaupt noch an Land geschafft hat. Erkennen Sie denn die Kleidung wieder?«

»Nein. Dazu kenne ich Mr Philpotts nicht gut genug. Ich fürchte, wir werden seine Frau fragen müssen. Weiß der Kapitän es schon?«

Ross Abbot sah auf seine Uhr. »Ich wollte es ihm sagen, sobald er vom Dinner kommt. Das ist in etwa einer Stunde.«

»Es könnte eine Stunde zu spät sein für das nächste Opfer«, gab James zu bedenken.

»Bis Sie mit Ihrer Vermisstenmeldung kamen, hatten wir keinen konkreten Anlass zur Sorge«, rechtfertigte der Erste Offizier sich.

»Aber das ist ja jetzt anders. Sie sollten die Passagiere warnen.«

»Es könnte ein Unfall gewesen sein«, gab der Offizier zu bedenken.

»Zwei Unfälle nacheinander? Warnen Sie die Menschen an Bord!«

»Eine Entscheidung wie diese ist Sache des Kapitäns«, beharrte Ross Abbot.

»Dann rufen Sie ihn an.«

»Seien Sie unbesorgt, ich werde alles Nötige in die Wege leiten.«

James überlegte. »Es gibt sicherlich Überwachungskameras an Bord, nicht wahr?«

Der Erste Offizier nickte.

»Werden auch die Decks überwacht?«

»Nur im Bereich des Pools. Ansonsten gibt es in allen Geschäften sowie im Spa-Bereich und im Spielcasino welche.«

James fluchte leise. »Wäre auch zu schön gewesen. Was schätzen Sie: Wenn Sie jemanden über Bord werfen wollen, wo würden Sie das tun? Welcher Bereich des Schiffes eignet sich am besten dafür?«

»Nur von Deck 10 aus würde man direkt ins Wasser stürzen und auch da nur im vorderen und hinteren Bereich.«

»Und von den Balkonen der tiefer gelegenen Decks«, wandte James ein. »Ich wohne auf Deck 7, und es wäre kein Problem, von dort ins Wasser zu springen. Oder jemanden über Bord zu werfen.«

»Ja, aber Sie gehen doch davon aus, dass jemand spontan Leute über Bord wirft. Die Balkonkabinen auf Deck 6 und 7 sind aber nicht öffentlich zugänglich. Ein bisschen kompliziert für Ihren Mörder, erst mal anzuklopfen und sich Einlass zu verschaffen, oder?«

»Vielleicht ist der Mörder ja weniger spontan, als ich dachte«, überlegte James. »Die wenigsten Morde geschehen aus reiner Mordlust. Vielleicht steckt doch ein Plan dahinter.«

Der Offizier schüttelte den Kopf. »Ich glaube nicht an Ihre Theorie, Mr Gerald. Es wird ein Unfall gewesen sein.«

»Stellen Sie bitte heute Nacht trotzdem ein paar Leute zur Sicherheit auf Deck 10 ab«, sagte James. »Und noch etwas: Zeigen Sie mir bitte die Passagierliste dieser und der letzten Fahrt. Ich will vergleichen, ob einer oder mehrere Passagiere beide Fahrten mitgemacht haben.«

Der Körper des Ersten Offiziers straffte sich. »Sie geben

hier die Kommandos, als wären Sie weisungsbefugt. Bei allem Verständnis für Ihre Sorge um Ihre Mitreisenden, aber Sie gehören weder zur Besatzung noch sind Sie ein Polizist oder so etwas.«

James wurde lauter. »Sie wollen sich doch nicht ernsthaft hinter solchen Argumenten verstecken, um sich aus der Verantwortung zu stehlen!« Er hielt dem anderen das Foto der Leiche vor Augen. »Wollen Sie etwa, dass wegen Ihnen noch weitere Menschen so grausam umkommen?«

Ross Abbot zog widerstrebend sein Handy aus der Tasche seines Jacketts. »Ich rufe den Kapitän an, das ist eine Entscheidung, die er treffen muss.«

»Tun Sie das.«

Der Erste Offizier gab eine Kurzwahlnummer ein. Als der Kapitän sich meldete, entfernte er sich ein paar Schritte, sodass James nicht mitbekam, was er sagte.

»Er kommt gleich nach dem Dessert«, informierte er James, nachdem das kurze Gespräch beendet war.

»Das dauert zu lange. Haben Sie ihm denn nicht von der Leiche berichtet?«

»Doch, ja.« Der Erste Offizier zuckte die Schultern. James überlegte, ob er mehr Druck machen sollte, verwarf den Gedanken jedoch wieder. Er wusste, dass der Versuch, gegen ein hierarchisch strukturiertes Ganzes Sturm zu laufen, in etwa so erfolgversprechend war, wie der, eine Betonwand einzurennen. Besser war eine kleine Ladung Dynamit an der richtigen Stelle. Und diese Stelle war Jeremy. Mit der angespülten Leiche hatte sich die Sachlage geändert. Jetzt musste Jeremy handeln, ob er wollte oder nicht.

James verabschiedete sich von Ross Abbot. Der Erste Offizier lächelte und hob die rechte Hand, um James beschwichtigend auf die Schulter zu klopfen. Doch James' Blick gebot ihm Einhalt. Und während der Arm des Offiziers verloren in der Luft schwebte, hatte James sich bereits umgedreht und die Kommandobrücke ohne ein weiteres Wort verlassen.

Kapitel 21

Sheila bemerkte seine Rückkehr als Erste und schaute ihn fragend an. Doch James nickte ihr nur kurz zu und ging zu Jeremy. »Ich muss Sie unter vier Augen sprechen«, sagte er leise. »Dringend.«

»Was ist passiert?«, fragte Jeremy, als sie draußen vor der Tür zum Captain's Corner standen. »Sie machen ein Gesicht, als wäre der Dritte Weltkrieg ausgebrochen.«

»Edens Leiche ist an der ligurischen Küste angespült worden«, sagte James ohne Umschweife.

Jeremy starrte ihn an, und James konnte sehen, wie die Farbe aus seinem Gesicht schwand. »Nein«, brachte er schließlich hervor.

»Ich habe es gerade vom Ersten Offizier erfahren. Ein männlicher Torso.«

»Woher wollen Sie wissen, dass es Eden war? Und dass die Leiche von hier kommt. Vielleicht ein Badeunfall.«

»Die Strömung deutet darauf hin, dass es sich um einen Mann von der Victory handelt. Außerdem war die Leiche bekleidet, inklusive Schuh.«

»Schuh?«

»Ein schwarzer Herrenschuh. Den anderen haben die Haie gefressen. Das rechte Bein fehlt. Und beide Arme. Wie gesagt, ein Torso.«

Jeremy starrte auf einen unbestimmten Punkt in der Ferne, bemüht, das Gehörte zu verarbeiten.

»Hören Sie, Jeremy, Sie müssen jetzt handeln«, drängte James. »Sagen Sie dem Kapitän, er soll die Passagiere warnen.«

»Nein, das ist unmöglich.« Jeremy löste sich aus seiner Erstarrung. Er sah James an, in seinen Zügen spiegelten sich plötzlich nicht mehr Stolz und Selbstsicherheit, sondern Sorge und Irritation.

»Sie tragen die Verantwortung«, sagte James ruhig.

»Ja«, sagte Jeremy. »Aber haben Sie eine Vorstellung davon, was hier los wäre, wenn wir die Leute vor einem Mörder an Bord warnen? Verängstigte Menschen denken nicht mehr klar und sind unberechenbar. Die zerstörerische Kraft einer in Panik geratenen Masse gleicht einem Tsunami. Ist denn überhaupt sicher, dass es hier um Mord geht? Vielleicht war es ein Unfall. Oder Selbstmord.«

»Jeremy, es gibt zwei Vermisste an Bord und eine angespülte Leiche. Das einzig Verantwortungsvolle ist meiner Meinung nach, die Menschen an Bord zu warnen. Als Erstes die Menschen, die hier im Raum sind.«

Jeremy öffnete die Tür und winkte Mr Chandan herbei, er hatte seine gewohnte Sicherheit wiedergefunden. »Ich rede mit dem Kapitän. Sagen Sie den anderen aber noch nichts, bis ich wieder da bin.«

»Ich gebe Ihnen eine Stunde«, sagte James.

Jeremy sah ihn mit zusammengezogenen Augenbrauen an. »Bis ich wieder da bin«, bekräftigte er, griff nach seinem Stock und stakte davon, während der Diener ihm nacheilte.

Sheila beugte sich über den Tisch und sah James, der wieder Platz genommen hatte, eindringlich an. »Was ist denn passiert?« James griff zum Obstteller, nahm sich eine Feige und aß sie, ohne sich die Mühe zu machen, sie vorher zu schälen. Er wollte Zeit gewinnen, denn alle am Tisch sahen zu ihm hin. In ihren Gesichtern spiegelte sich Besorgnis, nur in Phyllis' Augen stand pure Neugier. »Was hatten Sie da mit Jeremy zu tuscheln?«, fragte die alte Dame mit erhobenem Zeigefinger. »Sie wissen doch, dass das unhöflich ist, mein lieber James?«

»Kurz vor Geburtstagen ist das etwas anderes«, gab James zurück. »Vor allem, wenn es sich um einen so besonderen Geburtstag handelt wie den Ihrigen, nicht wahr?«

Phyllis lächelte und erhob ihr Glas. »Da haben Sie recht. Verzeihen Sie meine Neugierde!«

Monty erhob ebenfalls sein Glas. »Neugier ist das falsche Wort, meine liebe Phyllis, nennen wir es lieber waches Interesse an deiner Umwelt, und das ist eine deiner besten Eigenschaften, das, was dich so jung hält!«

»Du alter Schmeichler«, sagte Phyllis lächelnd. Sie wandte sich wieder James zu. »Also darf ich auf eine besondere Überraschung hoffen?«

»Gewissermaßen«, sagte James.

Phyllis nahm noch einen Schluck Wein und stellte ihr Glas zufrieden ab. »Ich liebe Überraschungen!« Sie sah Sheila an, dann James. »Gebt mir einen Tipp!«

»Mutter, lass das«, sagte Sheila unbehaglich.

»Ich weiß!«, rief Phyllis aufgeregt. »Eden wird morgen wieder an Bord geflogen! Das ist die Überraschung!« Ihre Augen blitzten vor Vergnügen.

»Nein«, sagte James, einen Blick mit Sheila wechselnd, »das ist es nicht.« Und wenn doch, dachte er, dürfte sie Schwierigkeiten haben, ihn wiederzuerkennen.

Luigi räusperte sich geräuschvoll, dann schmetterte er: »Que sera, sera!«

Phyllis lächelte. »Ihr habt ja recht. Ich gebe mich geschlagen und warte einfach ab, was der morgige Tag an Überraschungen für mich bereithält.« Sie griff wieder zu ihrem Weinglas. »Und ich danke euch noch einmal, dass ihr bereit wart, euch auf diese besondere Reise mit mir zu begeben. Erst durch euch alle wird sie zu einem so wunderschönen Erlebnis. Ich bin natürlich sehr traurig darüber, dass der arme Eden ins Krankenhaus musste und auch Miss Kappel auf der Krankenstation nun nicht mehr viel von dieser Reise hat. Ich hoffe, dass beide bald so weit wiederhergestellt sind, dass sie wenigstens die Rückreise mit uns gemeinsam genießen können. Deshalb lasst uns auf unsere beiden Pechvögel anstoßen und ihnen baldige Genesung wünschen. Auf Eden und Miss Kappel!«

»Auf Eden und Miss Kappel!«, wiederholten die anderen und erhoben ihre Gläser ebenfalls. Sheila sah James über ihr Glas hinweg unglücklich an. Auch die anderen Gäste schienen sich angesichts der völligen Ahnungslosigkeit der Jubilarin unwohl in ihrer Haut zu fühlen, und es kam keine rechte Stimmung mehr auf. Phyllis allerdings schien nichts zu merken, sie führte, während abschließend Kaffee und Cognac serviert wurden, das Wort und erzählte mit großer Begeisterung Geschichten aus ihrem Leben. Monty, Al und Luigi fungierten dabei als eifrige Stichwortgeber. James hörte anfangs noch zu, um die grobe Richtung des Gesagten mitzubekommen, und spiegelte dann im halbautomatischen Zuhörermodus nur noch Phyllis' Mimik. Nicht einmal Sheila bemerkte, dass er keineswegs aufmerksam bei der Sache war, sondern die Handlungsoptionen durchging und darauf wartete, dass der Kapitän die Lautsprecherdurchsage machen würde.

Plötzlich wurde er jedoch aus seinen Gedanken gerissen, als Ivy aufstand und zu ihrem Sohn lief. Jamie kauerte auf dem freien Stuhl – Edens Sitzplatz – neben Phyllis. Ivy schob die Hand unter sein Kinn und zog das Gesichtchen prüfend zu sich heran. »Was hast du denn, Jamie?« Über den Tisch hinweg sah sie alarmiert ihren Mann an. »Er schläft ja fast ein!« Sie nahm Jamie auf den Schoß und befühlte seine Stirn. Das ansonsten so quirlige Kind wirkte teilnahmslos, Arme und Beine waren schlaff, die Augenlider halb geschlossen. »Jamie, ist dir schlecht? Was ist mit dir?« In Ivys Stimme schwang Panik. Das Kind gab keinen Laut von sich, sondern ließ den roten Schopf an die Schulter der Mutter sinken.

»Er wird müde sein«, sagte Rosie, »das macht die frische Seeluft!«

»Du bist immer so überbesorgt«, sagte Richard zu seiner Frau, stand aber ebenfalls auf, ging zu seinem Sohn und befühlte seine Stirn. »Kein Fieber«, stellte er fest. »Vielleicht hat er zu viel Sonne abbekommen.«

»Nein, wir waren nur eine Stunde am Pool heute.«

»Oder zu wenig getrunken«, mischte Al sich ein.

Ivy griff zu dem Plastikbecher mit buntem Piratenmotiv, der vor Richard auf dem Tisch stand, schraubte den Deckel ab und setzte ihn Jamie an den Mund. Er trank gehorsam, dann würgte er plötzlich und erbrach sich in Ivys Ausschnitt. Sheila reichte Ivy ein paar Servietten, damit sie das Erbrochene abwischen konnte, doch sie ignorierte die Servietten, schraubte den Deckel des Bechers auf und schnüffelte daran. »Alkohol«, sagte sie. »Das riecht nach

Alkohol.« Verwirrt sah sie Richard an. »Das kann doch nicht sein.«

»Gib mal her.« Richard nahm ihr den Becher aus der Hand und nahm einen Schluck. »Das darf doch nicht wahr sein!«, rief er wütend und sah sich um. »Wer war das?« Sein Blick blieb an Phyllis hängen. »Sag nicht, dass du das warst, Phyllis!«

»Nur ein bisschen Eierlikör.« Phyllis' Gesicht war von einer feinen Röte überzogen.

»Sag mal, hast du sie noch alle!«, schrie Richard.

»Kein Grund zur Sorge«, versicherte Phyllis, »er ist nur ein bisschen müde.« Sie wandte sich an Sheila. »Ich weiß nicht, ob du dich erinnern kannst, aber als du klein warst, hast du Eierlikör auch immer so gern gehabt, du hast immer mein Glas auslecken dürfen, weißt du noch? Das war mir wieder eingefallen.«

Sheila vergrub mit einem Stöhnen ihr Gesicht in beiden Händen. Ivy griff jetzt nach den Servietten und putzte zuerst Jamies Gesicht ab, dann, soweit das möglich war, ihr Kleid und ihren Ausschnitt.

»Sheila hat das auch nicht geschadet«, setzte Phyllis leiser hinzu. Sie lehnte sich etwas von Ivy und Jamie weg, um dem Gestank nach Erbrochenem auszuweichen.

»Wie viel hast du da reingeschüttet von dem Zeug?«, fragte Richard, während er Phyllis den Piratenbecher unter die Nase hielt.

»Nicht viel, einen Schluck vielleicht. Eine homöopathische Dosis«, beteuerte Phyllis. »Ich konnte doch nicht wissen, dass er überhaupt nichts verträgt.«

»Dass er nichts verträgt?«, schrie Richard. Sein Gesicht war rot angelaufen, und es schien, als wolle er Phyllis, die in ihrem Rollstuhl immer kleiner wurde, an den Hals gehen. Doch Ivy zog ihn am Ärmel. »Komm«, sagte sie, stand auf und trug Jamie aus dem Raum. Sie hielt den Kopf gesenkt, sodass ihre langen Haare den Blick auf ihr Gesicht verhinderten, und James vermutete, dass sie mit den Tränen kämpfte. Phyllis zuckte zusammen, als Richard den Piratenbecher knapp an ihr vorbei in die Ecke schleuderte und seiner Frau nachlief. Sie blickte sich am Tisch um. »Die jungen Eltern heutzutage. Ganz anders als wir früher, ist es nicht so?«

Sheila holte tief Luft. »Mutter! Kinder mit Alkohol abzufüllen war zu keiner Zeit eine gute Idee!«

»Eine homöopathische Dosis«, beteuerte Phyllis.

Zwei steile Falten bildeten sich zwischen Sheilas Augen. »Hör auf damit! Hast du dir Jamie mal angeschaut, Mutter? Du warst immer verantwortungslos, und daran hat sich kein bisschen geändert!«

Mutter und Tochter sahen einander an, es war ganz leise im Raum.

Mitten in die Stille hinein platzten zwei Schiffsangestellte. Sie bauten den Beamer und die Leinwand für die Vorführung des Konzertmitschnitts auf. Sheila schaute eine Weile zu, dann schien sie einen Entschluss gefasst zu haben, erhob sich, ohne ihre Mutter anzusehen, und verließ wortlos den Raum. Während James ihr mit eiligen Schritten folgte, hörte er noch, wie Phyllis die anderen fragte: »Aber ihr bleibt doch, oder?«, gefolgt von zustimmendem Gemurmel.

Sheila musste gerannt sein, denn erst kurz vor den Aufzügen holte er sie ein.

»Mir ist die Lust vergangen«, sagte sie mit zusammengebissenen Zähnen, als sie in den Aufzug getreten waren. Die verspiegelten Türen schlossen sich, sie waren allein.

»Ja«, sagte James, »das wurde deutlich.«

Sheila drehte sich zu ihm um. »Sie hat noch nicht mal ein schlechtes Gewissen. Das ist doch nicht normal!«

Der Aufzug war auf Deck 7 angekommen. Sheila schimpfte weiter über ihre Mutter, während James ihr über den Flur folgte und wieder einmal feststellte, dass Sheilas Gemütsverfassung allein an der Art, wie sie die Füße aufsetzte, sehr gut abzulesen war. Was andererseits gar nicht nötig war, denn sie schimpfte laut wie ein Rohrspatz. An der Tür zu ihrer Kabine blieb sie stehen und regte sich weiter auf. James setzte sein professionelles Zuhörergesicht auf, nickte hin und wieder verständnisvoll und ließ sie reden. Selbst wenn er gewollt hätte, er hätte nicht gewusst, was er sagen sollte. Er war kein Experte in Sachen Eltern-Kind-Beziehung, seine Eltern waren bei einem Autounfall ums Leben gekommen, als er dreizehn war. Doch soweit er das beurteilen konnte, hatte Sheila ja nicht ganz unrecht mit ihrer Schimpferei, und seiner Einschätzung nach waren Worte wie »Rabenmutter«, »vergnügungssüchtig« und »verantwortungslos« nicht völlig aus der Luft gegriffen. Während er sie reden ließ, stellte er überrascht fest, dass er ein wenig neidisch auf Phyllis war, die eine solche Wucht an Gefühlen bei Sheila auslösen konnte.

Plötzlich hielt Sheila mitten im Satz inne und sah James an. »Sie sagen gar nichts.«

Er öffnete die Tür zu seiner Kabine und setzte sein charmantestes Lächeln auf. Er war sich sehr wohl bewusst, dass der kleinste Versuch, mit einer Nadel in diesen Ballon der Wut zu stechen, gefährlich sein konnte. Wenn es nicht klappte, würde er selbst in die Schusslinie geraten. »Gehen wir auf unseren Balkon und besprechen das Ganze in Ruhe bei einem Gläschen Eierlikör.«

Einen Moment sah sie ihn stumm an, die steilen Falten immer noch zwischen den Augen. Doch dann musste sie grinsen. »Seit wann stehen Sie auf Eierlikör, Null-Null-Siebzig? Ist das nicht ein bisschen schwul?«

Er hielt ihr galant die Tür auf. »Ich nehme es als Kompliment, dass Sie sich Gedanken über meine sexuelle Orientierung machen. Mein Arzt predigt mir schon seit Langem, ich solle mehr Vitamine zu mir nehmen. Eier sind reich an Vitamin B, das stärkt die Nerven. Täte Ihnen auch gut.«

»Eier sind schlecht für den Cholesterinspiegel. Was macht denn Ihrer?«, fragte Sheila über die Schulter, während sie vor ihm durch die Kabine ging und die Tür zum Balkon öffnete.

»Keine Ahnung«, gab James zurück. »Interessiert mich auch nicht.«

Sheila machte es sich auf einem der Deckchairs bequem. »Sollte es aber.«

James zuckte die Schultern. »Ich habe da einen Deal mit meinem Körper. Wenn ihm etwas fehlt, meldet er sich. Ansonsten genießen wir beide das Leben.« James wählte die Nummer des Zimmerservice und orderte zwei Eierlikör auf Eis. Als er sich neben Sheila setzte, stellte er zufrieden fest, dass ihre Wut verraucht war.

»Sie gehen zu nachlässig mit Ihrer Gesundheit um, James«, sagte sie.

Er zündete sich eine Zigarette an. »Seien Sie froh, dass Sie noch eine Mutter haben. Die meisten Menschen haben keine mehr in unserem Alter.«

Sheila nahm ihm die Zigarette aus der Hand und schnippte sie über die Reling. »Sie haben jetzt nicht wirklich Eierlikör bestellt, oder?«

»Sehen Sie es als symbolische Versöhnung mit Ihrer Mutter.«

»Versöhnen kann man sich nur mit jemandem, der sich versöhnen will. Dafür müsste meine Mutter aber erst mal einsehen, dass sie eine Gefahr für die Allgemeinheit ist.« Sheila pustete sich aufgebracht eine Locke aus der Stirn.

»Seien Sie nicht zu hart, sie hat halt ihre Macken. Ich schätze, wenn man fast neunzig ist, ist das normal, oder?«

»Sie war schon immer so.«

»Sie hat Ihnen als Kind wirklich Eierlikör gegeben?«

»Nicht nur Eierlikör. Ich kann froh sein, dass ich meine Kindheit überlebt habe. Als ich vier war, hat sie mich auf einen Schlitten gesetzt und einfach den Berg runtergeschubst. Ich weiß noch, dass sie Tränen gelacht hat, als ich wieder hochkam und ganz braun war im Gesicht, weil ich am Fuß des Berges in ein Schlammloch gefallen war. Wahrscheinlich bin ich das einzige Kind, das davon profitiert hat, dass die Mutter die Familie verlassen hat. Ehrlich, James, meine Mutter ist genau das Gegenteil von dem, was man sich unter einer fürsorglichen Mutter vorstellt.«

»Wenigstens ist sie Ihnen nicht mit übertriebener Sorge auf die Nerven gegangen, nicht wahr? Ihre Freundinnen werden Sie um Ihre Mutter beneidet haben. Sie hat die Dinge locker gesehen.«

Sheila seufzte. »Ach, James, Sie haben ja keine Ahnung, wie es ist, Peter Pan als Mutter zu haben. Ich bin mir mit zehn Jahren schon erwachsener vorgekommen als sie. Und seit sie die achtzig überschritten hat, ist es immer schlimmer geworden. Sie ist wie ein Kind.« Es klopfte an der Tür. James stand auf, öffnete und ließ den Japaner herein, der morgens am Kiosk in der Observation Lounge bediente. Er stellte eine Flasche Eierlikör und zwei Gläser mit Eis auf den Tisch. »Trinken Sie ein Glas mit, Mr Hikikomori?«

Mr Hikikomori schüttelte den Kopf. »Danke, ich vertrage keinen Alkohol.«

James nickte und gab ihm ein Trinkgeld, dann schenkte er ein, reichte Sheila eines der Gläser und nahm das andere. »Armer Teufel«, sagte er, als der Japaner die Tür hinter sich geschlossen hatte. »Vielen Asiaten fehlt ein Enzym, sie vertragen Alkohol nur sehr schlecht.«

»Wieso armer Teufel«, sagte Sheila. »Er lebt gesund.«

»Aber um welchen Preis.« James führte sein Glas zum Mund. Dann verzog er sein Gesicht. »Meine Güte, schmeckt das widerlich. Und das hat Jamie freiwillig getrunken, als wäre es Cola? Mit dem Kind stimmt etwas nicht.«

Sheila nippte an ihrem Likör und leckte sich über die Lippen. »Die Geschmacksnerven sind bei Kindern noch nicht voll entwickelt. Hauptsache, süß.«

James nahm die Flasche. »Apropos, mögen Sie noch ein Glas?«

»Nein, danke«, sagte Sheila, doch ihre Augen sagten etwas anderes.

»Ich habe übrigens ein besonderes kleines Geschenk für Ihre Mutter morgen«, sagte er, während er ihr Glas aufs Neue füllte.

»Sie hat doch ausdrücklich gesagt, dass sie keine Geschenke will«, sagte Sheila.

»Was Menschen sagen und was sie meinen, ist nicht immer dasselbe«, gab James lächelnd zurück. »Oder wollen Sie Ihre Mutter etwa beim Wort nehmen und ihr nichts schenken außer einer herzlichen Umarmung?«

»Ich weiß noch nicht, ob meine Umarmung besonders herzlich sein wird.«

»Kommen Sie, Sheila, seien Sie nicht so hartherzig. Ein weiches Herz pocht am längsten. Altes chinesisches Sprichwort.«

»Sie und Ihre erfundenen Sprichwörter, James!« Sheila musste lachen. »Nun zeigen Sie schon, was Sie für meine Mutter haben. Wenn es schön ist, nehme ich es.«

Er ging in seine Kabine und holte eine Flasche, die mit dunkelroter Flüssigkeit gefüllt war.

»Rotwein?«, fragte Sheila. »Ich glaube nicht, dass meine Mutter Rotwein …«

»Nein.« James überreichte ihr die Flasche. »Es ist selbst hergestellter Johannisbeerlikör. Mit Johannisbeeren aus meinem Garten. Es war kaum zu übersehen, dass Ihre Mutter gern Likör trinkt, und ich glaube beobachtet zu haben, dass Johannisbeerlikör ihr Favorit ist. Und voilà, hier haben wir das perfekte Geschenk für unsere Jubilarin.«

Sheila betrachtete das handgeschriebene Etikett eine Weile misstrauisch. »Aber Sie wussten doch, als wir an Bord gingen, noch gar nicht, dass meine Mutter gern …«

»Verraten Sie mich nicht«, sagte James lächelnd. »Die Illusion ist alles, was zählt. Und im Übrigen ist die Verpackung nicht mit dem Inhalt gleichzusetzen.«

»Es ist also nicht das drin, was draufsteht?«

»Genau.« Er lächelte. »Ich habe diese Flasche Bordeaux im Bordshop gekauft, geleert – er war gar nicht mal schlecht – und mit einem Gemisch aus Johannisbeerlikör, Himbeersirup und Himbeergeist gefüllt. Ebenfalls aus dem Bordshop. Selbstverständlich habe ich nicht wenig Arbeit in die Abrundung des Geschmacks investiert. So gesehen ist es durchaus ein persönliches Geschenk, auch wenn ich die Johannisbeeren nicht liebevoll selbst von den Sträuchern meines Gartens gepflückt habe. Schon allein, weil es keine Obststräucher in meinem Garten gibt.«

»Etikettenschwindel«, stellte Sheila zufrieden fest. »Das geschieht ihr recht.«

James ging in seine Kabine und holte ein Glas, dann befüllte er es bis zum Rand mit dem dunkelroten, dickflüssigen Likör und reichte es Sheila. »Probieren Sie!«

»Aber James, dann fehlt doch schon etwas«, protestierte sie.

»Keine Sorge, alle Zutaten sind noch reichlich vorhanden.« Er beobachtete Sheila, während sie probierte. »Und?«

»Schmeckt nicht nach Johannisbeerlikör.«

»Sondern?«

»Irgendwie undefinierbar.«

Er nickte. »Das war Absicht. Damit er wie selbst gemacht schmeckt.«

»Und sehr süß.«

»Für Frauen können Liköre doch nicht süß genug sein.«

»Was soll das denn bitte schön …«

Er hob beschwichtigend die Hand. »Ganz wie Sie wollen.« Er holte eine zweite Flasche aus seiner Kabine, schraubte den Deckel auf und goss vorsichtig eine durchsichtige Flüssigkeit hinzu. Dann verschloss er die Likörflasche, schüttelte sie, öffnete sie wieder und schenkte Sheila erneut ein. »Wie ist es jetzt?«

Sie nahm einen Schluck, verschluckte sich und hustete. Er klopfte ihr sanft auf den Rücken. »Himmel, was haben Sie da reingemixt? Reinen Alkohol?«, fragte sie, als sie wieder zu Atem gekommen war.

James schraubte den Deckel wieder auf die Flasche und zündete sich eine neue Zigarette an. »Geben Sie zu, es ist besser als diese langweiligen Präsentkörbe von Fortnum & Mason, mit denen Ihre Mutter morgen überhäuft werden wird.«

Sheila lachte, während sie sich noch einen Eierlikör einschenkte. »Hauptsache, sie füllt Jamie nicht mit dem Zeugs ab. Das überlebt er nicht.«

James beobachtete sie, während sie genüsslich trank. Es war erstaunlich, was fünf Gläser Likör bei Sheila bewirken konnten. Ihre Augen leuchteten, die unschönen Zornesfalten zwischen den Augen waren verschwunden. Er blickte auf seine Armbanduhr. Es tat ihm leid, Sheilas gelöste Stimmung zerstören zu müssen, aber es war beinahe eine Stunde vergangen, seit Jeremy aufgebrochen war, um mit dem Kapitän zu sprechen, und eine Dreiviertelstunde, seit sie selbst das Dinner verlassen hatten. »Wir sollten zurückgehen zu den anderen«, sagte er widerstrebend. »Und sie warnen, solange noch alle im Captain's Corner beisammen sitzen und den Mitschnitt von Luigis Auftritt sehen.«

Sheila sah ihn an, alarmiert vom plötzlich ernsten Tonfall seiner Stimme.

»Wo waren Sie eigentlich während des Dinners? Und was haben Sie mit Jeremy draußen besprochen? Bei all der Aufregung über meine Mutter habe ich das ganz vergessen.«

James erzählte ihr, was er vom Ersten Offizier auf der Kommandobrücke erfahren hatte, und auch, dass er sich dafür eingesetzt hatte, dass die Passagiere direkt über die Schiffslautsprecher gewarnt wurden. Dass jedoch sowohl der Offizier als auch Jeremy sich zuerst mit dem Kapitän hatten besprechen wollen. »Ich habe Jeremy eine Stunde

Zeit dafür gegeben«, schloss er seinen Bericht. »Jeremy hat von mir verlangt, dass ich den anderen noch nichts von der Leiche sage, wenigstens so lange nicht, bis er das weitere Vorgehen mit dem Kapitän besprochen hat. Er scheint immer noch diese Wunschvorstellung von einem ungetrübten neunzigsten Geburtstag zu haben.«

Sheila starrte vor sich hin. »Ja. Es geschieht immer alles so, wie Jeremy das will. Sein Motto ist: Wo ein Wille, da ein Weg. Und was er eigentlich damit meint, ist: Wo *mein* Wille, da *mein* Weg. Denn sein Wille ist so stark wie ein Bulldozer, und wenn es keinen Weg gibt, dann walzt er eben einen platt.«

James erhob sich. »Diesmal wird das aber nicht klappen, nicht wahr. Kommen Sie, Sheila. Jeremy hatte genug Zeit, wir müssen, wenn schon nicht das ganze Schiff, dann wenigstens die Geburtstagsgesellschaft warnen.« Er versuchte ein Lächeln. »Wir dürfen doch nicht riskieren, dass die Geburtstagsgesellschaft samt und sonders baden geht. Es wäre traurig, wenn Ihre Mutter morgen die Kerzen auf der Torte ausbläst, und keiner von uns zehn kleinen Negerlein ist mehr übrig, um zu applaudieren.«

Er hatte komisch klingen wollen, aber Sheila lachte nicht. »Einer würde übrig bleiben, nicht wahr?«

»Wie meinen Sie das?«

»Einer von uns ist doch der Täter, oder? Einer von uns hat Eden und Judy Kappel über Bord geworfen. Wer sollte es sonst sein? Der Mörder hat es auf die Geburtstagsgesellschaft abgesehen. Es liegt auf der Hand, dass es niemand von außen war, sondern einer von uns. Zehn kleine Negerlein.«

Sheila sah verwirrt aus. Wie ein Kind, dachte er. Sheila ist wie ein Kind, dem zum ersten Mal klar wird, dass es Menschen gibt, die es nicht gut mit einem meinen. Die Naivität, die sie sich trotz mehr als vierzig Jahren im Dienst des SIS bewahrt hatte, rührte ihn. Da sie nie im Außendienst gewesen war, war sie nie direkt mit dem Bösen in Berührung gekommen. In ihrer Welt blieb es auf Papier gebannt und in PCs eingesperrt und hatte deshalb eine unwirkliche, beinahe spielerische Note behalten. Er legte seinen Arm um ihre Schultern und schob sie sanft zur Tür hinaus. »Wir sollten keine voreiligen Schlüsse ziehen.« Aber ihm war klar, dass sie wahrscheinlich recht hatte. Und dass damit auch die Frage beantwortet war, von wo aus Eden und vermutlich auch Miss Kappel über Bord gegangen waren: von ihren eigenen Kabinen aus, und sie hatten ihrem Mörder selbst die Tür geöffnet. Deshalb war es sinnlos, Deck 10 zu überwachen, aber extrem wichtig, die anderen Mitglieder der Geburtstagsgesellschaft zur Vorsicht anzuhalten, wenn sie jemandem die Tür öffneten.

»Lassen Sie uns Ivy, Richard und Jamie als Erstes informieren«, sagte James, als sie an der Kabine der jungen Familie vorbeikamen. James klopfte an, und Ivy machte die Tür auf. Als sie James und Sheila sah, trat sie schnell zu ihnen auf den Flur und zog die Tür ihrer Kabine hinter sich halb zu.

»Wie geht es Jamie?«, fragte Sheila.

»Gut«, antwortete Ivy und lächelte gequält. »Er schläft tief und fest. Ich habe den Schiffsarzt nach ihm schauen lassen, er meint, er sei so weit okay.«

»Es tut mir so leid«, sagte Sheila. »Meine Mutter ist unmöglich. Wenn wir irgendetwas für Sie tun können?«

»Der Grund unseres Kommens ist allerdings noch ein anderer«, unterbrach James ernst. »Ist Ihr Mann auch hier?«

Ivy schüttelte den Kopf. »Richard und ich … wir … hatten Streit.«

Ivys Augen füllten sich mit Tränen. Sheila reichte ihr ein Taschentuch. »Wegen der Sache mit dem Eierlikör«, sagte sie mitfühlend.

Ivy wischte sich mit dem Taschentuch über die Augen. »Ich werde morgen von Bord gehen.«

»Das verstehe ich. Ich würde dasselbe tun«, sagte Sheila.

»Was sagt Ihr Mann dazu?«, fragte James.

Ivy sah ihn entschlossen an. »Er bleibt an Bord. Aber das ist mir egal. Morgen sind wir hier weg. Und ich nehme Jamie mit.«

»Wo ist Richard jetzt?«

Ivy zuckte die Schultern. »Wir haben uns laut gestritten, Jamie ist im Nebenraum davon aufgewacht und hat nach mir gerufen. Ich ging zu ihm, und da knallte auch schon die Tür.«

»Warum will Richard nicht mit von Bord?«, fragte Sheila. »Wegen Jeremy? Ist ihm sein Großvater wichtiger als das Wohl seines Sohnes?«

»Das habe ich ihm auch vorgeworfen«, sagte Ivy. Ihre Augen glänzten schon wieder.

»Wenn Sie wollen, reden wir mit ihm«, sagte James. »Mrs Humphrey und ich werden morgen auch von Bord gehen, vielleicht wird ihn das überzeugen.«

Sheila wandte abrupt den Kopf und sah ihn an. »Fangen Sie jetzt schon wieder damit an?«

»Glauben Sie mir, es ist das Beste.«

»Aber ohne mich, James«, sagte Sheila. »Begleiten Sie meinetwegen Ivy und Jamie von Bord, aber ich bleibe bei meiner Mutter.«

»Sehen Sie«, sagte Ivy zu James. »Blut ist dicker als Wasser. Richard will auch nicht riskieren, in Ungnade zu fallen. Jeremy würde es ihm nämlich nie verzeihen, wenn er die Reise abbricht.«

James nickte. »Verstehe. Aber wie immer Sie sich morgen entscheiden, bitte verschließen Sie heute Nacht die Tür – auch die Balkontür – und lassen Sie außer Ihrem Mann niemanden herein. Wir wollen Sie nicht unnötig beunruhigen, aber an der ligurischen Küste wurde eine Leiche angespült, und möglicherweise handelt es sich um Eden Philpotts. Falls es kein Unfall war, dass er über Bord ging, dann wurde er vermutlich von seiner eigenen Kabine aus ins Meer geworfen.«

Ungläubig blickte Ivy erst zu James, dann zu Sheila. »Glauben Sie, ich meine, wenn Sie denken, dass ... Judy Kappel, ist sie auch tot?« Sie schlug die Hände vor den Mund. »Ein Serienmörder!«

»Es ist nur eine Vermutung. Wahrscheinlich malen wir den Teufel an die Wand, aber sicher ist sicher.« James klang so zuversichtlich wie ein Arzt, der seinem Patienten wider besseren Wissens gute Aussicht auf Heilung verspricht.

Kapitel 22

James und Sheila beeilten sich, zu den anderen zurückzukehren. Gerade wollte James die Tür zum Captain's Corner aufdrücken, da hörte er hinter sich jemanden rufen. »Warten Sie!« Es war Richard. Sheila ging ihm entgegen.

»Wir waren gerade bei deiner Frau. Bitte, geh zurück zu ihr und zu deinem Kind, bleibt in der Kabine und öffnet niemandem die Tür«, bat sie ihn eindringlich. »Und morgen verlasst ihr das Schiff.« Richard machte den Mund auf, um etwas zu sagen, schloss ihn aber wieder.

»Es gibt eine neue Entwicklung«, erklärte James. »Eine Wasserleiche, angespült an der ligurischen Küste. Vermutlich Eden Philpotts. Und es würde mich nicht wundern, wenn auch Miss Kappel auf diese unschöne Weise wieder auftaucht.«

»Oh mein Gott«, sagte Richard. Die charmante Unbekümmertheit eines knapp dreißigjährigen Millionenerben war plötzlich von ihm gewichen. »Haben Sie meine Frau gewarnt?« James nickte. »Oh mein Gott«, wiederholte Richard. Er drehte sich auf dem Absatz um und eilte davon. Als James seinen Arm Richtung Tür ausstreckte, klingelte sein Handy. Erleichtert zog er es aus dem Jackett. Doch es war nicht Jeremy und auch nicht der Kapitän oder der Erste Offizier, sondern David Grenville.

»James«, hörte er die Stimme seines alten Freundes. Er klang heiser. »Es tut mir leid, dass ich mich nicht früher gemeldet habe, ich war im Krankenhaus.«

»Etwas Ernstes?«, fragte James.

»Ach was«, antwortete David, »reine Routine heutzutage.«

James wusste, dass sich hinter dieser Formulierung durchaus eine Bypass- oder Hüftoperation verbergen konnte. David war nie jemand gewesen, der gern über solche Dinge sprach, erst recht nicht, wenn sie ihn selbst betrafen.

»Lass uns nicht über Krankheiten reden«, sagte David. »Du hattest wegen dieses Mannes angerufen, Eden Philpotts. Fehlanzeige, ich habe ihn durch sämtliche Datenbanken geschickt, und er ist nackt wieder rausgekommen. Nichts. Diesen Mann gibt es nicht. Oder sagen wir lieber, diese Identität. Es sei denn, er ist von den Toten wieder auferstanden. Der letzte Mann dieses Namens war Schriftsteller und ist 1960 verstorben. Allerdings schrieb der sich mit zwei ›l‹.«

»Danke, David.«

»Was ist denn mit diesem Kerl? Ein Betrüger?«

»Ja, wahrscheinlich. Aber das ist inzwischen nicht mehr so wichtig.« Und wir haben größere Probleme, setzte er in Gedanken hinzu, hütete sich aber, das laut auszusprechen. Er wollte seinen alten Freund nicht beunruhigen, er konnte momentan ohnehin nichts für ihn tun.

»Warum ist es auf einmal nicht mehr so wichtig?«, hakte David nach. Auch er kannte seinen Freund gut genug, um Tonfall und Pausen bei ihm deuten zu können. »Es ist nicht deine Art, James, mich um etwas zu bitten, das dann plötzlich doch nicht mehr wichtig ist. Da steckt doch sicher mehr dahinter.«

James wechselte in einen scherzhaften Tonfall. »Nun ja, unser Eden Philpotts ist, wenn man so will, in die Fußstapfen dieses Schriftstellers getreten, nicht wahr. Er ist inzwischen ebenfalls verstorben. Danke, David, für deine Hilfe. Schöne Grüße übrigens von Sheila und gute Besserung! Ich muss jetzt Schluss machen, melde mich, sobald wir wieder in London sind.«

»Halt, leg nicht auf!«, hörte er Davids empörte Stimme noch, bevor er das Gespräch wegdrückte.

»David?«, fragte Sheila.

James nickte. »Er hat Eden erfolglos durch sämtliche Datenbanken geschickt. Es gibt keinen lebenden Eden Philpotts mehr. Beziehungsweise, es gab auch schon keinen lebenden Eden Philpotts, bevor unserer zur Wasserleiche wurde. Der Mann Ihrer Mutter war mit falscher Identität unterwegs.«

»Wie ich gedacht hatte. Also war er doch ein Heiratsschwindler«, sagte Sheila. »Rufen Sie David noch einmal an, damit er Judy Kappel ebenfalls checkt. Ich wette, dass ihr Name auch falsch ist.«

»Ja, später, aber erst einmal müssen wir die anderen informieren und vor allem warnen«, sagte James und legte die Hand auf die Türklinke.

Sheila zog ihn aufgeregt zurück. »Warten Sie, James. Ich weiß, wie es gewesen sein könnte. Vergessen wir den Serienkiller. Wie ich von Anfang an vermutet habe: Die Kappel und Eden waren doch ein Liebespaar, sie haben gemeinsame Sache gemacht, um meine Mutter auszunehmen. Doch dann ist die Kappel eifersüchtig geworden, weil zwischen

Eden und meiner Mutter doch Zuneigung aufgekeimt ist und Eden plötzlich nicht mehr mitspielen wollte. Da hat sie ihren abtrünnigen Geliebten ermordet. Sie selbst versteckt sich irgendwo.«

James sah sie bestimmt an. »Sie mögen Judy Kappel nicht«, stellte er fest.

»Mein Gott, James, selbst wenn es so wäre, darum geht es doch hier nicht. Es geht um Logik. Und es ist logisch, das müssen Sie zugeben.«

»Mag sein«, sagte James zweifelnd. »Aber ich glaube nicht, dass es so war.«

»Ja, ich weiß schon, Ihre Intuition. Wenn Sie mich fragen, Sie hängen an Ihrer Serienkiller-Theorie, weil sie spektakulärer ist. Und weil Sie hübschen Frauen nichts Böses zutrauen, James. Wer von uns beiden ist denn nun unlogischer?«

»Sie sollten mich besser kennen«, sagte er leise. »Ich traue jedem alles zu. Worüber Sie sich im Übrigen oft genug aufregen. Und davon abgesehen ist das Einzige, was wir sicher wissen, dass Eden tot ist. Ob ihn Judy Kappel umgebracht hat, es Selbstmord oder ein Unfall war oder am Ende doch der große Unbekannte, lässt sich einfach nicht sagen. Aber solange wir den großen Unbekannten nicht ausschließen können, ist die Gefahr möglicherweise noch nicht vorüber. Und das heißt, dass wir die anderen davor warnen müssen, dass hier vielleicht ein Serienkiller …«

»Schon gut«, unterbrach Sheila ihn. »Sie haben ja recht.« Sie legte die Hand an die Schwingtüre, dann hielt sie inne und sah ihn bittend an. »Aber fallen Sie nicht mit der Tür ins Haus, James. Ich meine, bringen Sie es meiner Mutter schonend bei. Sie ist ja ahnungslos und denkt, dass ihr Mann in Marseille im Krankenhaus liegt. Es wird ein Schock für sie sein, wenn sie erfährt, dass er tot ist.«

James nickte. »Wollen Sie das lieber übernehmen?«

Sheila schüttelte heftig den Kopf, doch dann nickte sie und holte tief Luft. »Na dann, los!«

Al und Rosie, Monty, Charles und Luigi drehten sich zu ihnen um, als sie eintraten. Auf einer Leinwand am anderen Ende des Raumes war Luigi in voller Aktion zu sehen. Im Frack und mit seiner imposanten Statur wirkte er wie ein schwarzer, singender Fels vor seinem Publikum. Phyllis winkte James und Sheila erfreut zu sich. »Ihr bekommt noch die letzten drei Arien mit!«

James ging ohne Umschweife zum Beamer und schaltete ihn aus. »Wo ist Jeremy?«

Phyllis zog die Augenbrauen zusammen. »Das müssen Sie doch wissen, James«, sagte sie verärgert. »Sie sind doch mit ihm rausgegangen. Ich muss schon sagen, das ist keine Art, hier hereinzuplatzen und …«

»War der Kapitän hier?«, unterbrach Sheila.

»Nein«, sagte Phyllis. »Was soll diese Fragerei?«

»Wollen Sie uns nicht endlich verraten, worum es geht?«, fragte Charles Walther.

James sah Sheila auffordernd an, doch Sheila wich seinem Blick aus. Also ging er zu Phyllis, rückte sich einen Stuhl zurecht und setzte sich so, dass er ihr in die Augen sehen konnte.

»Phyllis, es ist etwas passiert. Ihr Mann …«

»Wir haben dir nicht die ganze Wahrheit gesagt, Mutter«, unterbrach Sheila. Sie setzte sich dazu und nahm die schmale Hand ihrer Mutter in beide Hände. »Über Eden und Miss Kappel. Es war Jeremys Idee. Er wollte dich nicht beunruhigen, weißt du. Er macht sich Sorgen um dich und will, dass dein Geburtstag morgen wunderschön wird. Aber es geht nicht mehr. Wir können dir nicht länger verschweigen, was passiert ist.«

Sheila erzählte ihrer Mutter behutsam alles, was man vor ihr geheim gehalten hatte. Während sie leise redete, hielt Phyllis den Blick auf ihren Schoß gesenkt. James konnte nicht einschätzen, ob sie die Tragweite dessen, was geschehen war, wirklich begriff. Als Sheila fertig war, schienen alle den Atem anzuhalten und auf die Reaktion von Phyllis zu warten. Endlich schaute sie auf. »Ach, Kinder«, seufzte sie. »Ich habe euch das ganze Theater, das ihr um das Verschwinden von Eden und Miss Kappel gemacht habt, von Anfang an nicht abgekauft. Per Rettungshubschrauber nach Marseille. Mit Scharlach auf der Isolierstation. Lachhaft. Jeremy hätte ich es geglaubt, aber du, Sheila, du konntest noch nie gut lügen. Das hast du von deinem Vater. Aber es war so rührend, diese Geschichte, und das alles nur, damit ich einen unbeschwerten Geburtstag feiern kann. Wessen Idee war das eigentlich?«

»Jeremys«, sagte Sheila unbehaglich.

Phyllis lächelte. »Das sieht ihm ähnlich.« Dann wurde ihr Gesicht ernst, als sie sich James zuwandte. »Aber jetzt übertreibt ihr. Denkt ihr denn, ich wäre so eitel, dass ich der Tatsache nicht ins Auge sehen kann, dass die beiden sich gemeinsam aus dem Staub gemacht haben? Denkt ihr wirklich, ich sähe Eden lieber tot als abtrünnig? Habt ihr euch deshalb diese neue Lüge ausgedacht? Und mein Gott, wenn ihr das tatsächlich von mir denkt, was schlimm genug ist, warum habt ihr nicht wenigstens gewartet, bis mein Geburtstag vorbei ist, und es mir dann erzählt? Wie habt ihr euch denn die Feier morgen vorgestellt? Eden ist tot, nun ja, zunächst ist die Stimmung etwas gedrückt, aber dann wird es doch noch ein schöner Geburtstag?«

Sie sah Sheila und James kopfschüttelnd an. »Was habt ihr euch bloß dabei gedacht.«

»Nein, Mutter!«, rief Sheila verzweifelt. »Es ist die Wahrheit!«

»Wer einmal lügt, dem glaubt man nicht«, gab Phyllis zurück. Sie fuchtelte mit den Armen, als wolle sie eine Fliege verscheuchen. »Für heute ist Schluss. Morgen bin ich vielleicht wieder in der Stimmung, mir weiter eure Lügengeschichten anzuhören.« Sie legte ihre Hand auf das Schaltpult ihres elektrischen Rollstuhls und setzte langsam vom Tisch zurück, nicht ohne jeden Einzelnen in der Runde mit einem anklagenden Blick zu bestrafen. Dann drehte sich der Rollstuhl in Richtung Tür und setzte sich ruckend in Bewegung.

»Ihr solltet euch alle schämen!«, rief sie ihnen über die Schulter hinweg zu. »Ihr denkt, die alte Schachtel kriegt eh nichts mehr mit. Alle habt ihr mitgemacht bei dieser Schmierenkomödie, alle! Selbst Sie, James, von Ihnen hätte ich das am wenigsten erwartet!«

Kurz vor der Tür verlangsamte Phyllis das Tempo ihres Rollstuhls, woraufhin Monty und Luigi aufsprangen, um die Schwingtür für sie zu öffnen. Doch in dem Moment wurde sie von außen aufgedrückt. Kapitän Sullivan und Ross Abbot traten ein, ihre ernsten Mienen standen in seltsamem Kontrast zur heiteren Ausstrahlung ihrer weißen Uniformen. Während der Kapitän an der Tür stehen blieb, um mit Phyllis zu sprechen, ging der Erste Offizier geradewegs auf James zu. »Wir wissen jetzt, wer es ist«, sagte er leise.

»Sie brauchen nicht zu flüstern, Mr Abbot«, unterbrach ihn James. »Die anderen wissen Bescheid.«

»Der Tote, der an Land gespült wurde. Es ist nicht der Mann, den Sie suchen«, sagte Ross Abbot nun so laut, dass es alle hören konnten. Ein Raunen ging um den Tisch.

James zog die Augenbrauen hoch. »Sind Sie sicher?«

»Ja. Der Tote heißt Douglas Etherington, er gehörte zu einer Reisegruppe aus den USA. Er war tatsächlich an Bord der Victory. Kurz nachdem Sie bei uns waren, hat ihn seine Tischnachbarin als vermisst gemeldet, er war seit dem Frühstück nicht mehr zum Essen erschienen. Sie machte sich Sorgen, dachte, er sei vielleicht krank, und hatte deshalb an seine Kabinentüre geklopft. Als Mr Etherington nicht öffnete, bat die Frau den Zimmerservice, die Tür aufzuschließen. Die Kabine war leer. Dann kam sie zu uns. Sie hat die Leiche anhand des Fotos identifiziert.«

»Wie das?«, fragte James ungläubig.

»Der Schuh. Mr Etherington hatte gestern beim Landgang in Begleitung dieser Dame ein Paar Herrenschuhe der Marke Crockett & Walmer gekauft, aus Straußenleder. Wir haben diese Information an die italienischen Behörden weitergegeben, und die haben es bestätigt: Im Schuh des Toten ist ein Etikett von Crockett & Walmer eingenäht. Es folgt noch ein DNA-Abgleich und so weiter, aber ich denke, wir können davon ausgehen, dass er es ist.«

An der Tür schimpfte Phyllis lautstark auf den Kapitän ein, der mit professionell freundlicher Miene neben ihr stand und nur nickte. »Das wird Konsequenzen haben, mein Lieber, und ich will Ihren Vorgesetzten sprechen!«

»Natürlich, Madam.«

Sheila verdrehte die Augen, stand auf und ging zu ihrer

Mutter. »Mutter, siehst du nicht, dass du mit dem Kapitän sprichst?«

»Misch du dich da nicht ein«, zeterte Phyllis weiter. »Bringen Sie mich zu Jeremy. Sofort.«

Der Kapitän nickte. »Mr Watts wartet in der Sun Lounge auf Sie, Madam. Er möchte Sie ebenfalls sprechen.« Er umfasste die Griffe des Rollstuhls, um Phyllis aus dem Raum zu schieben.

»Lassen Sie das! Sie bringen nur den Motor durcheinander«, herrschte Phyllis ihn an. Sie betätigte den Handhebel, und surrend setzte sich der Rollstuhl in Bewegung. »Halt!« James hatte sich vom Tisch erhoben, seine Stimme war laut und schneidend. Phyllis fuhr unbeirrt weiter. Der Kapitän gab dem Ersten Offizier ein Zeichen, ihr zu folgen, und wandte sich James zu. »Bitte?«

»Was werden Sie tun, Kapitän Sullivan?«

»Wie meinen Sie das?«

»Sie müssen die Passagiere warnen. Der Tote stammt von diesem Schiff. Gut möglich, dass bald auch die Vermissten aus unseren Reihen, Judy Kappel und Eden Philpotts, an die Küste gespült werden. Dass es eine Serie ist. Und dass der Mörder weitermacht.«

Der Kapitän lächelte breit. »Mr Watts hat mir von Ihnen erzählt, Mr Gerald. In Ihrer Welt geht man gern vom Schlimmsten aus, das ist natürlich am einfachsten. Harmlose Erklärungen dagegen erfordern sehr viel mehr Fantasie.«

»Pardon, aber meine Fantasie für harmlose Erklärungen muss beim Anblick der Wasserleiche Schiffbruch erlitten haben. Da Ihre Fantasie ja noch an Bord zu sein scheint, welche harmlose Erklärung hätten Sie denn zu bieten?«

»Freitod«, sagte der Kapitän, während er James abschätzig musterte. »Schrecklich, wenn so etwas passiert, kommt aber leider vor.«

»Gleich drei Selbstmorde?«, warf James ein. »Das glauben Sie doch selbst nicht!«

Der Kapitän bedachte ihn mit einem geduldigen Blick. »Nein. Wir haben nur eine Leiche, also gab es auch nur einen Selbstmord. Die beiden Personen, die Sie vermissen, sind, davon bin ich nach meinem Gespräch mit Mr Watts überzeugt, absichtlich von der Bildfläche verschwunden.«

»Wie denn, ohne ihr Leben zu riskieren?«, warf Monty ein. »Dies hier ist ein Schiff.«

Der Kapitän lächelte. »Sie sagen es. Ein Schiff. Aber keine Nussschale. Dieses Schiff ist wie eine kleine, schwimmende Stadt, und wenn Sie es darauf anlegen, können Sie problemlos darin verschwinden. Quasi untertauchen, zumindest für eine Weile. Und jetzt entschuldigen Sie mich bitte.«

Nachdem der Kapitän den Raum verlassen hatte, herrschte eine Weile Schweigen. Alle waren in Gedanken versunken und versuchten, sich eine Meinung über das Gehörte zu bilden. James bemerkte, dass der Hai, den er aus dem Kasperletheater mitgenommen hatte, unter den Tisch gefallen war. Er hob ihn auf, fasste mit der rechten Hand in sein Maul und ließ es auf und zu schnappen.

»Das ist ja verrückt«, sagte Monty in die Stille hinein.

»Das, was der Kapitän gesagt hat, klingt vernünftig«, meldete sich Rosie zu Wort.

»Ja«, stimmte Monty zu. »Der Amerikaner ist selbst ins Meer gehüpft, und während wir hier sitzen und uns Sorgen über einen Serienkiller machen, sitzen Judy und Eden irgendwo und lachen sich ins Fäustchen.«

»Was denken Sie, James?«, fragte Al. »Sie sind doch vom Fach. Müssen wir uns Sorgen machen oder nicht?«

James fuhr fort, mit dem Hai zu spielen. »Es gibt mehrere Möglichkeiten, nicht wahr? Die schlimmste wäre: Es gibt einen Serienkiller an Bord. Er hat bereits drei Menschen ermordet, und wahrscheinlich macht er weiter. Wir wissen nicht, wen es als Nächstes trifft, und ebenso wenig wissen wir, welches Motiv der Täter hat und ob er überhaupt eines hat. Wenn er nur tötet, weil es ihm einen Kick verschafft, Herr über Leben und Tod zu spielen, weil in seinem Gehirn an der Stelle, wo bei anderen Menschen Mitgefühl und Gewissen verortet sind, wie bei einem Hai schlichtweg nichts ist, dann ist ihm am schwierigsten beizukommen. Wenn das zutrifft, müssen wir uns in der Tat Sorgen machen. Wenn jedoch der Kapitän und Jeremy recht haben und der Tod des Amerikaners ein Freitod war, bleibt immer noch die Frage, was mit Judy Kappel und Eden Philpotts ist. Die Theorie, dass die beiden unter einer Decke stecken und gemeinsam das Weite gesucht haben, erscheint mir irgendwie – abenteuerlich, nicht wahr.«

»Warum?«, fragte Rosie. »Mir kam es gleich am ersten Tag so vor, als würden sie manchmal, wenn sie sich unbeobachtet glaubten, kömische Blicke austauschen. Sie wissen schon, so wie es Leute tun, die ein Geheimnis miteinander haben.«

»Aber warum sind Eden und Judy dann nicht einfach in Nizza von Bord gegangen?«, gab Monty zu bedenken. »Warum haben sie mit dem Verschwinden gewartet, bis wir wieder auf hoher See sind? Welcher Plan steckt dahinter?«

»Vielleicht haben Judy und Eden noch etwas anderes vor, als wir dachten«, sagte Sheila aufgeregt. »Wenn es ihnen nur darum gegangen wäre, das Konto meiner Mutter abzuräumen oder ihren Schmuck zu stehlen, hätten sie das leicht tun können. Aber sie wollen ja, dass jeder denkt, sie seien über Bord gegangen. Wer weiß, vielleicht haben sie sogar diesen Amerikaner ins Meer geworfen, nur um uns glauben zu machen, dass es hier einen Verrückten gibt, der wahllos mordet und auch sie auf dem Gewissen hat. Und während wir alle das denken, verfolgen sie in aller Ruhe ihre eigenen Pläne.«

James zog nachdenklich die Augenbrauen hoch. »Sie sind ziemlich genial, Sheila.«

»Aber welche Pläne sollten das sein?«, fragte Charles.

»Ich weiß es nicht.« Sheila zuckte die Schultern.

Monty wandte sich James zu. »Aber ich finde, der Kapitän und Jeremy handeln richtig, wenn sie, statt eine allgemeine Warnung über die Bordlautsprecher durchzugeben, lieber zusätzliches Sicherheitspersonal auf den Decks bereitstellen.«

»Sie meinen wegen der Panik, die ausbrechen könnte«, bemerkte der Heilpraktiker.

Monty nickte. »Das hätte mit Sicherheit verheerende Folgen.«

»Stimmt«, mischte sich Luigi ein. »Bei einem Konzert, das ich vor ein paar Jahren in Lucca gegeben habe, schrie plötzlich jemand ›Feuer!‹. Der Saal war bis auf den letzten Platz besetzt, und ich sage euch, es war grauenvoll. Kopflos wie eine Herde Büffel rannten alle auf einmal hinaus. Madonna, am nächsten Tag bin ich in die Kirche gegangen und habe zum Dank dafür, dass niemand ernsthaft zu Schaden kam, alle Kerzen geopfert, die ich finden konnte. Die Mutter Gottes hat an dem Abend wirklich die Hand über uns gehalten!«

»Und?«, fragte James.

»Wie bitte?«, fragte Luigi zurück.

»Gab es ein Feuer?«

Luigi nickte heftig. »Oh, ja, ja, die Konzerthalle ist völlig ausgebrannt. Ein großes Unglück für die Stadt.«

»Da war es doch ganz gut, dass jemand ›Feuer!‹ gerufen hat, nicht wahr?«

Luigi sah James verwirrt an. »Natürlich. Ich wollte doch nur sagen, dass es nicht gut ist, wenn eine Panik ausbricht.«

»Das ist eben genau der Punkt«, sagte Charles. »Ob es wirklich ein Feuer gibt oder nicht. Wenn wir ›Feuer‹ oder vielmehr ›Mörder‹ rufen, und es ist ein falscher Alarm, dann bricht unnötig Panik aus. Warnen wir aber nicht, und es gibt einen Mörder, dann muss das vielleicht noch jemand mit seinem Leben bezahlen.«

James beobachtete die einzelnen Mitglieder der Tischgesellschaft, während sie weiter über das Geschehen an Bord diskutierten. Sheila, Luigi, Monty und Charles waren lebhaft bei der Sache, wenn auch geteilter Meinung darüber, wie auf die jüngste Entwicklung zu reagieren sei. Al und Rosie hingegen war in seltener Einmütigkeit anzumerken, dass für sie der unterhaltsame Aspekt der jüngsten Ereignisse im Vordergrund stand und weniger die mögliche Gefahr für das eigene Leben. Wahrscheinlich, dachte James mit einem Anflug von Mitleid, sind sie einfach froh über die Ablenkung vom eintönigen Gezänk ihrer Ehe. James sah auf die Uhr und erhob sich. »Ich versuche jetzt, Jeremy dazu zu bringen, dass er die Sicherheitsvorkehrungen an Bord verstärken lässt, besonders auf Deck 10.« Er sah Sheila an. »Kommen Sie mit zur Sun Lounge?«

Während Sheila sich erhob, ermahnte er die anderen: »Verriegeln Sie heute Nacht Ihre Kabinentüren gut und meiden Sie Deck 10!«

Kapitel 23

Die Sun Lounge bot etwa zwölf Gästen Platz. Jeremy hatte sie nach dem Vorbild der gleichnamigen Lounge auf der königlich-britischen Yacht Britannia gestalten lassen. Wie die Queen selbst sollte man sich darin fühlen, wenn man des Nachmittags auf den blau-weiß gestreiften, dicken Polstern der bequemen Deckchairs Platz nahm, an seinem Tee oder einem frühen Whisky nippte, während schräg gestellte Holzlamellen vor den Panoramafenstern die milden Strahlen der tief stehenden Sonne brachen und das behagliche Interieur mit freundlichen Lichtstreifen versahen. Doch als James und Sheila eintraten, war die Sonne bereits untergegangen, die Lamellen waren geschlossen, und grelle Neonleuchten an der Decke machten die besondere, durch das Zusammenspiel von Licht und Schatten entstehende Atmosphäre zunichte. Phyllis saß, den Kopf nach vorn gebeugt, in ihrem Rollstuhl und gab leise Schnarchlaute von sich, während Kapitän Sullivan ungeduldig auf und ab schritt.

»Wo ist Jeremy?«, fragte Sheila.

Phyllis schreckte hoch.

»Er müsste eigentlich schon längst da sein«, sagte Kapitän Sullivan und sah auf seine Armbanduhr. »Es ist zehn Minuten über die verabredete Zeit.«

Phyllis räusperte sich. »Sie müssen sich irren, junger Mann. Jeremy Watts verspätet sich nie.«

Der Kapitän sah sie missmutig an. Auch er war es nicht gewohnt, dass man ihn warten ließ.

James und Sheila ließen sich in den Deckchairs nieder. James langte in die Obstschale, die zwischen ihren Stühlen auf einem niedrigen Beistelltischchen stand, nahm sich eine Banane, schälte sie und verschlang sie mit drei Bissen. Der Banane ließ er einen Apfel folgen.

»Sie sind ja ganz verrückt nach Vitaminen, James«, bemerkte Phyllis. »Immer wenn ich Sie sehe, stopfen Sie sich mit Obst voll.«

»Das Geheimrezept des SIS, um die Agenten fit zu halten«, sagte James. »Außerdem habe ich Hunger.«

Phyllis lächelte. »Stimmt, Sie haben ja leider das Abendessen verpasst. Aber was tut man nicht alles, um im Alleingang die Welt zu retten, nicht wahr, Null-Null-Siebzig?« Sie kicherte vergnügt. »Oder zumindest das Schiff.«

»Mutter!«, rief Sheila aufgebracht. »Lass das, ja?«

Phyllis kicherte noch immer. »Hört, hört. Unser Bond-Girl verteidigt ihren Helden.«

»Jetzt reicht es!«, rief Sheila, stand auf, verschränkte die Arme vor der Brust, ging zur anderen Seite des Raums und starrte wütend an die Wand. Es klopfte an der Tür, Mr Chandan trat ein. Er war verschwitzt und etwas außer Atem. »Mr Watts sagt, ich soll sagen, er bedauert, leider er später kommt.«

»Jeremy kommt nie zu spät«, wunderte sich Phyllis.

»Was kann denn jetzt dringender sein?«, fragte Sheila aufgebracht. Sie ging näher zu Mr Chandan. »Hat er gesagt, warum?«

Mr Chandan hob entschuldigend die Hände. »Nicht gesagt, warum, Madam. Aber gesagt, nicht dauert lange. Sie hier warten sollen unbedingt.«

Kapitän Sullivan sah wieder auf die Uhr, sagte aber nichts. Phyllis zog ihr Handy aus der Seitentasche ihres Rollstuhls und tippte die Kurzwahl für Jeremy ein. »Mailbox«, sagte sie dann. James und Sheila wechselten einen Blick. »Sie mich brauchen noch?«, fragte Mr Chandan.

Phyllis schüttelte den Kopf. »Nein, gehen Sie ruhig, Mr Chandan.«

»Ach, Mr Chandan, einen Moment«, sagte James. Der Chinese drehte sich um. »Ich weiß nicht, ob Sie es mitbekommen haben«, sagte James. »Die Leiche eines Mannes wurde heute an Land gespült. Seien Sie bitte vorsichtig.«

Mr Chandan nickte und sah James mit ernstem Blick an. Er zögerte. »Mr Watts war bereits so freundlich, mich zu warnen«, wechselte er ins Chinesische. »Er sagte, vielleicht ist ein Killer an Bord.«

James war erleichtert. »Sehr gut. Das heißt, er wird endlich etwas unternehmen.«

Mr Chandan nickte. »Ich glaube, das hat er schon. Ich habe versucht, ihm zu folgen, aber als er merkte, dass ich ihm nachging, blaffte er mich an, er habe mir doch klar und deutlich befohlen, was ich zu tun hätte. Ich habe gesagt, dass ich mir nach dem, was er mir gerade erzählt habe, Sorgen machte, wenn er allein unterwegs sei, aber er hat nur gelacht und gesagt, er könne gut auf sich selbst aufpassen.« Mr Chandan senkte die Stimme zu einem Flüstern, obwohl weder Phyllis noch Sheila oder der Kapitän Chinesisch verstehen konnten. »Wussten Sie, dass Mr Watts eine Waffe besitzt? Er hat sie mir gezeigt.«

James war alarmiert. »In welche Richtung ist Mr Watts gegangen?«

Mr Chandan zuckte die Schultern. »Er ist in den Aufzug gestiegen, ich durfte nicht mitkommen. Ich weiß nicht, auf welchem Deck er ausgestiegen ist. Der Aufzug fuhr von Deck 7 aus nach oben.«

»Verflucht«, sagte James.

»Was soll das?«, fragte Phyllis. »Warum sprechen Sie Indisch? Was gibt es zu besprechen, das wir nicht mithören sollen?«

James gab keine Antwort, sondern sah den Kapitän an. »Ich schätze, Sie haben Informationen zum Schiffspersonal digital vorliegen?«

Kapitän Sullivan nickte. »Warum fragen Sie?«

»Mit Foto?«

»Ja, sicher.«

»Wo kann ich die Daten durchgehen? Die weiblichen Angestellten können wir außer Acht lassen, es geht um einen Mann.«

Kapitän Sullivan sah von James der Reihe nach zu Phyllis, Sheila, Mr Chandan und schließlich wieder zu James. Es schien, als wolle er Zeit gewinnen, um zu entscheiden, ob er einer Anordnung Folge leisten sollte, die von einem Passagier kam.

»Ich glaube nicht, dass …«, setzte er an, doch Phyllis unterbrach ihn schrill: »Geben Sie Mr Gerald Einsicht in die Daten, Kapitän Sullivan.«

»Wie Sie meinen«, sagte der Kapitän steif und wandte sich zur Tür. »Kommen Sie.«

»Aber wer wartet hier auf Jeremy?«, fragte Sheila.

»Das ich kann tun«, erbot sich Mr Chandan. Es war ihm

anzusehen, dass er nichts dagegen hatte, die Sun Lounge ein paar Minuten ganz für sich zu haben, es sich in einem der Deckchairs bequem zu machen und die Vorstellung zu genießen, einmal Herr und nicht Diener zu sein.

»Gut«, sagte James auf Chinesisch zu ihm. »Wenn Mr Watts kommt, richten Sie ihm aus, dass wir auf der Brücke sind. Und lassen Sie sich um Himmels willen nicht noch einmal abschütteln!«

Kapitel 24

»Warum haben Sie Indisch mit Mr Chandan gesprochen?«, fragte Sheila leise über die Schulter, während sie dem Kapitän und Phyllis zur Brücke folgten.

»Chinesisch«, korrigierte James.

»Wie?«

»Wir haben Chinesisch gesprochen.«

»Warum sprechen Sie Chinesisch mit Mr Chandan?«, wunderte Sheila sich. »Dass Sie Chinesisch können, wusste ich, aber dass Mr Chandan auch … na ja, andererseits, für Inder ist wahrscheinlich Chinesisch so wie für uns Französisch. Obwohl …«

James lächelte. »Wenn man einmal auf der falschen Spur ist, fällt es schwer, davon abzuweichen, nicht wahr? Eine falsche Spur ist wie ein Magnet, der alle Informationen auf sich zieht, und wenn sie noch so sehr in eine andere Richtung weisen.«

Sheila sah ihn verstimmt an. »Und was heißt das jetzt?«

»Die meisten Menschen neigen dazu, das, was sie sehen, den Informationen zuzuordnen, die sie schon haben, statt jede Information einzeln zu bewerten und möglicherweise infrage zu stellen. Mr Chandan ist kein Inder, sondern Chinese. Wir haben uns in seiner Muttersprache unterhalten.«

»Chinese? Muss ich das verstehen?« Sheila schüttelte den Kopf. »Na ja, ist ja auch nicht so wichtig. Aber die Frage bleibt: Warum haben Sie in eine andere Sprache gewechselt? Was sollten wir nicht mitbekommen?«

»Es geht um Ihre Mutter. Sie braucht nicht alles zu wissen, das regt sie nur auf«, erklärte James. »Momentan bin ich froh, dass sie nicht an eine Gefahr glaubt. Besser, sie ist sauer auf uns, weil sie glaubt, wir machen ihr etwas vor, als dass sie einen Tag vor ihrem neunzigsten Geburtstag einen Herzinfarkt erleidet.«

»Jetzt reden Sie schon genau wie Jeremy«, seufzte Sheila. »Sie behandeln sie wie ein unmündiges Kind.«

James blieb stehen. »Darüber regen Sie sich aber jetzt nicht allen Ernstes auf, oder? Wer hat sich denn eben noch beschwert, er sei sich mit zehn Jahren schon erwachsener vorgekommen als seine Mutter?«

»Ist ja gut«, lenkte Sheila ein. Sie zog ihn weiter. »Aber warum wollen Sie sich die Daten der Angestellten anschauen? Denken Sie, es war einer von ihnen?«

»Mir geht dieser Mann mit dem Ankündigungsschild für das Kasperletheater nicht aus dem Kopf. Ich habe ihn heute Nachmittag gesehen, als ich Sie und Jamie auf dem Weg zum Kasperletheater verfolgt habe. Ein Schiffsangestellter. Dunkler Typ, Nordafrikaner vermutlich. Ich bin mir sicher, dass ich ihn schon gesehen habe, aber ich kann mich partout nicht mehr erinnern, wo und in welchem Zusammenhang es war. Vielleicht fällt es mir wieder ein, wenn ich das Foto sehe, ansonsten können wir über die Dienstpläne feststellen, wo wir ihn finden, und ihn uns genauer anschauen.«

»Ich glaube, das ist er«, sagte James wenig später beim Durchscrollen der Datenbank. Die Informationen unter dem Foto wiesen den Mann als Larbi Lachoubi aus, dreiundvierzig Jahre alt und seit zehn Jahren als allgemeine Servicekraft mit Schwerpunkt Außengastronomie im Dienst der Victory. James sah Sheila an. »Und jetzt weiß ich auch wieder, wo ich ihn zum ersten Mal gesehen habe!«

»Das ist wer?«, fragte Phyllis interessiert.

»Der Mann, den ich in Begleitung von Miss Kappel gesehen habe«, sagte James.

»Wann?«, fragten Sheila und ihre Mutter gleichzeitig.

»In Nizza«, erklärte James. »Ich bin nicht gleich darauf gekommen, weil er da keine Schiffsuniform trug, sondern in Freizeitkleidung unterwegs war. Ich hatte Ihnen ja davon erzählt, Sheila. Als wir in Nizza vor diesem kleinen Fischrestaurant saßen. Kurz bevor wir Eden entdeckten, sah ich Judy Kappel vorbeikommen. Sie war in Begleitung eines Mannes, der nicht zu unserer Geburtstagsgesellschaft gehörte. Damals hielt ich es für unwichtig und habe mir weiter keine Gedanken darüber gemacht. Es schien wie eine Zufallsbekanntschaft, am Hafen lungern ja immer einige Männer herum, die versuchen, mit Touristinnen anzubandeln.« James drehte sich zum Kapitän, der ihm bei der Recherche über die Schulter geschaut hatte. »Können Sie diesen Mann bitte kommen lassen? Sagen Sie ihm aber vorerst nicht, worum es geht.«

Der Kapitän sah im Dienstplan nach, wo Lachoubi gerade arbeitete, und beauftragte einen Mitarbeiter, ihn zu holen. »Beeilen Sie sich bitte!«, rief James dem Mann nach.

Phyllis hatte die ganze Zeit auf ihrem Handy herumgetippt. Jetzt legte sie es auf den Schoß. »Ich habe Jeremy eine SMS geschickt«, erklärte sie. »Wenn er schon nicht ans Telefon geht, reagiert er vielleicht darauf.« Sie drehte ihren Rollstuhl in James' Richtung. »Was haben Sie mit dem Mann vor, James? Wollen Sie ihn ausquetschen wie eine Zitrone, ihm die Daumenschrauben anlegen, bis er gesteht, was er mit Eden und Judy gemacht hat?« Sie rollte etwas näher und senkte ihre Stimme, damit der Kapitän nicht mithören konnte. »Sie haben bestimmt Ihre Methoden, und ich halte mich da raus, aber Sie sollten das nicht in der Öffentlichkeit machen. Sie können dazu meine Kabine benutzen, da bekommt außer uns niemand etwas mit!«

James sah Phyllis ungläubig an. Diese Frau war ein Phänomen. Sie schien plötzlich aufgekratzt wie ein Bluthund, wenn zur Jagd geblasen wird. Diese Jagd musste sich für sie in einer Art Parallelwelt abspielen, die mit der Wirklichkeit nicht das Geringste zu tun hatte. Sonst hätte Phyllis längst klar sein müssen, dass ihr Ehemann und Judy Kappel allem Anschein nach tot waren. Aber vielleicht, dachte James, hat Sheila recht, und Phyllis lebt tatsächlich in einer sehr speziellen Welt. Einer Welt, in der andere Menschen wie Satelliten um Phyllis kreisten und beim Eintritt in ihre Atmosphäre ganz einfach verglühten. James wandte sich ab, ging ein paar Schritte zur Seite und zog den Hai aus seiner Jacketttasche. Er ließ das Maul mit den weißen Zähnen auf und zu schnappen.

»Ein Sixpence für Ihre Gedanken«, flüsterte Sheila ihm zu, wobei sie ihre Hand in das geöffnete Maul des Hais hielt. Er ließ das Maul zuschnappen. »Tut das weh?«

Sheila lächelte. »Nein.«

»Warum nicht?«

Sheila sah ihn lächelnd an. »Weil es ein lieber Hai ist?«, sagte sie mit Kinderstimme.

»Nein«, sagte er langsam, »ein Hai ist nicht lieb. Es gibt auch keinen ritterlichen Hai, wie in dem alten Seemannslied, der Frauen und Kinder verschont. Ein Hai hat keine Wahl, er tötet. Nein, dieser Hai, der Ihre Hand umfängt, tut Ihnen deshalb nicht weh, weil er nur eine Handpuppe ist.«

»Was wollen Sie damit sagen?«, fragte Sheila.

James sah sie an. »Ich beginne zu ahnen, was hier los sein könnte. Aber es ist so unglaublich, dass ich mich noch weigere, es zu glauben. Doch wenn ich recht habe, ist Bertram hier nicht der einzige Hai. Wir sind umzingelt von ihnen.«

James ließ Sheilas Hand los, als die Tür aufging und ein großer, gut aussehender Nordafrikaner eintrat. »Und das da ist einer von ihnen«, sagte James.

Der Schiffsangestellte nickte Kapitän Sullivan zu: »Kapitän, Sie haben nach mir geschickt?« Die Stimme des Mannes war tief und klang selbstbewusst. Falls er nervös war, ließ er sich nichts anmerken. Der Kapitän verwies auf James, der auf Larbi Lachoubi zuging und die Hand zur Begrüßung ausstreckte. »Ich darf mich vorstellen. Gerald. James Gerald«, sagte er ernst. Der andere lächelte mit der geschulten Freundlichkeit des Servicepersonals zurück. »Larbi Lachoubi.« Dann sah er James abwartend an.

»Wir haben uns schon einmal gesehen«, sagte James.

»Gut möglich. Ich bediene auf Deck 10. Verzeihen Sie mir, wenn ich Sie nicht wiedererkenne, aber es ist nach so kurzer Zeit auf See unmöglich, sich alle Passagiere einzuprägen.«

»Es war nicht auf See, sondern an Land«, sagte James,

Larbi Lachoubi in die Augen sehend. »Ich habe Sie neulich im Hafen von Nizza gesehen.«

»Das ist unmöglich, ich bin in Nizza nicht an Land gegangen.«

»Sie waren in Begleitung einer Frau. Sie heißt Judy Kappel.«

»Vielleicht verwechseln Sie mich, Mr Gerald. Diesen Namen habe ich noch nie gehört.« Larbi Lachoubis breites Lächeln ließ blendend weiße Zähne sehen, in seinen Augen blitzte gutmütiger Spott auf. »Aber machen Sie sich keine Gedanken, die meisten Passagiere haben ihre liebe Not, unsereins auseinanderzuhalten. Es mag an den Uniformen oder an der Hautfarbe liegen.«

James wusste, dass Lachoubi recht hatte, auch wenn es für eine Servicekraft reichlich unverschämt war, einen Passagier darauf hinzuweisen und ihm damit ziemlich unverblümt eine ignorante, wenn nicht gar rassistische Haltung vorzuwerfen. Bei einer polizeilichen Gegenüberstellung mussten die meisten Nordeuropäer passen, wenn es darum ging, einen Täter mit dunkler Hautfarbe zu identifizieren. Selbst wenn sich die Zeugen vorher noch so sicher gewesen waren. Mit der Wahrnehmung »dunkel« schien sich das durchschnittliche nordeuropäische Gehirn zufriedenzugeben. James musterte Larbi Lachoubi und fragte sich, ob er womöglich auch in diese Wahrnehmungsfalle getappt war. Doch sein Zweifel währte nicht lang. Die SIS-internen Schulungen zur Personenerkennung hatten ihn vor allem eines gelehrt: einen Blick für das Einzigartige einer Person zu entwickeln, unabhängig von Frisur, Haar-, Gesichts- und Augenfarbe, Brille und anderen manipulierbaren Details. Die Art, wie jemand sich bewegte, war zum

Beispiel eines dieser Merkmale, die nur schwer veränderbar waren.

»Kann ich Ihnen sonst irgendwie behilflich sein?«, fragte Larbi Lachoubi.

James zog die Schultern hoch. »Nein, entschuldigen Sie bitte die Verwechslung.«

James sah dem Afrikaner nach, als er den Raum verließ, und kam zu dem Schluss, dass er sich keineswegs getäuscht hatte.

»Das war alles?«, fragte Phyllis enttäuscht. »Warum haben Sie ihn nicht richtig in die Zange genommen?«

Er wollte etwas darauf erwidern, da klingelte das Telefon. Der Kapitän nahm den Hörer ab und hörte ein paar Sekunden regungslos zu. »Ja, verstanden«, sagte er schließlich und legte auf, den Blick starr aufs Telefon gerichtet.

Dann kam Leben in ihn, und er griff zu einem anderen Telefon. »Alle Maschinen stopp!«, brüllte er. »Mann über Bord! Sofort Suchboote mit je drei Mann Besatzung aussenden! Dazu alle verfügbaren Männer auf Deck 10!«

Er wollte aus dem Raum stürmen, doch James stellte sich ihm in den Weg. »Wer war das?«

»Ein Kellner auf Deck 10. Er hat gerade beobachtet, wie ein Mann über Bord sprang. Und nun lassen Sie mich durch!«

James gab den Weg frei, der Kapitän und drei weitere Männer in weißen Schiffsuniformen eilten an ihm vorbei. In dem Moment klingelte das Handy auf Phyllis' Schoß. »Es ist Jeremys Nummer!«, rief sie ihnen zu. »Jeremy?«, rief sie. Dann wurde ihr Gesicht starr vor Schreck. »Jeremy? Nun sag doch was! Jeremy! Jeremy!«

James war in wenigen Schritten bei Phyllis, nahm ihr das

Handy ab und horchte. Er hörte ein Rauschen, dann war die Leitung unterbrochen.

»Was hat er gesagt?«, fragte Sheila.

Phyllis sah sie an, ihr Unterkiefer zitterte. »Das war nicht Jeremy.«

»Wer dann?«, drängte Sheila.

Phyllis sah ihre Tochter verwirrt an. »Ich weiß nicht.«

»Und was hat er gesagt? Nun mach schon, Mutter, wir müssen uns beeilen!«

»Er hat gesagt: ›Das passiert, wenn man mir nachstellt.‹ Und dann kam dieses Gurgeln.«

Sheila sah James mit weit aufgerissenen Augen an. »Jeremys Handy wurde über Bord geworfen!«

Ross Abbot sprach das aus, was James und Sheila dachten, aber wohlweislich nicht gesagt hatten: »Nicht nur sein Handy!«

Phyllis griff sich stöhnend ans Herz. »Oh mein Gott.«

»Ganz ruhig, Mutter, du darfst dich jetzt nicht aufregen«, sagte Sheila. »Es wird alles gut. Wir sind gleich wieder da, du bleibst so lange hier, ja?« Sie schaute den Ersten Offizier an. »Sie kümmern sich um meine Mutter!«

»Nein, bleibt!«, rief Phyllis ihnen schwach nach, aber Sheila und James hasteten schon hinaus, dem Kapitän hinterher.

Kapitel 25

Die Außenbereiche von Deck 10 waren bereits für die Passagiere abgesperrt, als James und Sheila eintrafen. An den Zugängen hatte man Kellner postiert, die den Passagieren freundlich, aber bestimmt erklärten, dass sie aufgrund einer technischen Störung momentan nicht an Deck gehen durften.

»Technische Störung«, sagte Sheila und trat einem der jungen Männer in Schiffsuniform ein paar Zentimeter näher, als es höflich war. »Bullshit. Lassen Sie uns durch.« Obwohl der Angestellte etwa einen Kopf größer als Sheila war und sie zu ihm hochsehen musste, wich er gehorsam zur Seite.

Eine kleine Gruppe von Schiffsangestellten umringte den Kapitän dicht bei der Reling. Alle schienen sehr aufgeregt und beugten sich immer wieder über das Geländer, um einen Blick auf die Gischt unter ihnen zu werfen. Anscheinend war der Mann an dieser Stelle über Bord gegangen.

Als der Kapitän James und Sheila entdeckte, winkte er sie zu sich. »Hier ist es gewesen«, sagte er. »Mr Fraser hier hat es gesehen.«

»Nicht direkt«, stellte der Mann richtig, den der Kapitän als Mr Fraser vorgestellt hatte. »Ein Passagier hat es beobachtet und mir Bescheid gesagt. Ich habe dann gleich den Kapitän alarmiert.«

James deutete nach achtern, wo mehrere Männer zwei Motorboote hinabließen. Die Geschwindigkeit des Schiffes hatte sich inzwischen deutlich verringert. »Besteht Hoffnung, dass sie ihn finden?«, fragte er.

Der Kapitän zuckte die Schultern. »Wir müssen es versuchen.«

James zog ihn etwas zur Seite. »Es ist Jeremy Watts«, sagte er leise.

»Um Himmels willen, woher wollen Sie das wissen?«

»Mrs Barnes erhielt eben einen Anruf von seinem Handy«, erklärte James. »Aber nicht Mr Watts war dran, sondern ein anderer Mann, der so etwas sagte wie: ›Das passiert mit Leuten, die mir nachstellen!‹ Und dann hat er offenbar das Handy über Bord geworfen, man hörte ein Gurgeln, dann war die Leitung unterbrochen.«

Kapitän Sullivans Gesicht blieb reglos. Dann wandte er sich wieder seinen Leuten zu: »Lasst noch zwei Boote hinab. Tut alles, was ihr könnt!«

»Gab es einen Unglücksfall?«, ertönte eine Stimme hinter ihnen, die James bekannt vorkam. »Wenn ich irgendwie helfen kann, Kapitän …«

»Nein, Sie stören hier nur«, blaffte der Kapitän den Schiffsgeistlichen an. »Wer hat Sie überhaupt hier an Deck gelassen?«

Pfarrer Sutcliffe war nicht so schnell einzuschüchtern. »Was ist passiert?«, fragte er James.

»Mann über Bord«, erklärte James knapp. »Und es ist mittlerweile die dritte Person, die hier spurlos verschwindet.«

»Sie sollten die Passagiere warnen!«, rief Pfarrer Sutcliffe aus.

»Lassen Sie das bitte meine Sorge sein«, sagte Sullivan so leise, dass er kaum zu hören war.

»Sie tragen die Verantwortung, Kapitän.«

»Ach, wirklich.« Der Kapitän drehte sich langsam zu Pfarrer Sutcliffe um und sah ihm kalt in die Augen. »Was glauben Sie eigentlich, wer Sie sind? Machen Sie, dass Sie verschwinden!«

»Gerade in dieser Situation glaube ich nicht, dass …«, begann Sutcliffe, aber weiter kam er nicht. Die ganze Sorge und Unsicherheit des Kapitäns ballte sich blitzschnell zu einem Unwetter der Wut zusammen, das nun über dem Geistlichen ausbrach. »Noch ein verdammtes Wort«, brüllte er, »noch ein verdammtes Wort, und Sie fliegen auch über Bord! Haben Sie das verstanden? Ich werfe Sie eigenhändig den Haien zum Fraß vor!«

Pfarrer Sutcliffe straffte die Schultern, lächelte liebenswürdig und sagte: »Wie Sie wünschen.« Im Gehen drehte er sich noch einmal um: »Ich bete für Sie!«

Sheila, James und Richard standen nebeneinander an der Reling und sahen schweigend zu, wie die Menschen in den kleinen Motorbooten in symmetrischen Linien das Meer absuchten. Über sein Handy hatte James Richard informiert und ihn gebeten, zur Sicherheit in Jeremys Kabine nachzuschauen. Es bestand immerhin die vage Hoffnung, dass Jeremy nichts passiert war und derjenige, mit dem Phyllis telefoniert hatte, wirklich nur das Handy in seinem Besitz gehabt hatte. Doch wie befürchtet hatte Richard die Kabine seines Großvaters leer vorgefunden. Nun verfolgte er mit James und Sheila angespannt die Rettungsaktion. Das Meer war glatt wie ein See, einen Schwimmer oder einen auf dem

Meer treibenden Körper hätte man sofort entdeckt. Doch weit und breit war nichts zu sehen außer ein paar Möwen, die auf dem Wasser schwimmend Kraft für neue Raubzüge schöpften. Trotzdem gab der Kapitän nach Sonnenuntergang den Befehl, mit Suchscheinwerfern weiterzumachen. »Wir geben erst auf, wenn wir ihn gefunden haben.«

»Wenn es noch hell genug wäre, könnten wir Flugzeuge einsetzen, um das Meer abzusuchen«, sagte Richard. »Aber ich glaube so oder so nicht, dass sie ihn finden. Er ist ein alter Mann. Schon allein den Sturz aus dieser Höhe wird er nicht überlebt haben.«

Plötzlich liefen die Schiffsangestellten und der Kapitän zur anderen Seite des Schiffes, wo aufgeregte Stimmen durcheinanderriefen und ausgestreckte Arme Richtung Horizont zeigten. James, Sheila und Richard folgten der Menge und sahen etwa eine halbe Seemeile entfernt drei der Suchboote dicht beieinanderliegen. Der Kapitän, der sich beim Funkkontakt mit den Rettungskräften etwas von ihnen entfernt hatte, eilte wieder zu ihnen zurück. »Junge!«, rief er und schlug Richard kräftig auf die Schulter, »sie haben Ihren Großvater gefunden! Lebend!« Der Kapitän reichte Richard ein Fernglas. Abwechselnd schauten sie alle hindurch, aber die Boote waren nur als kleine Ansammlung von Punkten zu erkennen.

»Warum dauert das so lange?«, murmelte Richard nervös. »Was machen die denn da noch?«

»Er wird Wasser geschluckt haben«, sagte James. »Vielleicht muss er erst einmal medizinisch versorgt werden.«

Sheila griff nach seiner Hand und drückte sie. »Mein Gott, hoffentlich überlebt er das.«

»Wir sollten Phyllis Bescheid sagen«, sagte James.

»Ja, Sie haben recht«, sagte Sheila aufgeregt. »Aber ich habe mein Handy nicht dabei.«

»Hier, nehmen Sie meins.« Richard reichte ihr sein Handy. Sheila nahm es dankbar an, gab es ihm dann jedoch zurück. »Mit dem Touchscreen komme ich nicht zurecht, können Sie für mich die Nummer eintippen?« Sie diktierte Richard die Nummer von Phyllis' Handy, wobei Richard drei Anläufe brauchte, bis er die Eingabe geschafft hatte, so sehr zitterten seine Hände.

»Mutter?«, rief Sheila laut ins Telefon, mit dem Tonfall eines Menschen, der eine frohe Botschaft zu verkünden hat. Doch dann sagte sie nichts mehr. Richard bemerkte es nicht, er trommelte auf der Reling herum und starrte auf die Rettungsboote, die sich nun langsam näherten. Doch James sah ihr an, dass etwas nicht stimmte, und je länger sie schweigend zuhörte, desto klarer wurde ihm, dass sie, statt ihre wichtige Botschaft auszusenden, eine Botschaft empfangen hatte, die noch bedeutsamer war.

Stumm behielt sie nach dem Gespräch das Handy am Ohr, unfähig, auch nur ein Wort zu sagen oder Richard sein Handy zurückzugeben. James nahm es ihr aus der Hand und drückte auf Wahlwiederholung. Charles Walther war am Telefon. Nach dem kurzen Gespräch mit ihm schloss James die Augen. Auch das noch. Dann legte er behutsam den Arm um Sheilas Schultern. »Kommen Sie.«

»Was ist denn passiert?«, fragte Richard.

»Bleiben Sie hier und warten Sie auf Ihren Großvater«, rief James ihm über die Schulter hinweg zu, »wir sehen nach Phyllis. Ihr geht es nicht gut ...«

Kapitel 26

Phyllis war nicht ansprechbar. Sie lag mit geschlossenen Augen im Bett, klein und zart, und das Rouge auf ihren Wangen wirkte noch künstlicher als sonst. Die Herzüberwachung zeigte einigermaßen normalisierte Werte, wie ihnen Charles Walther flüsternd erklärte. »Es geht ihr den Umständen entsprechend gut, ihr Zustand ist stabil. Zum Glück konnte ich sie sofort therapieren. Je eher das passiert, desto besser die Chancen, dass der Herzmuskel keinen dauerhaften Schaden erleidet. Zeit ist Muskel, heißt es.«

»Was sagt denn der behandelnde Arzt?«, fragte James und blickte suchend umher.

»Der steht vor Ihnen«, sagte Charles Walther.

»Ich dachte, Sie sind Heilpraktiker?«

»Arzt und Heilpraktiker«, gab Charles Walther zurück.

»Sie kennen doch meine Mutter, James«, erklärte Sheila leise. Sie bedeutete den Männern, ihr in den Nebenraum zu folgen. »Meine Mutter steht auf medizinischen Schnickschnack«, fuhr sie dann fort. »In dieser Hinsicht macht sie jede Mode mit. Zuerst war es nur die Homöopathie, dann kamen Bioresonanz, Bachblüten, Eigenblutbehandlung, Akupunktur und wie sie alle heißen hinzu. Hauptsache, sie muss ihre Heilserwartung nicht auf die profane Schulmedizin richten, und …«

»Ich würde doch sehr bitten, die Akupunktur nicht über einen Kamm zu scheren mit Bioresonanz, Bachblüten oder Eigenblutbehandlung«, unterbrach Charles Walther hitzig.

»Entschuldigung, natürlich nicht«, beeilte Sheila sich zu versichern. »Charles war der Arzt meines Mannes bis zu seinem Tod«, fuhr sie fort. »Wir haben ihm viel zu verdanken. Vor einem Jahr konnte ich meine Mutter endlich überzeugen, zu Charles zu wechseln, anstatt ihr Geld zu diesen Heilpraktikern mit dreiwöchiger Schnellkurs-Ausbildung zu tragen. Die unwirksamen Pillen und Mondanbetungen dieser Quacksalber hat sie nur aufgrund ihrer robusten Gesundheit überlebt. Mit Charles hat sie einen Heilpraktiker, aber vor allem einen fantastischen Arzt, auch wenn er ihr zuliebe mehr den Heilpraktiker herauskehrt.«

»Um genau zu sein, weiß Phyllis gar nicht, dass ich Mediziner bin«, sagte Charles mit einem kritischen Unterton. »Über dieses Thema habe ich mit Sheila schon oft diskutiert. Sheila hält es für besser, ihrer Mutter diese Tatsache zu verheimlichen.«

Sheila sah James mit glänzenden Augen an. »Es ist nur zu ihrem Besten, verstehen Sie, James? Ich wollte sichergehen, dass sie gut behandelt wird. Wenn meine Mutter gewusst hätte, dass Charles Mediziner ist, hätte sie sich erst gar nicht auf ihn eingelassen. Aber jetzt im Ernstfall hat es sich bewährt, dass ihr der beste Arzt zur Seite steht, den es gibt.«

Charles räusperte sich. »Nun ja, eine Lysetherapie zur medikamentösen Auflösung des Thrombus, das hätte der Schiffsarzt wohl ebenso gut hinbekommen.«

»Ach, Charles, immer stellen Sie Ihr Licht unter den Scheffel«, sagte Sheila. Sie wischte sich eine Träne aus dem Augenwinkel und lächelte ihm dankbar zu.

»Sie werden sicherlich bei Ihrer Mutter bleiben wollen heute Nacht«, stellte James fest.

Sheila nickte, doch dann sah sie James misstrauisch an. »Warum wollen Sie das wissen?«

»Bleiben Sie auch hier, Charles?«, fragte James.

»Was haben Sie vor, James?«, fragte Sheila alarmiert.

»Einen Überraschungsbesuch bei unserem Nordafrikaner.« Das Telefon an der Wand des Krankenzimmers klingelte. James nahm ab. Es war der Kapitän.

»Eine gute und eine schlechte Nachricht«, sagte er. »Wir haben den Mann lebend geborgen. Aber es ist nicht Jeremy Watts.«

»Sind Sie sicher?«

»Natürlich bin ich sicher.«

»Hat der Mann gesagt, wie es passiert ist?«

»Ja, ein Mann hat ihn mit der Waffe bedroht und gezwungen, über Bord zu springen.«

»Hat er ihn erkennen können?«

»Nein, er war vermummt.«

»Was werden Sie jetzt tun bezüglich Mr Watts?«

»Wir lassen ihn ausrufen. Falls er sich nicht meldet, suchen wir weiter.«

Nachdenklich hängte James den Hörer ein.

»Was ist?«, fragte Sheila. James drehte sich zu ihr um. »Die Rettungsaktion war erfolgreich, meldet der Kapitän. Aber es ist nicht Jeremy.«

»Nicht Jeremy?«, wiederholte Sheila ungläubig.

»Vom Weinen zum Lachen ist es ein angenehmer Schritt, mit dem aller Kummer vergessen wird«, zitierte James nachdenklich.

»Was reden Sie da?«, fragte Sheila.

»Das war der Spruch, den Jeremy in seinem Glückskeks hatte, wissen Sie nicht mehr? Aber es kam genau anders herum. Aus Spaß wurde blutiger Ernst.«

James wandte sich an Charles Walther. »Es ist wichtig, dass in dieser Nacht jemand bei Sheila und Phyllis bleibt.«

Charles Walther nickte. »Das würde ich ohnehin tun.«

»Ich verlasse mich darauf!«

Sheila stand auf. »Wenn Sie jetzt allein losgehen wollen, James, müssen Sie mich schon k. o. schlagen!«, protestierte sie.

»Glauben Sie mir doch, es ist einfach zu gefährlich.«

»Für mich nicht gefährlicher als für Sie.«

»Ich will nicht, dass das hier eine Wiederholung von Hastings wird«, sagte James.

»Spielen Sie sich nicht als der unverwundbare Held auf. Ich war damals schneller wieder fit als Sie. Sagen Sie mir endlich, was Sie vorhaben.«

James hatte es befürchtet. Es war zwecklos, Sheila davon abhalten zu wollen, mitzukommen. »Na schön«, sagte er. »Lassen Sie uns zuerst noch einmal zur Kabine von Jeremy gehen.«

»UND DANN ZU DEM AFRIKANER?«, schrie Sheila, um die Lautsprecherdurchsage zu übertönen, die Jeremy Watts in diesem Moment dazu aufforderte, sich umgehend an der Rezeption zu melden. »Warum der Afrikaner? Haben Sie ihm nicht geglaubt?«

James nickte. »Er war der Mann, den ich in Nizza mit Miss Kappel gesehen habe. Da gibt es keinen Zweifel.«

»Und?«, fragte Sheila weiter. Zwei steile Falten erschienen zwischen ihren Augen. Sie war nicht gewillt, sich mit bruchstückhaften Informationen abspeisen zu lassen.

»Ich denke, dieser Larbi Lachoubi ist der Schlüssel zum Verschwinden von Miss Kappel und Eden Philpotts.«

»Sie meinen, er hat sie umgebracht?«

James schüttelte den Kopf. »Nein. Aber durch ihn werden wir erfahren, was mit ihnen passiert ist, und finden sie vielleicht sogar. Aber zuerst will ich mir die Kabine von Jeremy genauer ansehen. Denn dieses Theater hat womöglich zwei Akte, und der zweite ist es, der mir wirklich Sorgen macht.«

Sheila sah ihn von der Seite an. »Geht es etwas genauer? Sagen Sie mir gefälligst alles, was Sie wissen.«

»Ich weiß nicht mehr als Sie, Sheila. Momentan habe ich nichts weiter als eine These, und die stützt sich auf Intuition.« Er zog den Hai aus der Tasche. »Im Grunde habe ich meine Eingebung dieser Handpuppe zu verdanken.« Er streichelte dem Hai über den plüschigen Kopf. »So ist es doch, nicht wahr: Während wir gebannt dem Geschehen auf der Bühne folgen, übersehen wir, dass die wirkliche Bestie mitten unter uns ist.«

»Wer ist der Hai, James?«, fragte Sheila leise.

James zuckte die Schultern. »Ich wünschte, ich wüsste es. Kommen Sie, lassen Sie uns in Jeremys Kabine schauen, ob wir etwas herausfinden, das uns weiterhilft.«

Sie versuchten es zunächst mit Klopfen, und als niemand aufmachte, klopfte James an Mr Chandans Tür, der nebenan wohnte. Es dauerte eine Weile, bis er aufmachte, aber James und Sheila blieben hartnäckig, denn offenbar hörte er sie nicht. Das harte, scheppernde Stakkato von Bambusklappern, Gong und Becken einer chinesischen Oper drang durch die geschlossene Tür. Erst als James und Sheila in einer ruhigeren Gesangsphase gemeinsam gegen die Tür trommelten, verstummte die Musik ganz, und Mr Chandan machte auf, entschuldigte sich mehrmals und holte sogleich die Schlüsselkarte zu Jeremys Kabine. Sie war genau so, wie James es erwartet hatte: dreimal so groß wie die anderen Kabinen, luxuriös ausgestattet und sehr aufgeräumt. Nur die Obstschale auf dem Tisch und ein Buch auf der Ablage neben dem Bett wiesen darauf hin, dass diese Kabine bewohnt war. James warf einen Blick ins Badezimmer. Auch hier gab es keinerlei Anzeichen dafür, dass etwas Besonderes vorgefallen sein könnte. Die Handtücher waren frisch, Rasier- und Zahnputzzeug, Shampoo, Fläschchen, Tuben und Medikamente standen ordentlich aufgereiht im Spiegelschrank. Anschließend durchsuchte James die Schubladen des Schreibtisches, fand aber nur eine Mappe mit leeren Briefbögen und einen Kugelschreiber darin. Neben dem Wandschrank, in dem sorgfältig sortiert Unterwäsche, Hemden, Krawatten, Hosen und einige ausgesucht scheußliche Jacketts untergebracht waren, stand Jeremys Golfbuggy. James zog den Reißverschluss auf und öffnete die wattierte Hülle des Drivers, nahm ihn heraus, machte einen Luftschwung damit. Dann packte er den Driver wieder ein und hielt inne.

»Was suchen Sie?«, fragte Mr Chandan, während er die Balkontür öffnete. James blickte auf. »Ich erhoffe mir einen Hinweis auf Mr Watts Verschwinden. Manchmal ist ein Zimmer gesprächiger, als es der redseligste Zeuge wäre, nicht wahr.«

»Und was erzählt Ihnen Jeremys Kabine?«, fragte Sheila. »Es ist alles sehr luxuriös, aber so ordentlich, so übersichtlich, als wäre er nie hier gewesen. Es sagt nicht viel über ihn aus.«

»Oh doch«, sagte James. »Es sagt sogar sehr viel aus.« Er trat an den Schreibtisch, dann ging er auf die Knie und untersuchte den Teppichboden. Schließlich trat er zu Mr Chandan auf den Balkon und beugte sich über die Brüstung. »Sie glauben, Mr Watts ist überfallen worden in dieser Kabine?«, fragte Mr Chandan leise. James sah ihn an. »Wissen Sie, wie viele Golfschläger sich in der Tasche von Mr Watts befanden?«

»Golftasche ist Heiligtum von Mr Watts. Warum Sie fragen?«

»Der Siebener fehlt«, sagte James.

Sheila war nun auch auf den Balkon getreten. »Ausgerechnet der Siebener? Der beste Freund des Golfspielers?«

James nickte und ging zurück an den Schreibtisch. »Beim Golfspiel gestern hat er ihn benutzt, das weiß ich sicher.« Er bückte sich und fuhr mit den Fingerspitzen über den Teppich. »Und sehen Sie, diese kleine feuchte Stelle im Teppich. Hier hat jemand sauber gemacht.«

Mr Chandan bückte sich ebenfalls und fuhr mit der Hand über die feuchte Stelle. »Sie meinen, er wurde hier mit einem seiner eigenen Golfschläger erschlagen?«, fragte er auf Chinesisch.

»Was hat er gesagt?«, fragte Sheila.

»Dass Jeremy möglicherweise mit seinem eigenen Golfschläger erschlagen wurde.«

Sheila wurde blass. »Und dann über Bord geworfen? Zusammen mit dem Golfschläger und seinem Handy?«

»Es ist möglich, ja.« James ging zu Jeremys Bett, setzte sich und nahm das Buch in die Hand. Es war die Autobiografie eines Unternehmers, offensichtlich ein Freund von Jeremy, denn er hatte ihm eine persönliche Widmung auf die erste Seite geschrieben: *In God we trust. All others pay cash. Yours, Howard.* Als er das Buch wieder zurücklegen wollte, sah er, dass drei Fotos an verschiedenen Stellen als Lesezeichen dienten. Das erste zeigte Phyllis und Jeremy in jungen Jahren, der Schnappschuss eines strahlenden Paars in großer Robe. Als James zum zweiten Foto weiterblätterte, fiel es heraus. Mr Chandan bückte sich eilfertig, um es aufzuheben, und als er das Foto weiterreichte, waren seine Gesichtszüge weich. Das Foto zeigte Richard mit Ivy und in ihrer Mitte ein Baby mit rötlichem Haarflaum, offensichtlich Jamie. James warf Mr Chandan einen überraschten, amüsierten Blick zu. Er war bislang davon ausgegangen, dass dem Chinesen der kleine Quälgeist, der ihm ständig aufgehalst wurde, mehr lästig als lieb war. James wäre der Letzte gewesen, der ihm das vorgeworfen hätte, zumal als er jetzt das Foto betrachtete. Beim Anblick von Jamies wutverzerrtem Schreigesicht war er froh, dass das Bild keinen Ton hatte. Das Gebrüll musste ohrenbetäubend gewesen sein. Richard blickte in die Kamera wie jemand, der kurz davor stand, einen Mord zu begehen, während Ivy, als wäre sie taub, ein bezauberndes Lächeln zustande brachte.

Sheila sah ihm über die Schulter. »Das war die Taufe von Jamie«, erklärte sie. »Der Junge hat die ganze Kirche zusammengeschrien, es war furchtbar. Waren wir froh, als es endlich vorbei war! Der Pfarrer tat, als würde es ihm nichts ausmachen, aber ich glaube, er hat innerlich gekocht vor Wut. Er hat dem armen Kind so viel Wasser ins Gesicht gespritzt, dass Jamie sich schlimm verschluckt hat. Und als er wieder einigermaßen Luft bekam, war er erst recht nicht mehr zu beruhigen. Das war die kürzeste Taufzeremonie, die ich je erlebt habe.«

»Wer hat das Foto gemacht?«, fragte James.

»Jeremy«, sagte Sheila. »Das ist sein Hobby. Normalerweise fotografiert er bei solchen Gelegenheiten immer, aber bei dieser Taufe war auch er mit seinen Nerven am Ende wegen des Gebrülls. Deshalb gibt es nur dieses einzige Foto. Ich habe es auch.«

»Hat denn sonst keiner fotografiert?«

Sheila schüttelte den Kopf. »Jeremy duldet keine anderen Götter neben sich.«

James betrachtete das dritte Foto. »Bingo«, sagte er und reichte es Sheila. »Genau, was ich mir gedacht hatte. Sehen Sie mal, hier haben wir Phyllis Barnes, Eden Philpotts, Judy Kappel und jemanden, der uns angelogen hat, dass sich die Balken biegen.« James steckte die Fotos ein und erhob sich. »Höchste Zeit, dem Herrn einen Besuch abzustatten!«

Kapitel 27

Deck 3 lag unterhalb der Wasserlinie. Hier waren die einfachen Schiffsbediensteten untergebracht: Kellner, Zimmermädchen, Küchenpersonal, Schiffsmechaniker. Die besser bezahlten Angestellten hatten ihre Kabinen auf Deck 4, wo es auch einen Aufenthaltsraum für sie gab.

Larbi Lachoubi lächelte, als er die Tür öffnete und James, Sheila und Mr Chandan vor ihm standen. »Oh, Sie sind es«, sagte er freundlich. »Meine Frau hat mir prophezeit, dass Sie es heute schon herausfinden würden, Mr Gerald. Mr Watts meinte, das sei unwahrscheinlich, aber meine Frau hält große Stücke auf Sie.« Er wandte sich Sheila zu. »Auf Sie übrigens auch, Mrs Humphrey. Wir haben mit Mr Watts und Mrs Barnes Wetten auf Sie abgeschlossen.«

Sheila sah James an. »Was soll das? Wetten? Von was redet der?«

»Larbi, nun bitte die Herrschaften doch herein«, erklang eine weibliche Stimme hinter ihm.

»Aber ja, kommen Sie«, sagte der Nordafrikaner, zur Seite tretend. »Und nehmen Sie doch bitte Platz!« Er wies auf eine kleine Sitzecke, aus der Judy Kappel sich erhob und ihnen jetzt strahlend entgegenkam.

»Ich bin froh, dass Sie hierhergefunden haben.« Sie schüttelte ihnen die Hand. »Den Triumph habe ich Mr Watts nämlich nicht gegönnt, dass er morgen beim Geburtstag von Mrs Barnes die Katze aus dem Sack lässt.«

»Welchen Triumph?«, fragte Sheila. Sie sah James an. »Wissen Sie, was hier los ist?«

»Den Triumph, unsere dummen Gesichter zu sehen«, sagte James. Er sah Judy Kappel an. »So ist es doch, nicht wahr?« Judy Kappel zuckte verlegen die Schultern.

»Darf ich fragen, in welcher Beziehung Sie beide zu Jeremy Watts stehen?«, fragte James.

»Ich bin, wie Sie wissen, Mrs Barnes' rechte Hand«, erklärte Judy Kappel bereitwillig. »Larbi, mein Mann, arbeitet schon seit Jahren auf diesem Schiff als Kellner. Als ich Mrs Barnes vor einiger Zeit davon erzählte, meinte sie, das sei ja ein toller Zufall, denn das sei das Schiff ihres geschiedenen Mannes, Jeremy Watts. Ich glaube, durch meinen Mann und mich ist Mr Watts dann später überhaupt erst auf die Idee gekommen.«

»Welche Idee, verdammt noch mal?«, fragte Sheila.

»Die Idee zu dieser Farce«, sagte James ruhig. »Ein Kasperletheater, inszeniert von Jeremy Watts und Ihrer Mutter, mit Ihnen und mir als Kasper und Gretel, die hilflos umhertappen auf der Suche nach verschwundenen Passagieren, während die beiden Strippenzieher sich ins Fäustchen lachen.«

Sheila stand mit offenem Mund da. James hatte sie selten sprachlos erlebt, doch jetzt blickte sie nur noch entgeistert vom einen zum anderen.

Larbi machte sich an der Bar zu schaffen und kam mit zwei gut gefüllten Whiskygläsern zurück. »Hier, trinken Sie erst einmal einen Schluck!« James schob das dargebotene Glas beiseite. »Wo ist Eden?«

Judy Kappel deutete nach rechts. »In der Kabine nebenan. Warten Sie, ich hole ihn. Er wird sich ebenfalls freuen, dass es vorbei ist.« Judy Kappel verließ den Raum und kehrte kurze Zeit später mit Eden zurück, der verlegen grinste. »Meinen Glückwunsch, Sie haben es geschafft«, sagte er mit einer leichten Verbeugung in Richtung Sheila. »Ich freue mich sehr darüber.«

»Sie haben sich also einfach hier unten versteckt«, stellte Sheila tonlos fest.

»Ja«, bestätigte Eden. »Wir hatten Weisung, so lange hier unten zu bleiben, bis Mr Watts uns Bescheid geben würde, wieder hochzukommen. Er versprach, das Spiel sei spätestens an Phyllis' Geburtstag vorbei, und dann könnten wir uns wieder frei auf dem ganzen Schiff bewegen.«

»Er hat Sie dafür bezahlt«, stellte James fest. »Wie viel war ihm der Spaß wert?«

»Bei mir war es nur ein kleiner Spesenzuschlag auf mein Gehalt«, sagte Judy Kappel. »Und die Reise natürlich. Ab morgen hat auch mein Mann frei, sodass wir die Rückreise nach Marseille dann gemeinsam genießen können. Mein Onkel bekommt etwas mehr. Er ist ein echter Schauspieler.«

»Ihr Onkel?«, hakte James nach.

»Ja«, sagte Judy Kappel. »Eden ist mein Onkel.«

»Und er heißt nicht Philpotts«, stellte James fest. »Deswegen haben wir ihn in keiner Datei und auch nicht im Internet finden können.«

»Meine Mutter hat einen Schauspieler geheiratet?«, fragte Sheila.

Eden lachte unbehaglich. »Nein. Das mit der Eheschließung gehörte mit zum Konzept. Es war Mr Watts' Idee. Er meinte, wenn ich verschwinde, würden Sie beide bestimmt denken, ich sei ein Heiratsschwindler.«

»Meine Mutter war in den Plan eingeweiht?« Sheilas Stimme klang belegt.

Ihre Entrüstung war so ehrlich und so tief, dass Judy Kappel und ihr Onkel einen verunsicherten Blick austauschten.

»Mrs Humphrey«, sagte Larbi Lachoubi beschwichtigend, »es sollte doch nur ein Spaß sein, eine Art Gesellschaftsspiel, um uns allen die Zeit zu vertreiben, um für ein wenig Amüsement und Aufregung an Bord zu sorgen. Mr Watts wollte einfach nur die Fäden im Hintergrund ziehen, die Puppen tanzen lassen, wie er immer sagt. Und Ihre Mutter wollte nur, dass wir uns alle prächtig amüsieren und eine Reise erleben, die unvergesslich bleibt.«

James erinnerte sich daran, wie die alte Dame mit blitzenden Augen angekündigt hatte, sie wolle es an ihrem letzten runden Geburtstag noch einmal so richtig krachen lassen. Und an den herausfordernden Blick, als sie ihn Null-Null-Siebzig genannt hatte. Wahrscheinlich war es ihre Idee gewesen, und das schon damals im Wintergarten, als sie ihn zu dieser Reise eingeladen hatte.

»Ein Spaß?« Sheila hatte ihre Sprache wiedergefunden. »Ein Spaß? Was ist denn daran bitte sehr so lustig, wenn wir vor Sorge fast krank werden? Ein Gesellschaftsspiel? Wer hat mich denn gefragt, ob ich bei dieser bescheuerten Schmierenkomödie mitmachen will? Was ist das für ein … für ein gemeines, menschenverachtendes Scheißspiel, bei dem Mr Gerald und ich die ahnungslosen Idioten und die anderen Gäste nur, nur … gottverdammte Staffage sind?« Sie sah Judy Kappel entsetzt an. »Oder wussten etwa alle davon außer uns?«

»Nein, nein«, beeilte Judy Kappel sich zu versichern, »Mrs Barnes und Mr Watts haben niemand anderem Bescheid gesagt, nur mein Onkel, mein Mann und ich wurden eingeweiht. Noch nicht einmal der Kapitän weiß Bescheid.«

»Das erklärt, warum Jeremy so blass wurde, als ich ihm von der Wasserleiche berichtete«, überlegte James.

»Wasserleiche?«, fragte Larbi Lachoubi verwirrt. »Welche Wasserleiche?«

James nickte. »Sie haben richtig gehört. Aus dem Spaß ist Ernst geworden.«

»Ein Unfall?«, fragte Eden.

»Ich fürchte nicht«, sagte James.

»Sie müssen uns das wirklich glauben«, beteuerte Judy Kappel, »Mrs Barnes und Mr Watts wollten sich nicht über Sie lustig machen. Es sollte nur ein Zeitvertreib sein, und hinterher hätten alle darüber gelacht. Morgen bei der Geburtstagsparty wären wir ja wieder aufgetaucht.«

»Wie denn?«, warf Sheila zynisch ein. »Wären Sie als Bunny aus der Geburtstagstorte gehüpft?«

Judy Kappel schüttelte den Kopf, als wäre der Einwurf ernst gemeint gewesen. »Nein, es war eine Zaubershow geplant. Mein Onkel und ich wären – herbeigezaubert worden.«

Sheila vergrub ihr Gesicht in den Händen. »Das darf doch nicht wahr sein.« Dann sah sie James an. »Es tut mir leid, James, dass Sie durch mich in diesen Wahnsinn hineingezogen wurden. Ich schäme mich so.«

James wandte sich an Mr Chandan, der regungslos neben ihm stand. »Sie waren auch nicht eingeweiht?«

»Nein«, sagte Mr Chandan. Auf seiner Stirn standen

Schweißperlen. Die Enthüllungen waren auch für ihn zu viel, er ging zu einem freien Stuhl und setzte sich.

»Seit wann wussten Sie es, James?«, fragte Sheila. Sie sah zu Boden, die rotbraunen Locken fielen ihr ins Gesicht. Er legte die Hand auf ihren Arm.

»Unterbewusst habe ich begonnen es zu ahnen, als wir im Kasperletheater waren, und zwar bei der Szene, als der Kasper den Hai gesucht hat. Der Hai hat sich direkt hinter ihm versteckt, aber weil der Kasper immer nach vorn zu den Kindern geschaut hat, konnte er ihn nicht finden. Da kam mir der Gedanke: Was, wenn es uns wie dem Kasper geht? Wenn wir nur immer in die falsche Richtung schauen? Wenn da irgendwo ein Publikum ist, das uns zuschaut und sich amüsiert wie die Kinder beim Kasperletheater? Außerdem erschien alles so bizarr: Edens Verschwinden, dann, dass wir ihm durch Zufall in Nizza begegnet sind, und schließlich, dass er wieder wie vom Erdboden verschluckt schien – ich konnte mir einfach keinen Reim darauf machen.«

»Ja«, sagte Eden, »ich sollte natürlich schon am ersten Tag endgültig verschwinden, doch ich dachte, es sei sicher, am Abend einen kleinen Landausflug zu unternehmen. Ich konnte ja nicht ahnen, dass ich Ihnen in Nizza in die Arme laufen würde. Jeremy hatte mich telefonisch informiert, dass Sie mit ins Spielcasino nach Monte Carlo gefahren seien. Es war einfach Pech.«

»Das erklärt auch die lautstarke Auseinandersetzung, die wir abends gehört haben«, sagte Sheila. »Sie hatten Streit mit meiner Mutter, weil Sie Ihr eigenes Verschwinden vermasselt hatten.«

»Ja«, sagte Eden lächelnd. »Mrs Barnes hat mir ordentlich den Kopf gewaschen.«

»Durch diese Sache verzögerte sich alles um einen Tag«, warf Larbi Lachoubi ein.

»Eigentlich wäre ich gleich am nächsten Morgen dran gewesen«, erklärte Judy Kappel. »Aber erst mal musste ja Eden verschwinden, Mr Watts und Mrs Barnes hatten entschieden, dass es bei der ursprünglichen Reihenfolge bleiben sollte. Für mich war das gar nicht schlecht, so konnte ich den Rom-Ausflug mitmachen. Mein Mann und ich mussten nur darauf achten, dass Sie, Mr Gerald, uns nicht gemeinsam an Bord sehen, denn dann hätten Sie meinen Mann vielleicht als meine Begleitung an dem Abend in Nizza wiedererkannt.«

»Ich habe vorsichtshalber versucht, Ihnen ganz aus dem Weg zu gehen«, sagte Larbi Lachoubi. »Nur einmal ist es mir nicht geglückt, heute Nachmittag. Laut meinen Informationen hätten Sie beim Konzert sein müssen. Aber dann kreuzten Sie plötzlich auf Deck 10 auf, als ich das Ankündigungsplakat für das Kasperletheater wegräumte.«

»Ja«, sagte James, »ich habe Sie wiedererkannt, aber ich konnte Sie mit Ihrer Uniform nicht gleich einordnen. An dem Abend in Nizza trugen Sie Freizeitkleidung. Ich hielt Sie, ehrlich gesagt, für einen dieser Nordafrikaner, die im Hafenbereich versuchen, Touristinnen – nun ja, für sich zu gewinnen.«

»Ja«, lachte Larbi Lachoubi. »Sie haben den Aufreißer, der am Hafen rumlungert, nicht mit dem Kellner in Verbindung gebracht, das war unser Glück. Wir hatten bemerkt, dass Sie zu uns hinübersahen, und gehofft, dass Sie so etwas in der Richtung denken.«

»Mr Watts haben wir davon nichts erzählt«, sagte Judy Kappel. »Er hat das Honorar meines Onkels nach seinem

Fehler von Nizza um zehn Prozent gekürzt. Das wollten wir nicht riskieren.«

James griff nach dem Whiskyglas und ließ die braune Flüssigkeit kreisen. »Die Komödie ist, was ihre Wirkung auf uns betrifft, trotz der kleinen Pannen prächtig gelungen. Das Fatale ist nur, dass sie kein Happy End hat. Es gibt inzwischen eine Wasserleiche sowie einen Mann, der gezwungen wurde, über Bord zu springen, aber glücklicherweise lebend geborgen werden konnte. Außerdem wird Jeremy Watts vermisst.« Judy Kappel, ihr Mann und Eden tauschten erschrockene Blicke aus. James spülte einen Schluck Whisky hinunter. »Mr Chandan, erzählen Sie doch mal, was wir in Jeremys Kabine gefunden haben.«

»Nichts«, gab Mr Chandan Auskunft. »Kabine von Mr Watts war leer. Aber Golfschläger fehlt, und feuchter Fleck auf Teppich.« Er sah James hilfesuchend an und wechselte ins Chinesische. »Aber das eine hat doch mit dem anderen nichts zu tun, oder?«

James sah ihn nachdenklich an. »Sie meinen, der Serienkiller an Bord und die Inszenierung von Mr Watts und Mrs Barnes, dass hier Leute verschwinden?«

Mr Chandan nickte. »Genau.«

»Ja, vielleicht haben Sie recht.« Er erhob sich, ging zu Sheila, beugte sich zu ihr hinunter und raunte ihr zu: »Bitte geben Sie mir kurz Ihre Handtasche und stellen Sie keine Fragen, ja?« Sheila gab James die Handtasche. Ihre Augen stellten sehr wohl Fragen, aber sie schwieg. James wühlte in Sheilas Handtasche, bis er gefunden hatte, was er suchte, und zog ein Taschentuch hervor. Er schnäuzte sich umständlich die Nase, dann wandte er sich wieder Mr Chandan zu. »Ich möchte Ihnen eine Frage stellen«, sagte er ernst und sah ihm in die Augen. »Und bitte beantworten Sie diese Frage ohne jegliche Rücksicht oder Loyalität Ihrem Arbeitgeber gegenüber. Mr Chandan, halten Sie es für möglich, dass Ihr Chef derjenige ist, der die beiden Männer mit vorgehaltener Waffe gezwungen hat, ins Meer zu springen? Dass er an seinem Spiel so viel Gefallen gefunden hat, dass er schließlich Ernst gemacht hat?«

Judy, Eden und Lachoubi protestierten empört, und Wörter wie »absurd« und »ungeheuerlich« drangen aus dem aufgeregten Stimmengewirr. Nur Sheila und Mr Chandan blieben stumm. Sheila nagte an ihrer Unterlippe, Mr Chandan starrte ins Leere. »Was denken Sie, Sheila?«, fragte James.

»Ich weiß nicht, was ich denken soll.« Sheila sah ihn mit Tränen in den Augen an. »Jeremy ein Monster, das zum eigenen Vergnügen Menschen in den Tod springen lässt? So unmenschlich ist doch niemand. Über Leichen zu gehen, nur um sich selbst zu amüsieren? Das wäre doch krank, oder?«

James wandte sich wieder Mr Chandan zu. »Sie kennen Mr Watts vielleicht besser als jeder andere hier im Raum. Halten Sie es für … denkbar?« Mr Chandan starrte weiter an James vorbei ins Leere und schwieg.

»Mr Chandan, Sie erwähnten, Mr Watts habe eine Waffe, nicht wahr?«

Endlich schaute Mr Chandan James wieder an. »Er trug seine Waffe bei sich, als wir uns das letzte Mal gesehen haben.«

Jetzt verstummten alle, und jeder versuchte für sich zu verarbeiten, was die Worte Chandans möglicherweise bedeuteten. »Bleiben Sie bitte heute Nacht alle in Ihren Kabinen und schließen Sie ab«, sagte James schließlich.

»Was denken Sie, James?«, fragte Sheila, als sie mit Mr Chandan zu den Aufzügen gingen.

»Ich weiß es nicht«, sagte James und gähnte. »Ich weiß nur, dass ich todmüde bin. Aber bevor ich ins Bett gehe, will ich noch einmal mit dem Kapitän sprechen. Vielleicht ist er jetzt endlich bereit, zu handeln und eine allgemeine Warnung durchzusagen.« Er klopfte Mr Chandan auf die Schulter. »Gehen Sie ruhig zu Bett, Mr Chandan. Und wenn der Kapitän nach allem, was bisher passiert ist, auch jetzt nicht handelt, dann hat er das zu verantworten. Wir können heute Nacht nicht mehr tun, als gut auf uns selbst aufzupassen, nicht wahr. Falls Mr Watts nach Ihnen rufen sollte, tun Sie nichts, ohne mir vorher Bescheid zu geben. Spielen Sie bloß nicht den Helden, nicht wahr! Kein Alleingang, bitte!«

Mr Chandan nickte. »Soll ich die anderen informieren?«

»Ja, gute Idee, tun Sie das.«

Sie fuhren gemeinsam bis zur siebten Etage, wo Mr Chandan ausstieg. Sheila und James fuhren weiter hoch zur Brücke. Sobald sich die Aufzugtüren hinter ihnen geschlossen hatten und der Aufzug angefahren war, drückte er auf »Stopp«, griff in seine Jacketttasche und holte sein Handy heraus. »Ich habe Mr Chandan einen Peilsender in seinen Dhoti gesteckt«, erklärte er hastig. »Haben Sie mitbekommen, wie nervös er plötzlich wurde, als sich herausstellte, dass Eden und Judy Kappel putzmunter waren? Keine Spur von Erleichterung oder Freude, sondern pure Nervosität; der Schweiß stand ihm auf der Stirn. Er war, wie wir alle hier, davon ausgegangen, dass es einen Serienkiller gibt. Jeremy und Phyllis haben sich ja wirklich große Mühe gegeben, uns das glauben zu machen. Und darin sah er seine große Chance – als Trittbrettfahrer.«

Sheila sah ihn mit großen Augen an. »Mr Chandan? Sie meinen, er ist der Killer?«

»Ja.«

»Aber warum hätte er das tun sollen, er kannte diese Menschen doch gar nicht.«

»Zur Ablenkung. Sein eigentliches Opfer ist Jeremy. Versetzen Sie sich einmal in Mr Chandans Lage: Er bekommt mit, dass Eden Philpotts verschwindet, dann Judy Kappel. Er denkt zweierlei. Erstens: Es gibt einen Serienkiller. Zweitens: Da hänge ich mich dran und schaffe Jeremy aus dem Weg, es wird aussehen, als wäre er auch ein Opfer des Killers. Doch der Plan hat einen Schönheitsfehler: Sowohl Judy Kappel als auch Eden Philpotts gehören zur Geburtstagsgesellschaft Ihrer Mutter. Mr Chandan wird das für einen Zufall gehalten haben, aber für einen, der ihm absolut nicht gelegen kam: Wenn Jeremy über Bord ginge, wäre er das dritte Opfer aus unserer Mitte. Der Fokus der polizeilichen Ermittlungen würde sich unweigerlich auf unseren kleinen Kreis und damit auch auf Mr Chandan richten. Genau das wollte er verhindern, und deshalb mussten zwei Außenstehende daran glauben. Er konnte es schließlich nicht dem Zufall überlassen und darauf warten, dass der vermeintliche Serienmörder beim nächsten Mal ein Opfer aus anderen Reihen wählen würde. Nein, Mr Chandan hat selbst dafür gesorgt, dass die Morde auf diesem Schiff als Tat eines Wahnsinnigen erscheinen, der seine Opfer so zufällig wählt, wie man einen Apfel vom Obstteller greift.«

»Aber warum sollte er Jeremy umbringen wollen? Was hat er davon?«

James zeigte auf das Display seines Handys. »Sehen Sie, das habe ich mir gedacht. Mr Chandan ist schnurstracks wieder in seine eigene Kabine gegangen. Er wird wieder seine chinesische Oper laut stellen und da weitermachen, wo er aufgehört hat, als wir an seine Tür geklopft haben. Jetzt müssen wir schnell sein!« Er entsperrte den Aufzug und ließ ihn wieder zum Deck 7 fahren.

»Und jetzt?«, fragte Sheila. »Rufen wir den Sicherheitsdienst?« James nickte, während er die Nummer des Kapitäns eintippte. Um keine langwierigen Diskussionen zu riskieren, meldete er sich als Jeremy Watts und gab Anweisung, dass sofort mindestens drei Männer vom Sicherheitsdienst zur Kabine von Mr Chandon kommen sollten.

»Aber was hat Mr Chandan davon, wenn er seinen Arbeitgeber umbringt?«, fragte Sheila erneut, während sie an seiner Seite über die Flure des siebten Stocks eilte. »Hasst er ihn so sehr?«

»Er wäre ein Heiliger, wenn nicht«, sagte James. »Jeremy behandelt ihn wie einen Leibeigenen. Aber ich denke, es geht um mehr. Deshalb ist Jeremy auch noch nicht tot. Mr Chandan will nämlich noch etwas von ihm.«

»Sie meinen eine Aktien-Überschreibung oder dass er ihn in seinem Testament bedenkt?«

»Ja, und außerdem will er Jeremy als den Mörder hinstellen«, sagte James. »Bevor er Jeremy über Bord wirft, wird er ihn zwingen, einen Abschiedsbrief zu schreiben, in dem er die Morde an diesem Douglas Etherington und dem anderen Mann gesteht, den man noch retten konnte.«

Sheila lachte bitter auf. »Wenn er das vorhat, kennt er seinen Boss schlecht. Jeremy lässt sich von niemandem zu etwas zwingen. Da würde er lieber sterben!«

James ließ Sheila die Illusion. Er kannte die zahlreichen Methoden, mit denen man den Willen eines Menschen brach, nur zu gut und wusste, dass es lediglich eine Frage der Zeit war, bis auch Jeremy so weit war. Außerdem ging es gar nicht darum, ob Jeremy starb oder nicht. Mr Chandan würde Jeremy auf jeden Fall töten. Die Frage war nur, wie viel Schmerzen er Jeremy vorher zufügte. Und er wusste, es gab sehr schnell einen Punkt, an dem einem wirklich alles egal war, auch der eigene Tod, wenn nur die Schmerzen aufhörten.

Die drei Männer vom Sicherheitsdienst und der Erste Offizier trafen gleichzeitig mit ihnen vor Mr Chandans Kabine ein. James legte den Finger an die Lippen, eilte ein paar Schritte weiter den Gang hinunter, klopfte drängend an die Tür von Richards und Ivys Kabine und informierte die jungen Leute, die schon im Schlafanzug waren, in aller Kürze über ihren Verdacht, dass Mr Chandan Jeremy in seiner Kabine gefangen hielt. Dann eilte er zurück zu den anderen. James bedeutete der kleinen Gruppe, zur Seite zu treten, damit Mr Chandan sie nicht gleich sah, wenn er die Tür öffnete. Dann klopfte er an, die Pistole hinter dem Rücken versteckt. Nichts rührte sich, nur die laute, von Bambusklappern, Gong und Becken durchsetzte chinesische Oper drang wieder durch die geschlossene Tür. Über den Flur eilte Richard hinzu, barfuß, aber mit Jeans und T-Shirt. James klopfte lauter, schließlich hämmerte er mit der Faust an die Tür und rief: »Mr Chandan, machen Sie auf, es ist wichtig!« Endlich öffnete sich die Tür einen Spalt, und Mr Chandans Kopf erschien.

Er war außer Atem, sein Dhoti war nass. »Was ist los?«

»Lassen Sie uns bitte herein«, sagte James.

»Das ist nicht möglich«, sagte Mr Chandan auf Chinesisch. »Ich habe … Besuch von einer Dame.«

James gab den Sicherheitskräften ein Zeichen, und sie alle drängten sich an dem heftig protestierenden Chinesen vorbei in den kleinen Raum.

James sah sich schnell in der Kabine um. »Wo ist denn die Dame?«

Mr Chandan deutete auf eine kleine Tür, hinter der ein Rauschen zu hören war. »Sie duscht«, sagte er mit zusammengepresstem Kiefer. Er hatte den liebenswürdigen, leicht unterwürfigen Tonfall des Bediensteten abgelegt. »Verschwinden Sie aus meiner Kabine, Mr Gerald. Das ist eine Unverschämtheit.«

James öffnete die Badezimmertür. Mr Chandan machte einen Satz nach vorn und wollte ihn daran hindern, doch zwei der Sicherheitsmänner hielten ihn zurück. Unter dem dampfenden Wasserstrahl der Dusche hockte Jeremy, nackt, an Hand- und Fußgelenken zu einem unbeweglichen Bündel zusammengeschnürt. Seine Augen waren verbunden, im Mund steckte ein Waschlappen, und vor ihm stand ein großer Wassereimer. Sein Rücken war krebsrot. James stellte das Wasser ab, zog den Waschlappen vorsichtig aus Jeremys Mund und fühlte mit der anderen Hand seinen Puls. Vorsichtig befreite er den halb Bewusstlosen von seinen Fesseln und stützte den kraftlosen, schlaffen Körper ab. Mit einer Hand griff er nach einem Badetuch, legte es Jeremy um die Hüfte, wobei er darauf achtete, dass es nicht mit der verbrannten Stelle am Rücken in Berührung kam. Sheila kam hinzu, blieb aber beim Anblick von Jeremy in der Tür zum Badezimmer stehen, als wäre sie vor eine unsichtbare Wand gelaufen.

»Oh mein Gott«, rief sie, drehte sich um und rannte zurück ins Zimmer. Dann ertönte ein Schrei.

Der Erste Offizier war inzwischen ins Bad getreten, um James zu helfen. Rasch trugen sie Jeremy in die Kabine und legten ihn vorsichtig bäuchlings aufs Bett. Mr Chandan, der sich nach vorn krümmte, stieß eine Tirade an chinesischen Flüchen aus und sah dabei Sheila an.

»Was ist passiert?«, fragte Ross Abbot.

Die beiden Männer vom Sicherheitsdienst schwiegen und sahen zu Sheila, die sich eine Locke aus der Stirn pustete.

James ging zu Mr Chandan und legte ihm die Hand auf die Schulter. »Geht es wieder?« Dann wechselte er ins Chinesische, und nur die Angst in den Augen von Mr Chandan strafte seinen freundlichen Tonfall Lügen. Der Erste Offizier sah James missbilligend an. »Was haben Sie zu ihm gesagt?«

»Ich habe ihm seine Rechte vorgetragen.«

Im Licht der Kabine wurde das Ausmaß von Jeremys Verbrennungen erst richtig deutlich. James ging davon aus, dass Mr Chandan den Kopf seines Opfers wieder und wieder in den Wassereimer getaucht hatte, um ihn zum Nachgeben zu zwingen. Als das ohne Erfolg blieb, hatte er ihm den Rücken verbrüht. Sheila setzte sich an Jeremys Bett und nahm seine Hand. Er öffnete kurz die Augen, dann fiel er erschöpft in einen tiefen Schlaf. Von der stolzen Gestalt war nichts übrig als ein alter Mann, der die Grenze des Erträglichen erreicht und fürs Erste keine Kraft mehr hatte, sich der Welt zu stellen. Sheila standen Tränen in den Augen, als sie sich James zuwandte, der immer noch neben Mr Chandan stand. »Was sollte Jeremy tun, bevor Sie ihn getötet hätten?«

Mr Chandan antwortete nicht. »Das werden wir schon noch herausfinden«, sagte James.

»Die Polizei, nicht Sie«, berichtigte der Erste Offizier. »Wir danken Ihnen und Ihrer Bekannten für Ihre Aufmerksamkeit, aber das Weitere überlassen Sie bitte uns beziehungsweise der Polizei. Sie wird morgen früh an Bord eintreffen.«

James nickte, während er zu Mr Chandans Schreibtisch ging. »Selbstverständlich. Darf ich fragen, wohin Sie ihn bringen?«

»Wir haben einen Raum, der sich zur Unterbringung straffällig gewordener Menschen an Bord eignet«, sagte Ross Abbot vage. »Machen Sie sich keine Sorgen, er ist bei uns sicher. Morgen wird er von der Polizei abgeholt und verhört werden. Alles wird seinen gerechten Gang gehen.« Er warf Sheila einen bedeutungsvollen Blick zu. »Keine Selbstjustiz.«

Es klopfte an der Tür, und einer der Sicherheitsmänner öffnete. »Na endlich, der Arzt«, sagte Sheila erleichtert. Doch es war nicht der Arzt, sondern Ivy, die sich ebenfalls wieder angezogen hatte. Sie blickte alarmiert in die Runde, und als sie Jeremy auf dem Sofa liegen sah, weiteten sich ihre Augen. »Oh mein Gott, was ist passiert?«

»Wir haben Mr Watts im Bad gefunden«, erklärte der Erste Offizier. »Er wurde gefoltert.«

Ivy ging zu Jeremy und befühlte die Wange des Schlafenden. »Ist er tot?«

»Nein«, sagte Sheila. »Der Arzt kommt jeden Augenblick.«

James ging zu Mr Chandan und hielt ihm ein Blatt Papier vor die Nase. »Ihr Englisch reicht nicht aus, um dieses Testament zu verfassen. Wer hat Ihnen dabei geholfen?«

Mr Chandan starrte an James vorbei. »Niemand.«

»Er hatte einen Komplizen?«, fragte Richard.

James sah ihn ruhig an. »Komplize würde ich es nicht nennen. Eher Chef. Mr Chandan ist mit einem zweiten, unsichtbaren Chef an Bord gekommen. Er war Diener zweier Herrn. Und der zweite Herr wollte auf den Platz des ersten Herren. So war es doch, Mr Watts, nicht wahr? Sie konnten den Tod Ihres Großvaters nicht abwarten. Er hat Sie immer gegängelt, behielt das Ruder fest in der Hand, ließ Sie nicht hochkommen und behandelte Sie genau so, wie er schon Ihren Vater behandelt hatte: wie einen Lakai. Als es dann so aussah, als laufe hier ein Serienmörder herum, sahen Sie Ihre Chance gekommen. Das war die Gelegenheit, sich den dekadenten alten Despoten vom Hals zu schaffen und aus dem Kronprinzen einen König zu machen, nicht wahr? Und das Erbe ein bisschen früher anzutreten. Und dabei ganz sicherzugehen, dass Sie auch wirklich alles erben. Denn wer weiß, zu welchen Testamentsänderungen sich der alte Mann noch verstiegen hätte, wenn Sie wieder einmal in Ungnade gefallen wären. Das war Ihrem Vater ja auch schon passiert. Also doch lieber auf Nummer sicher gehen. Mit Mr Chandan hatten Sie einen Mann fürs Grobe an der Hand und mussten sich nicht selbst die Finger schmutzig machen.« James schüttelte den Kopf. »Aber ich verrate Ihnen jetzt etwas, Richard: Es war trotzdem ein großer Fehler. Willst du, dass niemand von einer Sache erfährt, dann vertraue dich niemandem an. Wenn ein Geheimnis geheim bleiben soll, verrate es keinem. Denn Mr Chandan wird Sie belasten, darauf können Sie Gift nehmen. Selbst die eingeschworensten Liebespaare belasten einander bei Verhören der Polizei, um ihre eigene Haut zu retten, das erlebt man immer wieder. Was glauben Sie also, wie schnell das bei Mr Chandan geht, der nichts weiter als ein gewissenloser bezahlter Killer ist und mit dem Sie nichts Persönliches verbindet?«

Auf einen Wink des Ersten Offiziers, der zusehends nervös wurde, stellte sich einer der Sicherheitsmänner neben Richard Watts. Der schaute von James zu Ivy und von Ivy zu Sheila. »Was? Sind Sie jetzt total übergeschnappt, James? Meinen eigenen Großvater ermorden? Für was denn? Ich erbe doch sowieso!«

»Hier, die Vorlage für ein neues Testament«, fuhr James fort und wedelte mit dem Blatt in seiner Hand. »Um eine Woche vordatiert, wie clever. Das sollte Jeremy abschreiben, nicht wahr? Spät in der Nacht, wenn Sie sicher gewesen wären, dass alle im Bett liegen, hätten Sie, Mr Chandan, Mr Watts an den Tisch gesetzt. Schön säuberlich hätten sie ihn das hier abschreiben lassen, schließlich muss ein Testament handschriftlich verfasst werden, das war Ihnen klar. Sie hätten ihm Zeit gelassen, ihm vielleicht ein wenig Alkohol zu trinken gegeben, um ihn zu beruhigen, denn es wäre nicht gut gewesen, wenn seine Schrift zu zittrig gewesen wäre, nicht wahr? Wenn er fertig gewesen wäre, hätten Sie das Dokument in den Safe von Mr Watts gelegt, zu den anderen wichtigen Unterlagen. Die Kombination aus ihm herauszupressen wäre nur noch eine Kleinigkeit gewesen. Und Sie, Mr Chandan, Sie hätten nur seine Uhrensammlung bekommen, so steht es hier.«

Der Erste Offizier sah Mr Chandan fassungslos an. »Morde für eine Uhrensammlung?«

»Dreckiger Mistkerl«, stieß Richard hervor.

»Jeremys Uhren sind ein Vermögen wert«, sagte Sheila. »Er besaß damals, als er mit meiner Mutter verheiratet war, bereits eine stattliche Sammlung der exklusivsten Uhren, die es gibt, der Wert jeder einzelnen liegt im fünfstelligen Bereich.«

»Ein kluger Schachzug«, sagte James. »Es musste schließlich plausibel bleiben. Das ist es durchaus, wenn der alte Herr dem lieb gewonnenen Diener seine Uhrensammlung vererbt. Der clevere Mr Chandan hat sich mit einer scheinbaren Kleinigkeit abgefunden, und Richard als einziger direkter Nachkomme bleibt der lachende Haupterbe.« Er wandte sich Mr Chandan zu. »War es nicht so, Mr Chandan? Hat Mr Richard Watts Sie beauftragt, seinen Großvater zu foltern und zu töten? Damit er sich nicht selbst die Hände schmutzig machen muss und früher an sein Erbe kommt, während Sie sich mit dem Verkauf der Uhrensammlung ein schönes Leben machen können? Waren Sie es, der die beiden unbeteiligten Passagiere über Bord geworfen hat, um den Verdacht von sich abzulenken?«

Mr Chandan blickte zum ersten Mal auf, doch er sah nicht James an, sondern an ihm vorbei zu Ivy, die das Geschehen mit großen Augen verfolgte. Er lächelte plötzlich. Es war ein breites asiatisches Lächeln, Ausweg in scheinbar ausweglosen Situationen. »Ja«, sagte er dann schlicht.

Dann passierten mehrere Dinge gleichzeitig: Richard stürzte sich auf Mr Chandan, packte ihn mit beiden Händen um den Hals und würgte ihn. Die beiden Sicherheitsleute, die Mr Chandan festhielten, zogen ihn nach hinten, um Richards Angriff auszuweichen. Während der Sicherheitsmann, der die Tür bewacht hatte, Richard in den Polizeigriff nahm, griff Ivy sich den Brieföffner vom Schreibtisch und ging damit ebenfalls auf den Chinesen los. James wartete, um ganz sicher zu sein, so lange, bis der Brieföffner sein Ziel fast erreicht hatte, dann schoss er. Als hätte jemand

»Stopp!« gerufen, erstarrten nach dem Knall alle in ihrer Bewegung. Ivy blickte verwundert auf ihre Hand, in der sie immer noch den Brieföffner hielt, dann auf ihr rechtes Bein, aus dem jetzt hellrotes Blut im schnellen Rhythmus ihres Herzschlags pochte.

James steckte die Waffe weg und eilte zu der Verletzten. »Tut mir leid«, sagte er, »eine Arterie ist getroffen. Das muss schnell abgebunden werden. Legen Sie sich hin.« Ivy nickte wie ein gehorsames Kind, dann wurde sie plötzlich kalkweiß und kippte zur Seite. Der Erste Offizier, der seine Erstarrung inzwischen auch überwunden hatte, fing sie auf und legte sie auf den Boden. Sheila nahm ein paar Kissen und lagerte Ivys Beine hoch.

»Das arme Mädchen!« Sheila sah James vorwurfsvoll an, der sich eilig die Krawatte vom Hals riss und Ivys Bein damit abband, um die Blutung zu stoppen. »Wieso haben Sie das getan?«

»Sie ist auf Mr Chandan losgegangen«, sagte James.

»Wenn Sie schon herumballern müssen, treffen Sie doch wenigstens die Richtigen. Mr Chandan und Richard sind hier die Bösen, nicht das arme Mädchen hier mit ihrer Kurzschlussreaktion.«

James trat zu Mr Chandan und untersuchte dessen Wunde. Der kleine rote Fleck auf seinem weißen Dhoti nahm sich auf seiner Brust aus wie ein blutiger Orden mit unregelmäßigen Rändern. Er wechselte ins Chinesische. »Sie hat versucht, Sie umzubringen. Denken Sie mal darüber nach.«

Mr Chandan sah starr an ihm vorbei, er stand unter Schock. »Es war keine Kurzschlussreaktion«, fuhr James auf Englisch fort. »Ivy wollte Sie umbringen, weil sie niemanden mehr für die Drecksarbeit brauchte. Begreifen Sie, Mr Chandan? Ihr Job waren die Morde. Und als wir Sie geschnappt haben und ich Richard angeklagt habe, Ihr Komplize zu sein, taten Sie ihr auch noch den Gefallen, das zu bestätigen. Sie wollten Ivy schützen, und wie dankt sie es Ihnen? Sie versucht, Sie zu töten. Sie vertraut Ihnen nicht. Sie wollte kein Risiko eingehen, von ihrem Komplizen am Ende verraten zu werden.«

Es wurde still im Raum. Mr Chandan starrte immer noch mit unbewegtem Gesicht vor sich hin, als würde nichts und niemand zu ihm durchdringen. Schließlich sah er zu Ivy, die wieder zu sich gekommen war, und sagte mit melodiöser Stimme etwas auf Chinesisch.

Sheila sah James an. »Was hat er gesagt?«

»Ich liebe dich«, antwortete James. »Du liebst mich doch auch, oder nicht?«

Der Erste Offizier stöhnte auf, griff nach seinem Handy und bat den Kapitän um weitere Sanitäter und noch zwei Männer vom Sicherheitsdienst, da sich die Situation verkompliziert habe. Die beiden Wachmänner, die Mr Chandan immer noch festhielten, führten ihn zum Sofa, denn jetzt wurde auch ihm schlecht. Die körperliche Wunde, die Ivy ihm beigebracht hatte, blutete kaum, aber je mehr er sich bewusst wurde, dass Ivy gerade versucht hatte, ihn zu erstechen, desto schwächer wurden seine Beine.

»Ivy will sich scheiden lassen von Richard«, sagte Mr Chandan, als er sich etwas erholt hatte, »schon lange.«

»Ihr glaubt ihm doch nicht?«, sagte Ivy vom Boden aus mit zusammengebissenen Zähnen. Richard war neben seine Frau getreten und sah auf sie hinab, die Augen weit aufgerissen wie ein kleiner Junge, der beim Fernsehen versehentlich von einem Zeichentrick- auf einen Horrorfilm umgeschaltet hat. Ivy streckte die Hand aus und berührte seine Hand. »Das ist doch absurd, Dick, du glaubst dem Schlitzauge doch nicht, oder? Erst beschuldigt er dich, jetzt mich. Er will nur seine eigene Haut retten, das ist alles.«

»Wenn es keinen Ehevertrag gegeben hätte, dann hätte Ivy ihren Mann schon längst verlassen«, sagte Mr Chandan, von Ivys Worten ernüchtert. Sein Englisch war jetzt akzentfrei. »Wir haben uns vor einem halben Jahr kennengelernt, es war Liebe auf ersten Blick. Ich wollte sie heiraten, aber ich konnte ihr finanziell keine Perspektive bieten, und sie selbst wäre bei einer Scheidung wegen des Ehevertrags leer ausgegangen. Außerdem hatte sie Angst, bei einer Scheidung das Sorgerecht für Jamie zu verlieren. Sie fürchtete, dass Mr Watts' Anwälte es schaffen würden, ihr das Kind zu nehmen. So hielten wir unsere Liebe geheim. Ich wurde Diener von Mr Watts, damit ich immer in Ivys Nähe sein konnte.« Mr Chandan verzog das Gesicht. »Als an Bord der Mann und die Sekretärin von Mrs Barnes verschwanden, war das wie ein Geschenk für uns. Es war zuerst nur ein Scherz, als Ivy meinte, wie schön es doch wäre, wenn der Killer zufälligerweise als Nächstes Jeremy und Richard über Bord werfen würde.«

»Richard wäre der Nächste gewesen?«, unterbrach James scharf.

»Nein«, sagte Mr Chandan. »Es wäre zu auffällig gewesen, wenn es beide getroffen hätte. Ich wollte lieber Richard über Bord werfen, denn dann wäre Ivy sofort frei gewesen, und über kurz oder lang hätte der Kleine alles geerbt. Aber das wollte Ivy nicht. So kamen wir auf die Idee mit der Testamentsänderung, nach der ich die kostbare Uhrensammlung erben würde. Wir hätten ein Jahr gewartet, dann hätte Ivy sich scheiden lassen.«

»Ja«, sagte James, »zumindest hat Ivy Sie das glauben lassen. In Wahrheit waren Sie nur ihre Waffe, waren Sie nichts weiter als ein gefährliches Tier, das sie gezielt auf die Menschen gehetzt hat, die sie loswerden wollte. Eine Waffe, derer man sich lieber entledigt, wenn man sie nicht mehr braucht, damit sie einen nicht verrät.«

»Ich werde Sie anzeigen«, zischte Ivy. »Wegen Körperverletzung, Mr Gerald. Und wegen Rufschädigung und Verleumdung und übler Nachrede. Das wird ein Nachspiel für Sie haben, darauf können Sie sich verlassen. Sie werden es bereuen, mit an Bord gekommen zu sein!«

»Das habe ich schon«, gab James zurück. »Aber gerade jetzt in diesem Augenblick fange ich an, dieser Reise doch etwas Gutes abzugewinnen. Es ist immer interessant, wenn jemand aufhört, Theater zu spielen. Sie haben die Rolle der sanftmütigen Altruistin abgestreift. Der Eigennutz spricht allerhand Sprachen und spielt allerhand Rollen, aber am liebsten die des Uneigennützigen.«

Ivy wandte sich an ihren Mann. »Du glaubst diese Unverschämtheiten doch nicht, oder?«

Richard Watts sah James an. »Warum sind Sie so sicher?«

James legte ihm die Hand auf die Schulter. »Wenn Sie mich fragen, ob ich ziemlich sicher bin, so würde ich Ja sagen. Weil ich weiß, dass die beiden ein Paar sind. Aber absolute Gewissheit habe ich nicht.« Er sah zu Mr Chandan. »Es sei denn, Mr Chandan hat handfeste Beweise, was ich aber kaum glaube, nicht wahr, Mr Chandan? Dazu ist Ivy viel zu klug. Also wird vor Gericht Aussage gegen Aussage stehen. Dass ihre Frau vor Gericht kommt und nicht etwa Sie sich auf der Anklagebank wiederfinden, Richard, das wollte ich erreichen, indem ich zunächst Sie beschuldigte.« James zuckte die Schultern. »Ich bitte um Verzeihung, es war nur zu Ihrem Besten. Und ich bin froh, dass dieser Trick funktioniert hat. Dass ich Ivy aus der Reserve locken konnte und es so eng für sie wurde, dass sie zum Angriff überging. Das hat Mr Chandan endlich die Augen geöffnet, sonst hätte er Sie, Richard, womöglich bis zum bitteren Ende belastet, um Ivy zu schützen. Jetzt wird sie sich zumindest für versuchten Mord verantworten müssen, möglicherweise sogar für Planung und Anstiftung zum Mord aus niedrigen Motiven. Dabei wird sicherlich hilfreich sein, dass in der Testamentsvorlage, die Jeremy abschreiben sollte, keineswegs Richard als Haupterbe stand, wie ich gesagt habe, sondern sein Urenkel, Jamie. Ivy hat das sehr geschickt eingefädelt, sie wollte den König töten, den Kronprinzen um sein Erbe bringen und ihren Sohn direkt auf den Thron heben.«

Ivy, die immer noch auf dem Boden lag, richtete ihren Oberkörper auf. »Sie haben gelogen!«

James nickte. »Ja. Ich wollte schauen, was passiert, wenn Sie annehmen, dass Ihr Geliebter Sie hintergangen hat.«

Es klopfte dreimal kurz an der Tür. Fast im selben Moment wurde sie aufgerissen, und der Arzt, vier Sanitäter und zwei zusätzliche Leute vom Wachpersonal drängten sich in die enge Kabine. »Kommen Sie, Sheila«, sagte James. Er griff nach ihrer Hand und bahnte ihnen einen Weg nach draußen.

Auf dem Flur erwartete sie ein Menschenauflauf. Etliche Passagiere hatten den Schuss und den anschließenden Tumult gehört und versammelten sich nun mit einer Mischung aus Beunruhigung, Angst und Sensationsgier vor der Kabine. Sheila ignorierte die fragenden Blicke, riss sich von James los und eilte davon. James wollte ihr folgen, wurde aber von Luigi, Monty, Al und Rosie aufgehalten, die erfahren wollten, was los sei. Er klärte sie kurz darüber auf, dass Jeremy wieder da und die Bedrohung überwunden sei, alles Weitere würde er ihnen morgen erklären. Die Krankenstation war belegt. Noch mehr Zusammenbrüche durfte es auf keinen Fall geben. Keiner der Anwesenden war mehr der Jüngste. Außerdem empfand er zum ersten Mal so etwas wie Verbundenheit mit seinen Reisegefährten. Es war besser, wenn ihnen das ganze Ausmaß des Schreckens erst später bewusst würde: wenn die Sonne sie wärmte und in der Ferne Land zu erahnen war. Nicht jetzt, mitten in der Nacht auf dem dunklen Meer.

Nachdem sich die Gruppe einigermaßen beruhigt hatte und zu zerstreuen begann, eilte James zu der Kabine, in der er Sheila vermutete, und klopfte an. Sheila öffnete schluchzend die Tür und ließ ihn eintreten. Er hatte sie noch nie derart verzweifelt gesehen. Ihr tränenverschmiertes Gesicht war rot gefleckt, ihre Nase lief. Er folgte ihr ins Nebenzimmer und trat an Jamies Bett. Der Kleine schlief friedlich auf dem Rücken, das pausbäckige Gesicht entspannt, die Ärmchen nach oben gestreckt wie ein erschossener Westernheld.

James reichte Sheila ein Taschentuch, mit dem sie eine Weile beschäftigt war, dann noch eines und schließlich die ganze Packung. Mit der verschwand sie im Bad, und durch die Tür hörte er hemmungsloses Schluchzen. Er hob die Hand, um anzuklopfen, hielt jedoch inne und ging wieder zum Bettchen des Kleinen.

Endlich kam Sheila aus dem Badezimmer und trat leise schniefend neben ihn.

»Er tut mir so leid, James. Was wird jetzt aus ihm? Er verliert seine Mutter.«

»Sie ist ja nicht aus der Welt. Nur im Gefängnis.« James hätte gern etwas gesagt, das weniger lahm geklungen hätte.

»Sie wissen genau, was ich meine«, sagte Sheila, während sie sich die Nase putzte. »Bis sie rauskommt, ist er längst erwachsen.«

»Vielleicht wird sie nur wegen versuchten Totschlags verurteilt. Im Zweifel für den Angeklagten, nicht wahr. Vielleicht ist der einzige Mensch, der sie verurteilen wird, ihr kleiner Sohn, und die einzige Strafe, die sie bekommen wird, seine Verachtung.«

»Das wäre für beide doch fast noch schlimmer, oder? Stellen Sie sich vor, Jamie wächst in dem Bewusstsein auf, dass seine Mutter ein Monster und er ihr einziger Richter ist. Das ist doch noch schlimmer, als wenn sie tot wäre.«

»Da bin ich nicht sicher«, sagte er.

»Welchen Vorteil hätte denn eine Mutter, die im Gefängnis sitzt? Oder eine, die ein Monster ist und nur deswegen frei herumläuft, weil man ihr nichts beweisen kann?«

Er zog den Hai aus seiner Jacketttasche und legte ihn neben Jamie ins Bettchen.

»Man kann sie besuchen. Fragen stellen. Anklagen. Weggehen, wenn man will. Sich lossagen, verdammen und nichts mehr wissen wollen oder verzeihen. In jedem Fall wird Jamie die Entscheidung selbst treffen können. Wenn Ivy tot wäre, könnte er das nicht. Und vergessen Sie nicht, er hat noch seinen Vater.«

»Dieser Kindskopf ist doch selbst noch nicht richtig erwachsen!«

»Entwicklungspotenzial nennt man das«, sagte James.

»Man wächst mit dem Feind, nicht wahr. Und Sie haben recht. Ivy mag ein Monster sein, aber zum Glück gibt es da einen hellen Fleck auf ihrer dunklen Seele, und das ist Jamie.« Er streckte unwillkürlich die Hand aus, um Jamie übers Haar zu streicheln, überlegte es sich aber anders und zog nur vorsichtig die Bettdecke bis an sein Kinn. »Sie liebt Jamie. Ich bin überzeugt, das ist der einzige Grund, warum Richard noch lebt. Es wäre viel einfacher für sie gewesen, ihn von Mr Chandan umbringen zu lassen. Jeremy hätte nach Richards Tod finanziell gut für sie und den Kleinen gesorgt, und Jamie hätte in absehbarer Zeit alles geerbt. Aber sie hat es nicht fertiggebracht, ihrem Kind den Vater zu nehmen.«

Kapitel 28

»Wissen Sie, Pfarrer Sutcliffe, dass Sie nicht ganz unschuldig daran sind, dass ich Mr Watts und Mrs Barnes auf den Leim gegangen bin?«, fragte James. Sie hatten sich wieder in aller Frühe in der Observation Lounge zum ersten Kaffee des Tages getroffen, und der Geistliche hatte mit großem Interesse zugehört, was James ihm von den Ereignissen des vergangenen Tages berichtete.

Joseph Sutcliffe lehnte sich in seinem Sessel nach vorn. »Ach, wie denn das, wenn ich fragen darf?«

»Sie hatten mir von dem Passagier erzählt, der bei der letzten Fahrt über Bord geworfen worden war.«

Joseph Sutcliffe machte eine abwehrende Handbewegung und lachte. »Sie denken jetzt aber hoffentlich nicht, auch ich sei nur ein Schauspieler aus der Truppe von Mr Watts, oder?«

James lachte auf. »Nein, obwohl, so abwegig ist der Gedanke gar nicht. Mr Watts wäre auch das durchaus zuzutrauen gewesen.«

»Sie haben keine gute Meinung von Mr Watts.«

»Wundert Sie das?«, fragte James.

Joseph Sutcliffe rührte nachdenklich in seiner Kaffeetasse. »Immerhin sollte man ihm zugute halten, dass er zu keinem Zeitpunkt riskieren wollte, dass das ganze Schiff in Panik gerät. Die einzigen Menschen, die an diesen irren

Killer glauben sollten, waren Sie und Ihre Bekannte und vielleicht der eine oder andere aus der Geburtstagsgesellschaft.«

James nickte. »Das macht es nicht viel besser. Denn der Grund dürfte nicht Rücksicht auf die Passagiere gewesen sein, wie Sie freundlicherweise unterstellen. Nein, hätte sich der Ruf ›Mörder an Bord!‹ wie ein Lauffeuer verbreitet, wären die wirtschaftlichen Folgen mit Sicherheit verheerend gewesen. Ich kann mir sogar gut vorstellen, dass Jeremy eine Massenhysterie an Bord amüsant gefunden hätte. Aber der Preis dafür wäre selbst ihm zu hoch gewesen. Schließlich ist er Geschäftsmann.«

»Nun, aber genau das wird jetzt passieren«, sagte der Geistliche. »Er wird eine Menge Geld verlieren, weil keiner mehr Vertrauen in seine Reederei hat. Seit gestern Nacht ist die Victory auf allen Nachrichtenkanälen. Es wird viele Stornierungen geben.«

»Was kein wirklicher Trost ist für die Angehörigen des Mannes, der tot aus dem Meer gefischt wurde«, bemerkte James bitter. »Und das alles nur, weil die beiden Alten sich aufgeführt haben wie genusssüchtige griechische Götter, die einen Sturm auf die Erde schicken und sich über das Chaos amüsieren.«

»Geschieht ihnen eigentlich ganz recht«, bemerkte Joseph Sutcliffe mit Genugtuung, »dass sie am Ende selbst in den Strudel der Täuschungen gerieten, die sie inszeniert hatten.«

James musterte sein Gegenüber. »Harte Worte für einen Geistlichen.«

Sutcliffe zuckte die Schultern. »Geistliche sind auch nur Menschen, Mr Gerald. Aber selbstverständlich schließe ich die beiden in meine Gebete ein.«

»Na, dann«, lächelte James. Er wurde wieder ernst. »Außerdem, vergessen wir nicht, ohne die kriminelle Energie von Mr Chandan und Ivy wäre nichts weiter passiert, als dass man sich am neunzigsten Geburtstag der alten Dame königlich über unsere dummen Gesichter amüsiert hätte, wenn Eden und Judy bei der Zaubershow wieder aufgetaucht wären.«

»Zwei klassische Motive«, sagte der Geistliche. »Habgier bei ihr, Hass bei ihm.«

»Vergessen Sie die Liebe nicht«, sagte James. »Ohne die Liebe des Chinesen zu Ivy wäre nichts passiert.«

»Das muss eine kranke Form der Liebe gewesen sein.«

»Immerhin beeindruckend«, sagte James, »dass Chandan für seine große Liebe bereit war, ins Gefängnis zu gehen, und sie schützen wollte. Das romantische, ritterliche Herz in der Brust dieses jungen Mannes hätte noch sehr lange für Ivy geschlagen, bis er gemerkt hätte, dass er sich in ihr getäuscht hat.« Er sah den Pfarrer an. »Aber andererseits haben Sie recht, seine Liebe hatte wohl auch eine hässliche, kranke Seite. Er ist wie der ritterliche Hai aus dem alten Seemannslied, der nett zu Frauen und Kindern ist, aber ansonsten gewissenlos tötet. Eiskalt hat er zwei Männer über Bord geworfen, nur um von dem geplanten Mord an Jeremy abzulenken.«

Sutcliffe erschauerte. »Das ist so gewissenlos und kalt, dass man eine Gänsehaut bekommt.«

»Das Verrückte ist«, sagte James kopfschüttelnd, »dass Jeremy seinen Diener durch dieses Serienkiller-Theater letztlich selbst auf die Idee gebracht hat, ihn umzubringen. Die Geister, die ich rief.«

»Aber wie kamen Sie auf Mr Chandan als Täter?«, überlegte Sutcliffe. »Und darauf, dass es gar keinen Serienkiller gab? Als Judy und Eden gefunden waren, gab es doch definitiv zwei Personen, die über Bord geworfen worden waren. Das hätte doch trotzdem ein Serienkiller gewesen sein können.«

James lächelte. »Sehen Sie, genau davon wollte Mr Chandan mich auch überzeugen, als wir in der Kabine von Judy Kappels Mann waren. Und da wurde mir klar, warum er ein vitales Interesse daran hatte, dass wir weiter an den Serienkiller glaubten.«

»Aber wie kamen Sie darauf, dass Ivy seine Komplizin war?«

»Ein Foto der jungen Familie, das wir kurz zuvor in Jeremys Kabine fanden. Jeremy selbst hatte es an Jamies Taufe aufgenommen. Der Kleine schrie wie am Spieß. Und glauben Sie mir: Dieses Kind würde mit seinem durchdringenden Brüllen selbst einen Heiligen zur Weißglut treiben. Die Nerven der jungen Eltern haben mit Sicherheit blank gelegen, als sie mit dem Schreihals posierten und Jeremy auf den Auslöser drückte. Interessanterweise ist ihr Gesichtsausdruck jedoch völlig verschieden: Richard sieht aus, als würde er gleich die Nerven verlieren und entweder dem Fotografen oder seinem Kind an die Kehle gehen. Ivy dagegen lächelt mit beinahe überirdischer Sanftmut und madonnengleicher Güte in die Kamera, ganz so, wie man es von einer liebenden Mutter erwartet. In diesem Moment wurde mir klar: Diese Frau hat sich perfekt im Griff. Das, was Ivy uns präsentiert hat – die liebende Ehefrau und Mutter, die immer bereit ist, zurückzustecken –, hat nichts mit dem zu tun, was sie wirklich denkt oder fühlt, sondern nur mit dem, was andere Menschen über sie denken sollen.«

»Nun ja, ist das nicht bei uns allen mehr oder weniger der Fall?«, wandte der Geistliche ein.

James unterdrückte ein Lächeln und griff zur Kaffeetasse. »Aber manche Menschen sind wahre Meister darin. Und dann klingeln bei mir die Alarmglocken. Außerdem sorgte das Foto noch für ein weiteres Aha-Erlebnis. Als Mr Chandan es ansah, veränderte sich sein Gesichtsausdruck für einen kurzen, unbewussten Augenblick völlig. Sein Blick wurde zärtlich, und er lächelte wie jemand, der einen geliebten Menschen sieht. In dem Moment dachte ich noch, ich hätte mich möglicherweise doch getäuscht, was die Beziehung von Mr Chandan und Jamie anging. Vielleicht, dachte ich, hat Mr Chandan diese kleine Nervensäge doch irgendwie ins Herz geschlossen. Doch als mir dann direkt danach, in der Kabine von Larbi Lachoubi, klar wurde, dass Chandan es auf Jeremy abgesehen hatte, ahnte ich auch plötzlich, wem sein Lächeln gegolten hatte.«

Der Pfarrer nahm einen Schluck Kaffee. »Aber Sie hatten noch keine Beweise.«

James nickte. »Ja, Sie haben recht. Dass Mr Chandan sich nicht wie wir darüber freute, dass die vermeintlichen Opfer des ominösen Serienkillers putzmunter waren, und ihm die Nerven durchgingen, war für sich genommen kein Beweis für seine Schuld. Deshalb fragte ich ihn ganz direkt, ob er es für möglich hielte, dass Jeremy der Täter ist. Damit warf ich ihm einen Rettungsring zu, und er hat ihn gleich angenommen. Wenn Jeremy noch lebte, das war mir nun klar, würde Mr Chandan ihn jetzt nicht nur sein Testament, sondern auch einen Abschiedsbrief schreiben lassen, in dem er selbst die Taten gestand.« James rieb sich über die Augen. »Wissen Sie, was ich mir vorwerfe? Dass ich nicht gleich stutzig geworden bin, dass Mr Chandan, als Sheila und ich an seine Kabine klopften, eine chinesische Oper hörte. Dieses laute Geschepper. Es war so offensichtlich.«

Joseph Sutcliffe nickte nachdenklich. »Es ist ja gut gegangen. Sie sind ja noch rechtzeitig gekommen, um Mr Watts zu retten. Aber sagen Sie, was hätten Sie eigentlich gemacht, wenn Ivy Watts nicht mit dem Messer auf ihren Komplizen losgegangen wäre? Es wäre ihr nichts nachzuweisen gewesen, oder?«

James zuckte die Schultern. »Stimmt. Ich habe etwas nachgeholfen, indem ich vorgab, dass nicht Jamie, sondern Richard zum Haupterben eingesetzt werden sollte. Das musste Ivy als Verrat auffassen. Sie wird in diesem Augenblick gedacht haben, dass Mr Chandan gemeinsame Sache mit Richard gemacht hat.«

»Sie haben also gelogen!«

James zuckte mit den Schultern. »Manchmal bringt nur eine Lüge die Wahrheit hervor, und ein kleiner, gemeiner Sprengsatz an einer empfindlichen Stelle bringt ein morsches Gebäude zum Einsturz.«

Sutcliffe seufzte. »Diese ganze Sippe um Mr Watts hat unser schönes Schiff zu einem Irrgarten der Täuschungen und Intrigen gemacht.«

James lächelte. »Sie übertreiben. Aber trotzdem, nach dieser Reise weiß ich die Überschaubarkeit meines Lebens in Hampstead wieder sehr zu schätzen.«

Der Pfarrer nickte versonnen. »Apropos Täuschung, wenn Sie durchschaut haben, dass Ivy uns allen etwas vorgespielt hat, warum haben Sie das nicht auch bei Judy Kappel und Eden Philpotts gemerkt? Die beiden haben eine einstudierte Rolle gespielt, und trotzdem haben Sie keinen Verdacht geschöpft.«

»Touché«, lächelte James. »Ja, ich gebe zu, bei Miss Kappel haben keinerlei Alarmglocken geläutet. Mrs Humphrey würde jetzt behaupten, das liegt daran, dass ich hübschen Frauen nichts Böses zutraue. Aber das ist natürlich Unsinn, es lag vielmehr daran, dass Judy Kappel sich gar nicht groß verstellen musste. Sie war ja wirklich Mrs Barnes' Sekretärin. Sie hat die Reise ausgelassen und fröhlich genossen und sich einfach so gegeben, wie sie war. Sie musste nur eines tun: zu einem verabredeten Zeitpunkt die Kabine auf Deck 3 aufsuchen und sich bis zur Zaubershow nicht mehr blicken lassen.« James sah versonnen aufs Meer. »Jeremy und Phyllis haben das sehr schlau eingefädelt. Sie hätten gute Agenten abgegeben. Beim SIS hat man immer darauf geachtet, dass die falschen Identitäten eines Agenten möglichst stark mit seiner echten übereinstimmten. So viel wie nötig, so wenig wie möglich ändern, nicht wahr. Je mehr man ändert, desto größer die Wahrscheinlichkeit, Fehler zu machen. Aber bei Eden haben die beiden übertrieben, wahrscheinlich sogar absichtlich. Ich fand das von Anfang an verdächtig. Er passte einfach nicht als Ehemann von Phyllis, da stimmte einfach nichts. Weder das Alter noch die Persönlichkeit, und gemeinsame Interessen schienen sie auch nicht zu haben. Warum sollte Phyllis nach ihrer letzten Ehe, in der sie sehr unter der Golfleidenschaft ihres Mannes gelitten hatte, denselben Fehler noch mal machen und einen Mann heiraten, der mehr Zeit auf dem Golfplatz verbringt als mit ihr?«

»Kann er denn so gut Golf spielen?«, frage Pfarrer Sutcliffe.

»Ja, Eden ist ein ausgezeichneter Golfer«, sagte James.

»Das habe ich gemerkt, als wir eine Runde zusammen spielten. Zwar hat er Jeremy gewinnen lassen, verbergen konnte er seine Erfahrung jedoch nicht. Außerdem hat Jeremy ihn sehr von oben herab behandelt, fast so geringschätzig wie Mr Chandan. Ich hielt das zunächst für Jeremys typisches übertriebenes Dominanzgehabe, zumal es sich bei Eden auch noch um den neuen Mann seiner Exfrau handelte. Eden hat sich kaum dagegen gewehrt. Ich dachte damals, aus Höflichkeit dem Gastgeber gegenüber. Doch wie wir jetzt alle wissen, war Jeremy ja weniger Edens Gastgeber als vielmehr sein Boss, oder sagen wir lieber sein Regisseur, nicht wahr.«

»Unglaublich«, bemerkte Sutcliffe.

»Und wissen Sie, was mich daran so ärgert?«, fuhr James fort. »Das war genau das, was Jeremy und Phyllis wollten. Ich sollte misstrauisch werden wegen Eden. Das gehörte mit zu ihrem ausgeklügelten Plan: der falsche Name, der Verdacht, Eden sei ein Heiratsschwindler, und dann die Vermutung, er und Miss Kappel hätten sich gemeinsam aus dem Staub gemacht, das gehörte alles dazu.«

Pfarrer Sutcliffe rieb die Hände. »Und Sie, Mr Gerald, haben sich vorhersehbar verhalten wie ein Pawlow'scher Hund, während sich die beiden Alten ins Fäustchen gelacht haben.«

»Selbst der Einbruch in meine Kabine war nur Täuschung«, fuhr James fort. Seine Stimme wurde sehr leise und sehr akzentuiert, wie immer, wenn er wütend war. »Jeremy ist, wie ich inzwischen weiß, höchstpersönlich in meine Privatsphäre eingedrungen, hat meine Kabine verwanzt und später auch für das Chaos darin gesorgt. Und bestimmt haben sich Phyllis und Jeremy beim Mithören meiner Gespräche köstlich amüsiert.«

»Die Wanze muss gut versteckt gewesen sein«, bemerkte Sutcliffe.

James zog eine Augenbraue hoch. »Natürlich hätte ich Wanzen gefunden, wenn ich danach gesucht hätte. Aber ich bitte Sie, ich bin seit fünf Jahren in Rente. Die Schiffsreise war eine Geburtstagseinladung, eine rein private Angelegenheit. Wie hätte ich ahnen können, dass die überkandidelte Mutter der Frau, der zuliebe ich überhaupt an Bord gekommen bin, mir die Rolle des unfreiwilligen Clowns zugedacht hatte?«

»Nicht besonders nett«, sagte Joseph Sutcliffe. »Aber Mrs Barnes und Mr Watts haben ihre spaßige Idee beinahe mit ihrem Leben bezahlt.«

»Nicht wahr«, nickte James. »Jeremy Watts wird lange brauchen, bis er sich erholt hat. Die körperlichen Folgen sind nicht das Schlimmste, sondern die Demütigung. Und für Phyllis wird der neunzigste Geburtstag auch nicht ganz so lustig, wie sie es sich vorgestellt hat. Dr. Walther hat strenge Bettruhe verordnet. Aber immerhin erlaubt er ihr, am Nachmittag Gratulanten zu empfangen.« James machte eine kleine Pause. »Sheila weigert sich allerdings, sie heute zu besuchen«, setzte er dann hinzu, und die Befriedigung in seiner Stimme war deutlich zu hören.

»Oh.« Sutcliffe stellte seine Tasse ab und sah James eindringlich an, wobei er das Kunststück fertigbrachte, seine Stirn in sowohl horizontale als auch vertikale Falten zu legen. »Können Sie ihr nicht gut zureden?«

»Warum sollte ich.«

»Sie ist ihre Mutter.«

James sah aufs Meer.

»Stellen Sie sich vor, Mrs Barnes stirbt plötzlich«, sagte

Sutcliffe in beschwörendem Tonfall. »Sie ist immerhin schon neunzig.«

James antwortete nicht.

»Wenn sie tot ist, gibt es keine Möglichkeit mehr zur Versöhnung«, erklärte Joseph Sutcliffe, als hätte James nicht verstanden, worauf er hinauswollte. »Reden Sie mit Ihrer Bekannten, Mr Gerald! Reden Sie ihr gut zu!«

James sah ihn an. »Ich werde mich da raushalten«, sagte er bestimmt, »und glauben Sie mir, damit tue ich Phyllis einen großen Gefallen. Im Übrigen seien Sie unbesorgt, das wird schon wieder mit den beiden. Sheila mag sich im Moment über ihre Mutter aufregen, aber ich fürchte, sie wird ihr nicht lange böse sein können.«

Pfarrer Sutcliffe schüttelte den Kopf. »Ganz im Gegensatz zu Ihnen, wie es scheint. Darf ich Ihnen einen gut gemeinten Rat geben, Mr Gerald?«

James sah ihn an. »Wie könnte ich einen Mann Gottes davon abhalten?«

Sutcliffe lachte, dann wurde er wieder ernst. »Vergeben Sie Phyllis und Jeremy, James. Ich mache mir sonst Sorgen um Ihr Seelenheil!«

James sah seinem Gegenüber in die Augen. »Da sind wir quitt. Ich mache mir nämlich auch ein klein wenig Sorgen um Ihres.«

Joseph Sutcliffe lächelte amüsiert. »Warum denn das, wenn ich fragen darf?«

»Weil Sie kein Pfarrer sind.«

Das Lächeln in Sutcliffes Gesicht erlosch wie eine Kerze unter einer Glasglocke. Er sah James an, der seinen Blick ruhig erwiderte. »Wie – haben Sie das herausgefunden?«, sagte er schließlich tonlos.

»Vergessen Sie nicht, so etwas war mein Job.«

Es folgte ein langes Schweigen. Joseph Sutcliffe starrte auf seine Schuhe, dann beugte er sich nach vorn, stützte die Ellenbogen auf die Knie und vergrub das Gesicht in den Händen.

»Warum?«, fragte James.

Dumpfe Laute drangen durch die Hände des anderen. James versuchte, sie zu einer Antwort zusammenzusetzen, bis er merkte, dass Sutcliffe weinte. James lehnte sich im Sessel zurück, sah auf das Meer, das auch heute wieder ruhig und tiefblau vor ihnen lag, und wartete.

Schließlich nahm Sutcliffe die Hände vom Gesicht und blickte James an. »Ich wollte schon als kleiner Junge Priester werden, Mr Gerald. Das war mein großer Traum. Es ist nicht so, dass ich einfach nur ein Hochstapler bin, glauben Sie mir!«

James reichte ihm ein Taschentuch. »Warum wurde nichts aus dem Traum?«

Joseph Sutcliffe schnäuzte sich geräuschvoll. »Wie das so ist mit den Träumen der Kindheit: Plötzlich wacht man auf und arbeitet in einer Bank. Aber irgendwann habe ich einfach keine Luft mehr bekommen. Ich feierte immer mehr krank und verlor schließlich meinen Job. Meine Wohnung verkam, aus Scham ließ ich niemanden mehr rein. Der Fernseher lief Tag und Nacht, ich aß nur noch Tiefkühlpizza und trank schon zum Frühstück Bier. Schließlich kündigte mir der Vermieter, und zwei Monate später hätte ich auf der Straße gestanden. Da sah ich eine Reportage über ein Kreuzfahrtschiff, in der auch ein Schiffsgeistlicher interviewt wurde, und da kam mir diese Idee. Ich machte mich im Internet ein bisschen schlau über Kreuzfahrtschiffe und bewarb mich bei mehreren Reedereien. Im Grunde habe ich gar nicht erwartet, dass es klappt. Aber es war so leicht. Nicht mal meine Papiere wurden überprüft. So fing mein neues Leben an, und es war, als hätte es die ganze Zeit auf mich gewartet. Es fühlte sich so gut an, so richtig.«

»Und Sie waren sicher, dass man Ihnen den Geistlichen abkauft?«, fragte James. »Hatten Sie keine Angst aufzufliegen?«

»Doch, und wie«, gab Sutcliffe zu, »auf der ersten Fahrt ständig. Jeden Morgen habe ich gebetet, dass niemand etwas merkt.« Sutcliffe lächelte. »Angst ist ein großer Motivator, Mr Gerald. Ich habe eine Menge gelesen, viele Fernsehübertragungen von Gottesdiensten studiert, die Liturgie auswendig gelernt und mir Predigten aus dem Internet heruntergeladen. So wurde ich immer besser.«

»Aber sagen Sie, warum ausgerechnet katholischer Geistlicher auf einem britischen Schiff?«

Sutcliffe zuckte unsicher die Schultern. »Das ist das, was ich am besten kann. Ich bin katholisch. Meine Eltern kommen aus Schottland. Außerdem ist es ziemlich praktisch, die meisten Passagiere sind Anglikaner und kennen sich mit der katholischen Liturgie nicht gut aus. Wenn ich doch mal einen Fehler mache, fällt es nicht so auf. Und das Risiko, einem echten Kollegen zu begegnen, ist nicht hoch. Einmal war ein anglikanischer Pfarrer mit seiner Frau an Bord, und einmal hatten wir einen amerikanischen Fernsehprediger.«

»Und selbst diese beiden haben nichts gemerkt?«

»Nein.« In Sutcliffes Stimme schwang Befriedigung. »Der Prediger wollte abends mit mir über Abtreibung diskutieren, da habe ich nur gesagt, dass die Position der katholischen Kirche eindeutig sei und ich dem nichts hinzuzufügen hätte. Damit war er zufrieden. Der Anglikaner wollte einen ökumenischen Gottesdienst mit mir feiern, was wir auch taten. Ich habe die Anfangszeremonie übernommen, dann an ihn übergeben und nur noch beim Austeilen der Hostien geholfen. Auch er war zufrieden.«

Joseph Sutcliffe sah James an. Das Selbstbewusstsein und die Aura des katholischen Priesters waren verschwunden. Scham und trotziger Stolz rangen um Vorherrschaft in einem Mann, der sich seinen Lebenstraum mit einer Lüge erfüllt hatte. »Ich habe immer befürchtet, dass ich eines Tages auffliege«, sagte er, während er den Kragen lockerte. »Aber trotzdem, ein paar Mal, ich weiß, das klingt anmaßend, Mr Gerald, aber ein paar Mal sind Passagiere zu mir gekommen und haben sich bedankt und gesagt, dass ich ihnen sehr geholfen hätte. Für diese Momente würde ich es wieder tun.« Er hielt inne, dann lächelte er verlegen. »Nein, wo wir schon bei der Wahrheit sind, das ist nicht der Hauptgrund. Der Hauptgrund ist, dass ich mich an das alles hier gewöhnt habe.« Er machte eine weit ausholende Armbewegung. »Das Schiff ist mein Zuhause geworden. Der Luxus, das gute Essen, das Gefühl, jeden Tag woanders aufzuwachen, das Schaukeln, mein Morgenkaffee in der Observation Lounge, die vertrauten Kollegen.« Er sah James ruhig in die Augen. »Ich habe es verdient, bestraft zu werden. Aber, Mr Gerald, wäre es eventuell möglich, dass Sie den Kapitän überreden, die Angelegenheit diskret zu behandeln? Die meisten Kollegen kennen mich schon lange, und es würde mir viel bedeuten, wenn ich mich als der von ihnen verabschieden könnte, als der ich an Bord gekommen bin.« Er packte James am Arm. »Könnten Sie das mit Ihrem Gewissen vereinbaren?«

James stellte seine Tasse ab. »Es ist schlimm im Alter«, sagte er langsam. »Mein Kurzzeitgedächtnis ist eine Katastrophe. Haben Sie das auch manchmal, dass Sie etwas tun wollen und dann plötzlich vollkommen vergessen, was es war? Dass Sie vor dem Kühlschrank oder im Keller stehen und nicht mehr wissen, warum? Sogar mitten im Gespräch verliere ich manchmal den Faden. Jetzt zum Beispiel. Es ist mir unangenehm, aber ich habe keine Ahnung mehr, worüber wir uns in den letzten Minuten unterhalten haben oder was ich gerade tun wollte, Pfarrer Sutcliffe.«

Joseph Sutcliffe sah James an, den Kopf zur Seite geneigt wie ein Hund, der etwas zu verstehen versucht. »Wir hatten …«, begann er, doch James brachte ihn mit einem schnellen Blick und einem angedeuteten Kopfschütteln zum Schweigen. Im Gesicht des Geistlichen spiegelten sich zunächst Ungläubigkeit, dann allmähliche Erkenntnis und schließlich grenzenlose Erleichterung.

James schlug sich an die Stirn. »Ach, jetzt weiß ich wieder, was ich gerade tun wollte. Erlauben Sie mir einen kurzen Rollentausch, Pfarrer Sutcliffe.« Er erhob sich mit feierlicher Miene und legte Sutcliffe, der verdutzt zu ihm hochsah, seine rechte Hand auf die Stirn, wie um ihn zu segnen. Dann grinste James. »Schon seit unserer ersten Begegnung wollte ich wissen, wie sich das anfühlt!«

Epilog

Sie standen auf dem Balkon, die Sonne war schon lange untergegangen. Sheila zog ihre Stola enger um den Körper. »Morgen laufen wir in Marseille ein, und es ist, als wäre nichts passiert.«

»Freuen Sie sich auf zu Hause?«, fragte James.

»In erster Linie bin ich froh, wenn ich wieder festen Boden unter den Füßen habe.«

»Ja, es geht doch nichts über das Kopfsteinpflaster unserer guten alten New End Lane«, bemerkte er. »Mittwoch gibt es wieder Stew im Duke of Hamilton. Dazu ein Ale und in der ›Ham & High‹ blättern, was will man mehr.«

»Ich werde noch einige Zeit brauchen, bis ich das, was passiert ist, für mich sortiert habe«, sagte sie nachdenklich. »Vor allem, was das Verhältnis zu meiner Mutter betrifft.«

»Seien Sie nicht zu streng mit ihr. Vielleicht ist der neunzigste Geburtstag einfach so ein Krisendatum, an dem man die biologische Uhr besonders laut ticken hört.« James schlug einen scherzhaften Ton an. »Wie der dreißigste und vierzigste Geburtstag für Frauen. Wehe, wenn sie mit dreißig keinen Mann und mit vierzig kein Kind haben.«

»Wenn wir schon bei Klischees sind«, konterte Sheila, »dürfen Sie nicht den fünfzigsten und sechzigsten Geburtstag als Krisendatum der Männer vergessen. Wenn das halbe

Jahrhundert voll ist und die Zähne lang werden, kaufen sie sich Motorräder, Gelände- oder Sportwagen und treten hektisch eine Zeitreise zurück in die Jugend an. Und mit der Sechzig kommt als letztes Aufbäumen die junge Geliebte.«

James schwieg und lehnte sich neben Sheila an die Reling. Sie hatte es lächelnd gesagt, aber ihre Augen hatten nicht mitgelächelt, und er ahnte, dass sie aus Erfahrung sprach. Gemeinsam schauten sie lange auf die funkelnden Lichter am Horizont, die anzeigten, dass die Küste nicht mehr fern war.

»Ich freue mich schon auf den Wintergarten«, sagte Sheila schließlich leise. »Ich werde mich tief darin verkriechen und mich von meinen Pflanzen hätscheln lassen.«

»Lassen Sie mich auch mit rein?«

Sie sah ihn an. »James, da ist etwas, worüber ich schon lange mit Ihnen reden will.«

»Ich rauche zu viel, ich weiß.«

Sie schüttelte den Kopf. »Nein. Ja, auch, aber das ist es nicht, ich meine, es ist nicht das, was, ich meine, sehen Sie, wir kennen uns jetzt schon eine Ewigkeit, und es ist, eigentlich, das ist nicht persönlich gemeint, James, aber vielleicht sollten wir uns nicht mehr so oft sehen, diese Nähe und gleichzeitig, wie auch immer, jedenfalls, ach, vergessen Sie's.« Sie fuhr sich mit beiden Händen durch die Haare, wandte sich von ihm ab und starrte aufs Meer.

Er schenkte noch etwas Wein in ihr Glas, tippte an ihre Schulter. Als sie sich zu ihm umdrehte, beugte er sich zu ihr und küsste sie auf den Mund. Es war ein kurzer Kuss, eher Frage als Aussage.

»War es ungefähr das, was du sagen wolltest?«

Sie sah ihn mit großen Augen an, und er fürchtete, sich

geirrt zu haben und damit die peinlichste Situation heraufbeschworen zu haben, in der sie beide sich je befunden hatten. Sie setzte das Glas an die Lippen und trank einen großen Schluck, dann noch einen. Dann stellte sie das Glas ab, legte die Arme um seinen Hals und küsste ihn. Diesmal dauerte der Kuss sehr viel länger.

»Das war überfällig, findest du nicht?«, sagte sie schließlich, etwas außer Atem.

»Allerdings.« Er streichelte über ihre Haare. »Wir haben viel nachzuholen. Vierzig Jahre, nicht wahr.«

Sie legte den Kopf schief und rückte etwas von ihm ab. »Nun ja, ganz so war es nicht, oder?«

»Du fühltest dich immer schon zu mir hingezogen, gib's zu«, sagte er, während er ihre Stola vom Boden aufhob und auf den Tisch legte.

»Du bist so eingebildet, James! Wenn schon, dann war es doch andersherum, *du* fühltest dich immer schon zu *mir* hingezogen. Ständig hingst du bei mir herum und hast mein Büro vollgequalmt.«

»Und du hast begierig den Rauch eingeatmet, den ich ausstieß.«

»Die erotischen Fantasien eines Rauchers.«

Sie lächelte, nahm ihn bei der Hand und zog ihn in ihre Kabine.

»Ja, gehen wir lieber zu dir«, sagte er grinsend. »In meiner Kabine hört man aus der Nachbarkabine nachts immer jemanden schnarchen.«

Sie lachte, dann hielt sie alarmiert inne. »Auf der anderen Seite ist doch gar keine Kabine mehr. Willst du etwa andeuten, dass das *mein* Schnarchen ist, das du durch die Wand hörst?«

Er schloss die Balkontür. »Du schnarchst nicht, du sägst ganze Wälder durch. Aber es stört mich nicht, es ist schön, dich atmen zu hören.«

Sie vergrub das Gesicht in beiden Händen.

»Sag, dass das nicht wahr ist! Wenn ich weiß, dass ich neben dir anfange zu schnarchen, sobald ich einschlafe, oh mein Gott, ich werde dir nie wieder in die Augen sehen können.«

Er zog ihr die Hände vom Gesicht. »Dann werde ich wohl dafür sorgen müssen, dass du gar nicht erst einschläfst.«

Sie musste lachen. »Für jedes Problem eine Lösung, Null-Null-Siebzig.«

Er strich über ihre Arme zum Hals und nestelte am obersten Knopf ihrer Bluse herum. »So haben sie es uns beigebracht, nicht wahr.«

Sheila legte ihre Hände auf seine und führte sie zu dem Reißverschluss, der unter der Knopfleiste verborgen war. »Für jedes Problem eine Lösung, James.«

Vielen Dank …

… an Jens für die Hand, die Schulter und für den gemeinsamen Blick nach vorn, wo es immer wieder neue Horizonte gibt. Ohne dich wäre alles nichts.

… an die Familie für die Unterstützung. Besonderen Dank an Julius und Stella, für Hampstead, viele gute Einfälle zu 0070 und für eure Nachsicht bei manchen Ausfällen seinetwegen.

… an Angela und Andreas – zwei Perspektiven, beide ganz besonders wertvoll.

… dem Team des dtv. James und Sheila fühlen sich sehr wohl hier! Besonderen Dank an Karoline Adler. Für sanfte, fachkundige Führung, Humor, Empathie, für dieselben Vorstellungen von James und auch dafür, dass du am Schluss unerbittlich die Walther PPK gezückt hast, damit ich das Manuskript endlich rausrücke und nicht zu Tode überarbeite.

… an Maike Kleihauer für deine Ideen, Korrekturen und den Feinschliff, die dem Buch so gut getan haben, und auch für die Geduld und die Begeisterungsfähigkeit für kreative Ideen drei Tage vor Abgabetermin.

… last, but not least den Lesern von »Operation Eaglehurst«, deren Mails, Briefe, online-Rezensionen und deren Feedback bei Lesungen stets Ermutigung und Inspiration für »Agent an Bord« waren. Besonderen Dank an die Teilnehmer der Lovelybooks-Leserunde, denen ich beim Lesen über die Schulter schauen durfte.